OEUVRES

COMPLETES

DE

VOLTAIRE.

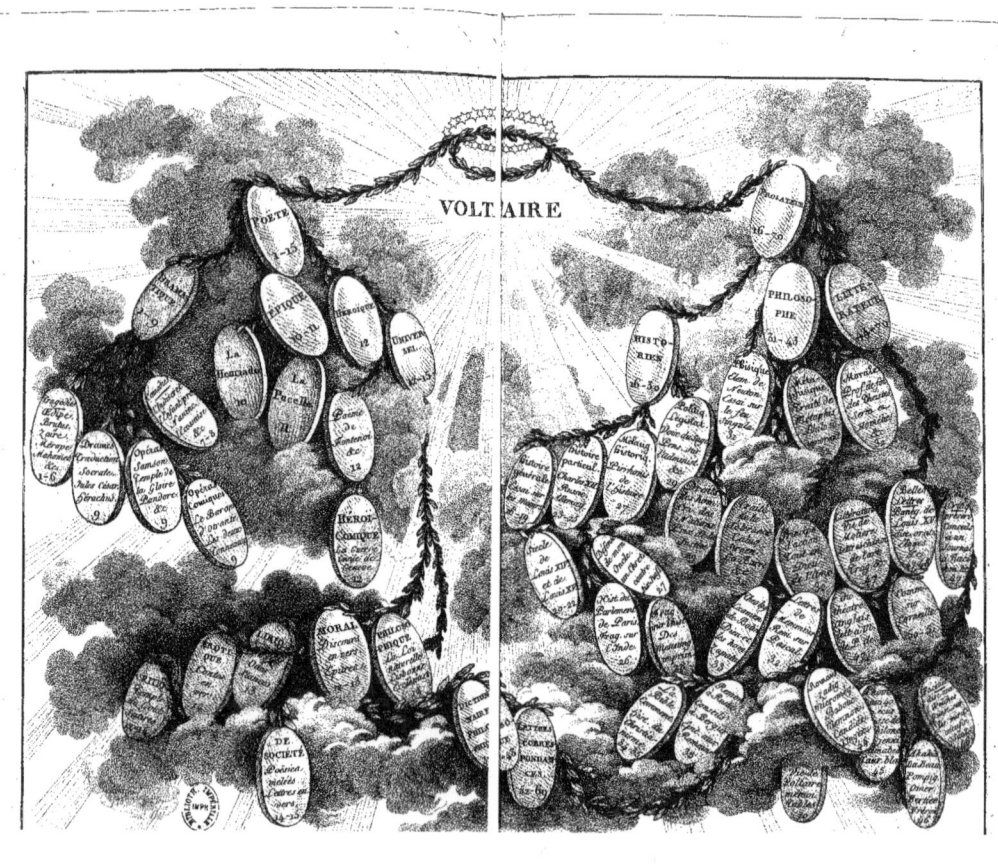

Il ôte aux Nations le bandeau de l'erreur,

Henriade Ch. IV.

J.M. Moreau. d.   *L. Croutelle. s.*

OEUVRES

COMPLETES

DE

VOLTAIRE.

TOME SOIXANTE-DIXIEME.

DE L'IMPRIMERIE DE LA SOCIÉTÉ LITTÉRAIRE-
TYPOGRAPHIQUE.

1789.

V I E

DE VOLTAIRE

P A R

LE MARQUIS DE CONDORCET;

S U I V I E

DES MEMOIRES DE VOLTAIRE,

ECRITS PAR LUI-MEME;

DES TABLES DES OEUVRES, &c.

VIE

DE VOLTAIRE.

VIE

DE VOLTAIRE.

La vie de *Voltaire* doit être l'histoire des progrès que les arts ont dus à son génie, du pouvoir qu'il a exercé sur les opinions de son siècle, enfin de cette longue guerre contre les préjugés, déclarée dès sa jeunesse, et soutenue jusqu'à ses derniers momens.

Mais lorsque l'influence d'un philosophe s'étend jusque sur le peuple, qu'elle est prompte, qu'elle se fait sentir à chaque instant, il la doit à son caractère, à sa manière de voir, à sa conduite, autant qu'à ses ouvrages. D'ailleurs ces détails sont encore utiles pour l'étude de l'esprit humain. Peut-on espérer de le connaître, si on ne l'a pas observé dans ceux en qui la nature a déployé toutes ses richesses et toute sa puissance, si même on n'a pas recherché en eux ce qui leur est commun avec les autres hommes, aussi-bien que ce qui les en distingue ? L'homme ordinaire reçoit d'autrui ses opinions, ses passions, son caractère ; il tient tout des lois, des préjugés, des usages de son pays, comme la plante reçoit tout du sol qui la nourrit, et de l'air qui l'environne. En observant l'homme vulgaire, on apprend à connaître l'empire auquel la nature nous a soumis, et non le secret de nos forces et les lois de notre intelligence.

François-Marie Arouet, qui a rendu le nom de *Voltaire* si célèbre, naquit à Chatenay, le 20 de février 1694, et fut baptisé à Paris, dans l'église de Saint-Andrédes-Arcs, le 22 de novembre de la même année. Son exceffive faibleffe fut la caufe de ce retard, qui pendant fa vie a répandu des nuages fur le lieu et fur l'époque de fa naiffance. On fut auffi obligé de baptifer *Fontenelle* dans la maifon paternelle, parce qu'on défefpérait de la vie d'un enfant fi débile. Il eft affez fingulier que les deux hommes célèbres de ce fiècle, dont la carrière a été la plus longue, et dont l'efprit s'eft confervé tout entier le plus long-temps, foient nés tous deux dans un état de faibleffe et de langueur.

Le père de M. de *Voltaire* exerçait la charge de tréforier de la chambre des comptes ; fa mère, *Marguerite d'Aumart*, était d'une famille noble du Poitou. On a reproché à leur fils d'avoir pris ce nom de *Voltaire*, c'eft-à-dire, d'avoir fuivi l'ufage alors généralement établi dans la bourgeoifie riche où les cadets, laiffant à l'aîné le nom de famille, portaient celui d'un fief ou même d'un bien de campagne. Dans une foule de libelles on a cherché à rabaiffer fa naiffance. Les gens de lettres fes ennemis femblaient craindre que les gens du monde ne facrifiaffent trop aifément leurs préjugés aux agrémens de fa fociété, à leur admiration pour fes talens, et qu'ils ne traitaffent un homme de lettres avec trop d'égalité. Ces reproches font un hommage : la fatire n'attaque point la naiffance d'un homme de lettres, à moins qu'un refte de confcience, qu'elle ne peut étouffer, ne lui apprenne qu'elle ne parviendra point à diminuer fa gloire perfonnelle.

La fortune dont jouiffait M. *Arouet* procura deux grands avantages à fon fils ; d'abord celui d'une éducation foignée , fans laquelle le génie n'atteint jamais la hauteur où il aurait pu s'élever. Si on parcourt l'hiftoire moderne , on verra que tous les hommes du premier ordre , tous ceux dont les ouvrages ont approché de la perfection , n'avaient pas eu à réparer le défaut d'une première éducation.

L'avantage de naître avec une fortune indépendante n'eft pas moins précieux. Jamais M. de *Voltaire* n'éprouva le malheur d'être obligé ni de renoncer à fa liberté pour affurer fa fubfiftance, ni de foumettre fon génie à un travail commandé par la néceffité de vivre , ni de ménager les préjugés ou les paffions d'un protecteur. Ainfi fon efprit ne fut point enchaîné par cette habitude de la crainte , qui non-feulement empêche de produire , mais imprime à toutes les productions un caractère d'incertitude et de faibleffe. Sa jeuneffe , à l'abri des inquiétudes de la pauvreté , ne l'expofa point à contracter ou cette timidité fervile que fait naître dans une ame faible le befoin habituel des autres hommes , ou cette âpreté et cette inquiéte et foupçonneufe irritabilité , fuite infaillible pour les ames fortes de l'oppofition entre la dépendance à laquelle la néceffité les foumet , et la liberté que demandent les grandes penfées qui les occupent.

Le jeune *Arouet* fut mis au collége des jéfuites, où étaient élevés les enfans de la première nobleffe, excepté ceux des janféniftes ; et les janféniftes, odieux à la cour , étaient rares parmi des hommes qui alors obligés , par l'ufage , de choifir une religion fans la connaître , adoptaient naturellement la plus utile à leurs intérêts temporels. Il eut pour profeffeurs de rhétorique le père *Porée* qui , étant à la fois un homme

d'efprit et un bon homme , voyait dans le jeune
Arouet le germe d'un grand-homme ; et le père *le Jay*,
qui , frappé de la hardieffe de fes idées et de l'indépendance de fes opinions , lui prédifait qu'*il ferait
en France le coryphée du déifme* : prophéties que l'événement a également juftifiées.

Au fortir du collége, il retrouva dans la maifon
paternelle l'abbé de *Châteauneuf* fon parrain, ancien
ami de fa mère. C'était un de ces hommes qui , s'étant
engagés dans l'état eccléfiaftique par complaifance ,
ou par un mouvement d'ambition étrangère à leur
ame , facrifient enfuite à l'amour d'une vie libre la
fortune et la confidération des dignités facerdotales ,
ne pouvant fe réfoudre à garder toujours fur leur
vifage le mafque de l'hypocrifie.

L'abbé de *Châteauneuf* était lié avec *Ninon* , à
laquelle fa probité , fon efprit , fa liberté de penfer ,
avaient fait pardonner depuis long-temps les aventures un peu trop éclatantes de fa jeuneffe. La bonne
compagnie lui avait fu gré d'avoir refufé fon ancienne
amie, madame de *Maintenon* , qui lui avait offert de
l'appeller à la cour, à condition qu'elle fe ferait
dévoté. L'abbé de *Châteauneuf* avait préfenté à *Ninon*
Voltaire enfant, mais déjà poëte , défolant déjà par
de petites épigrammes *fon janfénifte de frère* , et récitant avec complaifance la *Moïfade* de *Rouffeau.*

Ninon avait goûté l'élève de fon ami, et lui avait
légué, par teftament, deux mille francs pour acheter
des livres. Ainfi, dès fon enfance, d'heureufes circonftances lui apprenaient, même avant que fa raifon
fût formée, à regarder l'étude, les travaux de l'efprit,
comme une occupation douce et honorable ; et,

en le rapprochant de quelques êtres supérieurs aux opinions vulgaires, lui montraient que l'esprit de l'homme est né libre, et qu'il a droit de juger tout ce qu'il peut connaître ; tandis que, par une lâche condescendance pour les préjugés, les éducations ordinaires ne laissent voir aux enfans que les marques honteuses de sa servitude.

L'hypocrisie et l'intolérance régnaient à la cour de *Louis XIV :* on s'y occupait à détruire le jansénisme, beaucoup plus qu'à soulager les maux du peuple. La réputation d'incrédulité avait fait perdre à *Catinat* la confiance due à ses vertus et à son talent pour la guerre. On reprochait au duc de *Vendôme* de manquer à la messe quelquefois, et on attribuait à son indévotion les succès de l'hérétique *Marlboroug* et de l'incrédule *Eugène.* Cette hypocrisie avait révolté ceux qu'elle n'avait pu corrompre ; et, par aversion pour la sévérité de Versailles, les sociétés de Paris les plus brillantes affectaient de porter la liberté et le goût du plaisir jusqu'à la licence.

L'abbé de *Châteauneuf* introduisit le jeune *Voltaire* dans ces sociétés, et particulièrement dans celle du duc de *Sulli*, du marquis de *la Fare*, de l'abbé *Servien*, de l'abbé de *Chaulieu*, de l'abbé *Courtin.* Le prince de *Conti*, le grand prieur de *Vendôme*, s'y joignaient souvent.

M. *Arouet* crut son fils perdu en apprenant qu'il fesait des vers, et qu'il voyait bonne compagnie. Il voulait en faire un magistrat, et il le voyait occupé d'une tragédie. Cette querelle de famille finit par faire envoyer le jeune *Voltaire* chez le marquis de *Châteauneuf*, ambassadeur de France en Hollande.

A 4

Son exil ne fut pas long. Madame *du Noyer*, qui s'y était réfugiée avec fes deux filles, pour fe féparer de fon mari, plus que par zèle pour la religion pro- teftante, vivait alors, à la Haie, d'intrigues et de libelles, et prouvait par fa conduite que ce n'était pas la liberté de confcience qu'elle y était allée chercher.

M. de *Voltaire* devint amoureux d'une de fes filles; la mère trouvant que le feul parti qu'elle pût tirer de cette paffion était d'en faire du bruit, fe plaignit à l'ambaffadeur, qui défendit à fon jeune protégé de conferver des liaifons avec mademoifelle *du Noyer*, et le renvoya dans fa famille pour n'avoir pas fuivi fes ordres.

Madame *du Noyer* ne manqua pas de faire impri- mer cette aventure avec les *lettres* du jeune *Arouet* à fa fille, efpérant que ce nom, déjà très-connu, ferait mieux vendre le livre; et elle eut foin de vanter fa févérité maternelle et fa délicateffe, dans le libelle même où elle déshonorait fa fille.

On ne reconnaît point dans ces *lettres* la fenfibilité de l'auteur de Zaïre et de Tancrède. Un jeune homme paffionné fent vivement, mais ne diftingue pas lui- même les nuances des fentimens qu'il éprouve; il ne fait ni choifir les traits courts et rapides qui carac- térifent la paffion, ni trouver des termes qui peignent à l'imagination des autres le fentiment qu'il éprouve, et le faffent paffer dans leur ame. Exagéré ou com- mun, il paraît froid lorfqu'il eft dévoré de l'amour le plus vrai et le plus ardent. Le talent de peindre les paffions fur le théâtre, eft même un des derniers qui fe développe dans les poëtes. *Racine* n'en avait pas même montré le germe dans les Frères ennemis et dans Alexandre, et Brutus a précédé Zaïre : c'eſt que pour peindre les paſſions, il faut non-ſeulement les avoir éprouvées, mais avoir pu les obſerver, en juger les mouvemens et les effets dans un temps où, ceſſant de dominer notre ame, elles n'exiſtent plus que dans nos ſouvenirs. Pour les ſentir, il ſuffit d'avoir un cœur ; il faut, pour les exprimer avec énergie et avec juſteſſe, une ame long-temps exercée par elles, et perfectionnée par la réflexion.

Arrivé à Paris, le jeune homme oublia bientôt ſon amour ; mais il n'oublia point de faire tous ſes efforts pour enlever une jeune perſonne eſtimable et née pour la vertu, à une mère intrigante et cor-rompue. Il employa le zèle du proſélitiſme. Plu-ſieurs évêques, et même des jéſuites, s'unirent à lui. Ce projet manqua ; mais *Voltaire* eut dans la ſuite le bonheur d'être utile à mademoiſelle *du Noyer*, alors mariée au baron de *Vinterfeld*.

Cependant ſon père le voyant toujours obſtiné à faire des vers et à vivre dans le monde, l'avait exclu de ſa maiſon. Les lettres les plus ſoumiſes ne le tou-chaient point : il lui demandait même la permiſſion de paſſer en Amérique, pourvu qu'avant ſon départ il lui permît d'embraſſer ſes genoux. Il fallut ſe réſoudre, non à partir pour l'Amérique, mais à entrer chez un procureur.

Il n'y reſta pas long-temps. M. de *Caumartin*, ami de M. *Arouet*, fut touché du ſort de ſon fils, et demanda la permiſſion de le mener à Saint-Ange, où loin de ces ſociétés alarmantes pour la tendreſſe paternelle, il devait réfléchir ſur le choix d'un état.

Il y trouva le vieux *Caumartin*, vieillard respectable, passionné pour *Henri IV* et pour *Sulli*, alors trop oubliés de la nation. Il avait été lié avec les hommes les plus instruits du règne de *Louis XIV*, savait les anecdotes les plus secrètes, les savait telles qu'elles s'étaient passées, et se plaisait à les raconter. *Voltaire* revint de Saint-Ange, occupé de faire un poëme épique dont *Henri IV* serait le héros, et plein d'ardeur pour l'étude de l'histoire de France. C'est à ce voyage que nous devons la Henriade et le Siècle de *Louis XIV*.

Ce prince venait de mourir. Le peuple, dont il avait été si long-temps l'idole, ce même peuple qui lui avait pardonné ses profusions, ses guerres et son despotisme, qui avait applaudi à ses persécutions contre les protestans, insultait à sa mémoire par une joie indécente. Une bulle sollicitée à Rome contre un livre de dévotion, avait fait oublier aux Parisiens cette gloire dont ils avaient été si long-temps idolâtres. On prodigua les satires à la mémoire de *Louis le grand*, comme on lui avait prodigué les panégyriques pendant sa vie. *Voltaire* accusé d'avoir fait une de ces satires, fut mis à la bastille : elle finissait par ce vers :

J'ai vu ces maux, et je n'ai pas vingt ans.

Il en avait un peu plus de vingt-deux ; et la police regarda cette espèce de conformité d'âge comme une preuve suffisante pour le priver de sa liberté.

C'est à la bastille que le jeune poëte ébaucha le poëme de la Ligue, corrigea sa tragédie d'Oedipe, commencée long-temps auparavant, et fit une pièce de vers fort gaie fur le malheur d'y être. M. le duc d'*Orléans*, inftruit de fon innocence, lui rendit fa liberté, et lui accorda une gratification.

Monfeigneur, lui dit *Voltaire*, *je remercie votre Alteffe royale de vouloir bien continuer à fe charger de ma nourriture, mais je la prie de ne plus fe charger de mon logement.*

La tragédie d'Oedipe fut jouée en 1718. L'auteur n'était encore connu que par des pièces fugitives, par quelques épîtres où l'on trouve la philofophie de *Chaulieu*, avec plus d'efprit et de correction, et par une ode qui avait difputé vainement le prix de l'académie françaife. On lui avait préféré une pièce ridicule de l'abbé *du Jarri*. Il s'agiffait de la décoration de l'autel de Notre-Dame, car *Louis XIV* s'était fouvenu, après foixante et dix ans de règne, d'accomplir cette promeffe de *Louis XIII;* et le premier ouvrage en vers férieux que *Voltaire* ait publié, fut un ouvrage de dévotion.

Né avec un goût fûr et indépendant, il n'aurait pas voulu mêler l'amour à l'horreur du fujet d'Oedipe, et il ofa même préfenter fa pièce aux comédiens fans avoir payé ce tribut à l'ufage; mais elle ne fut pas reçue. L'affemblée trouva mauvais que l'auteur ofât réclamer contre fon goût. *Ce jeune homme mériterait bien*, difait *Dufrefne*, *qu'en punition de fon orgueil on jouât fa pièce avec cette grande vilaine fcène traduite de Sophocle.*

Il fallut céder, et imaginer un amour épifodique et froid. La pièce réuffit; mais ce fut malgré cet amour: et la fcène de *Sophocle* en fit le fuccès. *La Motte*, alors le premier homme de la littérature, dit, dans fon approbation, que cette tragédie promettait un digne fucceffeur de *Corneille* et de *Racine* ; et cet hommage rendu par un rival dont la réputation était déjà faite, et qui pouvait craindre de fe voir furpaffé, doit à jamais honorer le caractère de *la Motte*.

Mais *Voltaire*, dénoncé comme un homme de génie et comme un philofophe à la foule des auteurs médiocres, et aux fanatiques de tous les partis, réunit dès-lors les mêmes ennemis dont les générations renouvelées pendant foixante ans, ont fatigué et trop fouvent troublé fa longue et glorieufe carrière. Ces vers fi célèbres :

Nos prêtres ne font pas ce qu'un vain peuple penfe ;
Notre crédulité fait toute leur fcience.

furent le premier cri d'une guerre que la mort même de *Voltaire* n'a pu éteindre.

A une repréfentation d'Oedipe, il parut fur le théâtre portant la queue du grand-prêtre. La maréchale de *Villars* demanda qui était ce jeune homme qui voulait faire tomber la pièce. On lui dit que c'était l'auteur. Cette étourderie, qui annonçait un homme fi fupérieur aux petiteffes de l'amour propre, lui infpira le défir de le connaître. *Voltaire*, admis dans fa fociété, eut pour elle une paffion, la première et la plus férieufe qu'il ait éprouvée. Elle ne fut pas heureufe, et l'enleva pendant affez long-temps à l'étude qui était déjà fon premier befoin ; il n'en parla jamais depuis qu'avec le fentiment du regret et prefque du remords.

Délivré de fon amour, il continua la Henriade,

et fit la tragédie d'Artémire. Une actrice formée par lui, et devenue à la fois fa maîtreffe et fon élève, joua le principal rôle. Le public qui avait été jufte pour Oedipe, fut au moins févère pour Artémire ; effet ordinaire de tout premier fuccès. Une averfion fecrète pour une fupériorité reconnue n'en eft pas la feule caufe, mais elle fait profiter d'un fentiment naturel qui nous rend d'autant moins faciles que nous efpérons davantage.

Cette tragédie ne valut à *Voltaire* que la permiffion de revenir à Paris, dont une nouvelle calomnie et fes liaifons avec les ennemis du régent, et entre autres avec le duc de *Richelieu* et le fameux baron de *Gortz*, l'avaient fait éloigner. Ainfi cet ambitieux dont les vaftes projets embraffaient l'Europe, et mena- çaient de la bouleverfer, avait choifi pour ami, et prefque pour confident, un jeune poëte : c'eft que les hommes fupérieurs fe devinent et fe cherchent, qu'ils ont une langue commune qu'eux feuls peuvent parler et entendre.

En 1722, *Voltaire* accompagna madame de *Rupelmonde* en Hollande. Il voulait voir, à Bruxelles, *Rouffeau* dont il plaignait les malheurs, et dont il eftimait le talent poëtique. L'amour de fon art l'em- portait fur le jufte mépris que le caractère de *Rouffeau* devait lui infpirer. *Voltaire* le confulta fur fon poëme de la Ligue, lui lut l'Epître à *Uranie*, faite pour madame de *Rupelmonde*, et premier monument de fa liberté de penfer, comme de fon talent pour traiter en vers et rendre populaires les queftions de méta- phyfiques ou de morale. De fon côté, *Rouffeau* lui récita une *Ode à la poftérité*, qui, comme *Voltaire* le lui dit alors, à ce qu'on prétend, *ne devait pas aller à son adresse ;* et *le Jugement de Pluton*, allégorie satirique, et cependant aussi promptement oubliée que l'ode. Les deux poëtes se séparèrent ennemis irréconciliables. *Rousseau* se déchaîna contre *Voltaire*, qui ne répondit qu'après quinze ans de patience. On est étonné de voir l'auteur de tant d'épigrammes licencieuses, où les ministres de la religion sont continuellement livrés à la risée et à l'opprobre, donner sérieusement, pour cause de sa haine contre *Voltaire*, sa contenance évaporée pendant la messe, et l'Epître à *Uranie*. Mais *Rousseau* avait pris le masque de la dévotion ; elle était alors un asile honorable pour ceux que l'opinion mondaine avait flétris, asile sûr et commode que malheureusement la philosophie, qui a fait tant d'autres maux, leur a fermé depuis sans retour.

En 1724, *Voltaire* donna Mariamne. C'était le sujet d'Artémire sous des noms nouveaux, avec une intrigue moins compliquée et moins romanesque ; mais c'était surtout le style de *Racine*. La pièce fut jouée quarante fois. L'auteur combattit, dans la préface, l'opinion de *la Motte* qui, né avec beaucoup d'esprit et de raison, mais peu sensible à l'harmonie, ne trouvait dans les vers d'autre mérite que celui de la difficulté vaincue, et ne voyait dans la poésie qu'une forme de convention, imaginée pour soulager la mémoire, et à laquelle l'habitude seule fesait trouver des charmes. Dans ses lettres imprimées à la fin d'Oedipe, il avait déjà combattu le même poëte qui regardait la règle des trois unités comme un autre préjugé.

On doit favoir gré à ceux qui ofent, comme *la Motte*, établir dans les arts des paradoxes contraires aux idées communes. Pour défendre les règles anciennes, on eft obligé de les examiner ; fi l'opinion reçue fe trouve vraie, on a l'avantage de croire par raifon ce qu'on croyait par habitude ; fi elle eft fauffe, on eft délivré d'une erreur.

Cependant il n'eft pas rare de montrer de l'humeur contre ceux qui nous forcent à examiner ce que nous avons admis fans réflexion. Les efprits qui, comme *Montagne*, s'endorment tranquillement fur l'oreiller du doute, ne font pas communs ; ceux qui font tourmentés du défir d'atteindre à la vérité, font plus rares encore. Le vulgaire aime à croire, même fans preuve, et chérit fa fécurité dans fon aveugle croyance, comme une partie de fon repos.

C'eft vers la même époque que parut la Henriade fous le nom de la Ligue. Une copie imparfaite, enlevée à l'auteur, fut imprimée furtivement ; et non-feulement il y était refté des lacunes, mais on en avait rempli quelques-unes.

La France eut donc enfin un poëme épique. On peut regretter, fans doute, que *Voltaire* qui a mis tant d'action dans fes tragédies, qui y fait parler aux paffions un langage fi naturel et fi vrai, qui a fu également les peindre, et par l'analyfe des fentimens qu'elles font éprouver, et par les traits qui leur échappent, n'ait point déployé dans la Henriade ces talens que nul homme n'a encore réunis au même degré ; mais un fujet fi connu, fi près de nous, laiffait peu de liberté à l'imagination du poëte. La paffion fombre et cruelle du fanatifme, s'exerçant

fur les perfonnages fubalternes, ne pouvait exciter
que l'horreur. Une ambition hypocrite était la feule
qui animât les chefs de la ligue. Le héros, brave,
humain et galant, mais n'éprouvant que les malheurs
de la fortune, et les éprouvant feul, ne pouvait intéreffer que par fa valeur et fa clémence : enfin il était
impoffible que la converfion un peu forcée d'*Henri IV*
formât jamais un dénouement bien héroïque.

Mais fi, pour l'intérêt des événemens, pour la
variété, pour le mouvement, la Henriade eft inférieure aux poëmes épiques qui étaient alors en
poffeffion de l'admiration générale, par combien de
beautés neuves cette infériorité n'eft-elle point com-
penfée ? Jamais une philofophie fi profonde et fi
vraie a-t-elle été embellie par des vers plus fublimes
ou plus touchans ? quel autre poëme offre des caractères deffinés avec plus de force et de nobleffe, fans
rien perdre de leur vérité hiftorique ? quel autre renferme une morale plus pure, un amour de l'humanité plus éclairé, plus libre des préjugés et des
paffions vulgaires ? Que le poëte faffe agir ou parler
fes perfonnages, qu'il peigne les attentats du fanatifme ou les charmes et les dangers de l'amour, qu'il
tranfporte fes lecteurs fur un champ de bataille ou
dans le ciel que fon imagination a créé, par-tout
il eft philofophe, par-tout il paraît profondément
occupé des vrais intérêts du genre-humain. Du milieu
même des fictions on voit fortir de grandes vérités
fous un pinceau toujours brillant et toujours pur.

Parmi tous les poëmes épiques, la Henriade feule
a un but moral ; non qu'on puiffe dire qu'elle foit le
développement d'une feule vérité, idée pédantefque,

à

à laquelle un poëte ne peut affujettir fa marche, mais parce qu'elle refpire par-tout la haine de la guerre et du fanatifme, la tolérance et l'amour de l'humanité. Chaque poëme prend néceffairement la teinte du fiècle qui l'a vu naître ; et la Henriade eft née dans le fiècle de la raifon. Auffi plus la raifon fera de progrès parmi les hommes, plus ce poëme aura d'admirateurs.

On peut comparer la Henriade à l'Enéide : toutes deux portent l'empreinte du génie dans tout ce qui a dépendu du poëte, et n'ont que les défauts d'un fujet dont le choix a également été dicté par l'efprit national. Mais *Virgile* ne voulait que flatter l'orgueil des Romains, et *Voltaire* eut le motif plus noble de préferver les Français du fanatifme, en leur retraçant les crimes où il avait entraîné leurs ancêtres.

La Henriade, Oedipe et Mariamne avaient placé *Voltaire* bien au-deffus de fes contemporains, et femblaient lui affurer une carrière brillante, lorfqu'un événement fatal vint troubler fa vie. Il avait répondu par des paroles piquantes au mépris que lui avait témoigné un homme de la cour, qui s'en vengea en le fefant infulter par fes gens, fans compromettre fa fureté perfonnelle. Ce fut à la porte de l'hôtel de Sulli, où il dînait, qu'il reçut cet outrage dont le duc de *Sulli* ne daigna témoigner aucun reffentiment, perfuadé fans doute que les defcendans des Francs ont confervé droit de vie et de mort fur ceux des Gaulois. Les lois furent muettes ; le parlement de Paris, qui a puni ou fait punir de moindres outrages, lorfqu'ils ont eu pour objet quelqu'un de fes fubal-

Vie de Voltaire. B

ternes, crut ne rien devoir à un fimple citoyen qui
n'était que le premier homme de lettres de la nation,
et garda le filence.

Voltaire voulut prendre les moyens de venger
l'honneur outragé, moyens autorifés par les mœurs
des nations modernes, et profcrits par leurs lois : la
baftille, et au bout de fix mois l'ordre de quitter
Paris, furent la punition de fes premières démarches.
Le cardinal de *Fleuri* n'eut pas même la petite politique de donner à l'agreffeur la plus légère marque
de mécontentement. Ainfi lorfque les lois abandon-
naient les citoyens, le pouvoir arbitraire les punif-
fait de chercher une vengeance que ce filence rendait
légitime, et que les principes de l'honneur prefcri-
vaient comme néceffaire. Nous ofons croire que de
notre temps la qualité d'homme ferait plus refpectée,
que les lois ne feraient plus muettes devant le ridicule préjugé de la naiffance, et que, dans une querelle
entre deux citoyens, ce ne ferait pas à l'offenfé que
le miniftère enlèverait fa liberté et fa patrie.

Voltaire fit encore à Paris un voyage fecret et
inutile ; il vit trop qu'un adverfaire, qui difpofait à
fon gré de l'autorité miniftérielle et du pouvoir
judiciaire, pourrait également l'éviter et le perdre.
Il s'enfevelit dans la retraite, et dédaigna de s'occuper
plus long-temps de fa vengeance, ou plutôt il ne
voulut fe venger qu'en accablant fon ennemi du
poids de fa gloire, et en le forçant d'entendre répéter,
au bruit des acclamations de l'Europe, le nom qu'il
avait voulu avilir.

L'Angleterre fut fon afile. *Newton* n'était plus,
mais fon efprit régnait fur fes compatriotes qu'il avait

inftruits à ne reconnaître pour guides, dans l'étude de la nature, que l'expérience et le calcul. *Locke*, dont la mort était encore récente, avait donné le premier une théorie de l'ame humaine, fondée fur l'expérience, et montré la route qu'il faut fuivre en métaphyfique pour ne point s'égarer. La philofophie de *Shaftersbury*, commentée par *Bolingbroke*, embellie par les vers de *Pope*, avait fait naître en Angleterre un déifme qui annonçait une morale fondée fur des motifs faits pour émouvoir les ames élevées, fans offenfer la raifon.

Cependant en France les meilleurs efprits cherchaient encore à fubftituer, dans nos écoles, les hypothèfes de *Defcartes* aux abfurdités de la phyfique fcolaftique : une thèfe où l'on foutenait foit le fyftême de *Copernic*, foit les tourbillons, était une victoire fur les préjugés. Les idées innées étaient devenues prefque un article de foi aux yeux des dévots, qui d'abord les avaient prifes pour une héréfie. *Mallebranche*, qu'on croyait entendre, était le philofophe à la mode. On paffait pour un efprit fort lorfqu'on fe permettait de regarder l'exiftence de *cinq propofitions* dans le livre illifible de *Janfénius*, comme un fait indifférent au bonheur de l'efpèce humaine, ou qu'on ofait lire *Bayle* fans la permiffion d'un docteur en théologie.

Ce contrafte devait exciter l'enthoufiafme d'un homme qui, comme *Voltaire*, avait dès fon enfance fecoué tous les préjugés. L'exemple de l'Angleterre lui montrait que la vérité n'eft pas faite pour refter un fecret entre les mains de quelques philofophes, et d'un petit nombre de gens du monde inftruits, ou

B 2

plutôt endoctrinés par les philofophes ; riant avec eux
des erreurs dont le peuple eft la victime, mais s'en
rendant eux-mêmes les défenfeurs, lorfque leur état
ou leurs places leur y fait trouver un intérêt chimérique ou réel, et prêts à laiffer profcrire ou même
à perfécuter leurs précepteurs, s'ils ofent dire ce
qu'eux-mêmes penfent en fecret.

Dès ce moment *Voltaire* fe fentit appelé à détruire
les préjugés de toute efpèce, dont fon pays était
l'efclave. Il fentit la poffibilité d'y réuffir par un
mélange heureux d'audace et de foupleffe, en fachant
tantôt céder aux temps, tantôt en profiter ou les
faire naître ; en fe fervant tour à tour, avec adreffe,
du raifonnement, de la plaifanterie, du charme des
vers ou des effets du théâtre ; en rendant enfin la
raifon affez fimple pour devenir populaire, affez
aimable pour ne pas effrayer la frivolité, affez
piquante pour être à la mode. Ce grand projet de fe
rendre, par les feules forces de fon génie, le bienfaiteur de tout un peuple en l'arrachant à fes erreurs,
enflamma l'ame de *Voltaire*, échauffa fon courage. Il
jura d'y confacrer fa vie, et il a tenu parole.

La tragédie de Brutus fut le premier fruit de fon
voyage en Angleterre.

Depuis Cinna notre théâtre n'avait point retenti
des fiers accens de la liberté ; et, dans Cinna, ils
étaient étouffés par ceux de la vengeance. On trouva
dans Brutus la force de *Corneille* avec plus de pompe
et d'éclat, avec un naturel que *Corneille* n'avait pas,
et l'élégance foutenue de *Racine*. Jamais les droits
d'un peuple opprimé n'avaient été expofés avec plus
de force, d'éloquence, de précifion même, que dans

la seconde scène de Brutus. Le cinquième acte est un chef-d'œuvre de pathétique.

On a reproché au poëte d'avoir introduit l'amour dans ce sujet si imposant et si terrible, et surtout un amour sans un grand intérêt ; mais *Titus* entraîné par un autre motif que l'amour, eût été avili ; la sévérité de *Brutus* n'eût plus déchiré l'ame des spectateurs ; et si cet amour eût trop intéressé, il était à craindre que leur cœur n'eût trahi la cause de Rome. Ce fut après cette pièce que *Fontenelle* dit à *Voltaire*, *qu'il ne le croyait point propre à la tragédie, que son style était trop fort, trop pompeux, trop brillant. — Je vais donc relire vos pastorales*, lui répondit *Voltaire*.

Il crut alors pouvoir aspirer à une place à l'académie française, et on pouvait le trouver modeste d'avoir attendu si long-temps ; mais il n'eut pas même l'honneur de balancer les suffrages. Le *Gros de Boze* prononça, d'un ton doctoral, que *Voltaire* ne serait jamais un personnage académique.

Ce de *Boze*, oublié aujourd'hui, était un de ces hommes qui, avec peu d'esprit et une science médiocre, se glissent dans les maisons des grands et des gens en place, et y réussissent parce qu'ils ont précisément ce qu'il faut pour satisfaire la vanité d'avoir chez soi des gens de lettres, et que leur esprit ne peut ni inspirer la crainte ni humilier l'amour propre. De *Boze* était d'ailleurs un personnage important ; il exerçait alors à Paris l'emploi d'inspecteur de la librairie, que depuis la magistrature a usurpé sur les gens de lettres, à qui l'avidité des hommes riches ou accrédités ne laisse que les places dont les fonctions perfonnelles exigent des lumières et des talens.

Après Brutus, *Voltaire* fit la Mort de Céfar, fujet déjà traité par *Shakefpeare* dont il imita quelques fcènes en les embelliffant. Cette tragédie ne fut jouée qu'au bout de quelques années, et dans un collége. Il n'ofait rifquer fur le théâtre une pièce fans amour, fans femmes, et une tragédie en trois actes; car les innovations peu importantes ne font pas toujours celles qui foulèvent le moins les ennemis de la nouveauté. Les petits efprits doivent être plus frappés des petites chofes. Cependant un ftyle noble, hardi, figuré, mais toujours naturel et vrai; un langage digne du vainqueur et des libérateurs du monde; la force et la grandeur des caractères, le fens profond qui règne dans les difcours de ces derniers Romains, occupent et attachent les fpectateurs faits pour fentir ce mérite, les hommes qui ont dans le cœur ou dans l'efprit quelque rapport avec ces grands perfonnages, ceux qui aiment l'hiftoire, les jeunes gens enfin encore pleins de ces objets que l'éducation a mis fous leurs yeux.

Les tragédies hiftoriques, comme Cinna, la Mort de Pompée, Brutus, Rome fauvée, le Triumvirat de *Voltaire*, ne peuvent avoir l'intérêt du Cid, d'Iphigénie, de Zaïre, ou de Mérope. Les paffions douces et tendres du cœur humain ne pourraient s'y développer fans diftraire du tableau hiftorique qui en eft le fujet; les événemens ne peuvent y être difpofés avec la même liberté pour les faire fervir à l'effet théâtral. Le poëte y eft bien moins maître des caractères. L'intérêt, qui eft celui d'une nation ou d'une grande révolution, plutôt que celui d'un individu, est dès-lors bien plus faible, parce qu'il dépend de sentimens moins personnels et moins énergiques.

Mais, loin de proscrire ce genre, comme plus froid, comme moins favorable au génie dramatique du poëte, il faudrait l'encourager, parce qu'il ouvre un champ vaste au génie poëtique, qui peut y développer toutes les grandes vérités de la politique ; parce qu'il offre de grands tableaux historiques, et qu'enfin c'est celui qu'on peut employer avec plus de succès à élever l'ame et à la former. On doit, sans doute, placer au premier rang les poëmes qui, comme Mahomet, comme Alzire, font à la fois des tragédies intéressantes ou terribles, et de grands tableaux ; mais ces sujets font très-rares, et ils exigent des talens que *Voltaire* seul a réunis jusqu'ici.

On ne voulut point permettre d'imprimer la Mort de César. On fit un crime à l'auteur des sentimens républicains répandus dans sa pièce ; imputation d'autant plus ridicule que chacun parle son langage, que *Brutus* n'en est pas plus le héros que *César* ; que le poëte, dans un genre purement historique, en traçant ses portraits d'après l'histoire, en a conservé l'impartialité. Mais, sous le gouvernement à la fois tyrannique et pusillanime du cardinal de *Fleuri*, le langage de la servitude était le seul qui pût paraître innocent.

Qui croirait aujourd'hui que l'élégie sur la mort de mademoiselle *le Couvreur*, ait été pour *Voltaire* le sujet d'une persécution sérieuse qui l'obligea de quitter la capitale, où il savait qu'heureusement

l'abfence fait tout oublier , même la fureur de perfécuter !

Les théâtres font une inftitution vraiment utile :
c'eft par eux qu'une jeuneffe inappliquée et frivole
conferve encore quelque habitude de fentir et de
penfer, que les idées morales ne lui deviennent point
abfolument étrangères , que les plaifirs de l'efprit
exiftent pour elle. Les fentimens qu'excite la repréfentation d'une tragédie, élèvent l'ame , l'épurent, la
tirent de cette apathie, de cette perfonnalité , maladies
auxquelles l'homme riche et diffipé eft condamné par
la nature. Les fpectacles forment en quelque forte un
lien entre la claffe des hommes qui penfent et celle
des hommes qui ne penfent point. Ils adouciffent
l'auftérité des uns , et tempèrent dans les autres la
dureté qui naît de l'orgueil et de la légéreté. Mais,
par une fatalité fingulière , dans le pays où l'art du
théâtre a été porté au plus haut degré de perfection,
les acteurs, à qui le public doit le plus noble de fes
plaifirs, condamnés par la religion , font flétris par
un préjugé ridicule.

Voltaire ofa le combattre. Indigné qu'une actrice
célèbre, long-temps l'objet de l'enthoufiafme, enlevée par une mort prompte et cruelle , fût , en qualité
d'excommuniée, privée de la fépulture , il s'éleva
et contre la nation frivole qui foumettait lâchement
fa tête à un joug honteux , et contre la pufillanimité
des gens en place qui laiffaient tranquillement flétrir
ce qu'ils avaient admiré. Si les nations ne fe corri-
gent guère, elles fouffrent du moins les leçons avec
patience. Mais les prêtres , à qui les parlemens ne
laiffaient plus excommunier que les forciers et les

comédiens, furent irrités qu'un poëte osât leur disputer la moitié de leur empire, et les gens en place ne lui pardonnèrent point de leur avoir reproché leur indigne faibleffe.

Voltaire fentit qu'un grand fuccès au théâtre pouvait feul, en lui affurant la bienveillance publique, le défendre contre le fanatifme. Dans les pays où il n'exifte aucun pouvoir populaire, toute claffe d'hommes qui a un point de ralliement, devient une forte de puiffance. Un auteur dramatique eft fous la fauvegarde des fociétés pour lefquelles le fpectacle eft un amufement ou une reffource. Ce public, en applaudiffant à des allufions, bleffe ou flatte la vanité des gens en place, décourage ou ranime les partis élevés contre eux, et ils n'ofent le braver ouvertement. *Voltaire* donna donc Eryphile qui ne remplit point fon but; mais, loin de fe laiffer abattre par ce revers, il faifit le fujet de **Zaïre**, en conçoit le plan, achève l'ouvrage en dix-huit jours, et elle paraît fur le théâtre quatre mois après Eryphile.

Le fuccès paffa fes efpérances. Cette pièce eft la première où, quittant les traces de *Corneille* et de *Racine*, il ait montré un art, un talent et un ftyle qui n'étaient plus qu'à lui. Jamais un amour plus vrai, plus paffionné n'avait arraché de fi douces larmes; jamais aucun poëte n'avait peint les fureurs de la jaloufie dans une ame fi tendre, fi naïve, fi généreufe. On aime *Orofmane*; lors même qu'il fait frémir; il immole *Zaïre*, cette *Zaïre* fi intéreffante, fi vertueufe, et on ne peut le haïr. Et, s'il était poffible de fe diftraire d'*Orofmane* et de *Zaïre*, combien la religion n'est-elle pas imposante dans le vieux *Lusignan*! quelle noblesse le fanatique *Nérestan* met dans ses reproches! avec quel art le poëte a su présenter ces chrétiens qui viennent troubler une union si touchante! Une femme sensible et pieuse pleure sur *Zaïre* qui a sacrifié à son Dieu son amour et sa vie, tandis qu'un homme étranger au christianisme pleure *Zaïre* dont le cœur égaré, par sa tendresse pour son père, s'immole au préjugé superstitieux qui lui défend d'aimer un homme d'une secte étrangère : et c'est-là le chef-d'œuvre de l'art. Pour quiconque ne croit point aux livres juifs, Athalie n'est que l'école du fanatisme, de l'assassinat et du mensonge. Zaïre est dans toutes les opinions, comme pour tous les pays, la tragédie des cœurs tendres et des ames pures.

Elle fut suivie d'Adélaïde du Guesclin, également fondée sur l'amour, et où, comme dans Zaïre, des héros français, des événemens de notre histoire, rappelés en beaux vers, ajoutaient encore à l'intérêt : mais c'était le patriotisme d'un citoyen qui se plaît à rappeler des noms respectés et de grandes époques, et non ce *patriotisme d'antichambre*, qui depuis a tant réussi sur la scène française.

Adélaïde n'eut point de succès. Un plaisant du parterre avait empêché de finir Mariamne, en criant : *La reine boit ;* un autre fit tomber Adélaïde, en répondant : *Cousi , cousi*, à ce mot si noble, si touchant de *Vendôme : Es-tu content, Couci ?*

Cette même pièce reparut sous le nom du Duc de Foix, corrigée moins d'après le sentiment de l'auteur que sur les jugemens des critiques ; elle réussit mieux.

Mais lorfque, long-temps après, les trois coups de
marteau du Philofophe fans le favoir eurent appris
qu'on ne fifflerait plus le coup de canon d'Adélaïde,
lorfqu'elle fe remontra fur la fcène, malgré *Voltaire*
qui fe fouvenait moins des beautés de fa pièce que
des critiques qu'elle avait effuyées ; alors elle enleva
tous les fuffrages, alors on fentit toute la beauté du
rôle de *Vendôme* auffi amoureux qu'*Orofmane* ; l'un,
jaloux par la fuite d'un caractère impérieux, l'autre
par l'excès de fa paffion; l'un tyrannique par l'impé-
tuofité et la hauteur naturelle de fon ame, l'autre
par un malheur attaché à l'habitude du pouvoir
abfolu. *Orofmane*, tendre, défintéreffé dans fon amour,
fe rend coupable dans un moment de délire où le
plonge une erreur excufable, et s'en punit en s'im-
molant lui-même ; *Vendôme*, plus perfonnel, appartenant à fa paffion plus qu'à fa maîtreffe, forme, avec
une fureur plus tranquille, le projet de fon crime,
mais l'expie par fes remords et par le facrifice de fon
amour. L'un montre les excès et les malheurs où la
violence des paffions entraîne les ames généreufes,
l'autre, ce que peuvent le repentir et le fentiment
de la vertu fur les ames fortes, mais abandonnées à
leurs paffions.

On prétend que le Temple du Goût nuifit beaucoup au fuccès d'Adélaïde. Dans cet ouvrage charmant, *Voltaire* jugeait les écrivains du fiècle paffé,
et même quelques-uns de fes contemporains. Le
temps a confirmé tous fes jugemens ; mais alors ils
parurent autant de facriléges. En obfervant cette
intolérance littéraire, cette néceffité impofée à tout
écrivain qui veut conferver fon repos, de refpecter

les opinions établies fur le mérite d'un oratéur ou
d'un poëte ; cette fureur avec laquelle le public pourfuit ceux qui ofent, fur les objets même les plus
indifférens, ne penfer que d'après eux-mêmes ; on
ferait tenté de croire que l'homme eft intolérant par
fa nature. L'efprit, le génie, la raifon, ne garantiffent
pas toujours de ce malheur. Il eft bien peu d'hommes
qui n'aient pas en fecret quelques idoles dont ils ne
voient point de fang froid qu'on ofe affaiblir ou
détruire le culte.

Dans le grand nombre, ce fentiment a pour origine
l'orgueil et l'envie. On regarde , comme affectant
fur nous une fupériorité qui nous bleffe, l'écrivain
qui, en critiquant ceux que nous admirons, a l'air
de fe croire fupérieur à eux, et dès-lors à nous-mêmes.
On craint qu'en abattant la ftatue de l'homme qui
n'eft plus, il ne prétende élever à fa place celle d'un
homme vivant dont la gloire eft toujours un fpectacle affligeant pour la médiocrité. Mais fi des efprits
fupérieurs s'abandonnent à cette efpèce d'intolérance,
cette faibleffe excufable et paffagère, née de la pareffe
et de l'habitude, cède bientôt à la vérité, et ne produit ni l'injuftice ni la perfécution.

Dans fa retraite, *Voltaire* avait conçu l'heureux
projet de faire connaître à fa nation la philofophie,
la littérature, les opinions, les fectes de l'Angleterre;
et il fit fes Lettres fur les Anglais (*). *Newton*, dont
on ne connaiffait en France ni les opinions philofophiques, ni le fyftême du monde, ni prefque

_____

(*) La matière de ces lettres eft répandue , fous d'autres titres ,
dans les Oeuvres, et principalement dans le Dictionnaire philofophique.

même les expériences fur la lumière ; *Locke* , dont
le livre traduit en français, n'avait été lu que par
un petit nombre de philofophes ; *Bacon* , qui n'était
célèbre que comme chancelier ; *Shakefpeare*, dont le
génie et les fautes groffières font un phénomène dans
l'hiftoire de la littérature ; *Congrève* , *Wicherley* ,
Addiffon , *Pope* , dont les noms étaient prefque
inconnus même de nos gens de lettres ; ces quakers
fanatiques , fans être perfécuteurs , infenfés dans
leur dévotion , mais les plus raifonnables des chrétiens dans leur croyance et dans leur morale , ridicules aux yeux du refte des hommes pour avoir
outré deux vertus , l'amour de la paix et celui de
l'égalité ; les autres fectes qui fe partageaient l'Angleterre ; l'influence qu'un efprit général de liberté
y exerce fur la littérature , fur la philofophie , fur
les arts , fur les opinions , fur les mœurs ; l'hiftoire
de l'infertion de la petite vérole , reçue prefque fans
obftacle , et examinée fans prévention , malgré la
fingularité et la nouveauté de cette pratique : tels
furent les objets principaux traités dans cet ouvrage.

. *Fontenelle* avait le premier fait parler, à la raifon
et à la philofophie, un langage agréable et piquant;
il avait fu répandre fur les fciences la lumière
d'une philofophie toujours fage, fouvent fine, quelquefois profonde : dans les Lettres de *Voltaire* , on
trouve le mérite de *Fontenelle* avec plus de goût,
de naturel, de hardieffe et de gaieté. Un vieil attachement aux erreurs de *Defcartes* n'y vient pas
répandre fur la vérité des ombres qui la cachent ou
la défigurent. C'eft la logique et la plaifanterie des
Provinciales , mais s'exerçant fur de plus grands

objets , n'étant jamais corrompues par un vernis de dévotion monacale.

Cet ouvrage fut parmi nous l'époque d'une révolution ; il commença à y faire naître le goût de la philofophie et de la littérature anglaife ; à nous intérefler aux mœurs , à la politique , aux connaiffances commerciales de ce peuple ; à répandre fa langue parmi nous. Depuis , un engouement puéril a pris la place de l'ancienne indifférence ; et, par une fingularité remarquable , *Voltaire* a eu encore la gloire de le combattre et d'en diminuer l'influence.

Il nous avait appris à fentir le mérite de *Shakefpeare* , et à regarder fon théâtre comme une mine d'où nos poëtes pourraient tirer des tréfors ; et lorfqu'un ridicule enthoufiafme a préfenté comme un modèle à la nation de *Racine* et de *Voltaire*, ce poëte éloquent, mais fauvage et bizarre , et a voulu nous donner pour des tableaux énergiques et vrais de la nature , fes toiles chargées de compofitions abfurdes , et de caricatures dégoûtantes et groffières, *Voltaire* a défendu la caufe du goût et de la raifon. Il nous avait reproché la trop grande timidité de notre théâtre ; il fut obligé de nous reprocher d'y vouloir porter la licence barbare du théâtre anglais.

La publication de ces Lettres excita une perfécution dont , en les lifant aujourd'hui , on aurait peine à concevoir l'acharnement ; mais il y combattait les idées innées ; et les docteurs croyaient alors que, s'ils n'avaient point d'idées innées , il n'y aurait pas de caractères affez fenfibles pour diftinguer leur ame de celle des bêtes. D'ailleurs il y foutenait avec *Locke* , qu'il n'était pas rigoureufement

prouvé que DIEU n'aurait pas le pouvoir, s'il le
voulait abfolument, de donner à un élément de
la matière la faculté de penfer; et c'était aller contre
le privilége des théologiens qui prétendent favoir
à point nommé, et favoir feuls, tout ce que DIEU
a penfé, tout ce qu'il a fait ou pu faire, depuis
et même avant le commencement du monde.

Enfin il y examinait quelques paffages des *Penfées*
de Pafcal, ouvrage que les jéfuites même étaient
obligés de refpecter malgré eux, comme ceux de
St *Auguftin;* on fut fcandalifé de voir un poëte, un
laïque, ofer juger *Pafcal*. Il femblait qu'attaquer le
feul des défenfeurs de la religion chrétienne qui eût
auprès des gens du monde la réputation d'un grand-
homme, c'était attaquer la religion même, et que
fes preuves feraient affaiblies fi le géomètre, qui
avait promis de fe confacrer à fa défenfe, était
convaincu d'avoir fouvent mal raifonné.

Le clergé demanda la fuppreffion des Lettres fur
les Anglais, et l'obtint par un arrêt du confeil. Ces
arrêts fe donnent fans examen, comme une efpèce
de dédommagement du fubfide que le gouvernement
obtient des affemblées du clergé, et une récompenfe
de leur facilité à l'accorder. Les miniftres oublient
que l'intérêt de la puiffance féculière n'eft pas de
maintenir, mais de laiffer détruire, par les progrès
de la raifon, l'empire dont les prêtres ont fi long-
temps abufé avec tant de barbarie; et qu'il n'eft
pas d'une bonne politique d'acheter la paix de fes
ennemis, en leur facrifiant fes défenfeurs.

Le parlement brûla le livre, fuivant un ufage
jadis inventé par *Tibère*, et devenu ridicule depuis

l'invention de l'imprimerie ; mais il eſt des gens auxquels il faut plus de trois ſiècles pour commencer à s'apercevoir d'une abſurdité.

Toute cette perſécution s'exerçait dans le temps même où les miracles du diacre *Pâris* et ceux du père *Girard* couvraient les deux partis de ridicule et d'opprobre. Il était juſte qu'ils ſe réuniſſent contre un homme qui oſait prêcher la raiſon. On alla juſqu'à ordonner des informations contre l'auteur des *Lettres philoſophiques.* Le garde des ſceaux fit exiler *Voltaire* qui , alors abſent, fut averti à temps , évita les gens envoyés pour le conduire au lieu de ſon exil , et aima mieux combattre de loin et d'un lieu ſûr. Ses amis prouvèrent qu'il n'avait pas manqué à ſa promeſſe de ne point publier ſes Lettres en France, et qu'elles n'avaient paru que par l'infidélité d'un relieur. Heureuſement le garde des ſceaux était plus zélé pour ſon autorité que pour la religion , et beaucoup plus miniſtre que dévot. L'orage s'apaiſa, et *Voltaire* eut la permiſſion de reparaître à Paris.

Le calme ne dura qu'un inſtant. L'Epître à *Uranie*, juſqu'alors renfermée dans le ſecret , fut imprimée ; et, pour échapper à une perſécution nouvelle, *Voltaire* fut obligé de la déſavouer et de l'attribuer à l'abbé de *Chaulieu* , mort depuis pluſieurs années. Cette imputation lui feſait honneur comme poëte , ſans nuire à ſa réputation de chrétien. (*)

La néceſſité de mentir pour déſavouer un ouvrage, eſt une extrémité qui répugne également à la conſcience et à la nobleſſe du caractère ; mais le crime

_____

(*) Voyez les Oeuvres de *Chaulieu.*

eſt

eft pour les hommes injuftes qui rendent ce défaveu néceffaire à la fureté de celui qu'ils y forcent. Si vous avez érigé en crime ce qui n'en eft pas un, fi vous avez porté atteinte, par des lois abfurdes, ou par des lois arbitraires, au droit naturel qu'ont tous les hommes, non-feulement d'avoir une opinion, mais de la rendre publique ; alors vous méritez de perdre celui qu'a chaque homme d'entendre la vérité de la bouche d'un autre, droit qui fonde feul l'obligation rigoureufe de ne pas mentir. S'il n'eft pas permis de tromper, c'eft parce que, tromper quelqu'un, c'eft lui faire un tort, ou s'expofer à lui en faire un ; mais le tort fuppofe un droit, et perfonne n'a celui de chercher à s'affurer les moyens de commettre une injuftice.

Nous ne difculpons point *Voltaire* d'avoir donné fon ouvrage à l'abbé de *Chaulieu ;* une telle imputation, indifférente en elle-même, n'eft, comme on fait, qu'une plaifanterie. C'eft une arme qu'on donne aux gens en place, lorfqu'ils font difpofés à l'indulgence, fans ofer en convenir, et dont ils fe fervent pour repouffer les perfécuteurs plus férieux et plus acharnés.

L'indifcrétion avec laquelle les amis de *Voltaire* récitèrent quelques fragmens de la Pucelle, fut la caufe d'une nouvelle perfécution. Le garde des fceaux menaça le poëte *d'un cu de baffe foffe, fi jamais il paraiffait rien de cet ouvrage.* A une longue diftance du temps où ces tyrans fubalternes, fi bouffis d'une puiffance éphémère, ont ofé tenir un tel langage à des hommes qui font la gloire de leur patrie et de leur fiècle, le fentiment de mépris qu'on éprouve ne

Vie de Voltaire. C

laiſſe plus de place à l'indignation. L'oppreſſeur et l'opprimé ſont également dans la tombe, mais le nom de l'opprimé, porté par la gloire aux ſiècles à venir, préſerve ſeul de l'oubli, et dévoue à une honte éternelle celui de ſes lâches perſécuteurs.

Ce fut dans le cours de ces orages que le lieutenant de police *Hérault* dit un jour à *Voltaire: Quoi que vous écriviez , vous ne viendrez pas à bout de détruire la religion chrétienne.* — *C'eſt ce que nous verrons*, répondit-il. (*)

Dans un moment où l'on parlait beaucoup d'un homme arrêté ſur une lettre de cachet ſuſpecte de fauſſeté, il demanda au même magiſtrat ce qu'on feſait à ceux qui fabriquaient de fauſſes lettres de cachet. — *On les pend.* — *C'eſt toujours bien fait, en attendant qu'on traite de même ceux qui en ſignent de vraies.*

Fatigué de tant de perſécutions, *Voltaire* crut alors devoir changer ſa manière de vivre. Sa fortune lui en laiſſait la liberté. Les philoſophes anciens vantaient la pauvreté comme la ſauvegarde de l'indépendance; *Voltaire* voulut devenir riche pour être indépendant; et il eut également raiſon. On ne connaiſſait point chez les anciens ces richeſſes ſecrètes qu'on peut s'aſſurer à la fois dans différens pays, et mettre à l'abri de tous les orages. L'abus des confiſcations y rendait les richeſſes auſſi dangereuſes par elles-mêmes que la gloire ou la faveur populaire. L'immenſité de l'empire romain, et la petiteſſe des républiques grecques, empêchaient également de ſouſtraire à ſes ennemis ſes richeſſes et ſa perſonne.

(*) Voyez la correſpondance générale.

La différence des mœurs entre les nations voisines, l'ignorance presque générale de toute langue étrangère, une moins grande communication entre les peuples, étaient autant d'obstacles au changement de patrie.

D'un autre côté, les anciens connaissaient moins ces aisances de la vie, nécessaires parmi nous à tous ceux qui ne sont point nés dans la pauvreté. Leur climat les assujettissait à moins de besoins réels, et les riches donnaient plus à la magnificence, aux raffinemens de la débauche, aux excès, aux fantaisies, qu'aux commodités habituelles et journalières. Ainsi, en même temps qu'il leur était à la fois plus facile d'être pauvres, et plus difficile d'être riches sans danger, les richesses n'étaient pas chez eux, comme parmi nous, un moyen de se soustraire à une oppression injuste.

Ne blâmons donc point un philosophe d'avoir, pour assurer son indépendance, préféré les ressources que les mœurs de son siècle lui présentaient, à celles qui convenaient à d'autres mœurs et à d'autres temps.

Voltaire avait hérité de son père et de son frère une fortune honnête; l'édition de la Henriade, faite à Londres, l'avait augmentée; des spéculations heureuses dans les fonds publics y ajoutèrent encore : ainsi, à l'avantage d'avoir une fortune qui assurait son indépendance, il joignit celui de ne la devoir qu'à lui-même. L'usage qu'il en fit aurait dû la lui faire pardonner.

Des secours à des gens de lettres, des encouragemens à des jeunes gens en qui il croyait apercevoir le germe du talent, en absorbaient une grande partie. C'eft furtout à cet ufage qu'il deftinait le faible profit qu'il tirait de fes ouvrages ou de fes pièces de théâtre, lorfqu'il ne les abandonnait pas aux comédiens. Jamais auteur ne fut cependant plus cruellement accufé d'avoir eu des torts avec fes libraires ; mais ils avaient à leurs ordres toute la canaille littéraire, avide de calomnier la conduite de l'homme dont ils favaient trop qu'ils ne pouvaient étouffer les ouvrages. L'orgueilleufe médiocrité, quelques hommes de mérite bleffés d'une fupériorité trop inconteftable, les gens du monde toujours empreffés d'avilir des talens et des lumières, objets fecrets de leur envie, les dévots intéreffés à décrier *Voltaire* pour avoir moins à le craindre : tous s'empreffaient d'accueillir les calomnies des libraires et des *Zoïles*. Mais les preuves de la fauffeté de ces imputations fubfiftent encore avec celles des bienfaits dont *Voltaire* a comblé quelques-uns de fes calomniateurs ; et nous n'avons pu les voir fans gémir, et fur le malheur du génie condamné à la calomnie, trifte compenfation de la gloire, et fur cette honteufe facilité à croire tout ce qui peut difpenfer d'admirer.

Voltaire n'ayant donc befoin, pour fa fortune, ni de cultiver des protecteurs, ni de folliciter des places, ni de négocier avec des libraires, renonça au féjour de la capitale. Jufqu'au miniftère du cardinal de *Fleuri*, et jufqu'à fon voyage en Angleterre, il avait vécu dans le plus grand monde. Les princes, les grands, ceux qui étaient à la tête des affaires, les gens à la mode, les femmes les plus brillantes, étaient recherchés par lui et le recherchaient. Par-tout il plaifait, il était fêté; mais par-tout il infpirait l'envie et la crainte. Supérieur par fes talens, il l'était encore par l'efprit qu'il montrait dans la converfation; il y portait tout ce qui rend aimables les gens d'un efprit frivole, et y mêlait les traits d'un efprit fupérieur. Né avec le talent de la plaifanterie, fes mots étaient fouvent répétés, et c'en était affez pour qu'on donnât le nom de méchanceté à ce qui n'était que l'expreffion vraie de fon jugement, rendue piquante par la tournure naturelle de fon efprit.

A fon retour d'Angleterre, il fentit que, dans les fociétés où l'amour propre et la vanité raffemblent les hommes, il trouverait peu d'amis; et il ceffa de s'y répandre, fans cependant rompre avec elles. Le goût qu'il y avait pris pour la magnificence, pour la grandeur; pour tout ce qui eft brillant et recherché, était devenu une habitude; il le conferva même dans la retraite; ce goût embellit fouvent fes ouvrages; il influa quelquefois fur fes jugemens. Rendu à fa patrie, il fe réduifit à ne vivre habituellement qu'avec un petit nombre d'amis. Il avait perdu M. de *Génonville* et M. de *Maifons* dont il a pleuré la mort dans des vers fi touchans, monumens de cette fenfibilité vraie et profonde que la nature avait mife dans fon cœur, que fon génie répandit dans fes ouvrages, et qui fut le germe heureux de ce zèle ardent pour le bonheur des hommes, noble et dernière paffion de fa vieilleffe. Il lui reftait M. d'*Argental* dont la longue vie n'a été qu'un fentiment de tendreffe et d'admiration pour *Voltaire*, et qui en fut récompenfé par fon amitié et fa confiance; il lui reftait MM. de *Formont* et de

C 3

Cideville qui étaient les confidens de fes ouvrages et de fes projets.

Mais vers le temps de ces perfécutions, une autre amitié vint lui offrir des confolations plus douces, et augmenter fon amour pour la retraite. C'était celle de la marquife *du Châtelet*, paffionnée comme lui pour l'étude et pour la gloire ; philofophe, mais de cette philofophie qui prend fa fource dans une ame forte et libre ; ayant approfondi la métaphyfique et la géométrie, affez pour analyfer *Leibnitz* et pour traduire *Newton ;* cultivant les arts, mais fachant les juger et leur préférer la connaiffance de la nature et des hommes ; n'aimant de l'hiftoire que les grands réfultats qui portent la lumière fur les fecrets de la nature humaine ; fupérieure à tous les préjugés par la force de fon caractère comme par celle de fa raifon, et n'ayant pas la faibleffe de cacher combien elle les dédaignait ; fe livrant aux frivolités de fon fexe, de fon état et de fon âge, mais les méprifant et les abandonnant fans regret pour la retraite, le travail et l'amitié ; excitant enfin, par fa fupériorité, la jaloufie des femmes, et même de la plupart des hommes avec lefquels fon rang l'obligeait de vivre, et leur pardonnant fans effort. Telle était l'amie que choifit *Voltaire* pour paffer avec lui des jours remplis par le travail, et embellis par leur amitié commune.

Fatigué de querelles littéraires, révolté de voir la ligue que la médiocrité avait formée contre lui, foutenue en fecret par des hommes que leur mérite eût dû préferver de cette indigne affociation ; trouvant, depuis qu'il avait ofé dire des vérités, autant de délateurs qu'il avait de critiques, et les voyant armer sans cesse contre lui la religion et le gouvernement, parce qu'il fefait bien des vers, il chercha dans les sciences une occupation plus tranquille.

Il voulut donner une exposition élémentaire des découvertes de *Newton* sur le système du monde et sur la lumière, les mettre à la portée de tous ceux qui avaient une légère teinture des sciences mathématiques, et faire connaître en même temps les opinions philosophiques de *Newton*, et ses idées sur la chronologie ancienne.

Lorsque ces Elémens parurent, le cartésianisme dominait encore, même dans l'académie des sciences de Paris. Un petit nombre de jeunes géomètres avaient eu seuls le courage de l'abandonner, et il n'existait, dans notre langue, aucun ouvrage où l'on pût prendre une idée des grandes découvertes publiées en Angleterre depuis un demi-siècle.

Cependant on refusa un privilége à l'auteur. Le chancelier d'*Aguesseau* s'était fait cartésien dans sa jeunesse, parce que c'était alors la mode parmi ceux qui se piquaient de s'élever au-dessus des préjugés vulgaires ; et ses sentimens politiques et religieux s'unissaient contre *Newton* à ses opinions philosophiques. Il trouvait qu'un chancelier de France ne devait pas souffrir qu'un philosophe anglais, à peine chrétien, l'emportât sur un français qu'on supposait orthodoxe. D'*Aguesseau* avait une mémoire immense ; une application continue l'avait rendu très-profond dans plusieurs genres d'érudition ; mais sa tête fatiguée à force de recevoir et de retenir les opinions des autres, n'avait la force ni de combiner ses propres

idées, ni de fe former des principes fixes et précis.
Sa fuperftition, fa timidité, fon refpect pour les
ufages anciens, fon indécifion, rétréciffaient fes vues
pour la réforme des lois, et arrêtaient fon activité.
Il mourut après un long miniftère, ne laiffant à la
France que le regret de voir fes grandes vertus
demeurées inutiles, et fes rares qualités perdues
pour la nation.

Sa févérité pour les Elémens de la philofophie de
Newton n'eft pas la feule petiteffe qui ait marqué
fon adminiftration de la librairie : il ne voulait point
donner de priviléges pour les romans ; et il ne
confentit à laiffer imprimer *Cléveland* qu'à condition
que le héros changerait de religion.

Voltaire fe livrait en même temps à l'étude de la
phyfique, interrogeait les favans dans tous les genres,
répétait leurs expériences, ou en imaginait de nouvelles.

Il concourut pour le prix de l'académie des
fciences fur la nature et la propagation du feu, prit
pour devife ce diftique qui, par fa précifion et fon
énergie, n'eft pas indigne de l'auteur de la Henriade:

Ignis ubiquè latet naturam amplectitur omnem,
Cuncta parit, renovat, dividit, unit, alit.

Le prix fut donné à l'illuftre *Euler*, par qui, dans
la carrière des fciences, il n'était humiliant pour
perfonne d'être vaincu. Madame *du Châtelet* avait
concouru en même temps que fon ami ; et ces deux
pièces obtinrent une mention très-honorable.

La difpute fur la mefure des forces occupait alors

les mathématiciens. *Voltaire*, dans un mémoire présenté à l'académie, et approuvé par elle, prit le parti de *Defcartes* et de *Newton* contre *Leibnitz* et les *Bernouilli*, et même contre madame *du Châtelet* qui était devenue leibnitzienne.

Nous fommes loin de prétendre que ces ouvrages puiffent ajouter à la gloire de *Voltaire*, ou même qu'ils puiffent lui mériter une place parmi les favans; mais le mérite d'avoir fait connaître aux Français qui ne font pas géomètres, *Newton*, le véritable fyftême du monde, et les principaux phénomènes de l'optique, peut être compté dans la vie d'un philofophe.

Il eft utile de répandre dans les efprits des idées juftes fur des objets qui femblent n'appartenir qu'aux fciences, lorfqu'il s'agit ou de faits généraux, importans dans l'ordre du monde, ou de faits communs qui fe préfentent à tous les yeux. L'ignorance abfolue eft toujours accompagnée d'erreurs, et les erreurs en phyfique fervent fouvent d'appui à des préjugés d'une efpèce plus dangereufe. D'ailleurs les connaiffances phyfiques de *Voltaire* ont fervi fon talent pour la poëfie. Nous ne parlons pas feulement ici des pièces où il a eu le mérite rare d'exprimer en vers des vérités précifes fans les défigurer, fans ceffer d'être poëte, de s'adreffer à l'imagination et de flatter l'oreille; l'étude des fciences agrandit la fphère des idées poëtiques, enrichit les vers de nouvelles images: fans cette reffource la poëfie, néceffairement refferrée dans un cercle étroit, ne ferait plus que l'art de rajeunir avec adreffe, et en vers harmonieux, des idées communes et des peintures épuifées.

Sur quelque genre que l'on s'exerce, celui qui a
dans un autre des lumières étendues ou profondes,
aura toujours un avantage immenfe. Le génie
poëtique de *Voltaire* aurait été le même ; mais il
n'aurait pas été un fi grand poëte, s'il n'eût point
cultivé la phyfique, la philofophie, l'hiftoire. Ce
n'eft pas feulement en augmentant le nombre des
idées que ces études étrangères font utiles, elles per-
fectionnent l'efprit même, parce qu'elles en exercent
d'une manière plus égale les diverfes facultés.

Après avoir donné quelques années à la phyfique,
Voltaire confulta fur fes progrès *Clairaut* qui eut la
franchife de lui répondre qu'avec un travail opiniâtre
il ne parviendrait qu'à devenir un favant médiocre,
et qu'il perdrait inutilement pour fa gloire un temps
dont il devait compte à la poëfie et à la philofophie.
Voltaire l'entendit et céda au goût naturel qui fans
ceffe le ramenait vers les lettres, et au vœu de fes
amis qui ne pouvaient le fuivre dans fa nouvelle
carrière. Auffi cette retraite de Cirey ne fut-elle point
toute entière abforbée par les fciences.

C'eft là qu'il fit Alzire, Zulime, Mahomet, qu'il
acheva fes Difcours fur l'homme, qu'il écrivit l'Hiftoire de *Charles XII*, prépara le Siècle de *Louis XIV*,
et raffembla des matériaux pour fon Effai fur les
mœurs et l'efprit des nations, depuis *Charlemagne*
jufqu'à nos jours.

Alzire et Mahomet font des monumens immortels
de la hauteur à laquelle la réunion du génie de la
poëfie à l'efprit philofophique peut élever l'art de la
tragédie. Cet art ne fe borne point dans ces pièces
à effrayer par le tableau des paffions, à les réveiller

dans les ames, à faire couler les douces larmes de
la pitié ou de l'amour ; il y devient celui d'éclairer
les hommes, et de les porter à la vertu. Ces citoyens
oisifs qui vont porter au théâtre le triste embarras de
finir une inutile journée, y sont appelés à discuter
les plus grands intérêts du genre-humain. On voit
dans Alzire les vertus nobles, mais sauvages et
impétueuses de l'homme de la nature, combattre les
vices de la société corrompue par le fanatisme et
l'ambition, et céder à la vertu perfectionnée par la
raison dans l'ame d'*Alvarès* ou de *Gusman* mourant
et désabusé. On y voit à la fois comment la société
corrompt l'homme en mettant des préjugés à la
place de l'ignorance, et comment elle le perfectionne, dès que la vérité prend celle des erreurs.
Mais le plus funeste des préjugés est le fanatisme ;
et *Voltaire* voulut immoler ce monstre sur la scène,
et employer, pour l'arracher des ames, ces effets
terribles que l'art du théâtre peut seul produire.

Sans doute il était aisé de rendre un fanatique
odieux ; mais que ce fanatique soit un grand-homme,
qu'en l'abhorrant on ne puisse s'empêcher de l'admirer ;
qu'il descende à d'indignes artifices sans être avili ;
qu'occupé d'établir une religion et d'élever un empire,
il soit amoureux sans être ridicule ; qu'en commet-
tant tous les crimes, il ne fasse pas éprouver cette
horreur pénible qu'inspirent les scélérats ; qu'il ait
à la fois le ton d'un prophète et le langage d'un
homme de génie ; qu'il se montre supérieur au
fanatisme dont il enivre ses ignorans et intrépides
disciples, sans que jamais la bassesse attachée à l'hypocrisie dégrade son caractère ; qu'enfin ses crimes soient

couronnés, par le fuccès, qu'il triomphe et qu'il
paraiffe affez puni par fes remords : voilà ce que le
talent dramatique n'eût pu faire s'il n'avait été joint
à un efprit fupérieur.

Mahomet fut d'abord joué à Lille, en 1741. On
remit à *Voltaire*, pendant la première repréfentation,
un billet du roi de Pruffe qui lui mandait la victoire
de Molwitz ; il interrompit la pièce pour le lire aux
fpectateurs. *Vous verrez*, dit-il à fes amis réunis
autour de lui, *que cette pièce de Molwitz fera réuffir
la mienne*. On ofa la rifquer à Paris ; mais les cris
des fanatiques obtinrent de la faibleffe du cardinal de
Fleuri d'en faire défendre la repréfentation. *Voltaire*
prit le parti d'envoyer fa pièce à *Benoît XIV*, avec
deux vers latins pour fon portrait. *Lambertini*, pontife
tolérant, prince facile, mais homme de beaucoup
d'efprit, lui répondit avec bonté, et lui envoya des
médailles. *Crébillon* fut plus fcrupuleux que le pape.
Il ne voulut jamais confentir à laiffer jouer une
pièce qui, en prouvant qu'on pouvait porter la terreur
tragique à fon comble, fans facrifier l'intérêt et fans
révolter par des horreurs dégoûtantes, était la fatire
du genre dont il avait l'orgueil de fe croire le créateur
et le modèle.

Ce ne fut qu'en 1751 que M. d'*Alembert*, nommé
par M. le comte d'*Argenfon* pour examiner Mahomet,
eut le courage de l'approuver, et de s'expofer en
même temps à la haine des gens de lettres liguées
contre *Voltaire*, et à celle des dévots ; courage d'autant
plus refpectable que l'approbateur d'un ouvrage n'en
partageant pas la gloire, il ne pouvait avoir aucun
autre dédommagement du danger auquel il s'expofait

que le plaifir d'avoir fervi l'amitié, et préparé un triomphe à la raifon.

Zulime n'eut point de fuccès ; et tous, les efforts de l'auteur pour la corriger, et pour en pallier les défauts, ont été inutiles. *Une tragédie eſt une expérience ſur le cœur humain*, et cette expérience ne réuſſit pas toujours, même entre les mains les plus habiles. Mais le rôle de *Zulime* eſt le premier au théâtre où une femme paſſionnée et entraînée à des actions criminelles, ait conſervé la générofité et le défintéreſſement de l'amour. Ce caractère fi vrai, fi violent et fi tendre, eût peut-être mérité l'indulgence des fpectateurs, et les juges du théâtre auraient pu, en faveur de la beauté neuve de ce rôle, pardonner à la faibleſſe des autres fur laquelle l'auteur s'était condamné lui-même avec tant de févérité et de franchife.

Les Difcours fur l'homme font un des plus beaux monumens de la poëſie françaife. S'ils n'offrent point un plan régulier comme les épîtres de *Pope*, ils ont l'avantage de renfermer une philofophie plus vraie, plus douce, plus ufuelle. La variété des tons, une forte d'abandon, une fenfibilité touchante, un enthouſiaſme toujours noble, toujours vrai, leur donne un charme que l'efprit, l'imagination et le cœur goûtent tour à tour ; charme dont *Voltaire* a feul connu le fecret ; et ce fecret eſt celui de toucher, de plaire, d'inftruire fans fatiguer jamais, d'écrire pour tous les efprits comme pour tous les âges. Souvent on y voit briller des éclairs d'une philofophie profonde qui, prefque toujours exprimée en fentiment ou en image, paraît fimple et populaire : talent auſſi utile,

auffi rare que celui de donner un air de profondeur
à des idées fauffes et triviales eft commun et dangereux.

En quittant la lecture de *Pope*, on admire fon
talent et l'adreffe avec laquelle il défend fon fyftême;
mais l'ame eft tranquille, et l'efprit retrouve bientôt
toutes fes objections plutôt éludées que détruites.
On ne peut quitter *Voltaire* fans être encouragé ou
confolé, fans emporter avec le fentiment douloureux
des maux auxquels la nature a condamné les hommes,
celui des reffources qu'elle leur a préparées.

La vie de *Charles XII* eft le premier morceau
d'hiftoire que *Voltaire* ait publié. Le ftyle auffi rapide
que les exploits du héros, entraîne dans une fuite non
interrompue d'expéditions brillantes, d'anecdotes
fingulières, d'événemens romanefques qui ne laiffent
repofer ni la curiofité ni l'intérêt. Rarement quelques
réflexions viennent interrompre le récit; l'auteur s'eft
oublié lui-même pour faire agir fes perfonnages. Il
femble qu'il ne faffe que raconter ce qu'il vient
d'apprendre fur fon héros. Il n'eft queftion que de
combats, de projets militaires; et cependant on y
aperçoit par-tout l'efprit d'un philofophe, et l'ame
d'un défenfeur de l'humanité.

Voltaire n'avait écrit que fur des mémoires originaux, fournis par les témoins même des événemens;
et fon exactitude a eu pour garant le témoignage
refpectable de *Staniflas*, l'ami, le compagnon, la
victime de *Charles XII*.

Cependant on accufa cette hiftoire de n'être
qu'un roman, parce qu'elle en avait tout l'intérêt.
Si peut-être jamais aucun homme n'excita autant

d'enthoufiafme, jamais peut-être perfonne ne fut traité avec moins d'indulgence que *Voltaire*. Comme en France la réputation d'efprit eft de toutes la plus enviée, et qu'il était impoffible que la fienne en ce genre n'effaçât toutes les autres, on s'acharnait à lui contefter tout le refte ; et la prétention à l'efprit étant au moins auffi inquiète dans les autres claffes que dans celle des gens de lettres, il avait prefqu'autant de jaloux que de lecteurs.

C'était en vain que *Voltaire* avait cru que la retraite de Cirey le déroberait à la haine : il n'avait caché que fa perfonne ; et fa gloire importunait encore fes ennemis. Un libelle où l'on calomniait fa vie entière, vint troubler fon repos. On le traitait comme un prince ou comme un miniftre, parce qu'il excitait autant d'envie. L'auteur de ce libelle était cet abbé *Desfontaines* qui devait à *Voltaire* la liberté, et peut-être la vie. Accufé d'un vice honteux que la fuperftition a mis au rang des crimes, il avait été emprifonné dans un temps où, par une atroce et ridicule politique, on croyait très à propos de brûler quelques hommes, afin d'en dégoûter un autre de ce vice pour lequel on le foupçonnait fauffement de montrer quelque penchant.

Voltaire inftruit du malheur de l'abbé *Desfontaines* dont il ne connaiffait pas la perfonne, et qui n'avait auprès de lui d'autre recommandation que de cultiver les lettres, courut à Fontainebleau trouver madame de *Prie*, alors toute puiffante, et obtint d'elle la liberté du prifonnier, à condition qu'il ne fe montrerait point à Paris. Ce fut encore *Voltaire* qui lui procura une retraite dans la terre d'une de fes amies.

Desfontaines y fit un libelle contre fon bienfaiteur. On l'obligea de le jeter au feu, mais jamais il ne lui pardonna de lui avoir fauvé la vie. Il faififfait avidement dans les journaux toutes les occafions de le bleffer ; c'était lui qui avait fait dénoncer, par un prêtre de féminaire, le Mondain, badinage ingénieux où *Voltaire* a voulu montrer comment le luxe, en adouciffant les mœurs, en animant l'induftrie, prévient une partie des maux qui naiffent de l'inégalité des fortunes et de la dureté des riches.

Cette dénonciation l'expofa au danger d'une nouvelle expatriation, parce qu'au reproche de prêcher la volupté, fi grave aux yeux des gens qui ont befoin de couvrir des vices plus réels du manteau de l'auftérité, on joignit le reproche plus dangereux de s'être moqué des plaifirs de nos premiers pères.

Enfin le journalifte publia *la Voltairomanie*. Ce fut alors que *Voltaire*, qui depuis long-temps fouffrait en filence les calomnies de *Desfontaines* et de *Rouffeau*, s'abandonna aux mouvemens d'une colère dont ces vils ennemis n'étaient pas dignes.

Non content de fe venger en livrant fes adverfaires au mépris public, en les marquant de ces traits que le temps n'efface point, il pourfuivit *Desfontaines* qui en fut quitte pour défavouer le libelle, et fe mit à en faire d'autres pour fe confoler. C'eft donc à quarante-quatre ans, après vingt années de patience, que *Voltaire* fortit pour la première fois de cette modération dont il ferait à défirer que les gens de lettres ne s'écartaffent jamais. S'ils ont reçu de la nature le talent fi redoutable de dévouer leurs ennemis au ridicule et à la honte, qu'ils dédaignent d'employer

cette

cette arme dangereuse à venger leurs propres querelles, et qu'ils la réservent contre les persécuteurs
de la vérité et les ennemis des droits des hommes!

La liaison qui se forma, vers le même temps,
entre *Voltaire* et le prince royal de Prusse, était une
des premières causes des emportemens où ses ennemis
se livrèrent alors contre lui. Le jeune *Frédéric* n'avait
reçu de son père que l'éducation d'un soldat; mais
la nature le destinait à être un homme d'un esprit
aimable, étendu et élevé, aussi-bien qu'un grand
général. Il était relégué à Rémusberg par son père
qui, ayant formé le projet de lui faire couper la
tête, en qualité de déserteur, parce qu'il avait voulu
voyager sans sa permission, avait cédé aux représen-
tations du ministre de l'empereur, et s'était contenté
de le faire assister au supplice d'un de ses compagnons
de voyage.

Dans cette retraite, *Frédéric* passionné pour la langue
française, pour les vers, pour la philosophie, choisit
Voltaire pour son confident et pour son guide. Ils
s'envoyaient réciproquement leurs ouvrages; le prince
consultait le philosophe sur ses travaux, lui demandait
des conseils et des leçons. Ils discutaient ensemble
les questions de la métaphysique les plus curieuses
comme les plus insolubles. Le prince étudiait alors
Volf dont il abjura bientôt les systêmes et l'inintelli-
gible langage, pour une philosophie plus simple et
plus vraie. Il travaillait en même temps à réfuter
Machiavel, c'est-à-dire à prouver que la politique
la plus sûre pour un prince, est de conformer sa
conduite aux règles de la morale, et que son intérêt
ne le rend pas nécessairement ennemi de ses peuples

Vie de Voltaire. D

et de fes voifins, comme *Machiavel* l'avait fuppofé, foit par efprit de fyftême, foit pour dégoûter fes compatriotes du gouvernement d'un feul, vers lequel la laffitude d'un gouvernement populaire, toujours orageux et fouvent cruel, femblait les porter.

Dans le fiècle précédent *Ticho-Brahé*, *Defcartes*, *Leibnitz*, avaient joui de la fociété des fouverains, et avaient été comblés des marques de leur eftime; mais la confiance, la liberté ne régnaient pas dans ce commerce trop inégal. *Frédéric* en donna le premier exemple que malheureufement pour fa gloire il n'a pas foutenu. Le prince envoya fon ami, le baron de *Keyferling*, vifiter *les divinités de Cirey*, et porter à *Voltaire* fon portrait et fes manufcrits. Le philofophe était touché, peut-être même flatté de cet hommage; mais il l'était encore plus de voir un prince deftiné pour le trône, cultiver les lettres, fe montrer l'ami de la philofophie, et l'ennemi de la fuperftition. Il efpérait que l'auteur de l'*Anti-Machiavel* ferait un roi pacifique; et il s'occupait avec délices de faire imprimer fecrétement le livre qu'il croyait devoir lier le prince à la vertu, par la crainte de démentir fes propres principes, et de trouver fa condamnation dans fon propre ouvrage.

Frédéric, en montant fur le trône, ne changea point pour *Voltaire*. Les foins du gouvernement n'affaiblirent ni fon goût pour les vers, ni fon avidité pour les ouvrages confervés alors dans le porte-feuille de *Voltaire*, et dont avec madame *du Châtelet* il était prefque le feul confident; mais une de fes premières démarches, fut de faire fufpendre la publication de l'*Anti-Machiavel*. *Voltaire* obéit; et fes foins qu'il

donnait à regret, furent infructueux. Il désirait encore
plus que son disciple, devenu roi, prît un engagement
public qui répondît de sa fidélité aux maximes philosophiques. Il alla le voir à Véfel, et fut étonné de
trouver un jeune roi en uniforme, sur un lit de
camp, ayant le frisson de la fièvre. Cette fièvre
n'empêcha point le roi de profiter du voisinage pour
faire payer à l'évêque de Liége une ancienne dette
oubliée. *Voltaire* écrivit le mémoire qui fut appuyé
par des soldats; et il revint à Paris content d'avoir
vu que son héros était un homme très-aimable : mais
il résista aux offres qu'il lui fit pour l'attirer auprès
de lui, et préféra l'amitié de madame *du Châtelet* à
la faveur d'un roi, et d'un roi qui l'admirait.

Le roi de Prusse déclara la guerre à la fille de
Charles VI, et profita de sa faiblesse pour faire valoir
d'anciennes prétentions sur la Silésie. Deux batailles
lui en assurèrent la possession. Le cardinal de *Fleuri*
qui avait entrepris la guerre malgré lui, négociait
toujours en secret. L'impératrice sentit que son intérêt
n'était pas de traiter avec la France contre laquelle
elle espérait des alliés utiles, qui se chargeraient des
frais de la guerre, tandis que, si elle n'avait plus à
combattre que le roi de Prusse, elle resterait aban-
donnée à elle-même, et verrait les vœux et les
secours secrets des mêmes puissances se tourner vers
son ennemi. Elle aima mieux étouffer son ressentiment, instruire le roi de Prusse des propositions du
cardinal, le déterminer à la paix par cette confidence,
et acheter, par le sacrifice de la Silésie, la neutralité
de l'ennemi le plus à craindre pour elle.

La guerre n'avait pas interrompu la correspondance

du roi de Pruſſe et de *Voltaire*. Le roi lui envoyait
des vers du milieu de ſon camp, en ſe préparant à
une bataille, ou pendant le tumulte d'une victoire;
et *Voltaire*, en louant ſes exploits, en careſſant ſa
gloire militaire, lui prêchait toujours l'humanité et
la paix.

Le cardinal de *Fleuri* mourut. *Voltaire* avait été
aſſez lié avec lui, parce qu'il était curieux de connaître
les anecdotes du règne de *Louis XIV*, et que *Fleuri*
aimait à les conter, s'arrêtant ſurtout à celles qui
pouvaient le regarder, et ne doutant pas que *Voltaire*
ne s'empreſsât d'en remplir ſon hiſtoire; mais la haine
naturelle de *Fleuri*, et de tous les hommes faibles,
pour qui s'élève au-deſſus des forces communes,
l'emporta ſur ſon goût et ſur ſa vanité.

Fleuri avait voulu empêcher les Français de parler,
et même de penſer, pour les gouverner plus aiſément.
Il avait, toute ſa vie, entretenu dans l'Etat une guerre
d'opinions, par ſes ſoins mêmes pour empêcher ces
opinions de faire du bruit, et de troubler la tranquillité publique. La hardieſſe de *Voltaire* l'effrayait.
Il craignait également de compromettre ſon repos
en le défendant, ou ſa petite renommée en l'abandonnant avec trop de lâcheté; et *Voltaire* trouva dans
lui moins un protecteur qu'un perſécuteur caché,
mais contenu par ſon reſpect pour l'opinion et
l'intérêt de ſa propre gloire.

Voltaire fut déſigné pour lui ſuccéder dans l'académie françaiſe. Il venait d'y acquérir de nouveaux
droits qui auraient impoſé ſilence à l'envie, ſi elle
pouvait avoir quelque pudeur; il venait d'enrichir
la ſcène d'un nouveau chef-d'œuvre, de Mérope,

jufqu'ici la feule tragédie où des larmes abondantes et douces ne coulent point fur les malheurs de l'amour. L'auteur de Zaïre avait déjà combattu cette maxime de *Defpréaux* :

> De cette paffion la fenfible peinture
> Eft pour aller au cœur la route la plus fûre.

Il avait avancé que la nature peut produire au théâtre des effets plus pathétiques et plus déchirans; et il le prouva dans Mérope.

Cependant fi *Defpréaux* entend par *fûre, la moins difficile*, les faits font en fa faveur. Plufieurs poëtes ont fait des tragédies touchantes, fondées fur l'amour; et Mérope eft feule jufqu'ici.

Entraîné par l'intérêt des fituations, par une rapidité de dialogue inconnue au théâtre , par le talent d'une actrice qui avait fu prendre l'accent vrai et paffionné de la nature , le parterre fut agité d'un enthoufiafme fans exemple. Il força *Voltaire*, caché dans un coin du fpectacle, à venir fe montrer aux fpectateurs : il parut dans la loge de la maréchale de *Villars ;* on cria à la jeune ducheffe de *Villars* d'embraffer l'auteur de Mérope ; elle fut obligée de céder à l'impérieufe volonté du public, ivre d'admiration et de plaifir.

C'eft la première fois que le parterre ait demandé l'auteur d'une pièce. Mais ce qui fut alors un hommage rendu au génie, dégénéré depuis en ufage, n'eft plus qu'une cérémonie ridicule et humiliante, à laquelle les auteurs qui fe refpectent, refufent de fe foumettre.

A ce nouveau titre que la dévotion même était

obligée de refpecter, fe joignait l'appui de madame de *Châteauroux*, alors gouvernée par le duc de *Richelieu*. Cet homme extraordinaire qui à vingt ans avait été deux fois à la baftille pour la témérité de fes galanteries ; qui par l'éclat et le nombre de fes aventures avait fait naître parmi les femmes une efpèce de mode, et prefque regarder comme un honneur d'être déshonorées par lui ; qui avait établi parmi fes imitateurs une forte de galanterie où l'amour n'était plus même le goût du plaifir, mais la vanité de féduire : ce même homme qu'on vit enfuite contribuer à la gloire de Fontenoi, affermir la révo- lution de Gênes, prendre Mahon, forcer une armée anglaife à lui rendre les armes ; et lorfqu'elle eut rompu ce traité, lorfqu'elle menaçait fes quartiers difperfés et affaiblis, l'arrêter par fon activité et fon audace ; et qui vint enfuite reperdre dans les intrigues de la cour, et dans les manœuvres d'une adminif- tration tyrannique et corrompue, une gloire qui eût pu couvrir les premières fautes de fa vie.

Le duc de *Richelieu* avait été l'ami de *Voltaire* dès l'enfance. *Voltaire* qui eut fouvent à s'en plaindre, conferva pour lui ce goût de la jeuneffe que le temps n'efface point, et une efpèce de confiance que l'habitude foutenait plus que le fentiment ; et le maréchal de *Richelieu* demeura fidelle à cet ancien attachement, autant que le permit la légéreté de fon caractère, fes caprices, fon petit defpotifme fur les théâtres, fon mépris pour tout ce qui n'était pas homme de la cour, fa faibleffe pour le crédit, et fon infenfibilité pour ce qui était noble ou utile.

Il fervit alors *Voltaire* auprès de madame de

Châteauroux; mais M. de *Maurepas* n'aimait pas *Voltaire.* L'abbé de *Chaulieu* avait fait une épigramme contre Oedipe, parce qu'il était bleffé qu'un jeune homme, déjà fon rival dans le genre des poëfies fugitives, mêlées de philofophie et de volupté, joignît à cette gloire celle de réuffir au théâtre ; et M. de *Maurepas,* qui mettait de la vanité à montrer plus d'efprit qu'un autre dans un fouper, ne pardonnait pas à *Voltaire* de lui ôter trop évidemment cet avantage dont il n'était pas trop ridicule alors qu'un homme en place pût être flatté.

Voltaire avait effayé de le défarmer par une épître où il lui donnait les louanges auxquelles le genre d'efprit et le caractère de M. de *Maurepas* pouvaient prêter le plus de vraifemblance. Cette épître qui renfermait autant de leçons que d'éloges, ne changea rien aux fentimens du miniftre. Il fe lia, pour empêcher *Voltaire* d'entrer à l'académie, avec le théatin *Boyer* que *Fleuri* avait préféré, pour l'éducation du dauphin, à *Maffillon* dont il craignait les talens et la vertu, et qu'il avait enfuite défigné au roi, en mourant, pour la feuille des bénéfices, apparemment dans l'efpérance de fe faire regretter des janféniftes. D'ailleurs M. de *Maurepas* était bien aife de trouver une occafion de bleffer, fans fe compromettre, madame de *Châteauroux* dont il connaiffait toute la haine pour lui. *Voltaire,* inftruit de cette intrigue, alla trouver le miniftre, et lui demanda fi, dans le cas où madame de *Châteauroux* fecondât fon élection, il la traverferait : *Oui,* lui répondit le miniftre, *et je vous écraferai.* (*)

(*) Dans le deffein conftant d'être juftes envers tout le monde,

D 4

Il favait qu'un homme en place en aurait là facilité ;
et que, fous un gouvernement faible, le crédit d'une
maîtreffe doit céder à celui des prêtres intrigans ou
fanatiques, plus méprifables aux yeux de la raifon,
mais encore refpectés par la populace : il laiffa
triompher *Boyer*.

Peu de temps après, le miniftre fentit combien
l'alliance du roi de Pruffe était néceffaire à la France ;
mais ce prince craignait de s'engager de nouveau
avec une puiffance dont la politique incertaine et
timide ne lui infpirait aucune confiance. On imagina
que *Voltaire* pourrait le déterminer. Il fut chargé de
cette négociation, mais en fecret. On convint que
les perfécutions de *Boyer* feraient le prétexte de fon
voyage en Pruffe. Il y gagna la liberté de fe moquer
du pauvre théatin qui alla fe plaindre au roi que
Voltaire le fefait *paffer pour un fot* dans les cours

nous devons dire ici que depuis la mort de *Voltaire*, ayant parlé de
cette anecdote à M. le comte de *Maurepas*, au caractère duquel ce
mot nous parût étranger, il nous répondit, en riant, que c'était le
roi lui-même qui n'avait pas voulu que *Voltaire* fuccédât au cardinal
de *Fleuri* dans fa place d'académicien ; fa Majefté trouvant qu'il y
avait une diffemblance trop marquée entre ces deux hommes, pour
mettre l'éloge de l'un dans la bouche de l'autre, et donner à rire au
public par un rapprochement femblable.

M. de *Maurepas* nous a même ajouté qu'il favait depuis très-long-
temps que *Voltaire* avait dit et écrit à fes amis le mot : *je vous écraferai*.
Mais que cette légère injuftice d'un homme auffi célèbre, ne l'avait
pas empêché de folliciter le roi régnant, et d'en obtenir que celui qui
avait tant honoré fon fiècle et fa nation, vînt jouir de fa gloire au
milieu d'elle, à la fin de fa carrière.

Nous avons déjà dit ailleurs que fans adopter ni blâmer les opinions
de notre auteur fur une infinité d'objets, nous nous fommes févére-
ment renfermés dans notre devoir d'éditeurs ; être impartiaux et
fidelles, eft ce que l'Europe attend de nous, le refte nous eft étranger.
(*Note du correfpondant général de la fociété littéraire-typographique.*)

étrangères, et à qui le roi répondit que *c'était une chose convenue.*

Voltaire partit ; et *Piron*, à la tête de fes ennemis, l'accabla d'épigrammes et de chanfons fur fa prétendue difgrâce. Ce *Piron* avait l'habitude d'infulter à tous les hommes célèbres qui effuyaient des perfécutions. Ses œuvres font remplies des preuves de cette baffe méchanceté. Il paffait cependant pour un bon homme, parce qu'il était pareffeux, et que n'ayant aucune dignité dans le caractère, il n'offenfait pas l'amour propre des gens du monde.

Cependant, après avoir paffé quelque temps avec le roi de Pruffe, qui fe refufait conftamment à toute négociation avec la France, *Voltaire* eut l'adreffe de faifir le véritable motif de ce refus : c'était la faibleffe qu'avait eue la France de ne pas déclarer la guerre à l'Angleterre, et de paraître, par cette conduite, demander la paix quand elle pouvait prétendre à en dicter les conditions.

Il revint alors à Paris, et rendit compte de fon voyage. Le printemps fuivant, le roi de Pruffe déclara de nouveau la guerre à la reine d'Hongrie, et par cette diverfion utile força fes troupes d'évacuer l'Alface. Ce fervice important, celui d'avoir pénétré, en paffant à la Haie, les difpofitions des Hollandais encore incertaines en apparence, n'obtint à *Voltaire* aucune de ces marques de confidération dont il eût voulu fe faire un rempart contre fes ennemis littéraires.

Le marquis d'*Argenfon* fut appelé au miniftère. Il mérite d'être compté parmi le petit nombre des gens en place qui ont aimé véritablement la philofophie et le bien public. Son goût pour les lettres l'avait lié avec *Voltaire*. Il l'employa plus d'une fois à écrire des manifestes, des déclarations, des dépêches qui pouvaient exiger dans le style de la correction, de la noblesse et de la mesure.

Tel fut le manifeste qui devait être publié par le prétendant à sa descente en Ecosse, avec une petite armée française que le duc de *Richelieu* aurait commandée. *Voltaire* eut alors l'occasion de travailler avec le comte de *Lalli*, jacobite zélé, ennemi acharné des Anglais, dont il a depuis défendu la mémoire avec tant de courage, lorsqu'un arrêt injuste, exécuté avec barbarie, le sacrifia au ressentiment de quelques employés de la compagnie des Indes.

Mais il eut dans le même temps un appui plus puissant, la marquise de *Pompadour*, avec laquelle il avait été lié lorsqu'elle était encore madame d'*Etiole*. Elle le chargea de faire une pièce pour le premier mariage du dauphin. Une charge de gentilhomme de la chambre, le titre d'historiographe de France, et enfin la protection de la cour, nécessaire pour empêcher la cabale des dévots de lui fermer l'entrée de l'académie française, furent la récompense de cet ouvrage. C'est à cette occasion qu'il fit ces vers :

> Mon Henri quatre et ma Zaïre,
> Et mon américaine Alzire,
> Ne m'ont valu jamais un seul regard du roi ;
> J'eus beaucoup d'ennemis avec très-peu de gloire ;
> Les honneurs et les biens pleuvent enfin sur moi,
> Pour une farce de la foire.

C'était juger un peu trop févèrement la Princeffe de Navarre, ouvrage rempli d'une galanterie noble et touchante.

Cependant la faveur de la cour ne fuffifait pas pour lui ouvrir les portes de l'académie. Il fut obligé, pour défarmer les dévots, d'écrire une lettre au père de *Latour*, où il proteftait de fon refpect pour la religion, et, ce qui était bien plus néceffaire, de fon attachement aux jéfuites. Malgré l'adreffe avec laquelle il ménage fes expreffions dans cette lettre, il valait mieux fans doute renoncer à l'académie, que d'avoir la faibleffe de l'écrire : et cette faibleffe ferait inexcufable, s'il avait fait ce facrifice à la vanité de porter un titre qui depuis long-temps ne pouvait plus honorer le nom de *Voltaire*. Mais il le fefait à fa fureté ; il croyait qu'il trouverait dans l'académie un appui contre la perfécution ; et c'était préfumer trop du courage et de la juftice de fes confrères.

Dans fon difcours à l'académie, il fecoua le premier le joug de l'ufage qui femblait condamner ces difcours à n'être qu'une fuite de complimens, plus encore que d'éloges. *Voltaire* ofa parler dans le fien de littérature et de goût ; et fon exemple eft devenu, en quelque forte, une loi dont les académiciens gens de lettres ofent rarement s'écarter. Mais il n'alla point jufqu'à fupprimer les éternels éloges de *Richelieu*, de *Séguier* et de *Louis XIV* ; et jufqu'ici deux ou trois académiciens feulement ont eu le courage de s'en difpenfer. Il parla de *Crébillon*, dans ce difcours, avec la noble générofité d'un homme qui ne craint point d'honorer le talent dans un rival, et de donner des armes à fes propres détracteurs.

Un nouvel orage de libelles vint tomber fur lui, et il n'eut pas la force de les méprifer. La police était alors aux ordres d'un homme qui avait paffé quelques mois à la campagne avec madame de *Pompadour*. On arrêta un malheureux violon de l'opéra, nommé *Travenol*, qui, avec l'avocat *Rigoley de Juvigny*, colportait ces libelles. Le père de *Travenol*, vieillard de quatre-vingts ans, va chez *Voltaire* demander la grâce du coupable; toute fa colère cède au premier cri de l'humanité. Il pleure avec le vieillard, l'embraffe, le confole, et court avec lui demander la liberté de fon fils.

La faveur de *Voltaire* ne fut pas de longue durée. Madame de *Pompadour* fit accorder à *Crébillon* des honneurs qu'on lui refufait. *Voltaire* avait rendu conftamment juftice à l'auteur de Rhadamifte; mais il ne pouvait avoir l'humilité de le croire fupérieur à celui d'Alzire, de Mahomet et de Mérope. Il ne vit dans cet enthoufiafme exagéré pour *Crébillon* qu'un défir fecret de l'humilier; et il ne fe trompait pas.

Le poëte, le bel efprit aurait pu conferver des amis puiffans; mais ces titres cachaient dans *Voltaire* un philofophe; un homme plus occupé encore des progrès de la raifon que de fa gloire perfonnelle.

Son caractère, naturellement fier et indépendant, fe prêtait à des adulations ingénieufes; il prodiguait la louange, mais il confervait fes fentimens, fes opinions, et la liberté de les montrer. Des leçons fortes ou touchantes fortaient du fein des éloges; et cette manière de louer, qui pouvait réuffir à la cour de *Frédéric*, devait bleffer dans toute autre.

Il retourna donc encore à Cirey, et bientôt après

à la cour de *Stanislas*. Ce prince deux fois élu roi de
Pologne, l'une par la volonté de *Charles XII*, l'autre
par le vœu de la nation, n'en avait jamais possédé
que le titre. Retiré en Lorraine où il n'avait encore
que le nom de souverain, il réparait par ses bienfaits
le mal que l'administration française fesait à cette
province où le gouvernement paternel de *Léopold*
avait réparé un siècle de dévastations et de malheurs. Sa dévotion ne lui avait ôté ni le goût des
plaisirs ni celui des gens d'esprit. Sa maison était
celle d'un particulier très-riche ; son ton, celui d'un
homme simple et franc qui, n'ayant jamais été malheureux que parce qu'on avait voulu qu'il fût roi,
n'était pas ébloui d'un titre dont il n'avait éprouvé
que les dangers. Il avait désiré d'avoir à sa cour, ou
plutôt chez lui, madame *du Châtelet* et *Voltaire*.
L'auteur des *Saisons*, le seul poëte français qui ait
réuni, comme *Voltaire*, l'ame et l'esprit d'un philosophe, vivait alors à Lunéville où il n'était connu
que comme un jeune militaire aimable ; mais ses
premiers vers, pleins de raison, d'esprit et de goût,
annonçaient déjà un homme fait pour honorer son
siècle.

Voltaire menait à Lunéville une vie occupée, douce
et tranquille, lorsqu'il eut le malheur d'y perdre son
amie. Madame *du Châtelet* mourut au moment où
elle venait de terminer sa traduction de *Newton* dont
le travail forcé abrégea ses jours. Le roi vint consoler
Voltaire dans sa chambre, et pleurer avec lui. Revenu
à Paris, il se livra au travail ; moyen de dissiper la
douleur que la nature a donné à très-peu d'hommes.
Ce pouvoir sur nos propres idées, cette force de

tête que les peines de l'ame ne peuvent détruire,
font des dons précieux qu'il ne faut point calomnier
en les confondant avec l'insensibilité. La sensibilité
n'est point de la faiblesse ; elle consiste à sentir les
peines, et non à s'en laisser accabler. On n'en a pas
moins une ame sensible et tendre, la douleur n'en
a pas été moins vive, parce qu'on a eu le courage
de la combattre, et que des qualités extraordinaires
ont donné la force de la vaincre.

Voltaire se lassait d'entendre tous les gens du
monde, et la plupart des gens de lettres, lui préférer
Crébillon, moins par sentiment que pour le punir de
l'universalité de ses talens ; car on est toujours plus
indulgent pour les talens bornés à un seul genre, qui
paraissant une espèce d'instinct, et laissant en repos plus
d'espèces d'amour propre, humilient moins l'orgueil.

Cette opinion de la supériorité de *Crébillon* était
soutenue avec tant de passion que depuis, dans le
discours préliminaire de l'*Encyclopédie*, M. d'*Alembert*
eut besoin de courage pour accorder l'égalité à l'auteur
d'Alzire et de Mérope, et n'osa porter plus loin la
justice. Enfin *Voltaire* voulut se venger, et forcer le
public à le mettre à sa véritable place, en donnant
Sémiramis, Oreste et Rome sauvée, trois sujets que
Crébillon avait traités. Toutes les cabales animées
contre *Voltaire* s'étaient réunies pour faire obtenir
un succès éphémère au Catilina de son rival, pièce
dont la conduite est absurde et le style barbare, où
Cicéron propose d'employer sa fille pour séduire
Catilina, où un grand-prêtre donne aux amans des
rendez-vous dans un temple, y introduit une courti-
sane en habit d'homme, et traite ensuite le sénat

d'impie., parce qu'il y difcute des affaires de la république.

Rome fauvée, au contraire, eft un chef-d'œuvre de ftyle et de raifon ; *Cicéron* s'y montre avec toute fa dignité et toute fon éloquence ; *Céfar* y parle, y agit comme un homme fait pour foumettre Rome, accabler fes ennemis de fa gloire, et fe faire pardonner la tyrannie à force de talens et de vertus ; *Catilina* y eft un fcélérat, mais qui cherche à excufer fes vices fur l'exemple, et fes crimes fur la néceffité. L'énergie républicaine et l'ame des Romains ont paffé tout entières dans le poëte.

Voltaire avait un petit théâtre où il effayait fes pièces. Il y joua fouvent le rôle de *Cicéron.* Jamais, dit-on, l'illufion ne fut plus complète ; il avait l'air de créer fon rôle en le récitant ; et quand, au cinquième acte, *Cicéron* reparaiffait au fénat, quand il s'excufait d'aimer la gloire, quand il récitait ces beaux vers :

Romains, j'aime la gloire, et ne veux point m'en taire ;
Des travaux des humains c'eft le digne falaire.
Sénat, en vous fervant il la faut acheter :
Qui n'ofe la vouloir, n'ofe la mériter.

alors le perfonnage fe confondait avec le poëte. On croyait entendre *Cicéron* ou *Voltaire* avouer et excufer cette faibleffe des grandes ames.

Il n'y avait qu'un beau rôle dans l'Electre de *Crébillon*, et c'était celui d'un perfonnage fubalterne. *Orefte*, qui ne fe connaît pas, eft amoureux de la fille d'*Egifthe*, qui a le malheur de s'appeler *Iphianaffe.* L'implacable *Electre* a un tendre penchant

pour le fils d'*Egifthe* ; c'eft au milieu des furies qui
conduifent au parricide un fils égaré et condamné
par les dieux à cette horrible vengeance, que ces
infipides amours rempliffent la fcène.

Voltaire fentit qu'il fallait rendre *Clytemneftre*
intéreffante par fes remords, la peindre plus faible
que coupable, dominée par le cruel *Egifthe*, mais
honteufe de l'avoir aimé, et fentant le poids de fa
chaîne comme celui de fon crime. Si l'on compare
cette pièce aux autres tragédies de *Voltaire*, on la
trouvera fans doute bien inférieure à fes chefs-
d'œuvre ; mais fi on le compare à *Sophocle* qu'il
voulait imiter, dont il voulait faire connaître aux
Français le caractère et la manière de concevoir
la tragédie, on verra qu'il a fu en conferver les
beautés, en imiter le ftyle, en corriger les défauts ;
rendre *Clytemneftre* plus touchante, et *Electre* moins
barbare. Auffi quand, malgré les cabales, ces beautés de tous les temps, tranfportées fur notre fcène
par un homme digne de fervir d'interprète au plus
éloquent des poëtes grecs, forcèrent les applaudiffemens, *Voltaire*, plus occupé des intérêts du goût
que de fa propre gloire, ne put s'empêcher de crier
au parterre, dans un mouvement d'enthoufiafme :
Courage, Athéniens, c'eft du Sophocle.

La Sémiramis de *Crébillon* avait été oubliée dès
fa naiffance. Celle de *Voltaire* eft le même fujet que
quinze ans auparavant il avait traité fous le nom
d'Eriphyle, et qu'il avait retiré du théâtre, quoique
la pièce eût été fort applaudie ; il avait mieux fenti
aux reprefentations toutes les difficultés de ce fujet ;
il avait vu que, pour rendre intéreffante une femme

qui

qui avait fait périr fon mari dans la vue de régner à fa place, il fallait que l'éclat de fon règne, fes conquêtes, fes vertus, l'étendue de fon empire, forçaffent au refpect, et s'emparaffent de l'ame des fpectateurs; que la femme criminelle fût la maîtreffe du monde, et eût les vertus d'un grand roi. Il fentit qu'en mettant fur le théâtre les prodiges d'une religion étrangère, il fallait, par la magnificence, le ton augufte et religieux du ftyle, ne pas laiffer à l'imagination le temps de fe refroidir, montrer par-tout les dieux qu'on voulait faire agir, et couvrir le ridicule d'un miracle, en préfentant fans ceffe l'idée confolante d'un pouvoir divin, exerçant fur les crimes fecrets des princes une vengeance lente, mais inévitable.

L'amour, révoltant dans Orefte, était néceffaire dans Sémiramis. Il fallait que *Ninias* eût une amante, pour qu'il pût aimer *Sémiramis*, répondre à fes bontés, fe fentir entraîné vers elle avant de la connaître pour fa mère, fans que l'horreur naturelle pour l'incefte fe répandît fur le perfonnage qui doit exciter l'intérêt. Le ftyle de Sémiramis, la majefté du fujet, la beauté du fpectacle, le grand intérêt de quelques fcènes, triomphèrent de l'envie et des cabales; mais on ne rendit juftice que long-temps après à Orefte et à Rome fauvée.

Peut-être même n'eft-on pas encore abfolument jufte. Et fi on fonge que tous les colléges, toutes les maifons où fe forment les inftituteurs particuliers, font dévoués au fanatifme; que dans prefque toutes les éducations on inftruit les enfans à être injuftes envers *Voltaire*, on n'en fera pas étonné.

Il fit ces trois pièces à Sceaux, chez madame la

Vie de Voltaire. E

ducheſſe *du Maine.* Cette princeſſe aimait le bel
eſprit, les arts, la galanterie ; elle donnait dans ſon
palais une idée de ces plaiſirs ingénieux et brillans
qui avaient embelli la cour de *Louis XIV*, et enno-
bli ſes faibleſſes. Elle aimait *Cicéron ;* et c'était pour
le venger des outrages de *Crébillon* qu'elle excita
Voltaire à faire Rome ſauvée. Il avait envoyé
Mahomet au pape ; il dédia Sémiramis à un cardinal. Il ſe feſait un plaiſir malin de montrer aux
fanatiques français que des princes de l'Egliſe ſavaient
allier l'eſtime pour le talent au zèle de la religion, et
ne croyaient pas ſervir le chriſtianiſme en traitant
comme ſes ennemis, les hommes dont le génie exerçait ſur l'opinion publique un empire redoutable.

Ce fut à cette époque qu'il conſentit enfin à
céder aux inſtances du roi de Pruſſe, et qu'il accepta
le titre de chambellan, la grande croix de l'ordre
du mérite, et une penſion de vingt mille livres. Il
ſe voyait, dans ſa patrie, l'objet de l'envie et de la
haine des gens de lettres, ſans leur avoir jamais
diſputé ni places ni penſion ; ſans les avoir humiliés
par des critiques ; ſans s'être jamais mêlé d'aucune
intrigue littéraire ; après avoir obligé tous ceux qui
avaient eu beſoin de lui, cherché à ſe concilier les
autres par des éloges, et ſaiſi toutes les occaſions de
gagner l'amitié de ceux que l'amour propre avait
rendus injuſtes.

Les dévots qui ſe ſouvenaient des Lettres philoſophiques et de Mahomet, en attendant les occaſions
de le perſécuter, cherchaient à décrier ſes ouvrages
et ſa perſonne, employaient contre lui leur aſcen-
dant ſur la première jeuneſſe, et celui que, comme

directeurs, ils confervaient encore dans les familles
bourgeoifes et chez les dévotes de la cour. Un filence
abfolu pouvait feul le mettre à l'abri de la perfécution ; il n'aurait pu faire paraître aucun ouvrage
fans être fûr que la malignité y chercherait un prétexte pour l'accufer d'impiété , ou le rendre odieux
au gouvernement. Madame de *Pompadour* avait
oublié leur ancienne liaifon dans une place où elle
ne voulait plus que des efclaves. Elle ne lui pardonnait point de n'avoir pas fouffert, avec affez
de patience, les préférences accordées à *Crébillon.*
Louis XV avait pour *Voltaire* une forte d'éloignement.
Il avait flatté ce prince plus qu'il ne convenait à fa
propre gloire ; mais l'habitude rend les rois prefqu'infenfibles à la flatterie publique. La feule qui
les féduife eft la flatterie adroite des courtifans qui,
s'exerçant fur les petites chofes, fe répète tous les
jours et fait choifir fes momens ; qui confifte moins
dans des louanges directes que dans une adroite
approbation des paffions , des goûts, des actions,
des difcours du prince. Un demi-mot, un figne, une
maxime générale qui les raffure fur leurs faibleffes
ou fur leurs fautes, font plus d'effet que les vers
les plus dignes de la poftérité. Les louanges des
hommes de génie ne touchent que les rois qui aiment
véritablement la gloire.

On prétend que *Voltaire* s'étant approché de
Louis XV après la repréfentation du Temple de la
gloire, où *Trajan* donnant la paix au monde après
fes victoires, reçoit la couronne refufée aux conquérans, et réfervée à un héros, ami de l'humanité ,
et lui ayant dit : *Trajan eft-il content?* le roi

fut moins flatté du parallèle que bleffé de la familiarité.

M. d'*Argenfon* n'avait pas voulu prêter à *Voltaire*
fon appui pour lui obtenir un titre d'affocié libre
dans l'académie des fciences, et pour entrer dans
celle des belles-lettres, places qu'il ambitionnait alors
comme un afile contre l'armée des critiques hebdo-
madaires que la police oblige à refpecter les corps
littéraires, excepté lorfque des corps ou des particuliers plus puiffans croient avoir intérêt de les avilir,
en les abandonnant aux traits de ces méprifables
ennemis.

Voltaire alla donc à Berlin ; et le même prince
qui le dédaignait, la même cour où il n'effuyait
plus que des défagrémens, furent offenfés de ce
départ. On ne vit plus que la perte d'un homme
qui honorait la France, et la honte de l'avoir forcé
à chercher ailleurs un afile. Il trouva, dans le palais
du roi de Pruffe, la paix et prefque la liberté, fans
aucun autre affujettiffement que celui de paffer quelques heures avec le roi, pour corriger fes ouvrages,
et lui apprendre les fecrets de l'art d'écrire. Il foupait
prefque tous les jours avec lui. Ces foupers où la
liberté était extrême, où l'on traitait avec une franchife entière toutes les queftions de la métaphyfique
et de la morale, où la plaifanterie la plus libre
égayait ou tranchait les difcuffions les plus férieufes,
où le roi difparaiffait prefque toujours, pour ne
laiffer voir que l'homme d'efprit, n'étaient pour
Voltaire qu'un délaffement agréable. Le refte du
temps était confacré librement à l'étude.

Il perfectionnait quelques-unes de fes tragédies,

achevait le Siècle de *Louis XIV*, corrigeait la Pucelle, travaillait à fon Effai fur les mœurs et l'efprit des nations, et fefait le Poëme de la loi naturelle, tandis que *Frédéric* gouvernait fes Etats fans miniftre, infpectait et perfectionnait fon armée, fefait des vers, compofait de la mufique, écrivait fur la philo-fophie et fur l'hiftoire. La famille royale protégeait les goûts de *Voltaire*; il adreffait des vers aux princeffes, jouait la tragédie avec les frères et les fœurs du roi ; et, en leur donnant des leçons de déclamation, il leur apprenait à mieux fentir les beautés de notre poëfie : car les vers doivent être déclamés, et on ne peut connaître la poëfie d'une langue étrangère, fi on n'a point l'habitude d'entendre réciter les vers par des hommes qui fachent leur donner l'accent et le mouvement qu'ils doivent avoir.

Voilà ce que *Voltaire* appelait le palais d'*Alcine;* mais l'enchantement fut trop tôt diffipé. Les gens de lettres appelés plus anciennement que lui à Berlin, furent jaloux d'une préférence trop marquée, et furtout de cette efpèce d'indépendance qu'il avait confervée, de cette familiarité qu'il devait aux grâces piquantes de fon efprit, et à cet art de mêler la vérité à la louange, et de donner à la flatterie le ton de la galanterie et du badinage.

La Métrie dit à *Voltaire* que le roi, auquel il parlait un jour de toutes les marques de bonté dont il accablait fon chambellan, lui avait répondu : *J'en ai encore befoin pour revoir mes ouvrages; on fuce l'orange, et on jette l'écorce.* Ce mot défenchanta *Voltaire*, et lui jeta dans l'ame une défiance qui ne lui permit plus de perdre de vue le projet de s'échapper. En même temps on dit au roi que *Voltaire* avait répondu un jour au général *Manstein* qui le preſſait de revoir ſes mémoires : *Le roi m'envoie ſon linge ſale à blanchir, il faut que le vôtre attende.* Qu'une autre fois, en montrant ſur la table un paquet de vers du roi, il avait dit dans un mouvement d'humeur : *Cet homme-là, c'eſt Céſar et l'abbé Cottin.*

Cependant un penchant naturel rapprochait le monarque et le philoſophe. *Frédéric* diſait, long-temps après leur ſéparation, que jamais il n'avait vu d'homme auſſi aimable que *Voltaire*; et *Voltaire*, malgré un reſſentiment qui jamais ne s'éteignit abſo-lument, avouait que quand *Frédéric* le voulait, il était le plus aimable des hommes. Ils étaient encore rapprochés par un mépris ouvert pour les préjugés et les ſuperſtitions, par le plaiſir qu'ils prenaient à en faire l'objet éternel de leurs plaiſanteries, par un goût commun pour une philoſophie gaie et piquante, par une égale diſpoſition à chercher, à ſaiſir, dans les objets graves, le côté qui prête au ridicule. Il paraiſſait que le calme devait ſuccéder à de petits orages, et que l'intérêt commun de leur plaiſir devait toujours finir par les rapprocher. La jalouſie de *Maupertuis* parvint à les déſunir ſans retour.

Maupertuis, homme de beaucoup d'eſprit, ſavant médiocre, et philoſophe plus médiocre encore, était tourmenté de ce déſir de la célébrité qui fait choiſir les petits moyens lorſque les grands nous manquent, dire des choſes biſarres quand on n'en trouve point de piquantes qui ſoient vraies, généraliſer des for-mules ſi l'on ne peut en inventer, et entaſſer des paradoxes quand on n'a point d'idées neuves. On l'avait vu à Paris fortir de la chambre, ou fe cacher derrière un paravent, quand un autre occupait la fociété plus que lui ; et à Berlin, comme à Paris, il eût voulu être par-tout le premier, à l'académie des fciences comme au fouper du roi. Il devait à *Voltaire* une grande partie de fa réputation, et l'honneur d'être le préfident perpétuel de l'académie de Berlin, et d'y exercer la prépondérance fous le nom du prince.

Mais quelques plaifanteries échappées à *Voltaire* fur ce que *Maupertuis*, ayant voulu fuivre le roi de Pruffe à l'armée, avait été pris à Molwitz, l'aigrirent contre lui ; et il fe plaignit avec humeur. *Voltaire* lui répondit avec amitié, et l'apaifa en fefant quatre vers pour fon portrait. Quelques années après, *Maupertuis* trouva très-mauvais que *Voltaire* n'eût point parlé de lui dans fon difcours de réception à l'académie françaife ; mais l'arrivée de *Voltaire* à Berlin acheva de l'aigrir. Il le voyait l'ami du fouverain dont il n'était parvenu qu'à devenir un des courtifans, et donner des leçons à celui dont il recevait des ordres.

Voltaire entouré d'ennemis, fe défiant de la conftance des fentimens du roi, regrettait en fecret fon indépendance, et cherchait à la recouvrer. Il imagine de fe fervir d'un juif pour faire fortir du Brandebourg une partie de fes fonds. Ce juif trahit fa confiance ; et pour fe venger de ce que *Voltaire* s'en eft aperçu à temps, et n'a pas voulu fe laiffer voler, il lui fait un procès abfurde, fachant que la haine n'eft pas difficile en preuves. Le roi pour punir *fon ami* d'avoir

voulu conferver fon bien et fa liberté, fait femblant
de le croire coupable, a l'air de l'abandonner, et
l'exclut même de fa préfence jufqu'à la fin du procès.
Voltaire s'adreffe à *Maupertuis* dont la haine ne s'était
pas encore manifeftée, et le prie de prendre fa défenfe
auprès du chef de fes juges. *Maupertuis* le refufe
avec hauteur. *Voltaire* s'aperçoit qu'il a un ennemi de
plus. Enfin ce ridicule procès eut l'iffue qu'il devait
avoir ; le juif fut condamné, et *Voltaire* lui fit grâce.
Alors le roi le rappelle auprès de lui, et ajoute à
fes anciennes bontés, de nouvelles marques de confidération, telle que la jouiffance d'un petit château
près de Potfdam.

Cependant la haine veillait toujours, et attendait
fes momens. *La Beaumelle*, né en Languedoc d'une
famille proteftante, d'abord apprenti miniftre à
Genève, puis bel efprit français en Danemarck,
renvoyé bientôt de Copenhague, vint chercher fortune
à Berlin, n'ayant pour titre de gloire qu'un libelle
qu'il venait de publier. Il va chez *Voltaire*, lui préfente fon livre où *Voltaire* lui-même eft maltraité,
où *la Beaumelle* compare aux finges, aux nains qu'on
avait autrefois dans certaines cours, les beaux efprits
appelés à celle de Pruffe, parmi lefquels il venait
lui-même folliciter une place. Cette ridicule étourderie fut un moment l'objet des plaifanteries du
fouper du roi. *Maupertuis* rapporta ces plaifanteries
à *la Beaumelle*, en chargea *Voltaire* feul, lui fit un
ennemi irréconciliable, et s'affura d'un inftrument
qui fervirait fa haine par de honteux libelles, fans
que fa dignité de préfident d'académie en fût com-
promife.

Maupertuis avait befoin de fecours ; il venait d'avancer un nouveau principe de mécanique , celui de *la
moindre action*. Ce principe à qui l'illuftre *Euler* fefait
l'honneur de le défendre , en même temps qu'il en
apprenait à l'auteur même toute l'étendue et le
véritable ufage , effuya beaucoup de contradictions.
Koënig non-feulement le combattit, mais il prétendit
de plus qu'il n'était pas nouveau , et cita un fragment
d'une lettre de *Leibnitz* , où ce principe fe trouvait
indiqué. *Maupertuis* inftruit par *Koënig* même qu'il
n'a qu'une copie de la lettre de *Leibnitz* , imagine
de le faire fommer juridiquement, par l'académie
de Berlin , de produire l'original. *Koënig* mande qu'il
tient fa copie du malheureux *Hienzi* , décapité long-
temps auparavant pour avoir voulu délivrer les
habitans du canton de Berne de la tyrannie du fénat.
La lettre ne fe trouva plus dans ce qui pouvait refter
de fes papiers ; et l'académie, moitié crainte, moitié
baffeffe , déclara *Koënig* indigne du titre d'académicien, et le fit rayer de la lifte. *Maupertuis* ignorait
apparemment que l'opinion générale des favans peut
feule donner ou enlever les découvertes ; mais qu'il
faut qu'elle foit libre et volontairement énoncée ; et
qu'une forme folennelle , en la rendant fufpecte ,
peut lui ôter fon autorité et fa force.

Voltaire avait connu *Koënig* chez madame *du
Châtelet* , à laquelle il était venu donner des leçons
de leibnitianifme ; il avait confervé de l'amitié pour
lui, quoiqu'il fe fût permis quelquefois de le plaifanter pendant fon féjour en France. Il n'aimait pas
Maupertuis , et haïffait la perfécution fous quelque
forme qu'elle tourmentât les hommes : il prit donc

ouvertement le parti de *Koënig*, et publia quelques ouvrages où la raison et la justice étaient assaisonnées d'une plaisanterie fine et piquante. *Maupertuis* intéressa l'amour propre du roi à l'honneur de son académie, et obtint de lui d'exiger de *Voltaire* la promesse de ne plus se moquer ni d'elle ni de son président. *Voltaire* le promit. Malheureusement le roi qui avait ordonné le silence, se crut dispensé de le garder. Il écrivit des plaisanteries qui se partageaient, mais avec un peu d'inégalité, entre *Maupertuis* et *Voltaire*. Celui-ci crut que, par cette conduite, le roi lui rendait sa parole, et que le privilége de se moquer seul des deux partis ne pouvait être compris dans la prérogative royale. Il profita donc d'une permission générale, anciennement obtenue, pour faire imprimer la Diatribe d'*Akakia*, et dévouer *Maupertuis* à un ridicule éternel.

Le roi rit; il aimait peu *Maupertuis*, et ne pouvait l'estimer; mais jaloux de son autorité, il fit brûler cette plaisanterie par le bourreau : manière de se venger qu'il est assez singulier qu'un roi philosophe ait empruntée de l'inquisition.

Voltaire outragé : lui renvoya sa croix, sa clef et le brevet de sa pension, avec ces quatre vers :

> Je les reçus avec tendresse,
> Je les renvoie avec douleur,
> Comme un amant, dans sa jalouse ardeur,
> Rend le portrait de sa maîtresse.

Il ne soupirait qu'après la liberté; mais pour l'obtenir, il ne suffisait pas qu'il eût renvoyé ce qu'il avait d'abord appelé *de magnifiques bagatelles*, mais

qu'il ne nommait plus que *les marques de sa servitude*.
Il écrivait de Berlin où il était malade, pour demander
une permission de partir. Le roi de Prusse, qui ne
voulait que l'humilier et le conserver, lui envoyait
du quinquina, mais point de permission. Il écrivait
qu'il avait besoin des eaux de Plombières ; on lui
répondait qu'il y en avait d'aussi bonnes en Silésie.

Enfin *Voltaire* prend le parti de demander à voir
le roi : il se flatte que sa vue réveillera des sentimens
qui étaient plutôt révoltés qu'éteints. On lui renvoie
ses anciennes breloques. Il court à Potsdam, voit
le roi ; quelques instans suffisent pour tout changer.
La familiarité renaît, la gaieté reparaît, même aux
dépens de *Maupertuis*; et *Voltaire* obtint la permission
d'aller à Plombières, mais en promettant de revenir :
promesse peut-être peu sincère, mais aussi obligeait-
elle moins qu'une parole donnée entre égaux ; et
les cent cinquante mille hommes qui gardaient les
frontières de la Prusse, ne permettaient pas de la
regarder comme faite avec une entière liberté.

Voltaire se hâta de se rendre à Leipsick où il
s'arrêta pour réparer ses forces épuisées par cette
longue persécution. *Maupertuis* lui envoie un cartel
ridicule qui n'a d'autre effet que d'ouvrir une
nouvelle source à ses intarissables plaisanteries. De
Leipsick il va chez la duchesse de *Saxe-Gotha*, princesse supérieure aux préjugés, qui cultivait les lettres
et aimait la philosophie. Il y commença pour elle
ses Annales de l'Empire.

De Gotha il part pour Plombières, et prend la
route de Francfort. *Maupertuis* voulait une vengeance : son cartel n'avait pas réussi, les libelles de

la Beaumelle ne lui fuffifaient pas. Ce malheureux
fecond avait été forcé de quitter Berlin après une
aventure ridicule, et quelques femaines de prifon;
il s'était enfui de Gotha avec une femme de chambre
qui vola fa maîtreffe en partant; fes libelles l'avaient
fait chaffer de Francfort; et à peine arrivé à Paris,
il s'était fait mettre à la baftille. Il fallut donc que
le préfident de l'académie de Berlin cherchât un
autre vengeur. Il excita l'humeur du roi de Pruffe.
La lenteur du voyage de *Voltaire*, fon féjour à
Gotha, un placement confidérable fur fa tête et
celle de madame *Denis* fa nièce, fait fur le duc de
Virtembérg, tout annonçait la volonté de quitter
pour jamais la Pruffe; et *Voltaire* avait emporté avec
lui le recueil des œuvres poëtiques du roi, alors
connu feulement des beaux efprits de fa cour.

On fit craindre à *Frédéric* une vengeance qui
pouvait être terrible, même pour un poëte couronné;
au moins il était poffible que *Voltaire* fe crût en
droit de reprendre les vers qu'il avait donnés, ou
d'avertir de ceux qu'il avait corrigés. Le roi donna
ordre à un fripon breveté qu'il entretenait à Francfort
pour y acheter ou y voler des hommes, d'arrêter
Voltaire, et de ne le relâcher que lorfqu'il aurait
rendu fa croix, fa clef, le brevet de penfion, et les
vers que *Freitag* appelait *l'œuvre de poeshies du roi
fon maître*. Malheureufement ces volumes étaient
reftés à Leipfick. *Voltaire* fut étroitement gardé
pendant trois femaines; madame *Denis* fa nièce qui
était venue au devant de lui, fut traitée avec la
même rigueur. Des gardes veillaient à leur porte.
Un fatellite de *Freitag* reftait dans la chambre de

chacun d'eux, et ne les perdait pas de vue, tant on craignait que l'*œuvre de poeshies* ne pût s'échapper. Enfin on remit entre les mains de *Freitag* ce précieux dépôt; et *Voltaire* fut libre, après avoir été cependant forcé de donner de l'argent à quelques aventuriers qui profitèrent de l'occasion pour lui faire des petits procès. Echappé de Francfort, il vint à Colmar.

Le roi de Prusse honteux de sa ridicule colère, désavoua *Freitag;* mais il eut assez de morale pour ne pas le punir d'avoir obéi. Il est étrange qu'une ville qui se dit libre, laisse une puissance étrangère exercer de telles vexations au milieu de ses murs; mais la liberté et l'indépendance ne sont jamais pour le faible qu'un vain nom. *Frédéric*, dans le temps de sa passion pour *Voltaire*, lui baisait souvent les mains dans le transport de son enthousiasme; et *Voltaire* comparant, après sa sortie de Francfort, ces deux époques de sa vie, répétait à ses amis : *Il a cent fois baisé cette main qu'il vient d'enchaîner.*

Il n'avait publié à Berlin que le Siècle de *Louis XIV*, la seule histoire de ce règne que l'on puisse lire. C'est sur le témoignage des anciens courtisans de *Louis XIV*, ou de ceux qui avaient vécu dans leur société, qu'il raconte un petit nombre d'anecdotes choisies avec discernement parmi celles qui peignent l'esprit et le caractère des personnages et du siècle même. Les événemens politiques ou militaires y sont racontés avec intérêt et avec rapidité : tout y est peint à grands traits. Dans des chapitres particuliers, il rapporte ce que *Louis XIV* a fait pour la réforme des lois ou des finances, pour l'encouragement du commerce et de l'industrie; et on doit lui pardonner d'en avoir parlé fuivant l'opinion des hommes les plus éclairés du temps où il écrivait, et non d'après des lumières qui n'exiftaient pas encore.

Ses chapitres fur le calvinifme, le janfénifme, le quiétifme, la difpute fur les cérémonies chinoifes, font les premiers modèles de la manière dont un ami prudent de la vérité doit parler de ces honteufes maladies de l'humanité, lorfque le nombre et le pouvoir de ceux qui en font encore attaqués oblige de foulever avec adreffe le voile qui en cache la turpitude. On peut lui reprocher feulement une févérité trop grande contre les calviniftes qui ne fe rendirent coupables que lorfqu'on les força de le devenir, et dont les crimes ne furent en quelque forte que les repréfailles des affaffinats juridiques exercés contre eux dans quelques provinces.

Les découvertes dans les fciences, les progrès des arts, font expofés avec clarté, avec exactitude, avec impartialité, et les jugemens toujours dictés par une raifon faine et libre, par une philofophie indulgente et douce.

La Lifte des écrivains du fiècle de *Louis XIV* eft un ouvrage neuf. On n'avait pas encore imaginé de peindre ainfi, par un trait, par quelques lignes, des philofophes, des favans, des littérateurs, des poëtes, fans féchereffe comme fans prétention, avec un goût fûr et une précifion prefque toujours piquante.

Cet ouvrage apprit aux étrangers à connaître *Louis XIV* défiguré chez eux dans une foule de libelles, et à refpecter une nation qu'ils n'avaient vue jufque-là qu'aux travers des préventions de la jaloufie et de la haine. On fut moins indulgent en France. Les efclaves par état et par caractère, furent indignés qu'un français eût ofé trouver des faibleffes dans *Louis XIV*. Les gens à préjugés furent fcandalifés qu'il eût parlé avec liberté des fautes des généraux, et des défauts des grands écrivains; d'autres lui reprochaient, avec plus de juftice à quelques égards, trop d'indulgence ou d'enthoufiafme. Mais l'hiftoire d'un pays n'eft jamais jugée avec impartialité que par les étrangers; une foule d'intérêts, de préventions, de préjugés, corrompt toujours le jugement des compatriotes.

Voltaire paffa près de deux années en Alface. C'eft pendant ce féjour qu'il publia les Annales de l'Empire, le feul des abrégés chronologiques qu'on puiffe lire de fuite, parce qu'il eft écrit d'un ftyle rapide, et rempli de réfultats philofophiques exprimés avec énergie. Ainfi *Voltaire* a été encore un modèle dans ce genre dont fon amitié pour le préfident *Hénault* lui a fait exagérer le mérite et l'utilité.

Il avait d'abord fongé à s'établir en Alface; mais malheureufement les jéfuites effayèrent de le convertir, et n'ayant pu y réuffir, répandirent contre lui ces calomnies fourdes qui annoncent et préparent la perfécution. *Voltaire* fit une tentative pour obtenir, non la permiffion de revenir à Paris (il en eut toujours la liberté), mais l'affurance qu'il n'y ferait pas défagréable à la cour. Il connaiffait trop la France pour ne pas fentir qu'odieux à tous les corps puiffans par fon amour pour la vérité, il deviendrait bientôt l'objet de leur perfécution, fi on pouvait être sûr que Verfailles le laifferait opprimer.

La réponfe ne fut pas raffurante. *Voltaire* fe trouva fans afile dans fa patrie dont fon nom foutenait l'honneur alors avili dans l'Europe par les ridicules querelles des billets de confeffion, et au moment même où il venait d'élever, dans fon Siècle de *Louis XIV*, un monument à fa gloire. Il fe détermina à aller prendre les eaux d'Aix en Savoie. A fon paffage par Lyon, le cardinal de *Tençin*, fi fameux par la converfion de *Lafs* et le concile d'Embrun, lui fit dire qu'il ne pouvait lui donner à dîner, parce qu'il était mal avec la cour : mais les habitans de cette ville opulente, où l'efprit du commerce n'a point étouffé le goût des lettres, le dédommagèrent de l'impoliteffe politique de leur archevêque. Alors, pour la première fois, il reçut les honneurs que l'enthoufiafme public rend au génie. Ses pièces furent jouées devant lui, au bruit des acclamations d'un peuple enivré de la joie de poffeder celui à qui il devait de fi nobles plaifirs; mais il n'ofa fe fixer à Lyon. La conduite du cardinal l'avertiffait qu'il n'était pas affez loin de fes ennemis.

Il paffa par Genève pour confulter *Tronchin*. La beauté du pays, l'égalité qui paraiffait y régner, l'avantage d'être hors de la France, dans une ville où l'on ne parlait que français, la liberté de penfer plus étendue que dans un pays monarchique et catholique, celle d'imprimer, fondée à la vérité moins fur les lois que fur les intérêts du commerce, tout le déterminait à y choifir fa retraite.

Mais il vit bientôt qu'une ville où l'efprit de rigorifme et de pédantifme, apporté par *Calvin*, avait jeté des racines profondes; où la vanité d'imiter

les

les républiques anciennes, et la jaloufie des pauvres contre les riches, avaient établi des lois fomptuaires; où les fpectacles révoltaient à la fois le fanatifme calvinifte et l'auftérité républicaine, n'était pour lui un féjour ni agréable ni sûr; il voulut avoir contre la perfécution des catholiques un afile fur les terres de Genève, et une retraite en France contre l'humeur des réformés, et prit le parti d'habiter alternativement d'abord Tourney, puis Ferney en France, et les Délices aux portes de Genève. C'eft là qu'il fixa enfin fa demeure avec madame *Denis* fa nièce, alors veuve et fans enfans, libre de fe livrer à fon amitié pour fon oncle, et de reconnaître le foin paternel qu'il avait pris d'augmenter fon aifance. Elle fe chargea d'affurer fa tranquillité, et fon indépendance domeftique, de lui épargner les foins fatigans du détail d'une maifon. C'était tout ce qu'il était obligé de devoir à autrui. Le travail était pour lui une fource inépuifable de jouiffances; et, pour que tous fes momens fuffent heureux, il fuffifait qu'ils fuffent libres.

Jufqu'ici nous avons décrit la vie orageufe d'un poëte philofophe, à qui fon amour pour la vérité, et l'indépendance de fon caractère avaient fait encore plus d'ennemis que fes fuccès, qui n'avait répondu à leurs méchancetés que par des épigrammes ou plaifantes ou terribles, et dont la conduite avait été plus fouvent infpirée par le fentiment qui le dominait dans chaque circonftance, que combinée d'après un plan formé par fa raifon.

Maintenant dans la retraite, éloigné de toutes les illufions, de tout ce qui pouvait élever en lui des

Vie de Voltaire. F

paſſions perſonnelles et paſſagères, nous allons le voir
abandonné à ſes paſſions dominantes et durables,
l'amour de la gloire, le beſoin de produire plus
puiſſant encore, et le zèle pour la deſtruction des
préjugés, la plus forte et la plus active de toutes
celles qu'il a connues. Cette vie paiſible, rarement
troublée par des menaces de perſécution plutôt que
par des perſécutions réelles, ſera embellie, non-
ſeulement comme ſes premières années, par l'exercice
de cette bienfeſance particulière, qualité commune
à tous les hommes dont le malheur ou la vanité
n'ont point endurci l'ame et corrompu la raiſon,
mais par des actions de cette bienfeſance courageuſe
et éclairée, qui, en adouciſſant les maux de quelques
individus, ſert en même temps l'humanité entière.

C'eſt ainſi qu'indigné de voir un miniſtère corrompu
pourſuivre la mort du malheureux *Bing*, pour couvrir
ſes propres fautes, et flatter l'orgueil de la populace
anglaiſe, il employa, pour ſauver cette innocente
victime du machiavéliſme de *Pitt*, tous les moyens
que le génie de la pitié put lui inſpirer, et ſeul éleva ſa
voix contre l'injuſtice, tandis que l'Europe étonnée
contemplait en ſilence cet exemple d'atrocité antique
que l'Angleterre oſait donner dans un ſiècle d'humanité et de lumières.

Le premier ouvrage qui ſortit de ſa retraite fut la
tragédie de l'Orphelin de la Chine, compoſée pendant ſon ſéjour en Alſace, lorſqu'eſpérant pouvoir
vivre à Paris, il voulait qu'un ſuccès au théâtre
raſſurât ſes amis et forçât ſes ennemis au ſilence.

Dans les commencemens de l'art tragique, les
poëtes étaient aſſurés de frapper les eſprits en donnant

à leurs perfonnages des fentimens contraires à ceux de la nature, en facrifiant ces fentimens que chaque homme porte au fond du cœur, aux paſſions plus rares de la gloire, du patriotiſme exagéré, du dévouement à ſes princes.

Comme alors la raiſon eſt encore moins formée que le goût, l'opinion commune feconde' ceux qui emploient ces moyens, ou eſt entraînée par eux. *Léontine* dut inſpirer de l'admiration, et la hauteur de ſon caractère lui faire pardonner le ſacrifice de ſon fils, par un parterre idolâtre de ſon prince. Mais quand ces moyens de produire des effets, en s'écartant de la nature, commencent à s'épuiſer; quand l'art ſe perfectionne, alors il eſt forcé de ſe rapprocher de la raiſon, et de ne plus chercher de reſſources que dans la nature même. Cependant telle eſt la force de l'habitude, que le ſacrifice de *Zamti* fondé, à la vérité, fur des motifs plus nobles, plus puiſſans que celui de *Léontine*, éxpié par ſes larmes, par ſes regrets, avait féduit les ſpectateurs. A la première repréfentation de l'Orphelin, ces vers d'*Idamé*, ſi vrais, ſi philoſophiques,

La nature et l'hymen, voilà les lois premières,
Les devoirs, les liens des nations entières :
Ces lois viennent des dieux, le reſte eſt des humains.

n'excitèrent d'abord que l'étonnement; les ſpectateurs balancèrent, et le cri de la nature eut befoin de la réflexion pour ſe faire entendre. C'eſt ainſi qu'un grand poëte peut quelquefois décider les eſprits flottans entre d'anciennes erreurs et les vérités qui,

F 2

pour en prendre la place, attendent qu'un dernier coup achève de renverfer la barrière chancelante que le préjugé leur oppofe. Les hommes n'ofent fouvent s'avouer à eux-mêmes les progrès lents que la raifon a faits dans leur efprit, mais ils font prêts à la fuivre, fi, en la leur préfentant d'une manière vive et frappante, on les force à la reconnaître. Auffi ces mêmes vers n'ont plus été entendus qu'avec tranfport, et *Voltaire* eut le plaifir d'avoir vengé la nature.

Cette pièce eft le triomphe de la vertu fur la force, et des lois fur les armes. Jufqu'alors, excepté dans Mahomet, on n'avait pu réuffir à rendre amoureux, fans l'àvilir, un de ces hommes dont le nom impofe à l'imagination, et préfente l'idée d'une force d'ame extraordinaire. *Voltaire* vainquit pour la feconde fois cette difficulté. L'amour de *Gengis-kan* intéreffe malgré la violence et la férocité de fon caractère, parce que cet amour eft vrai, paffionné; parce qu'il lui arrache l'aveu du vide que fon cœur éprouve au milieu de fa puiffance; parce qu'il finit par facrifier cet amour à fa gloire, et fa fureur des conquêtes au charme, nouveau pour lui, des vertus pacifiques.

Le repos de *Voltaire* fut bientôt troublé par la publication de la Pucelle.

Ce poëme qui réunit la licence et la philofophie, où la vérité prend le mafque d'une gaieté fatirique et voluptueufe, commencé vers 1730, n'avait jamais été achevé. L'auteur en avait confié les premiers effais à un petit nombre de fes amis et à quelques princes. Le feul bruit de fon exiftence lui avait attiré des menaces, et il avait pris, en ne l'achevant pas, le moyen le plus sûr d'éviter la tentation dangereufe de le rendre public. Malheureufement on laiffa multiplier les copies; une d'elles tomba entre des mains avides et ennemies; et l'ouvrage parut, non-feulement avec les défauts que l'auteur y avait laiffés, mais avec des vers ajoutés par les éditeurs, et remplis de groffièreté, de mauvais goût, de traits fatiriques qui pouvaient compromettre la fureté de *Voltaire.* L'amour du gain, le plaifir de faire attribuer leurs mauvais vers à un grand poëte, le plaifir plus méchant de l'expofer à la perfécution, furent les motifs de cette infidélité dont *la Beaumelle* et l'ex-capucin *Maubert* ont partagé l'honneur.

Ils ne réuffirent qu'à troubler un moment le repos de celui qu'ils voulaient perdre. Ses amis détournèrent la perfécution, en prouvant que l'ouvrage était falfifié; et la haine des éditeurs le fervit malgré eux.

Mais cette infidélité l'obligea d'achever la Pucelle, et de donner au public un poëme dont l'auteur de Mahomet et du Siècle de *Louis XIV* n'eut plus à rougir. Cet ouvrage excita un enthoufiafme très-vif dans une claffe nombreufe de lecteurs, tandis que les ennemis de *Voltaire* affectèrent de le décrier comme indigne d'un philofophe, et prefque comme une tache pour les œuvres et même pour la vie du poëte.

Mais, fi l'on peut regarder comme utile le projet de rendre la fuperftition ridicule aux yeux des hommes livrés à la volupté, et deftinés, par la faibleffe même qui les entraîne au plaifir, à devenir un jour les victimes infortunées ou les inftrumens dangereux de ce vil tyran de l'humanité ; fi l'affectation de l'auftérité dans les mœurs, fi le prix exceffif attaché à leur pureté, ne fait que fervir les hypocrites qui, en prenant le mafque facile de la chafteté, peuvent fe difpenfer de toutes les vertus, et couvrir d'un voile facré les vices les plus funeftes à la fociété, la dureté de cœur et l'intolérance ; fi en accoutumant les hommes à regarder comme autant de crimes, des fautes dont ceux qui ont de l'honneur et de la confcience ne font pas exempts, on étend fur les ames même les plus pures, le pouvoir de cette cafte dangereufe qui, pour gouverner et troubler la terre, s'eft rendue exclufivement l'interprète de la juftice célefte : alors on ne verra dans l'auteur de la Pucelle que l'ennemi de l'hypocrifie et de la fuperftition.

Voltaire lui-même, en parlant de *la Fontaine*, a remarqué avec raifon que des ouvrages où la volupté eft mêlée à la plaifanterie, amufent l'imagination fans l'échauffer et fans la féduire ; et fi des images voluptueufes et gaies font pour l'imagination une fource de plaifirs qui allégent le poids de l'ennui, diminuent le malheur des privations, délaffent un efprit fatigué par le travail, rempliffent des momens que l'ame abattue ou épuifée ne peut donner ni à l'action ni à une méditation utile, pourquoi priver les hommes d'une reffource que leur offre la nature ? Quel effet réfultera-t-il de ces lectures ? aucun, finon de difpofer les hommes à plus de douceur et d'indulgence. Ce n'étaient point de pareils livres que lifaient *Gérard* ou *Clément*, et que les fatellites de *Cromwell* portaient à l'arçon de leur felle.

Deux ouvrages bien différens parurent à la même époque, le poëme sur la Loi naturelle, et celui de la Destruction de Lisbonne. Exposer la morale dont la raison révèle les principes à tous les hommes, dont ils trouvent la sanction au fond de leur cœur, et à laquelle le remords les avertit d'obéir; montrer que cette loi générale est la seule qu'un D I E U, père commun des hommes, ait pu leur donner, puisqu'elle est la seule qui soit la même pour tous; prouver que le devoir des particuliers est de se pardonner réciproquement leurs erreurs, et celui des souverains d'empêcher par une sage indifférence ces vaines opinions, appuyées par le fanatisme et par l'hypocrisie, de troubler la paix de leurs peuples: tel est l'objet du poëme de la Loi naturelle.

Ce poëme, le plus bel hommage que jamais l'homme ait rendu à la Divinité, excita la colère des dévots qui l'appelaient le poëme de la religion naturelle, quoiqu'il n'y fût question de religion que pour combattre l'intolérance, et qu'il ne puisse exister de religion naturelle. Il fut brûlé par le parlement de Paris qui commençait à s'effrayer des progrès de la raison autant que de ceux du molinisme. Conduit à cette époque par quelques chefs ou aveuglés par l'orgueil, ou égarés par une fausse politique, il crut qu'il lui serait plus facile d'arrêter les progrès des lumières, que de mériter le suffrage des hommes éclairés. Il ne sentit pas le besoin qu'il avait de l'opinion publique, ou méconnut ceux à qui il était donné de la diriger, et se déclara l'ennemi des gens de lettres, précisément à l'instant où le suffrage des gens de lettres français commençait à exercer quelque influence fur la France même et fur l'Europe.

Cependant le poëme de *Voltaire*, commenté depuis dans plufieurs livres célèbres, eft encore celui où la liaifon de la morale avec l'exiftence d'un DIEU, eft expofée avec le plus de force et de raifon; et trente ans plus tard ce qui avait été brûlé comme impie, eût paru prefque un ouvrage religieux.

Dans le poëme fur le Défaftre de Lisbonne, *Voltaire* s'abandonne au fentiment de terreur et de mélancolie que ce malheur lui infpire; il appelle au milieu de ces ruines fanglantes les tranquilles fectateurs de l'optimifme; il combat leurs froides et puériles raifons avec l'indignation d'un philofophe profondément fenfible aux maux de fes femblables; il expofe dans toute leur force les difficultés fur l'origine du mal, et avoue qu'il eft impoffible à l'homme de les réfoudre. Ce poëme, dans lequel, à l'âge de plus de foixante ans, l'ame de *Voltaire*, échauffée par la paffion de l'humanité, a toute la verve et tout le feu de la jeuneffe, n'eft pas le feul ouvrage qu'il voulut oppofer à l'optimifme.

Il publia Candide, un de fes chef-d'œuvres dans le genre des romans philofophiques, qu'il tranfporta d'Angleterre en France en le perfectionnant. Ce genre a le malheur de paraître facile; mais il exige un talent rare, celui de favoir exprimer par une plaifanterie, par un trait d'imagination, ou par les événemens même du roman, les réfultats d'une philofophie profonde, fans ceffer d'être naturelle et piquante, fans ceffer d'être vraie. Il faut donc choifir ceux de ces réfultats qui n'ont befoin ni de développemens ni de preuves ; éviter à la fois et ce qui étant commun ne vaut pas la peine d'être répété, et ce qui étant ou trop abstrait ou trop neuf encore, n'est fait que pour un petit nombre d'esprits. Il faut être philosophe, et ne point le paraître.

En même temps peu de livres de philosophie sont plus utiles ; ils sont lus par des hommes frivoles que le nom seul de philosophe rebute ou attriste, et que cependant il est important d'arracher aux préjugés, et d'opposer au grand nombre de ceux qui sont intéressés à les défendre. Le genre-humain serait condamné à d'éternelles erreurs, si, pour l'en affranchir, il fallait étudier ou méditer les preuves de la vérité. Heureusement la justesse naturelle de l'esprit y peut suppléer pour les vérités simples qui sont aussi les plus nécessaires. Il suffit alors de trouver un moyen de fixer l'attention des hommes inappliqués, et surtout de graver ces vérités dans leur mémoire. Telle est la grande utilité des romans philosophiques, et le mérite de ceux de *Voltaire*, où il a surpassé également et ses imitateurs et ses modèles.

Une traduction libre de l'Ecclésiaste et d'une partie du Cantique des cantiques, suivit de près Candide.

On avait persuadé à madame de *Pompadour* qu'elle ferait un trait de politique profonde en prenant le masque de la dévotion, que par-là elle se mettrait à l'abri des scrupules et de l'inconstance du roi, et qu'en même temps elle calmerait la haine du peuple. Elle imagina de faire de *Voltaire* un des acteurs de cette comédie. Le duc de *la Vallière* lui proposa de traduire les pseaumes et les ouvrages sapientiaux ; l'édition aurait été faite au louvre, et l'auteur serait

revenu à Paris fous la protection de la dévote favorite.
Voltaire ne pouvait devenir hypocrite, pas même
pour être cardinal, comme on lui en fit entrevoir
l'efpérance à peu-près dans le même temps. Ces
fortes de propofitions fe font toujours trop tard; et
fi on les fefait à temps, elles ne feraient pas d'une
politique bien fûre : celui qui devait être un ennemi
dangereux, deviendrait fouvent un allié plus dangereux encore. Suppofez *Calvin* ou *Luther* appelés à
la pourpre, lorfqu'ils pouvaient encore l'accepter
fans honte, et voyez ce qu'ils auraient ofé. On ne
fatisfait pas, avec les hochets de la vanité, les ames
dominées par l'ambition de régner fur les efprits; on
leur fournit des armes nouvelles.

Cependant *Voltaire* fut tenté de faire quelques
effais de traduction, non pour rétablir fa réputation
religieufe, mais pour exercer fon talent dans un
genre de plus. Lorfqu'ils parurent, les dévots s'imaginèrent qu'il n'avait voulu que parodier ce qu'il avait
traduit, et crièrent au fcandale. Ils n'imaginaient
pas que *Voltaire* avait adouci et purifié le texte;
que fon Eccléfiafte était moins matérialifte, et fon
Cantique moins indécent que l'original facré. Ces
ouvrages furent donc encore brûlés. *Voltaire* s'en
vengea par une lettre remplie à la fois d'humeur et
de gaieté, où il fe moque de cette hypocrifie de
mœurs, vice particulier aux nations modernes de
l'Europe, et qui a contribué plus qu'on ne croit à
détruire l'énergie de caractère qui diftingue les nations
antiques.

En 1757 parut la première édition de fes œuvres
vraiment faite fous fes yeux. Il avait tout revu avec

une attention févère, fait un choix éclairé, mais rigoureux, parmi le grand nombre de pièces fugitives échappées à fa plume, et y avait ajouté fon immortel Effai fur les mœurs et l'efprit des nations.

Long-temps *Voltaire* s'était plaint que, chez les modernes furtout, l'hiftoire d'un pays fût celle de fes rois ou de fes chefs; qu'elle ne parlât que des guerres, des traités ou des troubles civils; que l'hiftoire des mœurs, des arts, des fciences, celle des lois, de l'adminiftration publique, eût été prefque oubliée. Les anciens même, où l'on trouve plus de détails fur les mœurs, fur la politique intérieure, n'ont fait en général que joindre à l'hiftoire des guerres, celle des factions populaires. On croirait, en lifant ces hiftoriens, que le genre-humain n'a été créé que pour fervir à faire briller les talens politiques ou militaires de quelques individus, et que la fociété a pour objet, non le bonheur de l'efpèce entière, mais le plaifir d'avoir des révolutions à lire ou à raconter.

Voltaire forma le plan d'une hiftoire où l'on trouverait ce qu'il importe le plus aux hommes de connaître : les effets qu'ont produit fur le repos ou le bonheur des nations, les préjugés, les lumières, les vertus ou les vices, les ufages ou les arts des différens fiècles.

Il choifit l'époque qui s'étend depuis *Charlemagne* jufqu'à nos jours; mais, ne fe bornant pas aux feules nations européannes, un tableau abrégé de l'état des autres parties du globe, des révolutions qu'elles ont éprouvées, des opinions qui les gouvernent, ajoute à l'intérêt et à l'inftruction. C'était pour réconcilier

madame *du Châtelet* avec l'étude de l'histoire, qu'il
avait entrepris ce travail immense qui le força de
se livrer à des recherches d'érudition qu'on aurait
crues incompatibles avec la mobilité de son imagination, et l'activité de son esprit. L'idée d'être utile
le soutenait ; et l'érudition ne pouvait être ennuyeuse
pour un homme qui, s'amusant du ridicule, et ayant
la sagacité de le saisir, en trouvait une source inépui-
sable dans les absurdités spéculatives ou pratiques
de nos pères, et dans la sottise de ceux qui les ont
transmises ou commentées en les admirant avec une
bonne foi ou une hypocrisie également risibles.

Un tel ouvrage ne pouvait plaire qu'à des philosophes. On l'accusa d'être frivole, parce qu'il était
clair, et qu'on le lisait sans fatigue ; on prétendit qu'il
était inexact, parce qu'il s'y trouvait des erreurs de
noms et de dates absolument indifférentes ; et il est
prouvé, par les reproches même des critiques qui
se sont déchaînés contre lui, que jamais, dans une
histoire si étendue, aucun historien n'a été plus
fidelle. On l'a souvent accusé de partialité, parce
qu'il s'élevait contre des préjugés que la pusillanimité
ou la bassesse avait trop long-temps ménagés : et il
est aisé de prouver que, loin d'exagérer les crimes du
despotisme sacerdotal, il en a plutôt diminué le
nombre et adouci l'atrocité. Enfin on a trouvé
mauvais que, dans ce tableau d'horreurs et de folies,
il ait quelquefois répandu sur celles-ci les traits de
la plaisanterie, qu'il n'ait pas toujours parlé sérieusement des extravagances humaines ; comme si elles
cessaient d'être ridicules, parce qu'elles ont été souvent dangereuses.

Ces préjugés, que des corps puiſſans étaient intéreſſés à répandre, ne font pas encore détruits. L'habitude de voir preſque toujours la lourdeur réunie à l'exactitude, de trouver à côté des déciſions de la critique l'échafaudage inſipide employé pour les former, a fait prendre celle de ne regarder comme exact que ce qui porte l'empreinte de la pédanterie. On s'eſt accoutumé à voir l'ennui accompagner la fidélité hiſtorique, comme à voir les hommes de certaines profeſſions porter des couleurs lugubres. D'ailleurs les gens d'eſprit ne tirent aucune vanité d'un mérite que des fots peuvent partager avec eux; et on croit qu'ils ne l'ont point, parce qu'ils font les feuls à ne pas s'en vanter. Les *Voyages du jeune Anacharſis* détruiront peut-être cette opinion trop accréditée.

Mais l'Eſſai de *Voltaire* fera toujours, pour les hommes qui exercent leur raiſon, une lecture déli-cieuſe par le choix des objets que l'auteur a préſentés, par la rapidité du ſtyle, par l'amour de la vérité et de l'humanité qui en anime toutes les pages, par cet art de préſenter des contraſtes piquans, des rappro-chémens inattendus, fans ceſſer d'être naturel et facile, d'offrir, dans un ſtyle toujours fimple, de grands réſultats et des idées profondes. Ce n'eſt pas l'hiſtoire des fiècles que l'auteur a parcourue, mais ce qu'on aurait voulu retenir de la lecture de l'hif-toire, ce qu'on aimerait à s'en rappeler.

En même temps peu de livres feraient plus utiles dans une éducation raifonnable. On y apprendrait, avec les faits, l'art de les voir et de les juger; on y apprendrait à exercer fa raifon dans fon indépendance naturelle, fans laquelle elle n'eft plus que l'inftrument fervile des préjugés ; on y apprendrait enfin à méprifer la fuperftition, à craindre le fanatifme, à détefter l'intolérance, à haïr la tyrannie fans ceffer d'aimer la paix, et cette douceur de mœurs auffi néceffaire au bonheur des nations que la fageffe même des lois.

Jufqu'ici dans l'éducation publique ou particulière, également dirigées par des préjugés, les jeunes gens n'apprennent l'hiftoire que défigurée par des compilateurs vils ou fuperftitieux. Si depuis la publication de l'Effai de *Voltaire*, deux hommes, l'abbé de *Condillac* et l'abbé *Millot*, ont mérité de n'être pas confondus dans cette claffe, gênés par leur état, ils ont trop laiffé à deviner ; pour les bien entendre, il faut n'avoir plus befoin de s'inftruire avec eux.

Cet ouvrage plaça *Voltaire* dans la claffe des hiftoriens originaux : et il a l'honneur d'avoir fait, dans la manière d'écrire l'hiftoire, une révolution dont à la vérité l'Angleterre a prefque feule profité jufqu'ici. *Hume*, *Robertfon*, *Gibbon*, *Watfon* peuvent, à quelques égards, être regardés comme fortis de fon école. L'hiftoire de *Voltaire* a encore un autre avantage ; c'eft qu'elle peut être enfeignée en Angleterre comme en Ruffie, en Virginie comme à Berne ou à Venife. Il n'y a placé que ces vérités dont tous les gouvernemens peuvent convenir : qu'on laiffe à la raifon humaine le droit de s'éclairer, que le citoyen jouiffe de fa liberté naturelle, que les lois foient douces, que la religion foit tolérante ; il ne va pas plus loin. C'eft à tous les hommes qu'il s'adreffe, et il ne leur dit que ce qui peut les éclairer également, fans révolter aucune de ces opinions qui, liées avec les conftitutions et les intérêts d'un pays, ne peuvent céder à la raifon, tant que la deftruction des erreurs plus générales ne lui aura point ouvert un accès plus facile.

A la tête de fes poëfies fugitives, *Voltaire* avait placé dans cette édition une épître adreffée à fa maifon des Délices, ou plutôt un hymne à la liberté : elle fuffirait pour répondre à ceux qui, dans leur zèle ariftocratique, l'ont accufé d'en être l'ennemi. Dans ces pièces où règnent tour à tour la gaieté, le fentiment ou la galanterie, *Voltaire* ne cherche point à être poëte; mais des beautés poëtiques de tous les genres femblent lui échapper malgré lui. Il ne cherche point à montrer de la philofophie, mais il a toujours celle qui convient au fujet, aux circonftances, aux perfonnes. Dans ces poëfies comme dans les romans, il faut que la philofophie de l'ouvrage paraiffe au-deffous de la philofophie de l'auteur. Il en eft de ces écrits comme des livres élémentaires qui ne peuvent être bien faits à moins que l'auteur n'en fache beaucoup au delà de ce qu'ils contiennent. Et c'eft par cette raifon que dans ces genres, regardés comme frivoles, les premières places ne peuvent appartenir qu'à des hommes d'une raifon fupérieure.

Cette même année fut l'époque d'une réconciliation entre *Voltaire* et fon ancien difciple. Les Autrichiens, déjà au milieu de la Siléfie, étaient près d'en achever la conquête; une armée françaife était fur les frontières du Brandebourg. Les Ruffes, déjà maîtres de la Pruffe, menaçaient la Poméranie et les Marches; la monarchie pruffienne paraiffait anéantie, et le prince qui l'avait fondée, n'avait plus d'autre reſſource que de s'enterrer ſous ſes ruines, et de ſauver ſa gloire en périſſant au milieu d'une victoire. La margrave de *Bareith* aimait tendrement ſon frère; la chûte de ſa maiſon l'affligeait; elle ſavait combien la France agiſſait contre ſes intérêts en prodiguant ſon ſang et ſes tréſors pour aſſurer à la maiſon d'Autriche la ſouveraineté de l'Allemagne; mais le miniſtre de France avait à ſe plaindre d'un vers du roi de Pruſſe. La marquiſe de *Pompadour* ne lui pardonnait pas d'avoir feint d'ignorer ſon exiſtence politique, et on avait eu ſoin de lui envoyer auſſi des vers que l'infidélité d'un copiſte avait fait tomber entre les mains du miniſtre de Saxe. Il fallait donc faire adopter l'idée de négocier, à des ennemis aigris par des injures perſonnelles, au moment même où ils ſe croyaient aſſurés d'une victoire facile. La margrave eut recours à *Voltaire* qui s'adreſſa au cardinal de *Tençin*, ſachant que ce miniſtre, oublié depuis la mort de *Fleuri* qui l'employait en le mépriſant, avait conſervé avec le roi une correſpondance particulière. *Tençin* écrivit, mais il reçut, pour toute réponſe, l'ordre du miniſtre des affaires étrangères de refuſer la négociation, par une lettre dont on lui avait même envoyé le modèle. Le vieux politique qui n'avait pas voulu donner à dîner à *Voltaire* pour ménager la cour, ne ſe conſola point de s'être brouillé avec elle par ſa complaiſance pour lui; et le chagrin de cette petite mortification abrégea ſes jours. Etant plus jeune, des aventures plus cruelles n'avaient fait que redoubler et enhardir ſon talent pour l'intrigue, parce que l'eſpérance le ſoutenait et qu'il était du nombre

des

des hommes que le crédit et les dignités confolent de la honte; mais alors il voyait fe rompre le dernier fil qui le liait encore à la faveur.

Voltaire entama une autre négociation, non moins inutile, par le maréchal de *Richelieu*. Une troifième enfin, quelques années plus tard, fut conduite jufqu'à obtenir de M. de *Choifeul* qu'il recevrait un envoyé fecret du roi de Pruffe. Cet envoyé fut découvert par les agens de l'impératrice-reine; et, foit faibleffe, foit que M. de *Choifeul* eût agi fans confulter madame de *Pompadour*, il fut arrêté et fes papiers fouillés : violation du droit des gens qui fe perd dans la foule des petits crimes que les politiques fe permettent fans remords.

Dans cette époque fi dangereufe et fi brillante pour le roi de Pruffe, *Voltaire* paraiffait tantôt reprendre fon ancienne amitié, tantôt ne conferver que la mémoire de Francfort. C'eft alors qu'il compofa ces mémoires finguliers (*), où le fouvenir profond d'un jufte reffentiment n'étouffe ni la gaieté ni la juftice. Il les avait généreufement condamnés à l'oubli; le hafard les a confervés pour venger le génie des attentats du pouvoir.

La margrave de *Bareith* mourut au milieu de la guerre. Le roi de Pruffe écrivit à *Voltaire* pour le prier de donner au nom de fa fœur une immortalité dont fes vertus aimables et indulgentes, fon ame également fupérieure aux préjugés, à la grandeur et aux revers, l'avaient rendu digne. L'ode que *Voltaire* a confacrée à fa mémoire, eft remplie d'une fenfibilité douce, d'une philofophie fimple et touchante.

(*) On les a inférés dans ce volume, à la fuite de cette vie.

Vie de Voltaire. G

Ce genre eſt un de ceux où il a eu le moins de ſuccès, parce qu'on y exige une perfection qu'il ne put jamais ſe réſoudre à chercher dans les petits ouvrages, et que ſa raiſon ne pouvait ſe prêter à cet enthouſiaſme de commande qu'on dit convenir à l'ode. Celles de *Voltaire* ne ſont que des pièces fugitives où l'on retrouve le grand poëte, le poëte philoſophe, mais gêné et contraint par une forme qui ne convenait pas à la liberté de ſon génie. Cependant il faut avouer que les ſtances à une princeſſe ſur le jeu, et ſurtout ces ſtances charmantes ſur la vieilleſſe :

Si vous voulez que j'aime encore, &c.

ſont des odes anacréontiques fort au-deſſus de celles d'*Horace*, qui cependant, du moins pour les gens d'un goût un peu moderne, a ſurpaſſé ſon modèle.

La France, ſi ſupérieure aux autres nations dans la tragédie et la comédie, n'a point été auſſi heureuſe en poëtes lyriques. Les odes de *Rouſſeau* n'offrent guère qu'une poëſie harmonieuſe et impoſante, mais vide d'idées ou remplie de penſées fauſſes. *La Motte*, plus ingénieux, n'a connu ni l'harmonie ni la poëſie du ſtyle ; et on cite à peine des autres poëtes un petit nombre de ſtrophes.

Voltaire était encore à Berlin lorſque MM. *Diderot* et *d'Alembert* formèrent le projet de l'*Encyclopédie*, et en publièrent le premier volume. Un ouvrage qui devait renfermer les vérités de toutes les ſciences, tracer entre elles des lignes de communication, entrepris par deux hommes qui joignaient, à des connaiſſances étendues ou profondes, beaucoup d'eſprit et une philoſophie libre et courageuſe, parut aux yeux pénétrans de *Voltaire* le coup le plus terrible que l'on pût porter aux préjugés. L'*Encyclopédie* devenait le livre de tous les hommes qui aiment à s'inftruire, et furtout de ceux qui, fans être habituellement occupés de cultiver leur efprit, font jaloux cependant de pouvoir acquérir une inftruction facile fur chaque objet qui excite en eux quelque intérêt paffager ou durable. C'était un dépôt où ceux qui n'ont pas le temps de fe former des idées d'après eux-mêmes, devaient aller chercher celles qu'avaient eues les hommes les plus éclairés et les plus célèbres; dans lequel enfin les erreurs refpectées feraient ou trahies par la faibleffe de leurs preuves, ou ébranlées par le feul voifinage des vérités qui en fapent les fondemens.

Voltaire, retiré à Ferney, donna pour l'*Encyclo-pédie* un petit nombre d'articles de littérature; il en prépara quelques-uns de philofophie, mais avec moins de zèle, parce qu'il fentait qu'en ce genre les éditeurs avaient moins befoin de lui, et qu'en général fi fes grands ouvrages en vers ont été faits pour fa gloire, il n'a prefque jamais écrit en profe que dans des vues d'utilité générale. Cependant les mêmes raifons qui l'intéreffaient au progrès de l'*Encyclopédie*, fufcitèrent à cet ouvrage une foule d'ennemis. Com-pofé ou applaudi par les hommes les plus célèbres de la nation, il devint comme une efpèce de marque qui féparait les littérateurs diftingués, et ceux qui s'honoraient d'être leurs difciples ou leurs amis, de cette foule d'écrivains obfcurs et jaloux qui, dans la trifte impuiffance de donner aux hommes ou des vérités nouvelles ou de nouveaux plaifirs, haïffent ou déchirent ceux que la nature a mieux traités.

Un ouvrage où l'on devait parler avec franchife et avec liberté, de théologie, de morale, de jurif- prudence, de légiflation, d'économie publique, devait effrayer tous les partis politiques ou religieux, et tous les pouvoirs fecondaires qui craignaient d'y voir difcuter leur utilité et leurs titres. L'infurrection fut générale. Le *Journal de Trévoux*, la *Gazette ecclé- fiaflique*, les journaux fatiriques, les jéfuites et les janféniftes, le clergé, les parlemens, tous, fans ceffer de fe combattre ou de fe haïr, fe réunirent contre l'*Encyclopédie*. Elle fuccomba. On fut obligé d'achever et d'imprimer en fecret cet ouvrage à la perfection duquel la liberté et la publicité étaient fi néceffaires : et le plus beau monument dont jamais l'efprit humain ait conçu l'idée, ferait demeuré imparfait fans le courage de *Diderot*, fans le zèle d'un grand nombre de favans et de littérateurs diftingués que la perfé- cution ne put arrêter.

Heureufement l'honneur d'avoir donné l'*Encyclo- pédie* à l'Europe, compenfa pour la France la honte de l'avoir perfécutée. Elle fut regardée, avec juftice, comme l'ouvrage de la nation, et la perfécution comme celui d'une jaloufie ou d'une politique égale- ment méprifables.

Mais la guerre dont l'*Encyclopédie* était l'occafion, ne ceffa point avec la profcription de l'ouvrage. Ses principaux auteurs et leurs amis, défignés par le nom de *philofophes* et d'*encyclopédiftes*, qui devenaient des injures dans la langue des ennemis de la raifon, furent forcés de fe réunir par la perfécution même, et *Voltaire* fe trouva naturellement leur chef, par fon âge, par fa célébrité, fon zèle et fon génie. Il avait depuis long-temps des amis et un grand nombre d'admirateurs ; alors il eut un parti. La perfécution rallia fous fon étendard tous les hommes de quelque mérite que peut-être fa fupériorité aurait écartés de lui, comme elle en avait éloigné leurs prédéceffeurs ; et l'enthoufiafme prit enfin la place de l'ancienne injuftice.

C'eft dans l'année 1760 que cette guerre littéraire fut la plus vive. *Le Franc de Pompignan*, littérateur eftimable et poëte médiocre, dont il refte une belle ftrophe, et une tragédie faible où le génie de *Virgile* et de *Métaflafe* n'ont pu le foutenir, fut appelé à l'académie françaife. Revêtu d'une charge de magif-trature, il crut que fa dignité autant que fes ouvrages le difpenfaient de toute reconnaiffance ; il fe permit d'infulter, dans fon difcours de réception, les hommes dont le nom fefait le plus d'honneur à la fociété qui daignait le recevoir, et défigna clairement *Voltaire*, en l'accufant d'incrédulité et de menfonge. Bientôt après, *Paliffot*, inftrument vénal de la haine d'une femme, met les philofophes fur le théâtre. Les lois qui défendent de jouer les perfonnes, font muettes. La magiftrature trahit fon devoir, et voit, avec une joie maligne, immoler fur la fcène les hommes dont elle craint les lumières et le pouvoir fur l'opinion, fans fonger qu'en ouvrant la carrière à la fatire, elle s'expofe à en partager les traits. *Crébillon* déshonore fa vieilleffe, en approuvant la pièce. Le duc de *Choifeul*, alors miniftre en crédit, protège cette indignité par faibleffe pour la même femme dont *Paliffot* fervait le reffentiment. Les journaux répètent les infultes du théâtre. Cependant *Voltaire* fe réveille. Le Pauvre

G 3

diable, le Ruffe à Paris, la Vanité, une foule de
plaifanteries en profe fe fuccédent avec une éton-
nante rapidité.

Le Franc de Pompignan fe plaint au roi, fe plaint
à l'académie, et voit avec une douleur impuiffante
que le nom de *Voltaire* y écrafe le fien. Chaque
démarche multiplie les traits que toutes les bouches
répètent, et les vers pour jamais attachés à fon nom.
Il propofe à un protecteur augufte de manquer *à
ce qu'il s'eft promis à lui-même*, en retournant à l'académie pour donner fa voix à un homme auquel le
prince s'intéreffait ; il n'obtient qu'un refus poli de
ce facrifice, a le malheur, en fe retirant, d'entendre
répéter, par fon protecteur même, ce vers fi terrible :

Et l'ami Pompignan penfe être quelque chofe !

et va cacher dans fa province fon orgueil humilié,
et fon ambition trompée : exemple effrayant, mais
falutaire du pouvoir du génie et des dangers de
l'hypocrifie littéraire.

Fréron, ex-jéfuite comme *Desfontaines*, lui avait
fuccédé dans le métier de flatter, par des fatires
périodiques, l'envie des ennemis de la vérité, de la
raifon et des talens. Il s'était diftingué dans la guerre
contre les philofophes. *Voltaire*, qui depuis long-temps
fupportait fes injures, en fit juftice et vengea fes
amis. Il introduifit, dans la comédie de l'Ecoffaife,
un journalifte méchant, calomniateur et vénal : le
parterre y reconnut *Fréron* qui, livré au mépris
public dans une pièce que des fcènes attendriffantes
et le caractère original et piquant du bon et brufque

Fréeport devaient conferver au théâtre, fut condamné à traîner, le refte de fa vie, un nom ridicule et déshonoré. *Fréron*, en applaudiffant à l'infulte faite aux philofophes, avait perdu le droit de fe plaindre; et fes protecteurs aimèrent mieux l'abandonner que d'avouer une partialité trop révoltante.

D'autres ennemis moins acharnés avaient été ou corrigés ou punis; et *Voltaire*, triomphant au milieu de ces victimes immolées à la raifon et à fa gloire, envoya au théâtre à foixante-fix ans le chef-d'œuvre de Tancrède. La pièce fut dédiée à la marquife de *Pompadour*. C'était le fruit de l'adreffe avec laquelle *Voltaire* avait fu, fans bleffer le duc de *Choifeul*, venger les philofophes dont les adverfaires avaient obtenu de ce miniftre une protection paffagère. Cette dédicace apprenait à fes ennemis que leurs calomnies ne compromettraient pas davantage fa fureté que leurs critiques ne nuiraient à fa gloire; et c'était mettre le comble à fa vengeance.

Cette même année, il apprend qu'une petite nièce de *Corneille* languiffait dans un état indigne de fon nom : *C'eft le devoir d'un foldat de fecourir la nièce de fon général*, s'écrie-t-il. Mademoifelle *Corneille* fut appelée à Ferney; elle y reçut l'éducation qui convenait à l'état que fa naiffance lui marquait dans la fociété. *Voltaire* porta même la délicateffe jufqu'à ne pas fouffrir que l'établiffement de mademoifelle *Corneille* parût un de fes bienfaits; il voulut qu'elle le dût aux ouvrages de fon oncle. Il en entreprit une édition avec des notes. Le créateur du théâtre français, commenté par celui qui avait porté ce théâtre à fa perfection; un homme de génie né dans un temps

G 4

où le goût n'était pas encore formé, jugé par un
rival qui joignait au génie le don presqu'auffi rare
d'un goût sûr fans être févère, délicat fans être
timide, éclairé enfin par une longue et heureufe
expérience de l'art : voilà ce qu'offrait cet ouvrage.
Voltaire y parle des défauts de *Corneille* avec franchife, de fes beautés avec enthoufiafme. Jamais on
n'avait jugé *Corneille* avec tant de rigueur, jamais on
ne l'avait loué avec un fentiment plus profond et
plus vrai. Occupé d'inftruire et la jeuneffe françaife
et ceux des étrangers qui cultivent notre littérature,
il ne pardonne point aux vices du langage, à l'exa-
gération, aux fautes contre la bienféance ou contre
le goût; mais il apprend en même temps à reconnaître
les progrès que l'art doit à *Corneille*, l'élévation
extraordinaire de fon efprit, la beauté prefque inimitable de fa poëfie dans les morceaux que fon génie
lui a infpirés, et ces mots profonds ou fublimes qui
naiffent fubitement du fond des fituations, ou qui
peignent d'un trait de grands caractères.

La foule des littérateurs lui reprocha néanmoins
d'avoir voulu avilir *Corneille* par une baffe jaloufie,
tandis que par-tout, dans ce commentaire, il faifit,
il femble chercher les occafions de répandre fon
admiration pour *Racine*, rival plus dangereux, qu'il
n'a furpaffé que dans quelques parties de l'art tragique, et dont au milieu de fa gloire il eût pu envier
la perfection défefpérante.

Cependant, tranquille dans fa retraite, occupé de
continuer la guerre heureufe qu'il fefait aux préjugés,
Voltaire voit arriver une famille infortunée dont le
chef a été traîné fur la roue par des juges fanatiques,

inftrumens des paffions féroces d'un peuple fuperftitieux. Il apprend que *Calas*, vieillard infirme, a été
accufé d'avoir pendu fon fils, jeune et vigoureux,
au milieu de fa famille, en préfence d'une fervante
catholique; qu'il avait été porté à ce crime par la
crainte de voir embraffer la religion catholique à ce
fils qui paffait fa vie dans les falles d'armes et dans
les billards, et dont perfonne, au milieu de l'effer-
vefcence générale ne put jamais citer un feul mot,
une feule démarche qui annonçaffent un pareil
deffein; tandis qu'un autre fils de *Calas*, déjà con-
verti, jouiffait d'une penfion que ce père très-peu
riche confentait à lui faire. Jamais, dans un événement de ce genre, un tel concours de circonftances
n'avait plus éloigné les foupçons d'un crime, plus
fortifié les raifons de croire à un fuicide. La conduite
du jeune homme, fon caractère, le genre de fes
lectures, tout confirmait cette idée. Cependant un
capitoul, dont la tête ardente et faible était enivrée
de fuperftition, et dont la haine pour les proteftans
n'héfitait pas à leur imputer des crimes, fait arrêter
la famille entière. Bientôt la populace catholique
s'échauffe; le jeune homme eft un martyr. Des
confréries de pénitens qui, à la honte de la nation,
fubfiftent encore à Touloufe, lui font un fervice
folennel où l'on place fon image tenant d'une main
la palme du martyre, et de l'autre la plume qui
devait figner l'abjuration.

On répand bientôt que la religion proteftante
prefcrit aux pères d'affaffiner leurs enfans, quand
ils veulent abjurer; que pour plus de fureté on élit,
dans les affemblées du défert, le bourreau de la

secte. Le tribunal inférieur, conduit par le furieux *David*, prononce que le malheureux *Calas* est coupable. Le parlement confirme le jugement à cette pluralité très-faible, malheureusement regardée comme suffisante par notre absurde jurisprudence. Condamné à la roue et à la question, ce père infortuné meurt, en protestant qu'il n'est pas coupable; et les juges absolvent sa famille, complice nécessaire du crime ou de l'innocence de son chef.

Cette famille, ruinée et flétrie par le préjugé, va chercher chez les hommes d'une même croyance une retraite, des secours, et surtout des consolations. Elle s'arrête auprès de Genève. *Voltaire*, attendri et indigné, se fait instruire de ces horribles détails, et bientôt sûr de l'innocence du malheureux *Calas*, il ose concevoir l'espérance d'obtenir justice. Le zèle des avocats est excité, et leur courage soutenu par ses lettres. Il intéresse à la cause de l'humanité l'ame naturellement sensible du duc de *Choiseul*. La réputation de *Tronchin* avait appelé à Genève la duchesse d'*Enville*, arrière petite-fille de l'auteur des *Maximes*, supérieure à la superstition par son caractère comme par ses lumières, sachant faire le bien avec activité comme avec courage, embellissant par une modestie sans faste l'énergie de ses vertus; sa haine pour le fanatisme et pour l'oppression assurait aux *Calas* une protectrice dont les obstacles et les lenteurs ne rallentiraient pas le zèle. Le procès fut commencé. Aux mémoires des avocats, trop remplis de longueurs et de déclamations, *Voltaire* joignait des écrits plus courts, séduisans par le style, propres tantôt à exciter la pitié, tantôt à réveiller l'indignation publique; si prompte à se calmer dans une nation alors trop étrangère à ses propres intérêts. En plaidant la cause de *Calas*, il soutenait celle de la tolérance ; car c'était beaucoup alors de prononcer ce nom, rejeté aujourd'hui avec indignation par les hommes qui pensent comme paraissant reconnaître le droit de donner des chaînes à la pensée et à la conscience. Des lettres remplies de ces louanges fines qu'il savait répandre avec tant de grâce, animaient le zèle des défenseurs, des protecteurs et des juges. C'est en promettant l'immortalité qu'il demandait justice.

L'arrêt de Toulouse fut cassé. Le duc de *Choiseul* eut la sagesse et le courage de faire renvoyer à un tribunal de maîtres des requêtes, cette cause devenue celle de tous les parlemens dont les préjugés et l'esprit de corps ne permettaient point d'espérer un jugement équitable. Enfin *Calas* fut déclaré innocent. Sa mémoire fut réhabilitée ; et un ministre généreux fit réparer, par le trésor public, le tort que l'injustice des juges avait fait à la fortune de cette famille aussi respectable que malheureuse : mais il n'alla point jusqu'à forcer le parlement de Languedoc à reconnaître l'arrêt qui détruisait une de ses injustices. Ce tribunal préféra la triste vanité de persévérer dans son erreur, à l'honneur de s'en repentir et de la réparer.

Cependant les applaudissemens de la France et de l'Europe parvinrent jusqu'à Toulouse ; et le malheureux *David*, succombant sous le poids du remords et de la honte, perdit bientôt la raison et la vie. Cette affaire, si grande en elle-même, si importante par ses suites, puisqu'elle ramena sur les crimes de fecte. Le tribunal inférieur, conduit par le furieux *David*, prononce que le malheureux *Calas* eſt coupable. Le parlement confirme le jugement à cette pluralité très-faible, malheureuſement regardée comme ſuffiſante par notre abſurde juriſprudence. Condamné à la roue et à la queſtion, ce père infortuné meurt, en proteſtant qu'il n'eſt pas coupable; et les juges abſolvent ſa famille, complice néceſſaire du crime ou de l'innocence de ſon chef.

Cette famille, ruinée et flétrie par le préjugé, va chercher chez les hommes d'une même croyance une retraite, des ſecours, et ſurtout des conſolations. Elle s'arrête auprès de Genève. *Voltaire*, attendri et indigné, ſe fait inſtruire de ces horribles détails, et bientôt ſûr de l'innocence du malheureux *Calas*, il oſe concevoir l'eſpérance d'obtenir juſtice. Le zèle des avocats eſt excité, et leur courage ſoutenu par ſes lettres. Il intéreſſe à la cauſe de l'humanité l'ame naturellement ſenſible du duc de *Choiſeul*. La réputation de *Tronchin* avait appelé à Genève la ducheſſe d'*Enville*, arrière petite-fille de l'auteur des *Maximes*, ſupérieure à la ſuperſtition par ſon caractère comme par ſes lumières, ſachant faire le bien avec activité comme avec courage, embelliſſant par une modeſtie ſans faſte l'énergie de ſes vertus; ſa haine pour le fanatiſme et pour l'oppreſſion aſſurait aux *Calas* une protectrice dont les obſtacles et les lenteurs ne rallentiraient pas le zèle. Le procès fut commencé. Aux mémoires des avocats, trop remplis de longueurs et de déclamations, *Voltaire* joignait des écrits plus courts, ſéduiſans par le ſtyle, propres tantôt à exciter la pitié, tantôt à réveiller l'indignation publique; ſi supplice, se renouvelle avec une nouvelle fureur. *Sirven* a heureusement le temps de se sauver ; et, condamné à la mort par contumace, il va chercher un refuge auprès du protecteur des *Calas ;* mais sa femme qu'il traîne après lui succombe à sa douleur, à la fatigue d'un voyage entrepris à pied, au milieu des neiges.

La forme obligeait *Sirven* à se présenter devant ce même parlement de Toulouse qui avait versé le sang de *Calas*. *Voltaire* fit des tentatives pour obtenir d'autres juges. Le duc de *Choiseul* ménageait alors les parlemens qui, après la chute de son crédit sur la marquise de *Pompadour*, et ensuite après sa mort, lui étaient devenus utiles, tantôt pour le délivrer d'un ennemi, tantôt pour lui donner les moyens de se rendre nécessaire par l'art avec lequel il savait calmer leurs mouvemens que souvent lui-même avait excités.

Il fallut donc que *Sirven* se déterminât à comparaître à Toulouse ; mais *Voltaire* avait su pourvoir à sa sûreté, et préparer son succès. Il avait des disciples dans le parlement. Des avocats habiles voulurent partager la gloire que ceux de Paris avaient acquise en défendant *Calas.* Le parti de la tolérance était devenu puissant dans cette ville même : en peu d'années les ouvrages de *Voltaire* avaient changé les esprits ; on n'avait plaint *Calas* qu'avec une horreur muette, *Sirven* eut des protecteurs déclarés, grâce à l'éloquence de *Voltaire*, à ce talent de répandre à propos des vérités et des louanges. Ce parti l'emporta sur celui des pénitens ; et *Sirven* fut sauvé.

Les jésuites s'étaient emparés du bien d'une famille

l'intolérance et la nécessité de les prévenir, les regards et les vœux de la France et de l'Europe, cette affaire occupa l'ame de *Voltaire* pendant plus de trois années. *Durant tout ce temps*, disait-il, *il ne m'est pas échappé un sourire, que je ne me le sois reproché comme un crime.* Son nom, cher depuis long-temps aux amis éclairés de l'humanité, comme celui de son plus zélé, de son plus infatigable défenseur, ce nom fut alors béni par cette foule de citoyens qui, voués à la persécution depuis quatre-vingts ans, voyaient enfin s'élever une voix pour leur défense. Quand il revint à Paris, en 1778, un jour que le public l'entourait sur le Pont-royal, on demanda à une femme du peuple qui était cet homme qui traînait la foule après lui : *Ne savez-vous pas*, dit-elle, *que c'est le sauveur des Calas !* Il fut cette réponse, et au milieu de toutes les marques d'admiration qui lui furent prodiguées, ce fut ce qui le toucha le plus.

Peu de temps après la malheureuse mort de *Calas*, une jeune fille de la même province, qui suivant un usage barbare avait été enlevée à ses parens et renfermée dans un couvent dans l'intention d'aider, par des moyens humains, la grâce de la foi, lassée des mauvais traitemens qu'elle y essuyait, s'échappa, et fut retrouvée dans un puits. Le prêtre qui avait sollicité la lettre de cachet, les religieuses qui avaient usé avec barbarie du pouvoir qu'elle leur donnait sur cette infortunée, pouvaient sans doute mériter une punition ; mais c'est sur la famille de la victime que le fanatisme veut la faire tomber. Le reproche calomnieux qui avait conduit *Calas* au

quelquefois fa fupériorité. Il lui épargnait des recherches d'érudition ; il lui fervait même d'aumônier ,
parce que *Voltaire* voulait pouvoir oppofer aux
accufations d'impiété , fa fidélité à remplir les devoirs
extérieurs de la religion romaine.

Il fe préparait alors une grande révolution dans
les efprits. Depuis la renaiffance de la philofophie ,
la religion exclufivement établie dans toute l'Europe
n'avait été attaquée qu'en Angleterre ; *Leibnitz* ,
Fontenelle et les autres philofophes moins célèbres ,
accufés de penfer librement, l'avaient refpectée dans
leurs écrits. *Bayle* lui-même , par une précaution
néceffaire à fa fureté , avait l'air, en fe permettant
toutes les objections, de vouloir prouver uniquement que la révélation feule peut les réfoudre , et
d'avoir formé le projet d'élever la foi en rabaiffant
la raifon. Chez les Anglais , ces attaques eurent peu
de fuccès et de fuite. La partie la plus puiffante de la
nation crut qu'il lui était utile de laiffer le peuple
dans les ténèbres , apparemment pour que l'habitude
d'adorer les myftères de la *Bible* fortifiât fa foi pour
ceux de la conftitution ; et ils firent, comme une
efpèce de bienféance fociale , du refpect pour la religion établie. D'ailleurs dans un pays où la chambre
des communes conduit feule à la fortune , et où les
membres de cette chambre font élus tumultuaire-
ment par le peuple , le refpect apparent pour fes
opinions doit être érigé en vertu par tous les ambitieux.

Il avait paru en France quelques ouvrages hardis ;
mais les attaques qu'ils portaient n'étaient qu'indi-
rectes. Le livre même *de l'Efprit* n'était dirigé que

de gentilshommes que leur pauvreté empêchait d'y rentrer. *Voltaire* leur en donna les moyens; et les oppreffeurs de tous les genres, qui depuis long-temps craignaient fes écrits, apprirent à redouter fon activité, fa générofité et fon courage.

Ce dernier événement précéda, de très-peu, la deftruction des jéfuites. *Voltaire*, élevé par eux, avait confervé des relations avec fes anciens maîtres; tant qu'ils vécurent, ils empêchèrent leurs confrères de fe déchaîner ouvertement contre lui; et *Voltaire* ménagea les jéfuites, et par confidération pour ces liaifons de fa jeuneffe, et pour avoir quelques alliés dans le parti qui dominait alors parmi les dévots. Mais, après leur mort, fatigué des clameurs du *Journal de Trévoux* qui, par d'éternelles accufations d'impiété, femblait appeler la perfécution fur fa tête, il ne garda plus les mêmes ménagemens; et fon zèle pour la défenfe des opprimés ne s'étendit point jufque fur les jéfuites.

Il fe réjouit de la deftruction d'un ordre ami des lettres, mais ennemi de la raifon, qui eût voulu étouffer tous les talens, ou les attirer dans fon fein pour les corrompre, en les employant à fervir fes projets, et tenir le genre-humain dans l'enfance pour le gouverner. Mais il plaignit les individus traités avec barbarie par la haine des janféniftes, et retira chez lui un jéfuite, pour montrer aux dévots que la véritable humanité ne connaît que le malheur, et oublie les opinions. Le père *Adam*, à qui fon féjour à Ferney donna une forte de célébrité, n'était pas abfolument inutile à fon hôte; il jouait avec lui aux échecs, et y jouait avec affez d'adreffe pour cacher la caufe du fanatifme qui avait défolé l'Europe, depuis fa naiffance, de la fuperftition qui l'avait abrutie, et comme la fource des maux que ces ennemis de l'humanité continuaient de faire encore, femblait doubler fon activité et fes forces. *Je fuis las, difait-il un jour, de leur entendre répéter que douze hommes ont fuffi pour établir le chriftianifme, et j'ai envie de leur prouver qu'il n'en faut qu'un pour le détruire.*

La critique des ouvrages que les chrétiens regardent comme infpirés, l'hiftoire des dogmes qui, depuis l'origine de cette religion, fe font fucceffivement introduits, les querelles ridicules ou fanglantes qu'ils ont excitées, les miracles, les prophéties, les contes répandus dans les hiftoriens eccléfiaftiques et les légendaires, les guerres religieufes, les maffacres ordonnés au nom de DIEU, les bûchers, les échafauds couvrant l'Europe à la voix des prêtres, le fanatifme dépeuplant l'Amérique, le fang des rois coulant fous le fer des affaffins : tous ces objets reparaiffaient fans ceffe dans tous fes ouvrages fous mille couleurs différentes. Il excitait l'indignation, il fefait couler les larmes, il prodiguait le ridicule. On frémiffait d'une action atroce, on riait d'une abfurdité. Il ne craignait point de remettre fouvent fous les yeux les mêmes tableaux, les mêmes raifonnemens. *On dit que je me répète*, écrivait-il : *Eh bien, je me répéterai jufqu'à ce qu'on fe corrige.*

D'ailleurs ces ouvrages févèrement défendus en France, en Italie, à Vienne, en Portugal, en Efpagne, ne fe répandaient qu'avec lenteur. Tous ne pouvaient parvenir à tous les lecteurs; mais il n'y avait, dans

Vie de Voltaire.   H

les provinces aucun coin reculé, dans les pays étrangers aucune nation écrafée fous le joug de l'intolérance, où il n'en parvînt quelques-uns.

Les libres penfeurs, qui n'exiftaient auparavant que dans quelques villes où les fciences étaient culti-vées, et parmi les littérateurs, les favans, les grands, les gens en place, fe multiplièrent à fa voix dans toutes les claffes de la fociété, comme dans tous les pays. Bientôt connaiffant leur nombre et leurs forces, ils ofèrent fe montrer, et l'Europe fut étonnée de fe trouver incrédule.

Cependant ce même zèle fefait à *Voltaire* des ennemis de tous ceux qui avaient obtenu ou qui attendaient de cette religion leur exiftence ou leur fortune. Mais ce parti n'avait plus de *Boffuet*, d'*Arnaud*, de *Nicole*; ceux qui les remplaçaient par le talent, dans la philofophie ou dans les lettres, avaient paffé dans le parti contraire; et les membres du clergé qui leur étaient le moins inférieurs, cédant à l'intérêt de ne point fe perdre dans l'opinion des hommes éclairés, fe tenaient à l'écart, ou fe bornaient à fou-tenir l'utilité politique d'une croyance qu'ils auraient été honteux de paraître partager avec le peuple, et fubftituaient à la fuperftition crédule de leurs prédé-ceffeurs une forte de machiavélifme religieux.

Les libelles, les réfutations paraiffaient en foule; mais *Voltaire* feul, en y répondant, a pu conferver le nom de ces ouvrages, lus uniquement par ceux à qui ils étaient inutiles, et qui ne voulaient ou ne pouvaient entendre ni les objections ni les réponfes.

Aux cris des fanatiques *Voltaire* oppofait les bontés des fouverains. L'impératrice de Ruffie, le roi de

Pruſſe, ceux de Pologne, de Danemarck et de Suède s'intéreſſaient à ſes travaux, liſaient ſes ouvrages, cherchaient à mériter ſes éloges, le ſecondaient quelquefois dans ſa bienfeſance. Dans tous les pays les grands, les miniſtres qui prétendaient à la gloire, qui voulaient occuper l'Europe de leur nom, briguaient le ſuffrage du philoſophe de Ferney, lui confiaient leurs eſpérances ou leurs craintes pour le progrès de la raiſon, leurs projets pour l'accroiſſement des lumières et la deſtruction du fanatiſme. Il avait formé dans l'Europe entière une ligue dont il était l'ame, et dont le cri de ralliement était *raiſon et tolérance.* S'exerçait-il chez une nation quelque grande injuſtice, apprenait-on quelque acte de fanatiſme, quelque inſulte faite à l'humanité, un écrit de *Voltaire* dénonçait les coupables à l'Europe. Et qui ſait combien de fois la crainte de cette vengeance ſûre et terrible, a pu arrêter le bras des oppreſſeurs!

C'était ſurtout en France qu'il exerçait ce miniſtère de la raiſon. Depuis l'affaire des *Calas*, toutes les victimes injuſtement immolées ou pourſuivies par le fer des lois, trouvaient en lui un appui ou un vengeur.

Le ſupplice du comte de *Lalli* excita ſon indignation. Des juriſconſultes jugeant à Paris la conduite d'un général dans l'Inde; un arrêt de mort prononcé ſans qu'il eût été poſſible de citer un ſeul crime déterminé, et de plus annonçant un ſimple ſoupçon ſur l'accuſation la plus grave; un jugement rendu ſur le témoignage d'ennemis déclarés, ſur les mémoires d'un jéſuite qui en avait compoſé deux contradictoires entre eux, incertain s'il accuſerait le général ou fes ennemis, ne fachant qui il haïffait le plus, ou qui il lui ferait plus utile de perdre : un tel arrêt devait exciter l'indignation de tout ami de la juftice, quand même les opprobres entaffés fur la tête du malheureux général, et l'horrible barbarie de le traîner au fupplice avec un bâillon, n'auraient pas fait frémir jufque dans leurs dernières fibres tous les cœurs que l'habitude de difpofer de la vie des hommes n'avait pas endurcis.

Cependant *Voltaire* parla long-temps feul. Le grand nombre d'employés de la compagnie des Indes, intéreffés à rejeter fur un homme qui n'exiftait plus, les fuites funeftes de leur conduite ; le tribunal puiffant qui l'avait condamné ; tout ce que ce corps traîne à fa fuite d'hommes dont la voix lui eft vendue ; les autres corps qui, réunis avec lui par le même nom, des fonctions communes, des intérêts femblables, regardent fa caufe comme la leur ; enfin le miniftère honteux d'avoir eu la faibleffe ou la politique cruelle de facrifier le comte de *Lalli* à l'efpérance de cacher dans fon tombeau les fautes qui avaient caufé la perte de l'Inde : tout femblait s'oppofer à une juftice tardive. Mais *Voltaire*, en revenant fouvent fur ce même objet, triompha de la prévention et des intérêts attentifs à l'étendre et à la conferver. Les bons efprits n'eurent befoin que d'être avertis ; il entraîna les autres : et lorfque le fils du comte de *Lalli*, fi célèbre depuis par fon éloquence et par fon courage, eut atteint l'âge où il pouvait demander juftice, les efprits étaient préparés pour y applaudir et pour la folliciter. *Voltaire* était mourant lorfqu'après douze ans, cet arrêt injufte fut caffé ; il en apprit la nouvelle, fes forces fe ranimèrent, et il écrivit : *Je meurs content , je vois que le roi aime la justice ;* derniers mots qu'ait tracés cette main qui avait fi long-temps foutenu la caufe dé l'humanité et de la juftice.

Dans la même année 1766 , un autre arrêt étonna l'Europe qui, en lifant les ouvrages de nos philofophes , croyait que les lumières étaient répandues en France , du moins dans les claffes de la fociété où c'eft un devoir de s'inftruire , et qu'après plus de quinze années, les confrères de *Montefquieu* avaient eu le temps de fe pénétrer de fes principes.

Un crucifix de bois, placé fur le pont d'Abbeville, fut infulté pendant la nuit. Le fcandale du peuple fut exalté et prolongé par la cérémonie ridicule d'une *amende honorable.* L'évêque d'Amiens, gouverné dans fa vieilleffe par des fanatiques, et n'étant plus en état de prévoir les fuites de cette farce religieufe, y donna de l'éclat par fa préfence. Cependant la haine d'un bourgeois d'Abbeville dirigea les foupçons du peuple fur le chevalier de *la Barre*, jeune militaire, d'une famille de robe, alliée à la haute magiftrature, et qui vivait alors chez une de fes parentes abbeffe de Villancourt, aux portes d'Abbeville. On inftruifit le procès. Les juges d'Abbeville condamnèrent à des fupplices, dont l'horreur effrayerait l'imagination d'un cannibale, le chevalier de *la Barre* et d'*Etallonde* fon ami, qui avait eu la prudence de s'enfuir. Le chevalier de *la Barre* s'était expofé au jugement; il avait plus à perdre en quittant la France , et comptait fur la protection de fes parens qui occupaient les premières places dans le parlement et dans le confeil. Son efpérance fut trompée; la famille craignit d'attirer

les regards du public fur ce procès, au lieu de
chercher un appui dans l'opinion ; et à l'âge d'environ
dix-fept ans, il fut condamné, par la pluralité de
deux voix, à avoir la tête tranchée, après avoir
eu la langue coupée, et fubi les tourmens de la
queftion.

Cette horrible fentence fut exécutée ; et cependant
les accufations étaient auffi ridicules que le fupplice
était atroce. Il n'était que *véhémentement* foupçonné
d'avoir eu part à l'aventure du crucifix. Mais on le
déclarait convaincu d'avoir chanté, dans des parties
de débauche, quelques-unes de ces chanfons moitié
obfcènes, moitié religieufes, qui, malgré leur groffièreté, amufent l'imagination dans les premières
années de la jeuneffe, par leur contrafte avec le
refpect ou le fcrupule que l'éducation infpire à
l'égard des mêmes objets ; d'avoir récité une ode
dont l'auteur connu publiquement, jouiffait alors
d'une penfion fur la caffette du roi ; d'avoir fait des
génuflexions en paffant devant quelques-uns de ces
ouvrages libertins qui étaient à la mode dans un
temps où les hommes égarés par l'auftérité de la
morale religieufe, ne favaient pas diftinguer la
volupté de la débauche ; on lui reprochait enfin
d'avoir tenu des difcours dignes de ces chanfons et
de ces livres.

Toutes ces accufations étaient appuyées fur le
témoignage de gens du peuple qui avaient fervi ces
jeunes gens, dans leurs parties de plaifir, ou de
tourrières de couvent faciles à fcandalifer.

Cet arrêt révolta tous les efprits. Aucune loi ne
prononçait la peine de mort ni pour le bris d'images

ni pour les blasphèmes de ce genre ; ainsi les juges avaient été même au-delà des peines portées par des lois que tous les hommes éclairés ne voyaient qu'avec horreur souiller encore notre code criminel. Il n'y avait point de père de famille qui ne dût trembler, puisqu'il y a peu de jeunes gens auxquels il n'échappe de semblables indiscrétions : et les juges condamnaient à une mort cruelle, pour des discours que la plupart d'entre eux s'étaient permis dans leur jeunesse, que peut-être ils se permettaient encore, et dont leurs enfans étaient aussi coupables que celui qu'ils condamnaient.

Voltaire fut indigné et en même temps effrayé. On avait adroitement placé le Dictionnaire philosophique au nombre des livres devant lesquels on disait que le chevalier de *la Barre* s'était prosterné. On voulait faire entendre que la lecture des ouvrages de *Voltaire* avait été la cause de ces étourderies transformées en impiétés. Cependant le danger ne l'empêcha point de prendre la défense de ces victimes du fanatisme. D'*Etallonde*, réfugié à Vésel, obtint, à sa recommandation, une place dans un régiment prussien. Plusieurs ouvrages imprimés instruisirent l'Europe des détails de l'affaire d'Abbeville ; et les juges furent effrayés, sur leur tribunal même, du jugement terrible qui les arrachait à leur obscurité, pour les dévouer à une honteuse immortalité.

Le rapporteur de *Lalli*, accusé d'avoir contribué à la mort du chevalier de *la Barre*, forcé de reconnaître ce pouvoir, indépendant des places, que la nature a donné au génie pour la consolation et la défense de l'humanité, écrivit une lettre où, partagé

H 4

entre la honte et l'orgueil, il s'excufait en laiffant échapper des menaces; *Voltaire* lui répondit par ce trait de l'hiftoire chinoife : *Je vous défends*, difait un empereur au chef du tribunal de l'hiftoire, *de parler davantage de moi*. Le mandarin fe mit à écrire. *Que faites-vous donc?* dit l'empereur. *J'écris l'ordre que votre Majefté vient de me donner*.

Pendant douze années que *Voltaire* furvécut à cette injuftice, il ne perdit point de vue l'efpérance d'en obtenir la réparation, mais il ne put avoir la confolation de réuffir. La crainte de bleffer le parlement de Paris, l'emporta toujours fur l'amour de la juftice, et dans les momens où les chefs du miniftère avaient un intérêt contraire, celle de déplaire au clergé les arrêta. Les gouvernemens ne favent pas affez quelle confidération leur donnent, et parmi le peuple qui leur eft foumis, et auprès des nations étrangères, ces actes éclatans d'une juftice particulière, et combien l'appui de l'opinion eft plus fûr que les ménagemens pour des corps rarement capables de reconnaiffance, et auxquels il ferait plus politique d'ôter, par ces grands exemples, une partie de leur autorité fur les efprits, que de l'augmenter en prouvant par ces ménagemens mêmes combien ils ont fu infpirer de crainte.

Voltaire fongeait cependant à conjurer l'orage, à fe préparer les moyens d'y dérober fa tête : il diminua fa maifon, s'affura de fonds difponibles avec lefquels il pouvait s'établir dans une nouvelle retraite. Tel avait toujours été fon but fecret dans fes arrangemens de fortune. Pour lui faire éprouver le befoin et lui ravir fon indépendance, il aurait fallu une conjuration entre les puiſſances de l'Europe. Il avait parmi ſes créanciers des princes et des grands qui ne payaient pas avec exactitude ; mais il avait calculé les degrés de la corruption humaine, et il ſavait que ces mêmes hommes peu délicats en affaires, ſauraient trouver de quoi le payer dans le moment d'une perſécution où leur négligence les rendrait l'objet de l'horreur et du mépris de l'Europe indignée.

Cette perſécution parut un moment prête à ſe déclarer. Ferney eſt ſitué dans le diocèſe de Genève, dont l'évêque titulaire ſiége dans la petite ville d'Annecy. *François de Salles*, qu'on a mis au rang des ſaints, ayant eu cet évêché, l'on avait imaginé que, pour ne pas ſcandaliſer les hérétiques dans leur métropole, il ne fallait plus confier cette place qu'à un homme à qui l'on ne pût reprocher l'orgueil, le luxe, la molleſſe dont les proteſtans accuſent les prélats catholiques. Mais depuis long-temps il était difficile de trouver des ſaints qui, avec de l'eſprit ou de la naiſſance, daignaſſent ſe contenter d'un petit ſiége. Celui qui occupait le ſiége d'Annecy en 1767, était un homme du peuple, élevé dans un ſéminaire de Paris où il ne s'était diſtingué que par des mœurs auſtères, une dévotion minutieuſe et un fanatiſme imbécille. Il écrivit au comte de *Saint-Florentin* pour l'engager à faire ſortir de ſon diocèſe, et par conſé-quent du royaume, *Voltaire* qui feſait alors élever une égliſe à ſes frais, et répandait l'abondance dans un pays que la perſécution contre les proteſtans avait dépeuplé. Mais l'évêque prétendait que le ſeigneur de Ferney avait fait dans l'égliſe, après la meſſe, une exhortation morale contre le vol, et que les ouvriers employés par lui à conftruire cette églife, n'avaient pas déplacé une vieille croix avec affez de refpect ; motifs bien graves pour chaffer de fa patrie un vieillard qui en était la gloire, et l'arracher d'un afile où l'Europe s'empreffait de lui apporter le tribut de fon admiration. Le miniftre n'eût-il fait que pefer les noms et l'exiftence politique, ne pouvait être tenté de plaire à l'évêque, mais il avertit *Voltaire* de fe mettre à l'abri de ces délations que l'union de l'évêque d'Annecy avec des prélats français, plus accrédités, pouvait rendre dangereufes.

C'eft alors qu'il imagina de faire une communion folennelle, qui fut fuivie d'une proteftation publique de fon refpect pour l'Eglife, et de fon mépris pour les calomniateurs : démarche inutile qui annonçait plus de faibleffe que de politique, et que le plaifir de forcer fon curé à l'adminiftrer par la crainte des juges féculiers, et de dire juridiquement des injures à l'évêque d'Annecy, ne peut excufer aux yeux de l'homme libre et ferme qui pèfe de fang froid les droits de la vérité, et ce qu'exige la prudence lorfque des lois contraires à la juftice naturelle rendent la vérité dangereufe et la prudence néceffaire.

Les prêtres perdirent le petit avantage qu'ils auraient pu tirer de cette fcène finguliere, en falfifiant la déclaration que *Voltaire* avait donnée.

Il n'avait plus alors fa retraite auprès de Genève. Il s'était lié à fon arrivée avec les familles qui, par leur éducation, leurs opinions, leurs goûts et leur fortune, étaient plus rapprochées de lui; et ces familles avaient alors le projet d'établir une efpèce d'ariftocratie.

Dans une ville sans territoire, où la force des citoyens peut se réunir avec autant de facilité et de promptitude que celle du gouvernement, un tel projet eût été absurde, si les citoyens riches n'avaient eu l'espérance d'employer en leur faveur une influence étrangère.

Les cabinets de Versailles et de Turin furent aisément séduits. Le sénat de Berne intéressé à éloigner des yeux de ses sujets le spectacle de l'égalité républicaine, a pour politique constante de protéger autour de lui toutes les entreprises aristocratiques; et par-tout, dans la Suisse, les magistrats oppresseurs sont sûrs de trouver en lui un protecteur ardent et fidelle : ainsi le misérable orgueil d'obtenir dans une petite ville une autorité odieuse, et d'être haï sans être respecté, priva les citoyens de Genève de leur liberté, et la république de son indépendance. Les chefs du parti populaire employèrent l'arme du fanatisme, parce qu'ils avaient assez lu pour savoir quelle influence la religion avait eue autrefois dans les dissentions politiques, et qu'ils ne connaissaient pas assez leur siècle pour sentir jusqu'à quel point la raison aidée du ridicule, avait émoussé cette arme jadis si dangereuse.

On parla donc de remettre en vigueur les lois qui défendaient aux catholiques d'avoir du bien dans le territoire génevois; on reprocha aux magistrats leurs liaisons avec *Voltaire*, qui avait osé s'élever contre l'assassinat barbare de *Servet*, commandé au nom de DIEU par *Calvin* aux lâches et superstitieux sénateurs de Genève. *Voltaire* fut obligé de renoncer à sa maison des Délices.

Bientôt après, *Rousseau* établit dans *Emile* des principes qui révélaient aux citoyens de Genève toute l'étendue de leurs droits, et qui les appuyaient fur des vérités fimples que tous les hommes pouvaient fentir, que tous devaient adopter. Les aristocrates voulurent l'en punir. Mais ils avaient befoin d'un prétexte; ils prirent celui de la religion, et fe réunirent aux prêtres qui, dans tous les pays, indifférens à la forme de la conftitution et à la liberté des hommes, promettent les fecours du ciel au parti qui favorife le plus leur intolérance, et deviennent, fuivant leurs intérêts, tantôt les appuis de la tyrannie d'un prince perfécuteur ou d'un fénat fuperftitieux, tantôt les défenfeurs de la liberté d'un peuple fanatique.

Expofé alternativement aux attaques des deux partis, *Voltaire* garda la neutralité; mais il refta fidelle à fa haine pour les oppreffeurs. Il favorifait la caufe du peuple contre les magiftrats, et celle des natifs contre les citoyens; car ces natifs, condamnés à ne jamais partager le droit de cité, fe trouvaient plus malheureux depuis que les citoyens plus inftruits des principes du droit politique, mais moins éclairés fur le droit naturel, fe regardaient comme des fouverains dont les natifs n'étaient que des fujets qu'ils fe croyaient en droit de foumettre à cette même autorité arbitraire à laquelle ils trouvaient leurs magiftrats fi coupables de prétendre.

Voltaire fit donc un poëme où il répandit le ridicule fur tous les partis, et auquel on ne peut reprocher que des vers contre *Rousseau*, dictés par une colère dont la juftice des motifs qui l'infpiraient ne peut excufer ni l'excès ni les expreffions. Mais lorfque dans un tumulte, les citoyens eurent tué quelques natifs, il s'empreffa de recueillir à Ferney les familles que ces troubles forcèrent d'abandonner Genève; et dans le moment où la banqueroute de l'abbé *Terrai*, qui n'avait pas même l'excufe de la néceffité, et qui ne fervit qu'à faciliter des dépenfes honteufes, venait de lui enlever une partie de fa fortune, on le vit donner des fecours à ceux qui n'avaient pas de reffources, bâtir pour les autres des maifons qu'il leur vendit à bas prix et en rentes viagères, en même temps qu'il follicitait pour eux la bienfefance du gouvernement, qu'il employait fon crédit auprès des fouverains, des miniftres, des grands de toutes les nations, pour procurer du débit à cette manufacture naiffante d'horlogerie qui fut bientôt connue de toute l'Europe.

Cependant le gouvernement s'occupait d'ouvrir aux Génevois un afile à Verfoy, fur les bords du lac. Là devait s'établir une ville où l'induftrie et le commerce feraient libres, où un temple proteftant s'élèverait vis-à-vis d'une églife catholique. *Voltaire* avait fait adopter ce plan, mais le miniftre n'eut pas le crédit d'obtenir une loi de liberté religieufe; une tolérance fecrète, bornée au temps de fon miniftère, était tout ce qu'il pouvait offrir; et Verfoy ne put exifter.

L'année 1771, fut une des époques les plus difficiles de la vie de *Voltaire*. Le chancelier *Maupeou* et le duc d'*Aiguillon*, tous deux objets de la haine des parlemens, fe trouvaient forcés de les attaquer pour n'en être pas la victime. L'un ne pouvait s'élever au miniftère, l'autre s'y conferver, fans la difgrâce du duc de *Choiseul*. Réunis à madame *du Barri*, que ce ministre avait eu l'imprudence de s'aliéner sans retour, ils persuadèrent au roi que son autorité méconnue, ne pouvait se relever; que l'Etat sans cesse agité depuis la paix, par les querelles parlementaires, ne pouvait reprendre sa tranquillité, si, par un acte de vigueur, on ne marquait aux prétentions des corps de magistrature, une limite qu'ils n'osassent plus franchir; si l'on ne fixait un terme au-delà duquel ils n'osassent plus opposer de résistance à la volonté royale.

Le duc de *Choiseul* ne pouvait s'unir à ce projet sans perdre cette opinion publique long-temps déclarée contre lui, alors son unique appui, et cet avilissement forcé ne lui eût pas fait regagner la confiance du monarque qui s'éloignait de lui. Il était donc vraisemblable que ses liaisons avec les parlemens achèveraient de la lui faire perdre, et qu'il serait aisé de persuader, ou que son existence dans le ministère était le plus grand obstacle au succès des nouvelles mesures du gouvernement, ou qu'il cherchait à faire naître la guerre pour se conserver dans sa place malgré la volonté du roi.

L'attaque contre les parlemens fut dirigée avec la même adresse. Tout ce qui pouvait intéresser la nation fut écarté. Le roi ne paraissait revendiquer que la plénitude du pouvoir législatif, pouvoir que la doctrine de la nécessité d'un enregistrement libre transférait non à la nation, mais aux parlemens: et il était aisé de voir que ce pouvoir réuni à la puissance judiciaire la plus étendue, partagé entre douze tribunaux perpétuels, tendait à établir en

France une ariftocratie tyrannique plus dangereufe que la monarchie, pour la fureté, la liberté, la propriété des citoyens. On pouvait donc compter fur le fuffrage des hommes éclairés, fur celui des gens de lettres que le parlement de Paris avait également bleffés par la perfécution et par le mépris, par fon attachement aux préjugés, et par fon obftination à rejeter toute lumière nouvelle.

Mais il eft plus aifé de former avec adreffe une intrigue politique, que d'exécuter avec fageffe un plan de réforme. Plus les principes que l'autorité voulait établir effrayaient la liberté, plus elle devait montrer d'indulgence et de douceur envers les particuliers : et l'on porta les rigueurs de détail jufqu'à un rafinement puéril. Un monarque paraît dur fi, dans les punitions qu'il inflige, il ne refpecte pas jufqu'au fcrupule tout ce qui intéreffe la fanté, l'aifance, et même la fenfibilité naturelle de ceux qu'il punit; et dans cette occafion tous les égards étaient négligés. On refufait à un fils la permiffion d'embraffer fon père mourant; on retenait un homme dans un lieu infalubre, où il ne pouvait appeler fa famille fans l'expofer à partager fes dangers; un malade obtenait avec peine la liberté de chercher dans la capitale des fecours qu'elle feule peut offrir. Un gouvernement abfolu, s'il montre de la crainte, annonce ou la défiance de fes forces, ou l'incertitude du monarque, ou l'inftabilité des miniftres, et par là il encourage à la réfiftance. Et l'on montrait cette crainte en fefant dépendre le retour des exilés d'un confentement inutile dans l'opinion de ceux même qui l'exigeaient.

Une opération falutaire ne change point de nature, fi elle eft exécutée avec dureté ; mais alors l'homme honnête et éclairé qui l'approuve, s'il fe croit obligé de la défendre, ne la défend qu'à regret ; fon ame révoltée n'a plus ni zèle ni chaleur pour un parti que fes chefs déshonorent. Ceux qui manquent de lumières paffent, de la haine pour le miniftre, à l'averfion des mefures qu'il foutient par l'oppreffion ; et la voix publique condamne ce que, laiffée à elle-même, elle eût peut-être approuvé.

Le grand nombre des magiftrats que cette révolu-tion privait de leur état, le mérite et les vertus de quelques-uns, la foule des miniftres fubalternes de la juftice liés à leur fort par honneur et par intérêt, ce penchant naturel qui porte les hommes à s'unir à la caufe des perfécutés, la haine non moins natu-relle pour le pouvoir : tout devait à la fois rendre odieufes les opérations du miniftère, et lui fufciter des obftacles, lorfque forcé de remplacer les tribu-naux qu'il voulait détruire, la force devenait inutile, et la confiance néceffaire.

Cependant la barbarie des lois criminelles, les vices révoltans des lois civiles, offraient aux auteurs de la révolution un moyen sûr de regagner l'opinion, et de donner à ceux qui confentiraient à remplacer les parlemens, une excufe que l'honneur et le patrio-tifme auraient pu avouer hautement. Les miniftres dédaignèrent ce moyen. Le parlement s'était rendu odieux à tous les hommes éclairés, par les obftacles qu'il oppofait à la liberté d'écrire, par fon fanatifme dont le fupplice récent du chevalier de *la Barre* était un exemple aux yeux de l'Europe entière. Mais,

irrité

irrité des libelles publiés contre lui , effrayé des ouvrages où l'on attaquait ſes principes , jaloux enfin de ſe faire un appui du clergé , le chancelier ſe plut à charger de nouvelles chaînes la liberté d'imprimer. La mémoire de *la Barre* ne fut pas réhabilitée , ſon ami ne put obtenir une réviſion qui eût couvert d'opprobre ceux à qui le chef de la juſtice était pourtant ſi intéreſſé à ravir la faveur publique. La procédure criminelle ſubſiſta dans toute ſon horreur ; et cependant huit jours auraient ſuffi pour rédiger une loi qui aurait ſupprimé la peine de mort ſi cruellement prodiguée , aboli toute eſpèce de torture , proſcrit les ſupplices cruels ; qui aurait exigé une grande pluralité pour condamner , admis un certain nombre de récuſations ſans motif , accordé aux açcuſés le ſecours d'un conſeil ; qui enfin leur aurait aſſuré la faculté de connaître et d'examiner tous les actes de la procédure , le droit de préſenter des témoins , de faire entendre des faits juſtificatifs. La nation , l'Europe entière auraient applaudi ; les magiſtrats dépoſſédés n'auraient plus été que les ennemis de ces innovations ſalutaires ; et leur chute , que l'époque où le ſouverain aurait recouvré la liberté de ſe livrer à ſes vues de juſtice et d'humanité.

A la vérité , la vénalité des charges fut ſupprimée ; mais les juges étant toujours nommés par la cour , on ne vit dans ce changement que la facilité de placer dans les tribunaux des hommes ſans fortune et plus faciles à ſéduire.

On diminua les reſſorts les plus étendus , mais on n'érigea pas en parlemens ces nouvelles cours ; on ne leur accorda point l'enregiſtrement , et par là on mit

Vie de Voltaire.   I

entre elles et les anciens tribunaux une différence, présage de leur destruction ; enfin on supprima les épices des juges, remplacées par des appointemens fixés : seule opération que la raison put approuver toute entière.

Ceux qui conduisaient cette révolution parvinrent cependant à la consommer malgré une réclamation presque générale. Le duc de *Choiseul*, accusé de fomenter en secret la résistance un peu incertaine du parlement de Paris, et d'avoir retardé la conclusion d'une pacification entre l'Angleterre et l'Espagne, fut exilé dans ses terres. Le parlement, obligé de prendre par reconnaissance le parti de la fermeté, fut bientôt dispersé. Le duc d'*Aiguillon* devint ministre; un nouveau tribunal remplaça le parlement. Quelques parlemens de province eurent le sort de celui de Paris; d'autres consentirent à rester, et sacrifièrent une partie de leurs membres. Tout se tut devant l'autorité, et il ne manqua au succès des ministres que l'opinion publique qu'ils bravaient, et qui au bout de quelques années eut le pouvoir de les détruire.

Voltaire haïssait le parlement de Paris, et aimait le duc de *Choiseul*; il voyait dans l'un, un ancien persécuteur que sa gloire avait aigri et n'avait pas désarmé; dans l'autre, un bienfaiteur et un appui. Il fut fidelle à la reconnaissance et constant dans ses opinions. Dans toutes ses lettres, il exprime ses sentimens pour le duc de *Choiseul* avec franchise, avec énergie; et il n'ignorait pas que ses lettres (grâces à l'infame usage de violer la foi publique) étaient lues par les ennemis du ministre exilé. Un joli conte, intitulé *Barmécide*, (*) eſt le ſeul monument durable de l'intérêt que cette diſgrâce avait excité. L'injuſtice avec laquelle les amis ou les partiſans du miniſtre, l'accuſèrent d'ingratitude, fut un des chagrins les plus vifs que *Voltaire* ait éprouvés. Il le fut d'autant plus que le miniſtre partagea cette injuſtice. En vain *Voltaire* tenta de le déſabuſer; il invoqua vainement les preuves qu'il donnait de ſon attachement et de ſes regrets.

Je l'ai dit à la terre, au ciel, à Guſman même,

écrivait-il dans ſa douleur. Mais il ne fut pas entendu.

Les grands, les gens en place ont des intérêts, et rarement des opinions : combattre celle qui convient à leurs projets actuₐls, c'eſt, à leurs yeux, ſe déclarer contre eux. Cet attachement à la vérité, l'une des plus fortes paſſions des eſprits élevés et des ames indépendantes, n'eſt pour eux qu'un ſentiment chimérique. Ils croient qu'un raiſonneur, un philoſophe, n'a, comme eux, que des opinions du moment, profeſſe ce qu'il veut, parce qu'il ne tient fortement à rien, et doit par conſéquent changer de principes, ſuivant les intérêts paſſagers de ſes amis ou de ſes bienfaiteurs. Ils le regardent comme un homme fait pour défendre la cauſe qu'ils ont embraſſée, et non pour ſoutenir ſes principes perſonnels; pour ſervir ſous eux, et non pour juger de la juſtice de la guerre. Auſſi le duc de *Choiſeul* et ſes amis paraiſſaient-ils croire que *Voltaire* aurait dû, par reſpect pour lui, ou trahir ou cacher ſes opinions ſur des queſtions de droit public. Anecdote curieuſe, qui prouve à

(*) L'Epître de *Benaldaki à Caramouſtée*. Vol. d'Epîtres.

quel point l'orgueil de la grandeur ou de la naiſſance peut faire oublier l'indépendance naturelle de l'eſprit humain, et l'inégalité des eſprits et des talens, plus réelle que celle des rangs et des places.

Voltaire voyait avec plaiſir la deſtruction de la vénalité, celle des épices, la diminution du reſſort immenſe du parlement de Paris ; abus qu'il combattait par le raiſonnement et le ridicule depuis plus de quarante années. Il préférait un ſeul maître à pluſieurs, un ſouverain dont on ne peut craindre que les préjugés, à une troupe de deſpotes dont les préjugés ſont encore plus dangereux, mais dont on doit craindre de plus les intérêts et les petites paſſions, et qui plus redoutables aux hommes ordinaires, le ſont ſurtout à ceux dont les lumières les effrayent, et dont la gloire les irrite. Il diſait : *J'ai les reins peu flexibles ; je conſens à faire une révérence, mais cent de ſuite me fatiguent.*

Il applaudit donc à ces changemens ; et parmi les hommes éclairés qui partageaient ſon opinion, il oſa ſeul la manifeſter. Sans doute il ne pouvait ſe diſſimuler avec quelle petiteſſe de moyens et de vues, on avait laiſſé échapper cette occaſion ſi heureuſe de réformer la légiſlation françaiſe, de rendre aux eſprits la liberté, aux hommes leurs droits, de proſcrire à la fois l'intolérance et la barbarie, de faire enfin de ce moment l'époque d'une révolution heureuſe pour la nation, glorieuſe pour le prince et ſes miniſtres. Mais *Voltaire* était auſſi trop pénétrant pour ne pas ſentir que ſi les lois étaient les mêmes, les tribunaux étaient changés ; que ſi même ils avaient hérité de l'eſprit de leurs prédéceſſeurs, ils n'avaient pu hériter de leur crédit ni de leur audace ; que la nouveauté, en leur ôtant ce refpect aveugle du vulgaire pour tout ce qui porte la rouille de l'antiquité, leur ôtait une grande partie de leur puiffance ; que l'opinion feule pouvait la leur rendre, et que pour obtenir fon fuffrage, il ne leur reftait plus d'autre moyen que d'écouter la raifon et de s'unir aux ennemis des préjugés, aux amis de l'humanité.

L'approbation que *Voltaire* accorda aux opérations du chancelier *Maupeou*, fut du moins utile aux malheureux. S'il ne put obtenir juftice pour la mémoire de l'infortuné *la Barre* ; s'il ne put rendre le jeune d'*Etallonde* à fa patrie ; fi un ménagement pufillanime pour le clergé l'emporta dans le miniftre fur l'intérêt de fa gloire, du moins *Voltaire* eut le bonheur de fauver la femme de *Montbailli*. Cet infortuné fauffement accufé d'un parricide, avait péri fur la roue ; fa femme était condamnée à la mort : elle fuppofa une groffeffe, et eut le bonheur d'obtenir un furfis.

Nos tribunaux viennent de rejeter une loi fage qui, mettant entre le jugement et l'exécution un intervalle dont l'innocence peut profiter, eût prévenu prefque toutes leurs injuftices ; et ils l'ont refufée avec une humeur qui fuffit pour en prouver la néceffité. (*) Les femmes feules, en fe déclarant groffes, échappent au danger de ces exécutions

(*) Il eft jufte d'obferver que tous les magiftrats n'ont pas cette haute idée de leurs droits, cet amour du pouvoir. L'un d'eux vient de mériter l'eftime et la vénération de tous les citoyens, en prononçant, dans le parlement de Paris, ces paroles remarquables : *Les citoyens feuls ont des droits ; les magiftrats, comme magiftrats, n'ont que des devoirs.*

I 3

précipitées. Dans l'efpace de moins de vingt ans, ce moyen a fauvé la vie à trois perfonnes innocentes fur lefquelles des circonftances particulières ont attiré la curiofité publique : autre preuve de l'utilité de cette loi à laquelle un orgueil barbare peut feul s'oppofer, et qui doit fubfifter jufqu'au temps où l'expérience aura prouvé que la légiflation nouvelle (qui fans doute va bientôt remplacer l'ancienne) n'expofe l'innocence à aucun danger.

On revit le procès de la femme *Montbailli ;* le confeil d'Artois qui l'avait condamnée, la déclara innocente : et plus noble ou moins orgueilleux que le parlement de Touloufe, il pleura fur le malheur irréparable d'avoir fait périr un innocent ; il s'impofa lui-même le devoir d'affurer des jours paifibles à l'infortunée dont il avait détruit le bonheur (*).

Si *Voltaire* n'avait montré fon zèle que contre des injuftices liées à des événemens publics, ou à la caufe de la tolérance, on eût pu l'accufer de vanité ; mais ce zèle fut le même pour cette caufe obfcure à laquelle fon nom feul a donné de l'éclat.

C'eft ainfi qu'on a vu depuis un magiftrat enlevé trop tôt à fes amis et aux malheureux (**) intéreffer l'Europe à la caufe de trois payfans de Champagne, et obtenir par fon éloquence et par la perfécution, une gloire brillante et durable pour prix d'un zèle que le fentiment de l'humanité, l'amour de la juftice, avaient feuls infpiré. Les hommes incapables de ces actions ne manquent jamais de les attribuer au défir

(*) Voyez la Méprife d'Arras, **1771** : Politique et Légiflation, tome II, page 355 et fuiv.
(**) M. *Dupati.*

de la renommée; ils ignorent quelles angoiffes le fpectacle d'une injuftice fait éprouver à une ame fière et fenfible, à quel point il tourmente la mémoire et la penfée, combien il fait fentir le befoin impérieux de prévenir ou de réparer le crime; ils ne connaiffent point ce trouble, cette horreur involontaire qu'excite dans tous les fens la vue, l'idée feule d'un oppreffeur triomphant ou impuni: et l'on doit plaindre ceux qui ont pu croire que l'auteur d'Alzire et de Brutus avait befoin de la gloire d'une bonne action pour défendre l'innocence et s'élever contre la tyrannie.

Une nouvelle occafion de venger l'humanité outragée s'offrit à lui. La fervitude, folennellement abolie en France par *Louis Hutin*, fubfiftait encore fous *Louis XV* dans plufieurs provinces. En vain avait-on plus d'une fois formé le projet de l'abolir. L'avarice et l'orgueil avaient oppofé à la juftice une réfiftance qui avait fatigué la pareffe du gouvernement. Les tribunaux fupérieurs, compofés de nobles, favorifaient les prétentions des feigneurs.

Ce fléau affligeait la Franche-Comté, et particulièrement le territoire du couvent de Saint-Claude. Ces moines fécularifés en 1742, ne devaient qu'à des titres faux, la plupart de leurs droits de mainmorte, et les exerçaient avec une rigueur qui réduifait à la mifère un peuple fauvage, mais bon et induftrieux. A la mort de chaque habitant, fi fes enfans n'avaient pas conftamment habité la maifon paternelle, le fruit de fes travaux appartenait aux moines. Les enfans, la veuve, fans meubles, fans habits, fans domicile, paffaient du fein d'une vie

I 4

laborieufe et paifible, à toutes les horreurs de la
mendicité. Un étranger mourait-il après un an de
féjour fur cette terre frappée de l'anathême féodal,
fon bien appartenait encore aux moines. Une fille
n'héritait pas de fon père, fi on pouvait prouver
qu'elle eût paffé la nuit de fes noces hors de la
maifon paternelle.

Ce peuple fouffrait fans ofer fe plaindre, et voyait,
avec une douleur muette, paffer aux mains des
moines, fes épargnes qui auraient dû fournir à
l'induftrie et à la culture des capitaux utiles. Heureufement la conftruction d'une grande route ouvrit une
communication entre eux et les cantons voifins. Ils
apprirent qu'aux pieds du mont Jura exiftait un
homme dont la voix intrépide avait plus d'une fois
fait retentir les plaintes de l'opprimé jufque dans
le palais des rois, et dont le nom feul fefait pâlir la
tyrannie facerdotale. Ils lui peignirent leurs maux,
et ils eurent un appui.

La France, l'Europe entière connurent les ufurpa-
tions, et la dureté de ces prêtres hypocrites qui
ofaient fe dire les difciples d'un Dieu humilié, et
voulaient conferver des efclaves. Mais après plufieurs
années de follicitations, on ne put obtenir du timide
fucceffeur de M. de *Maupeou*, un arrêt du confeil,
qui profcrivît cette lâche violation des droits de
l'humanité; il n'ofa, par ménagement pour le parlement de Befançon, fouftraire à fon jugement une
caufe qui ne pouvait être regardée comme un procès
ordinaire, fans reconnaître honteufement la légiti-
mité de la fervitude. Les ferfs de Saint-Claude furent
renvoyés devant un tribunal dont les membres,

feigneurs de terres où la fervitude eft établie, fe
firent un plaifir barbare de refferrer leurs fers; et ces
fers fubfiftent encore.

Ils ont feulement obtenu, en 1778, de pouvoir,
en abandonnant leur patrie et leurs chaumières, fe
fouftraire à l'empire monacal. Mais un autre article
de cette même loi a plus que compenfé ce bienfait fi
faible pour des infortunés, que la pauvreté plus que
la loi attache à leur terre natale. C'eft dans ce même
édit que le fouverain a donné pour la première fois
le nom et le caractère facré de propriété à des droits
odieux, regardés, même au milieu de l'ignorance et
de la barbarie du treizième fiècle, comme des ufur-
pations que ni le temps ni les titres ne pouvaient
rendre légitimes ; et un miniftre hypocrite a fait
dépendre la liberté de l'efclave non de la juftice des
lois, mais de la volonté de fes tyrans.

Qui croirait en lifant ces détails, que c'eft ici la
vie d'un grand poëte, d'un écrivain fécond et infatigable ? Nous avons oublié fa gloire littéraire, comme
il l'avait oubliée lui-même. Il femblait n'en plus
connaître qu'une feule, celle de venger l'humanité,
et d'arracher des victimes à l'oppreffion.

Cependant fon génie incapable de fouffrir le repos,
s'exerçait dans tous les genres qu'il avait embraffés,
et même ofait en effayer de nouveaux. Il imprimait
des tragédies auxquelles on peut fans doute reprocher
de la faibleffe, et qui ne pouvaient plus arracher
les applaudiffemens d'un parterre que lui-même avait
rendu fi difficile, mais où l'homme de lettres peut
admirer de beaux vers, et des idées philofophiques
et profondes, tandis que le jeune homme qui fe

destine au théâtre péut encore y étudier les secrets de son art; des contes où ce genre, borné jusqu'alors à présenter des images voluptueuses ou plaisantes qui amusent l'imagination, ou réveillent la gaieté, prit un caractère plus philosophique et devint, comme l'apologue, une école de morale et de raison; des épîtres où, si on les compare à ses premiers ouvrages, l'on trouve moins de correction, un ton moins soutenu et une poësie moins brillante, mais aussi plus de simplicité et de variété, une philosophie plus usuelle et plus libre, un plus grand nombre de ces traits d'un sens profond que produit l'expérience de la vie; des satires enfin où les préjugés et leurs protecteurs sont livrés au ridicule sous mille formes piquantes.

En même temps il donnait, dans sa Philosophie de l'histoire, des leçons aux historiens, en bravant la haine des pédans dont il dévoilait la stupide crédulité, et l'envieuse admiration pour les temps antiques. Il perfectionnait son Essai sur les mœurs et l'esprit des nations, son Siècle de *Louis XIV*, et y ajoutait l'Histoire du siècle de *Louis XV*; histoire incomplète, mais exacte : la seule où l'on puisse prendre une idée des événemens de ce règne, et où l'on trouve toute la vérité qu'on peut espérer dans une histoire contemporaine qui ne doit être ni une dénonciation ni un libelle.

Des nouveaux romans, des ouvrages ou sérieux ou plaisans, inspirés par les circonstances, n'ajoutaient pas à sa gloire, mais continuaient à la rendre toujours présente, soutenaient l'intérêt de ses partisans, et humiliaient cette foule d'ennemis secrets qui, pour fe refufer à l'admiration que l'Europe leur commandait, prenaient le mafque de l'auftérité.

Enfin il entreprit de raffembler, fous la forme de dictionnaire, toutes les idées, toutes les vues qui s'offraient à lui, fur les divers objets de fes réflexions, c'eft-à-dire fur l'univerfalité prefque entière des connaiffances humaines. Dans ce recueil, intitulé modeftement *Queftions à des amateurs, fur l'Encyclopédie*, il parle tour à tour de théologie et de grammaire, de phyfique et de littérature ; il difcute tantôt des points d'antiquité, tantôt des queftions de politique, de légiflation, de droit public. Son ftyle, toujours animé et piquant, répand fur ces objets divers un charme dont jufqu'ici lui feul a connu le fecret, et qui naît furtout de l'abandon avec lequel, cédant à fon premier mouvement, proportionnant fon ftyle moins à fon fujet qu'à la difpofition actuelle de fon efprit, tantôt il répand le ridicule fur des objets qui femblent ne pouvoir infpirer que l'horreur ; et bientôt après, entraîné par l'énergie et la fenfibilité de fon ame, il tonne avec force contre les abus dont il vient de plaifanter. Ailleurs il s'irrite contre le mauvais goût, s'aperçoit bientôt que fon indignation doit être réfervée pour de plus grands intérêts, et finit par rire de fa propre colère. Quelquefois il interrompt une difcuffion de morale ou de politique par une obfervation de littérature, et au milieu d'une leçon de goût, il laiffe échapper quelques maximes d'une philofophie profonde, ou s'arrête pour livrer au fanatifme ou à la tyrannie, une attaque terrible et foudaine.

L'intérêt conftant que prit *Voltaire* au fuccès de la

Ruffie contre les Turcs, mérite d'être remarqué.
Comblé des bontés de l'impératrice, fans doute la
reconnaiffance animait fon zèle ; mais on fe tromperait fi on imaginait qu'elle en fut l'unique caufe.
Supérieur à ces politiques de comptoir qui prennent
l'intérêt de quelques marchands connus dans les
bureaux, pour l'intérêt du commerce, et l'intérêt
du commerce pour l'intérêt du genre-humain ; non
moins fupérieur à ces vaines idées d'équilibre de
l'Europe, fi chères aux compilateurs politiques, il
voyait dans la deftruction de l'empire turc, des
millions d'hommes affurés du moins d'éviter fous le
defpotifme d'un fouverain, le defpotifme infuppor-
table d'un peuple ; il voyait renvoyer dans les climats
infortunés qui les ont vu naître, ces mœurs tyranniques de l'Orient qui condamnent un fexe entier à
un honteux efclavage. D'immenfes contrées, placées
fous un beau ciel, deftinées par la nature à fe
couvrir des productions les plus utiles à l'homme,
auraient été rendues à l'induftrie de leurs habitans ;
ces pays, les premiers où l'homme ait eu du génie,
auraient vu renaître, dans leur fein, les arts dont
ils ont donné les modèles les plus parfaits, les
fciences dont ils ont pofé les fondemens.

Sans doute les fpéculations routinières de quelques
marchands auraient été dérangées, leurs profits
auraient diminué ; mais le bien-être réel de tous les
peuples aurait augmenté, parce qu'on ne peut étendre
fur le globe l'efpace où fleurit la culture, où le
commerce eft fûr, où l'induftrie eft active, fans
augmenter pour tous les hommes la maffe des jouiffances et des reffources. Pourquoi voudrait-on qu'un

philofophe préférât la richeffe de quelques nations à la liberté d'un peuple entier, le commerce de quelques villes, au progrès de la culture et des arts dans un grand empire? Loin de nous ces vils calculateurs qui veulent ici tenir la Gréce dans les fers des Turcs; là, enlever des hommes, les vendre comme de vils troupeaux, les obliger à force de coups à fervir leur infatiable avarice, et qui calculent gravement les prétendus millions que rapportent ces outrages à la nature.

Que par-tout les hommes foient libres, que chaque pays jouiffe des avantages que lui a donné la nature. Voilà ce que demande l'intérêt commun de tous les peuples, de ceux qui reprendraient leurs droits, comme de ceux où quelques individus, et non la nation, ont profité du malheur d'autrui. Qu'importe auprès de ces grands objets et des biens éternels qui naîtraient de cette grande révolution, la ruine de quelques hommes avides qui avaient fondé leur fortune fur les larmes et le fang de leurs femblables!

Voilà ce que devait penfer *Voltaire*, voilà ce que penfait M. *Turgot*.

On a parlé de l'injuftice d'une guerre contre les Turcs. Peut-on être injufte envers une horde de brigands qui tiennent dans les fers un peuple efclave, à qui leur avide férocité prodigue les outrages. Qu'ils rentrent dans ces déferts dont la faibleffe de l'Europe leur a permis de fortir, puifque dans leur brutal orgueil ils ont continué à former une race de tyrans, et qu'enfin la patrie de ceux à qui nous devons nos lumières, nos arts, nos vertus même, ceffe d'être déshonorée par la préfence d'un peuple qui

unit les vices infames de la molleſſe à la férocité des
peuples ſauvages. Vous craignez pour la balance
de l'Europe, comme ſi ces conquêtes ne devaient
pas diminuer la force des conquérans, au lieu de
l'augmenter; comme ſi l'Aſie ne devait pas long-
temps offrir à des ambitieux une proie facile qui
les dégoûterait des conquêtes haſardeuſes qu'ils pourraient tenter en Europe. Ce n'eſt point la politique
des princes, ce ſont les lumières des peuples civiliſés
qui garantiront à jamais l'Europe des invaſions; et
plus la civiliſation s'étendra ſur la terre, plus on en
verra diſparaître la guerre et les conquêtes, comme
l'eſclavage et la miſère.

Louis XV mourut. Ce prince qui depuis long-
tepms bravait, dans ſa conduite, les préceptes de
la morale chrétienne, ne s'était cependant jamais
élevé au-deſſus des terreurs religieuſes. Les menaces
de la religion revenaient l'effrayer à l'apparence du
moindre danger; mais il croyait qu'une promeſſe
de continence, ſi facile à faire ſur un lit de mort, et
quelques paroles d'un prêtre, pouvaient expier les
fautes d'un règne de ſoixante ans. Plus timide encore
que ſuperſtitieux, accoutumé par le cardinal de
Fleuri à regarder la liberté de penſer comme une
cauſe de trouble dans les Etats, ou du moins d'embarras pour les gouvernemens, ce fut malgré lui
que, ſous ſon règne, la raiſon humaine fît en France
des progrès rapides. Celui qui y travaillait avec le
plus d'éclat et de ſuccès, était devenu l'objet de ſa
haine. Cependant il reſpectait en lui la gloire de la
France, et ne voyait pas ſans orgueil l'admiration
de l'Europe placer un de ſes ſujets au premier rang

des hommes illuftres. Sa mort ne changea rien au fort de *Voltaire*, et M. de *Maurepas* joignait aux préjugés de *Fleuri* une haine plus forte encore pour tout ce qui s'élevait au-deffus des hommes ordinaires.

Voltaire avait prodigué à *Louis XV*, jufqu'à fon voyage en Pruffe, des éloges exagérés, fans pouvoir le défarmer; il avait gardé un filence prefque abfolu depuis cette époque où les malheurs et les fautes de ce règne auraient rendu fes louanges aviliffantes. Il ofa être jufte envers lui après fa mort, dans l'inftant où la nation prefque entière femblait fe plaire à déchirer fa mémoire : et on a remarqué que les philofophes, qu'il ne protégea jamais, furent alors les feuls qui montraffent quelque impartialité, tandis que des prêtres chargés de fes bienfaits, infultaient à fes faibleffes.

Le nouveau règne offrit bientôt à *Voltaire* des efpérances qu'il n'avait ofé former. M. *Turgot* fut appelé au miniftère. *Voltaire* connaiffait ce génie vafte et profond, qui dans tous les genres de connaif-fances s'était créé des principes fûrs et précis auxquels il avait attaché toutes fes opinions, d'après lefquelles il dirigeait toute fa conduite, gloire qu'aucun autre homme d'Etat n'a mérité de partager avec lui. Il favait qu'à une ame paffionnée pour la vérité et pour le bonheur des hommes, M. *Turgot* uniffait un courage fupérieur à toutes les craintes, une grandeur de caractère au-deffus de toutes les diffimu-lations, qu'à fes yeux les plus grandes places n'étaient qu'un moyen d'exécuter fes vues falutaires, et ne lui paraîtraient plus qu'un vil efclavage, s'il perdait cette efpérance. Enfin il favait qu'affranchi de tous les préjugés, et haïffant en eux les ennemis les plus dangereux du genre-humain, M. *Turgot* regardait la liberté de penfer et d'imprimer comme un droit de chaque citoyen, un droit des nations entières dont les progrès de la raifon peuvent feuls appuyer le bonheur fur une bafe inébranlable.

Voltaire vit dans la nomination de M. *Turgot* l'aurore du règne de cette raifon fi long-temps méconnue, plus long-temps perfécutée; il ofa efpérer la chute rapide des préjugés, la deftruction de cette politique lâche et tyrannique qui, pour flatter l'orgueil ou la pareffe des gens en place, condamnait le peuple à l'humiliation et à la mifère.

Cependant fes tentatives en faveur des ferfs du mont Jura furent inutiles; et il effaya vainement d'obtenir pour d'*Etallonde*, et pour la mémoire du chevalier de *la Barre*, cette juftice éclatante que l'humanité et l'honneur national exigeaient également. Ces objets étaient étrangers au département des finances, et cette fupériorité de lumières, de caractère et de vertu, que M. *Turgot* ne pouvait cacher, lui avait fait de tous les autres miniftres, de tous les intrigans fubalternes, autant d'ennemis qui, n'ayant à combattre en lui ni ambition ni projets perfonnels, s'acharnaient contre tout ce qu'ils croyaient d'accord avec fes vues juftes et bienfe-fantes.

On ne pouvait d'ailleurs rendre la liberté aux ferfs du mont Jura, fans bleffer le parlement de Befançon; la révifion du procès d'Abbeville eût humilié celui de Paris; et une politique mal-adroite avait rétabli les anciens parlemens, fans profiter de

leur

leur deftruction et du peu de crédit de ceux qui les avaient remplacés, pour porter dans les lois et dans les tribunaux une réforme entière dont tous les hommes inftruits fentaient la néceffité. Mais un miniftère faible et ennemi des lumières, n'ofa ou ne voulut pas faifir cette occafion où le bien eût encore moins trouvé d'obftacles que dans l'inftant fi honteufement manqué par le chancelier *Maupeou*.

C'eft ainfi que par complaifance pour les préjugés des parlemens, le miniftère laiffa perdre pour la réforme de l'éducation les avantages que lui offrait la deftruction des jéfuites. On n'avait même pris, en 1774, aucune précaution pour empêcher la renaiffance des querelles qui, en 1770, avaient amené la deftruction de la magiftrature. On n'avait eu qu'un feul objet, l'avantage de s'affurer une reconnaiffance perfonnelle qui donnât aux auteurs du changement un moyen d'employer utilement contre leurs rivaux de puiffance, le crédit des corps dont le rétabliffement était leur ouvrage.

Ainfi le feul avantage que *Voltaire* put obtenir du miniftère de M. *Turgot*, fut de fouftraire le petit pays de Gex à la tyrannie des fermes. Séparé de la France par des montagnes, ayant une communication facile avec Genève et la Suiffe, cette malheureufe contrée ne pouvait être affujettie au régime fifcal fans devenir le théâtre d'une guerre éternelle entre les employés du fifc et les habitans, fans payer des frais de perception plus onéreux que la valeur même des impofitions. Le peu d'importance de cette opération aurait dû la rendre facile. Cependant elle était

Vie de Voltaire. K

depuis long-temps inutilement follicitée par M. de *Voltaire*.

Une partie des provinces de la France ont échappé par différentes caufes au joug de la ferme générale, ou ne l'ont porté qu'à moitié ; mais les fermiers ont fouvent avancé leurs limites, enveloppé dans leurs chaînes des cantons ifolés que des priviléges féodaux avaient long-temps défendus. Ils croyaient que leur dieu *Terme*, comme celui des Romains, ne devait reculer jamais, et que fon premier pas en arrière ferait le préfage de la deftruction de l'empire. Leur oppofition ne pouvait balancer auprès de M. *Turgot* une opération jufte et bienfefante qui, fans nuire au fifc, foulageait les citoyens, épargnait des injuftices et des crimes, rappelait dans un canton dévafté, la profpérité et la paix.

Le pays de Gex fut donc affranchi, moyennant une contribution de trente mille livres ; et *Voltaire* put écrire à fes amis, en parodiant un vers de Mithridate :

Et mes derniers regards ont vu fuir les commis.

Les édits de 1776 auraient augmenté le refpect de *Voltaire* pour M. *Turgot* fi d'avance il n'avait pas fenti fon ame et connu fon génie. Ce grand-homme d'Etat avait vu que, placé à la tête des finances dans un moment où gêné par la maffe de la dette, par les obftacles que les courtifans et le miniftre prépondérant oppofaient à toute grande réforme dans l'adminiftration, à toute économie importante, il ne pouvait diminuer les impôts, et il voulut du moins foulager le peuple et dédommager les propriétaires en leur rendant les droits dont un régime oppreſſeur les avait privés.

Les corvées qui portaient la déſolation dans les campagnes, qui forçaient le pauvre à travailler ſans ſalaire, et enlevaient à l'agriculture les chevaux du laboureur, furent changées en un impôt payé par les ſeuls propriétaires. Dans toutes les villes, de ridicules corporations feſaient acheter à une partie de leurs habitans le droit de travailler; ceux qui ſubſiſtaient par leur induſtrie ou par le commerce, étaient obligés de vivre ſous la ſervitude d'un certain nombre de privilégiés, ou de leur payer un tribut. Cette inſtitution abſurde diſparut, et le droit de faire un uſage libre de leurs bras ou de leur temps fut reſtitué aux citoyens.

La liberté du commerce des grains, celle du commerce des vins; l'une gênée par des préjugés populaires, l'autre par des priviléges tyranniques, extorqués par quelques villes, fut rendue aux propriétaires; et ces lois ſages devaient accélérer les progrès de la culture, et multiplier les richeſſes nationales en aſſurant la ſubſiſtance du peuple.

Mais ces édits bienfaiteurs furent le ſignal de la perte du miniſtre qui avait oſé les concevoir. On ſouleva contre eux les parlemens intéreſſés à maintenir les jurandes, ſource féconde de procès lucratifs; non moins attachés au régime réglementaire qui était pour eux un moyen d'agiter l'eſprit du peuple; irrités de voir porter ſur les propriétaires riches le fardeau de la conſtruction des chemins, ſans eſpérer qu'une lâche condeſcendance continuât d'alléger pour eux le poids des ſubſides, et ſurtout effrayés de la prépondérance que semblait acquérir un ministre dont l'esprit populaire les menaçait de la chute de leur pouvoir.

Cette ligue servit l'intrigue des ennemis de M. *Turgot*, et on vit alors combien la manière dont ils avaient rétabli les tribunaux était utile à leurs desseins secrets et funestes à la nation. On apprit alors combien il est dangereux pour un ministre de vouloir le bien du peuple ; et peut-être qu'en remontant à l'origine des événemens, on trouverait que la chute même des ministres réellement coupables a eu pour cause le bien qu'ils ont voulu faire, et non le mal qu'ils ont fait.

Voltaire vit dans le malheur de la France, la destruction des espérances qu'il avait conçues pour les progrès de la raison humaine. Il avait cru que l'intolérance, la superstition, les préjugés absurdes qui infectaient toutes les branches de la législation, toutes les parties de l'administration, tous les états de la société, disparaîtraient devant un ministre ami de la justice, de la liberté et des lumières. Ceux qui l'ont accusé d'une basse flatterie, ceux qui lui ont reproché avec amertume l'usage qu'il a fait, trop souvent peut-être, de la louange pour adoucir les hommes puissans, et les forcer à être humains et justes, peuvent comparer ces louanges à celles qu'il donnait à M. *Turgot*, surtout à cette *Epître à un homme* qu'il lui adressa au moment de sa disgrâce. Ils distingueront alors l'admiration sentie de ce qui n'est qu'un compliment ; et ce qui vient de l'ame, de ce qui n'est qu'un jeu d'imagination ; ils verront que *Voltaire* n'a eu d'autre tort que d'avoir cru

pouvoir traiter les gens en place comme les femmes.
On prodigue à toutes à peu-près les mêmes louanges,
et les mêmes proteſtations ; et le ton ſeul diſtingue
ce qu'on ſent, de ce qu'on accorde à la galanterie.

Voltaire encenſant les rois, les miniſtres pour les
attirer à la cauſe de la vérité, et Voltaire célébrant
le génie et la vertu, n'a pas le même langage.
Ne veut-il que louer, il prodigue les charmes de
ſon imagination brillante, il multiplie ces idées
ingénieuſes qui lui ſont ſi familières ; mais rend-il
un hommage avoué par ſon cœur, c'eſt ſon ame
qui s'échappe, c'eſt ſa raiſon profonde qui prononce.
Dans ſon voyage à Paris, ſon admiration pour
M. Turgot perçait dans tous ſes diſcours ; c'était
l'homme qu'il oppoſait à ceux qui ſe plaignaient à
lui de la décadence de notre ſiècle, c'était à lui que
ſon ame accordait ſon reſpect. Je l'ai vu ſe précipiter
ſur ſes mains, les arroſer de ſes larmes, les baiſer
malgré ſes efforts, et s'écriant d'une voix entrecoupée
de ſanglots : Laiſſez-moi baiſer cette main qui a ſigné
le ſalut du peuple.

Depuis long-temps Voltaire déſirait de revoir ſa
patrie, et de jouir de ſa gloire au milieu du même
peuple témoin de ſes premiers ſuccès, et trop ſouvent
complice de ſes envieux. M. de Villette venait d'épouſer
à Ferney mademoiſelle de Varicour, d'une famille
noble du pays de Gex, que ſes parens avaient confiée
à madame Denis : Voltaire les ſuivit à Paris, ſéduit
en partie par le déſir de faire jouer devant lui la
tragédie d'Irène qu'il venait d'achever. Le ſecret avait
été gardé. La haine n'avait pas eu le temps de
préparer ſes poiſons, et l'enthouſiaſme public ne lui

permit pas de fe montrer. Une foule d'hommes, de
femmes de tous les rangs, de toutes les profeffions,
à qui fes vers avaient fait verfer de douces larmes,
qui avaient tant de fois admiré fon génie fur la fcène
et dans fes ouvrages, qui lui devaient leur inftruction,
dont il avait guéri les préjugés, à qui il avait infpiré
une partie de ce zèle contre le fanatifme, dont il
était dévoré, brûlaient du défir de voir le grand-
homme qu'ils admiraient. La jaloufie fe tut devant
une gloire qu'il était impoffible d'atteindre, devant
le bien qu'il avait fait aux hommes. Le miniftère,
l'orgueil épifcopal furent obligés de refpecter l'idole
de la nation. L'enthoufiafme avait paffé jufque dans
le peuple ; on s'arrêtait devant fes fenêtres ; on y
paffait des heures entières, dans l'efpérance de le voir
un moment ; fa voiture forcée d'aller au pas, était
entourée d'une foule nombreufe qui le béniffait et
célébrait fes ouvrages.

L'académie françaife qui ne l'avait adopté qu'à
cinquante-deux ans, lui prodigua les honneurs, et le
reçut moins comme un égal que comme le fouverain
de l'empire des lettres. Les enfans de ces courtifans
orgueilleux qui l'avaient vu avec indignation vivre
dans leur fociété fans baffeffe, et qui fe plaifaient
à humilier en lui la fupériorité de l'efprit et des
talens, briguaient l'honneur de lui être préfentés,
et de pouvoir fe vanter de l'avoir vu.

C'était au théâtre où il avait régné fi long-temps,
qu'il devait attendre les plus grands honneurs. Il
vint à la troifième repréfentation d'Irène, pièce faible,
à la vérité, mais remplie de beautés, et où les rides
de l'âge laiffaient voir encore l'empreinte facrée du

génie. Lui feul attira les regards d'un peuple avide
de démêler fes traits, de fuivre fes mouvemens,
d'obferver fes geftes. Son bufte fut couronné fur le
théâtre au milieu des applaudiffemens, des cris de
joie, des larmes d'enthoufiafme et d'attendriffement.
Il fut obligé, pour fortir, de percer la foule entaffée
fur fon paffage; faible, fe foutenant à peine, les
gardes qu'on lui avait donnés pour l'aider lui étaient
inutiles ; à fon approche on fe retirait avec une
refpectueufe tendreffe; chacun fe difputait la gloire
de l'avoir foutenu un moment fur l'efcalier ; chaque
marche lui offrait un fecours nouveau, et on ne
fouffrait pas que perfonne s'arrogeât le droit de le
foutenir trop long-temps.

Les fpectateurs le fuivirent jufque dans fon appartement : les cris de *vive Voltaire*, *vive la Henriade*,
vive Mahomet, *vive la Pucelle*, retentiffaient autour
de lui. On fe précipitait à fes pieds, on baifait fes
vêtemens. Jamais homme n'a reçu des marques
plus touchantes de l'admiration, de la tendreffe
publique; jamais le génie n'a été honoré par un
hommage plus flatteur. Ce n'était point à fa puiffance, c'était au bien qu'il avait fait que s'adreffait
cet hommage. Un grand poëte n'aurait eu que des
applaudiffemens, les larmes coulaient fur le philofophe qui avait brifé les fers de la raifon et vengé la
caufe de l'humanité.

L'ame fublime et paffionnée de *Voltaire* fut atten-
drie de ces tributs de refpect et de zèle. *On veut me
faire mourir de plaifir*, difait-il; mais c'était le cri
de la fenfibilité, et non l'adreffe de l'amour propre.
Au milieu des hommages de l'académie françaife,

K 4

il était frappé furtout de la poffibilité d'y intro-
duire une philofophie plus hardie. *On me traite*
mieux que je ne mérite, me difait-il un jour. *Savez-*
vous que je ne défefpère point de faire propofer l'éloge
de Coligny ?

Il s'occupait, pendant les repréfentations d'Irène,
à revoir fon Effai fur les mœurs et l'efprit des nations,
et à y porter de nouveaux coups au fanatifme. Au
milieu des acclamations du théâtre, il avait obfervé
avec un plaifir fecret que les vers les plus applaudis
étaient ceux où il attaquait la fuperftition et les
noms qu'elle a confacrés. C'était vers cet objet qu'il
reportait tout ce qu'il recevait d'hommages. Il voyait,
dans l'admiration générale, la preuve de l'empire
qu'il avait exercé fur les efprits, de la chute des
préjugés qui était fon ouvrage.

Paris poffédait en même temps le célèbre *Franklin*
qui, dans un autre hémifphère, avait été auffi l'apôtre
de la philofophie et de la tolérance. Comme *Voltaire*,
il avait fouvent employé l'arme de la plaifanterie
qui corrige la folie humaine, et apprend à en voir
la perverfité comme une folie plus funefte, mais
digne auffi de pitié. Il avait honoré la philofophie
par le génie de la phyfique, comme *Voltaire* par
celui de la poëfie. *Franklin* achevait de délivrer les
vaftes contrées de l'Amérique du joug de l'Europe,
et *Voltaire* de délivrer l'Europe du joug des anciennes
théocraties de l'Afie. *Franklin* s'empreffa de voir un
homme dont la gloire occupait depuis long-temps
les deux mondes : *Voltaire*, quoiqu'il eût perdu
l'habitude de parler anglais, effaya de foutenir la
converfation dans cette langue, puis bientôt reprenant

la fienne : *Je n'ai pu réſiſter au déſir de parler un moment la langue de M. Franklin.*

Le philoſophe américain lui préſenta ſon petit-fils en demandant pour lui ſa bénédiction : *God and Liberty*, (*) dit *Voltaire*, *voilà la ſeule bénédiction qui convienne au petit-fils de M. Franklin.* Ils ſe revirent à une féance publique de l'académie des ſciences ; le public contemplait avec attendriſſement, placés à côté l'un de l'autre, ces deux hommes nés dans des mondes différens, reſpectables par leur vieilleſſe, par leur gloire, par l'emploi de leur vie, et jouiſſant tous deux de l'influence qu'ils avaient exercée ſur leur ſiècle. Ils s'embraſsèrent au bruit des acclamaῖions ; on a dit que c'était *Solon* qui embraſſait *Sophocle*. Mais le *Sophocle* français avait détruit l'erreur, et avancé le règne de la raiſon ; et le *Solon* de Philadelphie appuyant ſur la baſe inébranlable des droits des hommes, la conſtitution de ſon pays, n'avait point à craindre de voir pendant ſa vie même ſes lois incertaines préparer des fers à ſon pays, et ouvrir la porte à la tyrannie.

L'âge n'avait point affaibli l'activité de *Voltaire*, et les tranſports de ſes compatriotes ſemblaient la redoubler encore. Il avait formé le projet de réfuter tout ce que le duc de *Saint-Simon*, dans ſes *Mémoires* encore ſecrets, avait accordé à la prévention et à la haine, dans la crainte que ces *Mémoires*, auxquels la probité reconnue de l'auteur, ſon état, ſon titre de contemporain pouvaient donner quelque autorité, ne paruſſent dans un temps où perſonne ne fût aſſez

(*) Dieu et la Liberté.

voisin des événemens pour défendre la vérité, et confondre l'erreur.

En même temps il avait déterminé l'académie française à faire son dictionnaire sur un nouveau plan. Ce plan consistait à suivre l'histoire de chaque mot depuis l'époque où il avait paru dans la langue, de marquer les sens divers qu'il avait eus dans les différens siècles, les acceptions différentes qu'il avait reçues; d'employer, pour faire sentir ces différentes nuances, non des phrases faites au hasard, mais des exemples choisis dans les auteurs qui avaient eu le plus d'autorité. On aurait eu alors le véritable Dictionnaire littéraire et grammatical de la langue; les étrangers, et même les Français, y auraient appris à en connaître toutes les finesses.

Ce Dictionnaire aurait offert aux gens de lettres une lecture instructive qui eût contribué à former le goût, qui eût arrêté les progrès de la corruption. Chaque académicien devait se charger d'une lettre de l'alphabet. *Voltaire* avait pris l'A; et pour exciter ses confrères, pour montrer combien il était facile d'exécuter ce plan, il voulait en peu de mois terminer la partie dont il s'était chargé.

Tant de travaux avaient épuisé ses forces. Un crachement de sang, causé par les efforts qu'il avait faits pendant les répétitions d'Irène, l'avait affaibli. Cependant l'activité de son ame suffisait à tout, et lui cachait sa faiblesse réelle. Enfin privé du sommeil par l'effet de l'irritation d'un travail trop continu, il voulut s'en assurer quelques heures pour être en état de faire adopter à l'académie, d'une manière irrévocable, le plan du Dictionnaire contre lequel quelques objections s'étaient élevées; et il résolut de prendre de l'opium. Son esprit avait toute sa force; son ame, toute son impétuosité, et toute sa mobilité naturelle; son caractère, toute son activité et toute sa gaieté, lorsqu'il prit le calmant qu'il croyait nécessaire. Ses amis l'avaient vu se livrer, dans la soirée même, à toute sa haine contre les préjugés, l'exhaler avec éloquence, et bientôt après ne plus les envisager que du côté ridicule, s'en moquer avec cette grâce et ces rapprochemens singuliers qui caractérisaient ses plaisanteries. Mais il prit de l'opium à plusieurs reprises, et se trompa sur les doses, vraisemblablement dans l'espèce d'ivresse que les premières avaient produite. Le même accident lui était arrivé près de trente ans auparavant, et avait fait craindre pour sa vie. Cette fois, ses forces épuisées ne suffirent point pour combattre le poison. Depuis long-temps il souffrait des douleurs de vessie, et dans l'affaiblissement général de ses organes, celui qui déjà était affecté, contracta bientôt un vice incurable.

A peine dans le long intervalle entre cet accident funeste et sa mort, pouvait-il reprendre sa tête pendant quelques momens de suite, et sortir de la léthargie où il était plongé. C'est pendant un de ces intervalles qu'il écrivit au jeune comte de *Lalli*, déjà si célèbre par son courage, et qui depuis a mérité de l'être par son éloquence et son patriotisme, ces lignes, les dernières que sa main ait tracées, où il applaudissait à l'autorité royale dont la justice venait d'anéantir un des attentats du despotisme parlementaire. Enfin il expira le 30 de mai 1778.

Grâce aux progrès de la raifon et au ridicule répandu fur la fuperftition, les habitans de Paris font, tant qu'ils fe portent bien, à l'abri de la tyrannie des prêtres; mais ils y retombent, dès qu'ils font malades. L'arrivée de *Voltaire* avait allumé la colère des fanatiques, bleffé l'orgueil des chefs de la hiérarchie eccléfiaftique; mais en même temps elle avait infpiré à quelques prêtres l'idée de bâtir leur réputation et leur fortune fur la converfion de cet illuftre ennemi. Sans doute ils ne fe flattaient pas de le convaincre, mais ils efpéraient le réfoudre à diffimuler. *Voltaire* qui défirait pouvoir refter à Paris, fans y être troublé par les délations facerdotales, et qui par une vieille habitude de fa jeuneffe croyait utile pour l'intérêt même des amis de la raifon, que des fcènes d'intolérance ne fuiviffent point fes derniers momens, envoya chercher dès fa première maladie un aumônier des incurables qui lui avait offert fes fervices, et qui fe vantait d'avoir reconcilié avec l'Eglife l'abbé de l'*Attaignant*, connu par des fcandales d'un autre genre.

L'abbé *Gauthier* confeffa *Voltaire*, et reçut de lui une profeffion de foi par laquelle il déclarait qu'il mourait dans la religion catholique où il était né.

A cette nouvelle qui fcandalifa un peu plus les hommes éclairés qu'elle n'édifia les dévots, le curé de Saint-Sulpice courut chez fon paroiffien qui le reçut avec politeffe et lui donna, fuivant l'ufage, une aumône honnête pour fes pauvres. Mais jaloux que l'abbé *Gauthier* l'eût gagné de vîteffe, il trouva que l'aumônier des incurables avait été trop facile; qu'il aurait fallu exiger une profeffion de foi plus détaillée, un défaveu exprès de toutes les doctrines, contraires à la foi, que *Voltaire* avait pu être accufé de foutenir. L'abbé *Gauthier* prétendait qu'on aurait tout perdu en voulant tout avoir. Pendant cette difpute *Voltaire* guérit; on joua Irène, et la converfion fut oubliée. Mais au moment de la rechute, le curé revint bien déterminé à ne pas enterrer *Voltaire* s'il n'obtenait pas cette rétractation fi défirée.

Ce curé était un de ces hommes moitié hypocrites, moitié imbécilles, parlant avec la perfuafion ftupide d'un énergumène, agiffant avec la foupleffe d'un jéfuite, humble dans fes manières jufqu'à la baffeffe, arrogant dans fes prétentions facerdotales, rampant auprès des grands, charitable pour cette populace dont on difpofe avec des aumônes „ et fatiguant les fimples citoyens de fon impérieux fanatifme. Il voulait abfolument faire reconnaître au moins à *Voltaire* la divinité de *Jéfus-Chrift* à laquelle il s'intéreffait plus qu'aux autres dogmes. Il le tira un jour de fa léthargie, en lui criant aux oreilles : *Croyez-vous à la divinité de Jéfus-Chrift? Au nom de* DIEU, *Monfieur, ne me parlez plus de cet homme-là, et laiffez-moi mourir en repos*, répondit *Voltaire*.

Alors le prêtre annonça qu'il ne pouvait s'empê-cher de lui refufer la fépulture. Il n'en avait pas le droit, car, fuivant les lois, ce refus doit être précédé d'une fentence d'excommunication, ou d'un juge-ment féculier. On peut même appeler comme d'abus de l'excommunication. La famille, en fe plaignant au parlement, eût obtenu juftice. Mais elle craignit le fanatifme de ce corps, la haine de fes membres pour *Voltaire* qui avait tonné tant de fois contre fes injuſtices et combattu ſes prétentions. Elle ne ſentit point que le parlement ne pouvait ſans ſe déshonorer, s'écarter des principes qu'il avait ſuivis en faveur des janſéniſtes, qu'un grand nombre de jeunes magiſtrats n'attendaient qu'une occaſion d'effacer, par quelque action éclatante, ce reproche de fanatiſme qui les humiliait, de s'honorer en donnant une marque de reſpect à la mémoire d'un homme de génie qu'ils avaient eu le malheur de compter parmi leurs ennemis, et de montrer qu'ils aimaient mieux réparer leurs injuſtices, que venger leurs injures. La famille ne ſentit pas combien lui donnait de force cet enthouſiaſme que *Voltaire* avait excité, enthouſiaſme qui avait gagné toutes les claſſes de la nation, et qu'aucune autorité n'eût oſé attaquer de front.

On préféra de négocier avec le miniſtère. N'oſant ni bleſſer l'opinion publique en ſervant la vengeance du clergé, ni déplaire aux prêtres en les forçant de ſe conformer aux lois, ni les punir en érigeant un monument public au grand-homme dont ils troublaient ſi lâchement les cendres, et en le dédommageant des honneurs eccléſiaſtiques qu'il méritait ſi peu, par des honneurs civiques dûs à ſon génie et au bien qu'il avait fait à la nation, les miniſtres approuvèrent la propoſition de tranſporter le corps de *Voltaire* dans l'Egliſe d'un monaſtère dont ſon neveu était abbé. Il fut donc conduit à Scellières. Les prêtres étaient convenus de ne pas troubler l'exécution de ce projet. Cependant deux grandes dames, très-dévotes, écrivirent à l'évêque de Troyes pour l'engager à s'oppoſer à l'inhumation, en qualité d'évêque diocéſain. Mais heureuſement, pour l'hon-

neur de l'évêque, ces lettres arrivèrent trop tard :
et *Voltaire* fut enterré.

L'académie françaife était dans l'ufage de faire
un fervice aux cordeliers pour chacun de fes membres. L'archevêque de Paris, *Beaumont*, fi connu
par fon ignorance et fon fanatifme, défendit de faire
ce fervice. Les cordeliers obéirent à regret, fachant
bien que les confeffeurs de *Beaumont* lui pardon-
naient la vengeance, et ne lui prêchaient pas la
juftice. L'académie réfolut alors de fufpendre cet
ufage jufqu'à ce que l'infulte faite au plus illuftre
de fes membres, eût été réparée. Ainfi *Beaumont*
fervit malgré lui à détruire une fuperftition ridicule.

Cependant le roi de Pruffe ordonna pour *Voltaire*
un fervice folennel dans l'Eglife catholique de Berlin.
L'académie de Pruffe y fut invitée de fa part ; et ce
qui était plus glorieux pour *Voltaire*, dans le camp
même où à la tête de cent cinquante mille hommes
il défendait les droits des princes de l'Empire, et en
impofait à la puiffance autrichienne, il écrivit l'éloge
de l'homme illuftre dont il avait été le difciple et
l'ami, à qui peut-être il n'avait jamais pardonné
l'indigne et honteufe violence exercée contre lui à
Francfort par fes ordres, mais vers lequel un fentiment
d'admiration et un goût naturel le ramenaient fans
ceffe, même malgré lui. Cet éloge était une bien noble
compenfation de l'indigne vengeance des prêtres.

De tous les attentats contre l'humanité, que dans
les temps d'ignorance et de fuperftition les prêtres
ont obtenu le pouvoir de commettre avec impunité,
celui qui s'exerce fur des cadavres eft, fans doute,
le moins nuifible ; et à des yeux philofophiques,

leurs outrages ne peuvent paraître qu'un titre de gloire. Cependant le respect pour les restes des personnes qu'on a chéries, n'est point un préjugé : c'est un sentiment inspiré par la nature même qui a mis au fond de nos cœurs une sorte de vénération religieuse pour tout ce qui nous rappelle des êtres que l'amitié ou la reconnaissance nous ont rendus sacrés. La liberté d'offrir à leurs dépouilles ces tristes hommages est donc un droit précieux pour l'homme sensible ; et l'on ne peut sans injustice lui enlever la liberté de choisir ceux que son cœur lui dicte, encore moins lui interdire cette consolation, au gré d'une caste intolérante qui a usurpé, avec une audace trop long-temps soufferte, le droit de juger et de punir les pensées.

D'ailleurs son empire sur l'esprit de la populace n'est pas encore détruit ; un chrétien privé de la sépulture est encore, aux yeux du petit peuple, un homme digne d'horreur et de mépris, et cette horreur dans les ames soumises aux préjugés s'étend jusque sur sa famille. Sans doute si la haine des prêtres ne poursuivait que des hommes immortalisés par des chefs-d'œuvre, dont le nom a fatigué la renommée, dont la gloire doit embrasser tous les siècles, on pourrait leur pardonner leurs impuissans efforts ; mais leur haine peut s'attacher à des victimes moins illustres ; et tous les hommes ont les mêmes droits.

Le ministère, un peu honteux de sa faiblesse, crut échapper au mépris public en empêchant de parler de *Voltaire* dans les écrits, ou dans les endroits où la police est dans l'usage de violer la liberté, sous prétexte d'établir le bon ordre qu'elle confond trop

souvent

souvent avec le respect pour les sottises établies ou protégées.

On défendit aux papiers publics de parler de sa mort, et les comédiens eurent ordre de ne jouer aucune de ses pièces. Les ministres ne songèrent pas que de pareils moyens d'empêcher qu'on ne s'irritât contre leur faiblesse, ne serviraient qu'à en donner une nouvelle preuve, et montreraient qu'ils n'avaient ni le courage de mériter l'approbation publique ni celui de supporter le blâme.

Ce simple récit des événemens de la vie de *Voltaire* a fait assez connaître son caractère et son ame; la bienfesance, l'indulgence pour les faiblesses, la haine de l'injustice et de l'oppression en forment les principaux traits. On peut le compter parmi le très-petit nombre des hommes en qui l'amour de l'humanité a été une véritable passion. Cette passion, la plus noble de toutes, n'a été connue que dans nos temps modernes; elle est née du progrès des lumières; et sa seule existence suffit pour confondre les aveugles partisans de l'antiquité, et les calomniateurs de la philosophie.

Mais les heureuses qualités de *Voltaire* étaient souvent égarées par une mobilité naturelle que l'habitude de faire des tragédies avait encore augmentée. Il passait en un instant de la colère à l'attendrissement, de l'indignation à la plaisanterie. Né avec des passions violentes, elles l'entraînèrent trop loin quelquefois, et sa mobilité le priva des avantages ordinaires aux ames passionnées : la fermeté dans la conduite, et ce courage que la crainte ne peut arrêter quand il faut agir, et qui ne s'ébranle point

par la préfence du danger qu'il a prévu. On l'a vu
fouvent s'expofer à l'orage prefqu'avec témérité,
rarement on l'a vu le braver avec conftance : et ces
alternatives d'audace et de faibleffe ont fouvent
affligé fes amis, et préparé d'indignes triomphes à
fes lâches ennemis.

Il fut conftant dans l'amitié. Celle qui le liait à
Génonville, au préfident *de Maifons*, à *Formont*, à
Cideville, à la marquife *du Châtelet*, à d'*Argental*,
à d'*Alembert*, troublée rarement par des nuages paffa-
gers, ne fe termina que par la mort. On voit dans
fes ouvrages que peu d'hommes fenfibles ont confervé
auffi long-temps que lui le fouvenir des amis qu'ils
ont perdus dans la jeuneffe.

On lui a reproché fes nombreufes querelles ; mais
dans aucune, il n'a été l'aggreffeur ; mais fes ennemis,
ceux du moins pour lefquels il fut irréconciliable,
ceux qu'il dévoua au mépris public, ne s'étaient
point bornés à des attaques perfonnelles ; ils s'étaient
rendus fes délateurs auprès des fanatiques et avaient
voulu appeler fur fa tête le glaive de la perfécution.
Il eft affligeant fans doute d'être obligé de placer
dans cette lifte des hommes d'un mérite réel : le
poëte *Rouffeau*, les deux *Pompignan* (*), *Larcher*,
et même *Rouffeau* de Genève. Mais n'eft-il pas plus

(*) L'un d'eux vient d'effacer, par une conduite noble et patrio-
tique, les taches que fes délations épifcopales avaient répandues
fur fa vie. On le voit adopter aujourd'hui, avec courage, les mêmes
principes de liberté que dans fes ouvrages il reprochait avec amertume aux philofophes, et contre lefquels il invoquait la vengeance
du defpotifme. On fe tromperait fi, d'après cette contradiction,
on l'accufait de mauvaife foi. Rien n'eft plus commun que des
hommes qui joignant à une ame honnête et à un fens droit, un

excufable de porter trop loin, dans fa vengeance, les droits de la défenfe naturelle, et d'être injufte en cédant à une colère dont le motif eft légitime, que de violer les lois de l'humanité en compromettant les droits, la liberté, la fureté d'un citoyen pour fatisfaire fon orgueil, fes projets d'hypocrifie, ou fon attachement opiniâtre à fes opinions.

On a reproché à *Voltaire* fon acharnement contre *Maupertuis*; mais cet acharnement ne fe borna-t-il pas à couvrir de ridicule un homme qui, par de baffes intrigues, avait cherché à le déshonorer et à le perdre, et qui pour fe venger de quelques plaifanteries avait appelé à fon fecours la puiffance d'un roi irrité par fes infidieufes délations.

On a prétendu que *Voltaire* était jaloux, et on y a répondu par ce vers de Tancrède :

De qui dans l'univers peut-il être jaloux ?

Mais, dit-on, *il l'était de Buffon*. Quoi ? l'homme dont la main puiffante ébranlait les antiques colonnes du temple de la fuperftition, et qui afpirait à changer en hommes ces vils troupeaux qui gémiffaient depuis fi long-temps fous la verge facerdotale, eût-il été jaloux de la peinture heureufe et brillante des mœurs de quelques animaux, ou de la combinaifon plus ou moins adroite de quelques vains fyftêmes démentis par les faits.

Il l'était de J. J. Rouffeau : il eft vrai que fa

efprit timide, n'ofent examiner certains principes, ni penfer d'après eux-mêmes, fur certains objets, avant de fe fentir appuyés par l'opinion.

hardieffe excita celle de *Voltaire*, mais le philofophe qui voyait le progrès des lumières adoucir, affranchir et perfectionner l'efpèce humaine, et qui jouiffait de cette révolution comme de fon ouvrage, était-il jaloux de l'écrivain éloquent qui eût voulu condamner l'efprit humain à une ignorance éternelle? L'ennemi de la fuperftition était-il jaloux de celui qui ne trouvant plus affez de gloire à détruire les autels, effayait vainement de les relever?

Voltaire ne rendit pas juftice aux talens de *Rouffeau*, parce que fon efprit jufte et naturel avait une répugnance involontaire pour les opinions exagérées; que le ton de l'auftérité lui préfentait une teinte d'hypocrifie dont la moindre nuance devait révolter fon ame indépendante et franche; qu'enfin, accoutumé à répandre la plaifanterie fur tous les objets, la gravité dans les petits détails des paffions, ou de la vie humaine, lui paraiffait toujours un peu ridicule. Il fut injufte, parce que *Rouffeau* l'avait irrité en répondant, par des injures, à des offres de fervice; parce que *Rouffeau*, en l'accufant de le perfécuter, lorfqu'il prenait fa défenfe, fe permettait de le dénoncer lui-même aux perfécuteurs.

Il était jaloux de Montefquieu: mais il avait à fe plaindre de l'auteur de l'Efprit des lois qui affectait pour lui de l'indifférence, et prefque du mépris, moitié par une morgue mal-adroite, moitié par une politique timide; et cependant ce mot célèbre de *Voltaire*: *L'humanité avait perdu fes titres, Montefquieu les a retrouvés et les lui a rendus*, eft encore le plus bel éloge de l'Efprit des lois; et ce mot paffe même les bornes de la juftice. Il n'eft vrai du moins que pour la France, puifque, fans parler des ouvrages d'*Althufius* (*) et de quelques autres, les droits de l'humanité font réclamés avec plus de force et de franchife dans *Locke* et dans *Sidnei* que dans *Montefquieu.*

Voltaire a fouvent critiqué l'Efprit des lois, mais prefque toujours avec juftice. Et ce qui prouve qu'il a eu raifon de combattre *Montefquieu*, c'eft que nous voyons aujourd'hui les préjugés les plus abfurdes et les plus funeftes s'appuyer de l'autorité de cet homme célèbre, et que, fi le progrès des lumières n'avait enfin brifé le joug de toute efpèce d'autorité dans les queftions qui ne doivent être foumifes qu'à la raifon, l'ouvrage de *Montefquieu* ferait aujourd'hui plus de mal à la France qu'il n'a pu faire de bien à l'Europe. L'enthoufiafme de fes partifans a été porté jufqu'à dire que *Voltaire* n'était pas en état de le juger, ni même de l'entendre. Irrité du ton de ces critiques, il a pu mêler quelque teinte d'humeur à fes juftes obfervations. N'eft-elle pas juftifiée par une hauteur fi ridicule ?

La mode d'accufer *Voltaire* de jaloufie était même parvenue au point que l'on attribuait à ce fentiment, et fes fages obfervations fur l'ouvrage d'*Helvétius*, que par refpect pour un philofophe perfécuté, il avait eu la délicateffe de ne publier qu'après fa mort, et jufqu'à fa colère contre le fuccès éphémère de quelques mauvaifes tragédies : comme fi on ne pouvait être bleffé, fans aucun retour fur foi-même,

_____

(*) Jurifconfulte allemand, du XVI fiècle. Il foutenait, dès ce temps-là, que la fouveraineté des Etats appartient au peuple.

de ces réputations ufurpées, fouvent fi funeftes aux progrès des arts et de la philofophie. Combien, dans un autre genre, les louanges prodiguées à *Richelieu*, à *Colbert* et quelques autres miniftres, n'ont-elles pas arrêté la marche de la raifon dans les fciences politiques ?

En lifant les ouvrages de *Voltaire*, on voit que perfonne n'a poffédé peut-être la juftefle d'efprit à un plus haut degré. Il la conferve au milieu de l'enthoufiafme poëtique ; comme dans l'ivreffe de la gaieté ; par-tout elle dirige fon goût et règle fes opinions : et c'eft une des principales caufes du charme inexprimable que fes ouvrages ont pour tous les bons efprits. Aucun efprit n'a pu, peut-être, embraffer plus d'idées à la fois, n'a pénétré avec plus de fagacité tout ce qu'un feul inftant peut faifir, n'a montré même plus de profondeur dans tout ce qui n'exige pas ou une longue analyfe, ou une forte méditation. Son coup d'œil d'aigle a plus d'une fois étonné ceux mêmes qui devaient à ces moyens des idées plus approfondies, des combinaifons plus vaftes et plus précifes. Souvent, dans la converfation, on le voyait en un inftant choifir entre plufieurs idées, les ordonner à la fois, et pour la clarté et pour l'effet, les revêtir d'une expreffion heureufe et brillante.

De là ce précieux avantage d'être toujours clair et fimple, fans jamais être infipide, et d'être lu avec un égal plaifir, et par le peuple des lecteurs et par l'élite des philofophes. En le lifant avec réflexion, on trouve dans fes ouvrages une foule de maximes d'une philofophie profonde et vraie qui échappent

aux lecteurs fuperficiels, parce qu'elles ne commandent point l'attention, et qu'elles n'exigent aucun
effort pour être entendues.

Si on le confidère comme poëte, on verra que
dans tous les genres où il s'eft effayé, l'ode et la
comédie font les feuls où il n'ait pas mérité d'être
placé au premier rang. Il ne réuffit point dans la
comédie, parce qu'il avait, comme on l'a déjà
remarqué, le talent de faifir le ridicule des opinions,
et non celui des caractères, qui, pouvant être mis en
action, eft feul propre à la comédie. Ce n'eft pas
que dans un pays où la raifon humaine ferait
affranchie de toutes fes lifières, où la philofophie
ferait populaire, on ne pût mettre avec fuccès fur
le théâtre des opinions à la fois dangereufes et
abfurdes; mais ce genre de liberté n'exifte encore
pour aucun peuple.

La poëfie lui doit la liberté de pouvoir s'exercer
dans un champ plus vafte; et il a montré comment
elle peut s'unir avec la philofophie; de manière que
la poëfie, fans rien perdre de fes grâces, s'élève à
de nouvelles beautés, et que la philofophie, fans
féchereffe et fans enflure, conferve fon exactitude et
fa profondeur.

On ne peut lire fon théâtre fans obferver que
l'art tragique lui doit les feuls progrès qu'il ait faits
depuis *Racine;* et ceux mêmes qui lui refuferaient
la fupériorité ou l'égalité du talent de la poëfie,
ne pourraient fans aveuglément ou fans injuftice,
méconnaître ces progrès. Ses dernières tragédies
prouvent qu'il était bien éloigné de croire avoir
atteint le but de cet art fi difficile. Il fentait que

l'on pouvait encore rapprocher davantage la tragédie
de la nature, fans lui rien ôter de fa pompe et de
fa nobleffe; qu'elle peignait encore trop fouvent des
mœurs de convention, que les femmes y parlaient
trop de leur amour, qu'il fallait les offrir fur le
théâtre comme elles font dans la fociété, ne montrant d'abord leur paffion que par les efforts qu'elles
font pour la cacher, et ne s'y abandonnant que dans
les momens où l'excès du danger et du malheur ne
permet plus de rien ménager. Il croyait que des
hommes fimples, grands par leur feul caractère,
étrangers à l'intérêt et à l'ambition, pouvaient offrir
une fource de beautés nouvelles, donner à la tragédie
plus de variété et de vérité. Mais il était trop faible
pour exécuter ce qu'il avait conçu; et fi l'on excepte
le rôle du père d'Irène, fes dernières tragédies font
plutôt des leçons que des modèles.

Si donc un homme de génie dans les arts eft,
furtout, celui qui en les enrichiffant de nouveaux
chefs-d'œuvre en a reculé les bornes, quel homme
a plus mérité que *Voltaire* ce titre qui lui a été
cependant refufé par des écrivains, la plupart trop
éloignés d'avoir du génie pour fentir ce qui en eft
le vrai caractère.

C'eft à *Voltaire* que nous devons d'avoir conçu
l'hiftoire fous un point de vue plus vafte, plus utile
que les anciens. C'eft dans fes écrits qu'elle eft
devenue, non le récit des événemens, le tableau
des révolutions d'un peuple, mais celui de la nature
humaine, tracé d'après les faits; mais le réfultat
philofophique de l'expérience de tous les fiècles et
de toutes les nations. C'eft lui qui le premier a

introduit dans l'hiftoire la véritable critique, qui a
montré le premier que la probabilité naturelle des
événemens, devait entrer dans la balance avec
la probabilité des témoignages ; et que l'hiftorien
philofophe doit non-feulement rejeter les faits mira-
culeux, mais pefer avec fcrupule les motifs de croire
ceux qui s'écartent de l'ordre commun de la nature.

Peut-être a-t-il abufé quelquefois de cette règle fi
fage qu'il avait donnée, et dont le calcul peut rigoureufement démontrer la vérité. Mais on lui devra
toujours d'avoir débarraffé l'hiftoire de cette foule
de faits extraordinaires, adoptés fans preuves, qui
frappant davantage les efprits, étouffaient les événemens les plus naturels et les mieux conftatés ; et
avant lui la plupart des hommes ne favaient de
l'hiftoire que les fables qui la défigurent. Il a prouvé
que les abfurdités du polithéifme n'avaient jamais
été chez les grandes nations que la religion du
vulgaire, et que la croyance d'un DIEU unique,
commune à tous les peuples, n'avait pas eu befoin
d'être révélée par des moyens furnaturels. Il a montré
que tous les peuples ont reconnu les grands principes
de la morale, toujours d'autant plus pure que les
hommes ont été plus civilifés et plus éclairés. Il
nous a fait voir que fouvent l'influence des religions
a corrompu la morale, et que jamais elle ne l'a
perfectionnée.

Comme philofophe, c'eft lui qui le premier a
préfenté le modèle d'un fimple citoyen embraffant
dans fes vœux et dans fes travaux tous les intérêts
de l'homme, dans tous les pays et dans tous les
fiècles, s'élevant contre toutes les erreurs, contre

toutes les oppreffions , défendant , répandant toutes
les vérités utiles.

L'hiftoire de ce qui s'eft fait en Europe en faveur
de la raifon et de l'humanité , eft celle de fes travaux
et de fes bienfaits. Si l'ufage abfurde et dangereux
d'enterrer les morts dans l'enceinte des villes, et
même dans les temples , a été aboli dans quelques
contrées; fi dans quelques parties du continent de
l'Europe, les hommes échappent par l'inoculation
à un fléau qui menace la vie et fouvent détruit le
bonheur ; fi le clergé des pays foumis à la religion
romaine , a perdu fa dangereufe puiffance, et va
perdre fes fcandaleufes richeffes; fi la liberté de la
preffe y a fait quelques progrès; fi la Suède, la
Ruffie, la Pologne, la Pruffe, les Etats de la maifon
d'Autriche ont vu difparaître une intolérance tyrannique; fi même en France, et dans quelques Etats
d'Italie on a ofé lui porter quelques atteintes ; fi les
reftes honteux de la fervitude féodale ont été ébranlés
en Ruffie, en Danemarck , en Bohême et en France;
fi la Pologne même en fent aujourd'hui l'injuftice
et le danger ; fi les lois abfurdes et barbares de
prefque tous les peuples , ont été abolies, ou font
menacées d'une deftruction prochaine ; fi par-tout
on a fenti la néceffité de réformer les lois et les
tribunaux ; fi dans le continent de l'Europe les
hommes ont fenti qu'ils avaient le droit de fe fervir
de leur raifon ; fi les préjugés religieux ont été
détruits dans les premières claffes de la fociété,
affaiblis dans les cours et dans le peuple ; fi leurs
défenfeurs ont été réduits à la honteufe néceffité
d'en foutenir l'utilité politique ; fi l'amour de l'huma-

nité eſt devenu le langage commun de tous les gouvernemens; ſi les guerres ſont devenues moins fréquentes; ſi on n'oſe plus leur donner pour pré-texte l'orgueil des ſouverains, ou des prétentions que la rouille des temps a couvertes; ſi l'on a vu tomber tous les maſques impoſteurs ſous leſquels des caſtes privilégiées étaient en poſſeſſion de tromper les hommes; ſi pour la première fois la raiſon com-mence à répandre ſur tous les peuples de l'Europe un jour égal et pur : partout dans l'hiſtoire de ces changemens on trouvera le nom de *Voltaire*, preſque par-tout on le verra ou commencer le combat ou décider la victoire.

Mais obligé preſque toujours de cacher ſes inten-tions, de maſquer ſes attaques, ſi ſes ouvrages ſont dans toutes les mains, les principes de ſa philo-ſophie ſont peu connus.

L'erreur et l'ignorance ſont la cauſe unique des malheurs du genre-humain, et les erreurs ſuperſti-tieuſes ſont les plus funeſtes, parce qu'elles corrom-pent toutes les ſources de la raiſon, et que leur fatal enthouſiaſme inſtruit à commettre le crime ſans remords. La douceur des mœurs, compatible avec toutes les formes de gouvernement, diminue les maux que la raiſon doit un jour guérir, et en rend les progrès plus faciles. L'oppreſſion prend elle-même le caractère des mœurs chez un peuple humain; elle conduit plus rarement à de grandes barbaries; et dans un pays où l'on aime les arts, et ſurtout les lettres, on tolère par reſpect pour elles la liberté de penſer qu'on n'a point encore le courage d'aimer pour elle-même.

Il faut donc chercher à infpirer ces vertus douces qui confolent, qui conduifent à la raifon, qui font à la portée de tous les hommes, qui conviennent à tous les âges de l'humanité; et dont l'hypocrifie même fait encore quelque bien. Il faut furtout les préférer à ces vertus auftères qui dans les ames ordinaires ne fubfiftent guère fans un mélange de dureté dont l'hypocrifie eft à la fois fi facile et fi dangereufe; qui fouvent effraient des tyrans, mais qui rarement confolent les hommes, dont enfin la néceffité prouve le malheur des nations de qui elles embelliffent l'hiftoire.

C'eft en éclairant les hommes, c'eft en les adouciffant qu'on peut efpérer de les conduire à la liberté par un chemin fûr et facile. Mais on ne peut efpérer ni de répandre les lumières ni d'adoucir les mœurs, fi des guerres fréquentes accoutument à verfer le fang fans remords, et à méprifer la gloire des talens paifibles; fi, toujours occupés d'opprimer ou de fe défendre, les hommes mefurent leur vertu par le mal qu'ils ont pu faire, et font de l'art de détruire le premier des arts utiles.

Plus les hommes feront éclairés, plus ils feront libres (*), et il leur en coûtera moins pour y parvenir. Mais n'avertiffons point les oppreffeurs de former une ligue contre la raifon; cachons-leur l'étroite et néceffaire union des lumières et de la liberté, ne leur apprenons point d'avance qu'un peuple fans préjugés eft bientôt un peuple libre.

Tous les gouvernemens, fi on en excepte les théocraties, ont un intérêt préfent de régner fur

(*) Queftions fur les miracles.

un peuple doux, et de commander à des hommes éclairés. Ne les avertiffons pas qu'ils peuvent avoir un intérêt plus éloigné à laiffer les hommes dans l'abrutiffement. Ne les obligeons pas à choifir entre l'intérêt de leur orgueil, et celui de leur repos et de leur gloire. Pour leur faire aimer la raifon, il faut qu'elle fe montre à eux toujours douce, toujours paifible; qu'en demandant leur appui, elle leur offre le fien, loin de les effrayer par des menaces imprudentes. En attaquant les oppreffeurs avant d'avoir éclairé les citoyens, on rifquera de perdre la liberté et d'étouffer la raifon. L'hiftoire offre la preuve de cette vérité. Combien de fois, malgré les généreux efforts des amis de la liberté, une feule bataille n'a-t-elle pas réduit des nations à une fervitude de plufieurs fiècles?

De quelle liberté même ont joui les nations qui l'ont recouvrée par la violence des armes, et non par la force de la raifon? d'une liberté paffagère, et tellement troublée par des orages, qu'on peut prefque douter qu'elle ait été pour elles un véritable avantage. Prefque toutes n'ont-elles pas confondu les formes républicaines avec la jouiffance de leurs droits, et la tyrannie de plufieurs avec la liberté? Combien de lois injuftes, et contraires aux droits de la nature, ont déshonoré le code de toutes les nations qui ont recouvré leur liberté dans les fiècles où la raifon était encore dans l'enfance?

Pourquoi ne pas profiter de cette expérience funefte, et favoir attendre des progrès des lumières une liberté plus réelle, plus durable et plus paifible? pourquoi acheter par des torrens de fang, par des bouleverfemens inévitables, et livrer au hafard ce que le temps doit amener furement et fans facrifice? C'eft pour être plus libre, c'eft pour l'être toujours qu'il faut attendre le moment où les hommes, affranchis de leurs préjugés, guidés par la raifon, feront enfin dignes de l'être, parce qu'ils connaîtront les véritables droits de la liberté.

Quel fera donc le devoir d'un philofophe? Il attaquera la fuperftition, il montrera aux gouvernemens la paix, la richeffe, la puiffance, comme l'infaillible récompenfe des lois qui affurent la liberté religieufe, il les éclairera fur tout ce qu'ils ont à craindre des prêtres dont la fecrète influence menacera toujours le repos des nations où la liberté d'écrire n'eft pas entière : car peut-être avant l'invention de l'imprimerie était-il impoffible de fe fouftraire à ce joug auffi honteux que funefte ; et tant que l'autorité facerdotale n'eft pas anéantie par la raifon, il ne refte point de milieu entre un abrutiffement abfolu et des troubles dangereux.

Il fera voir que fans la liberté de penfer le même efprit, dans le clergé, ramènerait les mêmes affaffinats, les mêmes fupplices, les mêmes profcriptions, les mêmes guerres civiles ; que c'eft feulement en éclairant les peuples qu'on peut mettre les citoyens et les princes à l'abri de ces attentats facrés. Il montrera que des hommes qui veulent fe rendre les arbitres de la morale, fubftituer leur autorité à la raifon, leurs oracles à la confcience, loin de donner à la morale une bafe plus folide en l'uniffant à des croyances religieufes, la corrompent et la détruifent, et cherchent non à rendre les hommes

vertueux , mais à en faire les inftrumens aveugles
de leur ambition et de leur avarice ; et fi on lui
demande ce qui remplacera les préjugés qu'il a
détruits , il répondra : *Je vous ai délivrés d'une bête
féroce qui vous dévorait , et vous demandez ce que je
mets à la place !* (*)

Et fi on lui reproche de revenir trop fouvent fur
les mêmes objets , d'attaquer avec acharnement des
erreurs trop méprifables , il répondra qu'elles font
dangereufes tant que le peuple n'eft pas défabufé ,
et que s'il eft moins glorieux de combattre les erreurs
populaires que d'enfeigner aux fages des vérités nouvelles , il faut , lorfqu'il s'agit de brifer les fers de la
raifon , d'ouvrir un chemin libre à la vérité , favoir
préférer l'utilité à la gloire.

Au lieu de montrer que la fuperftition eft l'appui
du defpotifme , s'il écrit pour des peuples foumis à
un gouvernement arbitraire , il prouvera qu'elle eft
l'ennemie des rois ; et entre ces deux vérités , il
infiftera fur celle qui peut fervir la caufe de l'humanité , et non fur celle qui peut y nuire , parce qu'elle
peut être mal entendue.

Au lieu de déclarer la guerre au defpotifme , avant
que la raifon ait raffemblé affez de force , et d'appeler
à la liberté des peuples qui ne favent encore ni
la connaître ni l'aimer , il dénoncera aux nations ,
et à leurs chefs , toutes ces oppreffions de détail ,
communes à toutes les conftitutions , et que dans
toutes ceux qui commandent comme ceux qui obéif-
fent , ont également intérêt de détruire. Il parlera
d'adoucir et de fimplifier les lois , de réprimer les

(*) Examen important , &c.

vexations des traitans , de détruire les entraves dans lesquelles une fauffe politique enchaîne la liberté et l'activité des citoyens , afin que du moins il ne manque au bonheur des hommes que d'être libres , et que bientôt on puiffe préfenter à la liberté des peuples plus dignes d'elle.

Tel eft le réfultat de la philofophie de *Voltaire*, et tel eft l'efprit de tous fes ouvrages.

Que des hommes qui, s'il n'avait pas écrit, feraient encore les efclaves des préjugés , ou trembleraient d'avouer qu'ils en ont fecoué le joug, accufent *Voltaire* d'avoir trahi la caufe de la liberté , parce qu'il l'a défendue fans fanatifme et fans imprudence; qu'ils le jugent d'après une difpofition des efprits poftérieure de dix ans à fa mort , et d'un demi-fiècle à fa philofophie , d'après des opinions qui fans lui n'auraient jamais été qu'un fecret entre les fages; qu'ils le condamnent pour avoir diftingué le bien qui peut exifter fans la liberté , du bonheur qui naît de la liberté même; qu'ils ne voyent pas que fi *Voltaire* eût mis dans fes premiers ouvrages philofophiques les principes du vieux *Brutus*, c'eft-à-dire ceux de l'acte d'indépendance des Américains, ni *Montefquieu* , ni *Rouffeau* n'auraient pu écrire leurs ouvrages; que fi, comme l'auteur du *Syftême de la nature*, il eût invité les rois de l'Europe à maintenir le crédit des prêtres, l'Europe ferait encore fuperfti-tieufe, et refterait long-temps efclave ; qu'ils ne fentent pas que dans les écrits, comme dans la conduite, il ne faut déployer que le courage qui peut être utile : peu importe à la gloire de *Voltaire*. C'eft par les hommes éclairés qu'il doit être jugé,

par

par ceux qui favent diftinguer, dans une fuite d'ouvrages différens, par leur forme, par leur ftyle,
par leurs principes même, le plan fecret d'un philofophe qui fait aux préjugés une guerre courageufe,
mais adroite; plus occupé de les vaincre que de
montrer fon génie, trop grand pour tirer vanité de
fes opinions, trop ami des hommes pour ne pas
mettre fa première gloire à leur être utile.

Voltaire a été accufé d'aimer trop le gouvernement
d'un feul, et cette accufation ne peut en impofer
qu'à ceux qui n'ont pas lu fes ouvrages. Il eft vrai
qu'il haïffait davantage le defpotifme ariftocratique
qui joint l'auftérité à l'hypocrifie, et une tyrannie
plus dure à une morale plus perverfe; il eft vrai
qu'il n'a jamais été la dupe des corps de magiftrature de France, des nobles Suédois et Polonais
qui appelaient *liberté* le joug fous lequel ils voulaient
écrafer le peuple : et cette opinion de *Voltaire* a été
celle de tous les philofophes qui ont cherché la
définition d'un Etat libre dans leur cœur et dans
leur raifon, et non, comme le pédant *Mabli*, dans
les exemples des anarchies tyranniques de l'Italie
et de la Gréce.

On l'accufe d'avoir trop loué le fafte de la cour
de *Louis XIV* : cette accufation eft fondée. C'eft le
feul préjugé de fa jeuneffe qu'il ait confervé. Il y a
bien peu d'hommes qui puiffent fe flatter de les avoir
fecoués tous. On l'accufe d'avoir cru qu'il fuffifait
au bonheur d'un peuple d'avoir des artiftes célèbres,
des orateurs et des poëtes : jamais il n'a pu le penfer.
Mais il croyait que les arts et les lettres adouciffent
les mœurs, préparent à la raifon une route plus

Vie de Voltaire.   M

facile et plus sûre ; il penfait que le goût des arts et des lettres dans ceux qui gouvernent, en amolliffant leur cœur, leur épargne fouvent des actes de violence et des crimes, et que dans des circonftances femblables, le peuple le plus ingénieux et le plus poli fera toujours le moins malheureux.

Ses pieux ennemis l'ont accufé d'avoir attaqué, de mauvaife foi, la religion de fon pays, et de porter l'incrédulité jufqu'à l'athéifme : ces deux inculpations font également fauffes. Dans une foule d'objections fondées fur des faits, fur des paffages tirés de livres regardés comme infpirés par DIEU même, à peine a-t-on pu lui reprocher, avec juftice, un petit nombre d'erreurs qu'on ne pouvait imputer à la mauvaife foi, puifqu'en les comparant au nombre des citations juftes, des faits rapportés avec exactitude, rien n'était plus inutile à fa caufe. Dans fa difpute avec fes adverfaires, il a toujours dit : On ne doit croire que ce qui eft prouvé, on doit rejeter ce qui bleffe la raifon, ce qui manque de vraifemblance ; et ils lui ont toujours répondu : On doit adopter et adorer tout ce qui n'eft pas démontré impoffible.

Il a paru conftamment perfuadé de l'exiftence d'un Etre fuprême, fans fe diffimuler la force des objections qu'on oppofe à cette opinion. Il croyait voir dans la nature un ordre régulier, mais fans s'aveugler fur des irrégularités frappantes qu'il ne pouvait expliquer.

Il était perfuadé, quoiqu'il fût encore éloigné de cette certitude abfolue devant laquelle fe taifent toutes les difficultés ; et l'ouvrage intitulé : *Il faut prendre un parti, ou le principe d'action* (*) renferme peut-être les preuves les plus fortes de l'exiſtence d'un Etre ſuprême, qu'il ait été poſſible juſqu'ici aux hommes de raſſembler.

Il croyait à la liberté dans le ſens où un homme raiſonnable peut y croire, c'eſt-à-dire qu'il croyait au pouvoir de réſiſter à nos penchans, et de peſer les motifs de nos actions.

Il reſta dans une incertitude preſque abſolue ſur la ſpiritualité, et même ſur la permanence de l'ame après le corps; mais comme il croyait cette dernière opinion utile, de même que celle de l'exiſtence de DIEU, il s'eſt permis rarement de montrer ſes doutes, et a preſque toujours plus inſiſté ſur les preuves que ſur les objections.

Tel fut *Voltaire* dans ſa philoſophie : et l'on trouvera peut-être, en liſant ſa vie, qu'il a été plus admiré que connu; que malgré le fiel répandu dans quelques-uns de ſes ouvrages polémiques, le ſentiment d'une bonté active le dominait toujours; qu'il aimait les malheureux plus qu'il ne haïſſait ſes ennemis; que l'amour de la gloire ne fut jamais en lui qu'une paſſion ſubordonnée à la paſſion plus noble de l'humanité. Sans faſte dans ſes vertus et ſans diſſimulation dans ſes erreurs, dont l'aveu lui échappait avec franchiſe, mais qu'il ne publiait pas avec orgueil, il a exiſté peu d'hommes qui aient honoré leur vie par plus de bonnes actions, et qui l'aient ſouillée par moins d'hypocriſie. Enfin, on ſe ſouviendra qu'au milieu de ſa gloire, après avoir illuſtré la ſcène françaiſe par tant de chefs-d'œuvre, lorſqu'il

(*) Philoſophie, tome I.

M 2

exerçait en Europe, fur les efprits, un empire qu'aucun homme n'avait jamais exercé fur les hommes, ce vers fi touchant :

J'ai fait un peu de bien, c'eſt mon meilleur ouvrage,

était l'expreffion naïve du fentiment habituel qui rempliffait fon ame.

Fin de la Vie de Voltaire.

CHOIX

DE PIECES JUSTIFICATIVES

POUR LA VIE

DE VOLTAIRE.

AVERTISSEMENT

DES EDITEURS.

Nous avons joint ici quelques lettres qui peuvent
fervir à faire mieux connaître M. de *Voltaire* et fes
ennemis.

Un hommage rendu par un prince du fang à un
jeune homme que fon état éloignait de lui, et que
la gloire n'en rapprochait pas encore, nous a paru
mériter d'être confervé.

La *note* qui a été remife par le célèbre *le Kain*,
doit intéreffer les gens de lettres ; le grand acteur y
peint naïvement l'enthoufiafme de *Voltaire* pour l'art
dramatique, et pour le talent du théâtre ; et on y
voit en même temps comment, malgré cet enthoufiafme et l'intérêt d'avoir des acteurs dignes de fes
ouvrages, il cherchait à détourner ce jeune homme
d'un état trop avili par le préjugé, et joignait noblement à fes confeils les moyens d'en embraffer un
autre. Ce trait eft un de ceux qui prouvent le mieux
que la bonté était le fentiment dominant de l'ame
de *Voltaire*.

CHOIX

DE PIECES JUSTIFICATIVES.

VERS

DE S. A. S. LE PRINCE DE CONTI,

A M. DE VOLTAIRE.

1718.

Pluton ayant fait choix d'une jeune pucelle,
  Et voulant donner à fa belle
  Une marque de fon amour,
Commanda qu'une fête et fuperbe et galante
Réparât les horreurs de fon trifte féjour.
  Pour fatisfaire fon attente,
  Il fait affembler à fa cour
Tous ceux dont le bon goût et la délicateffe
Pouvaient contribuer au fpectacle pompeux
  Qu'il préparait à fa maîtreffe.
  Parmi tous ces hommes fameux,
  Il choifit ceux dont le génie
  S'était fignalé dans tous lieux
  Par la plus noble poëfie.
Chacun à réuffir travailla de fon mieux.
Pour remporter le prix et Corneille et Racine
  Unirent leur veine divine :
  Chaque auteur en vain difputa,
  Et voulut gagner le fuffrage

Du Dieu qui demandait l'ouvrage;
Bien que des deux efprits la pièce l'emportât,
L'on ignorait encor qu'elle eût eu l'avantage.
Enfin le jour venu de cet événement,
 De tant d'auteurs la cohorte nombreufe
 Recherchait la gloire flatteufe
De remporter l'honneur de l'applaudiffement.
 Tandis qu'à faire cette brigue,
 Toute la troupe fe fatigue,
 Sans fe donner du mouvement,
Racine avec Corneille, au fein de l'Elyfée,
 Rappelaient l'hiftoire paffée
Du temps où de la France ils étaient l'ornement.
Ils avaient fu par ceux qui venaient de la Terre,
Du théâtre français le funefte abandon,
Que depuis leur décès le délicat parterre
 Ne pouvait rien trouver de bon.
Ce malheur leur caufait une trifteffe extrême.
 Ils connaiffaient que dans Paris l'on aime
D'un fpectacle nouveau les doux amufemens;
 Qu'abandonnés par Melpomène,
Les auteurs n'avaient plus ces nobles fentimens
 Qui font la grâce de la fcène.
 Depuis leur féjour en ces lieux,
 Ils avaient fait la connaiffance
 D'un démon fans expérience,
 Mais dont l'efprit vif, gracieux,
 Surpaffait déjà les plus vieux
 Par fes talens et fa fcience.
Pour réparer les maux du théâtre obfcurci,
 Ce démon fut par eux choifi.
 Ils lui font prendre forme humaine;
Des règles de leur art à fond l'ayant inftruit,
 Sur les bords fameux de la Seine

Sous le nom d'Arouet cet esprit fut conduit.
Ayant puisé ses vers aux eaux de l'Aganipe ,
Pour son premier projet il fait le choix d'Oedipe :
Et quoique dès long-temps ce sujet fût connu ,
Par un style plus beau cette pièce changée ,
Fit croire des Enfers Racine revenu ,
Ou que Corneille avait la sienne corrigée. (*)

LETTRE

DE L'ABBÉ DESFONTAINES,

A M. DE VOLTAIRE.

Ce 31 mai 1724.

JE n'oublierai jamais, Monsieur, les obligations infinies
que je vous ai. Votre bon cœur est encore bien au-dessus
de votre esprit, et vous êtes l'ami le plus essentiel qui
ait jamais été. Le zèle avec lequel vous m'avez servi ,
me fait en quelque sorte plus d'honneur que la malice
et la noirceur de mes ennemis ne m'a causé d'affront par
l'indigne traitement qu'ils m'ont fait souffrir. Il faut se
retirer pendant quelque temps. *Fallax infamia terret.*
J'ai une lettre de cachet qui m'exile à trente lieues
de Paris. C'est avec plaisir que je vais chercher la soli-
tude ; mais je suis bien fâché que cette retraite me soit
ordonnée. C'est un reste de triomphe pour les malheureux auteurs de ma disgrâce. Je consens d'aller en

(*) Ces vers font autant d'honneur au prince de *Conti* qu'en
a fait à *la Motte* son approbation d'Œdipe. Ils annoncèrent tous
deux à la France un digne successeur de *Corneille* et de *Racine* , et
jamais prophétie ne fut mieux accomplie.

province, et j'y vais très-volontiers. Mais tâchez, Monfieur, de faire enforte que l'ordre du roi foit levé par une autre lettre de cachet en cette forme :

Le roi, informé de la fauffeté de l'accufation intentée contre le fieur abbé Desfontaines, confent qu'il demeure à Paris.

Si vous obtenez cet ordre de M. de *Maurepas*, c'eft un coup effentiel. Au furplus je promets, *parole d'honneur*, à M. de *Maurepas*, de m'en aller inceffamment, et de ne point revenir à Paris qu'après lui en avoir demandé la permiffion fecrétement.

Voilà, mon cher ami, ce que je vous prie à préfent d'obtenir pour moi. Je vous aurai encore une obligation infinie de ce nouveau fervice. C'eft, à mon gré, ce qu'on peut faire de plus fimple pour réparer le fcandale et l'injuftice, en attendant que je puiffe faire mieux et que j'aye les lumières néceffaires pour découvrir les refforts cachés de l'horrible intrigue de mes ennemis. Malgré la noirceur de l'accufation et le penchant du public à croire tous les accufés coupables, j'ai la fatisfaction de voir les perfonnes même indifférentes prendre mon parti. Les *Nadal*, les *Danchet*, les *de Pons*, les *Fréret* font les feuls, dit-on, qui traitent ma perfonne comme toute ma vie je traiterai leurs infames ouvrages et leur indigne caractère. *Genus irritabile vatum.*

J'ai un plan d'apologie qui fera beau et curieux, et que je travaillerai à la campagne. Je fuis trop connu dans le monde pour qu'il convienne à un homme comme moi de me taire après un fi exécrable affront ; et je le ferai de façon que j'aurai l'honneur de le préfenter à M. de *Maurepas* pour le prier de me permettre de le faire paraître. On y verra tout ce qui m'eft arrivé de malheureux, et mes malheurs toujours caufés par des gens de lettres, furtout l'hiftoire de ma fortie des jéfuites.

Adieu, mon cher ami, je me recommande à vous.

Desfontaines.

LETTRE

DU SIEUR DEMOULIN,

A M. DE VOLTAIRE.

A Paris , le 12 d'augufte 1738.

MONSIEUR,

Nous vous remercions très-humblement de toutes vos bontés , et des facilités que vous voulez bien nous accorder pour vous payer. Nous en conferverons un précieux fouvenir, et nous vous en marquerons notre vive reconnaiffance dans toutes les occafions. Votre créance eft bien affurée, et nous vous prions d'être perfuadé que nous l'acquitterons le plutôt qu'il nous fera poffible. Je fuis en avance dans plufieurs bonnes affaires, et notre zèle à obliger eft caufe que nous ne fommes pas à notre aife.

Vous me rendez juftice, Monfieur, en ne me croyant point coupable d'aucune mauvaife intention. J'ofe même vous protefter que jamais je n'en ai eu , et que jamais amant n'a aimé plus tendrement une maîtreffe , que je vous ai toujours aimé, malgré tout ce qui eft arrivé. J'ai des vivacités, il eft vrai ; vous me les avez fouvent reprochées avec raifon, mais je ne le cède à perfonne pour la droiture de cœur, la pureté des intentions et la fidelle.exécution , quand il s'agit de rendre fervice.

Je fais qu'on m'a fort calomnié, et je fais encore que les perfonnes qui déclamaient le plus contre moi, en vous quittant venaient au logis pour m'animer contre vous. Depuis ce temps-là j'ai rendu à une de ces per-fonnes, des fervices affez confidérables ; et fi les occafions fe préfentaient d'obliger les autres, je le ferais volontiers. C'eft la feule vengeance que je prétends en tirer.

Si vous me croyez utile à quelque chofe, et même dans ce qui peut exiger de la difcrétion, honorez-moi de vos commiffions, et foyez, je vous fupplie, affuré d'une prompte et fecrète expédition.

Ma femme vous affure de fes très-humbles refpects. J'ai l'honneur d'être avec un profond refpect,
Monfieur,

Votre très-humble, &c.
Demoulin.

Billet du même.

Je fouffigné reconnais que M. de *Voltaire* ayant prêté à ma femme et à moi la fomme de *vingt-fept mille livres*, et vu le mauvais état de nos affaires, ayant bien voulu fe reftreindre à la fomme de *trois mille livres* par contrat obligatoire, paffé entre nous chez *Ballot*, notaire, le 12 de juin 1736, il nous a remis et accordé 750 livres reftant des trois mille livres à payer, et m'en a donné une rétroceffion pleine et entière. Ce 19 de janvier 1743.

Demoulin. (*)

(*) Voyez dans la Correfpondance générale une lettre de M. de *Voltaire* à la dame *Demoulin*, du mois de décembre 1738. On y trouvera auffi plufieurs lettres relatives à celles qui fuivent ici. Les tables des noms et des dates en faciliteront la recherche.

LETTRES

DU LIBRAIRE JORE,

A M. DE VOLTAIRE.

LETTRE PREMIERE.

A Paris, ce 20 de décembre 1738.

MONSIEUR,

Je vous supplie d'excuser le mauvais état de ma fortune, et la soustraction de tous mes papiers qui m'a empêché jusqu'ici de reconnaître le mauvais procédé de ceux qui ont abusé de mon malheur, pour me forcer à vous faire un procès injuste, et à laisser imprimer un factum odieux. Je les désavoue tous deux entièrement. La malice de vos ennemis n'a servi qu'à me faire connaître la bonté de votre caractère. Vous avez la bonté de me pardonner d'avoir écouté de mauvais conseils. Je vous jure que je m'en suis repenti au moment même que j'ai eu le malheur d'agir contre vous. J'ai bien reconnu combien on m'avait trompé. Vous n'ignorez pas la jalousie des gens de lettres; voilà à quoi elle s'est portée. On m'a aigri, on s'est servi de moi pour vous nuire; j'en suis si fâché que je vous promets de ne jamais voir ceux qui m'ont forcé à vous manquer à ce point; et je réparerai le tort extrême que j'ai eu, par l'attachement constant que je veux vous vouer toute ma vie.

Je vous prie, Monsieur, de me rendre votre amitié, et de croire que mon cœur n'a jamais eu de part à la malice de vos ennemis, et que c'eſt mon cœur ſeul qui m'engage à vous le dire.

J'ai l'honneur d'être avec reſpect,

Monſieur,

Votre très-humble, &c.

Jore.

LETTRE II.

A Paris, le 30 de décembre 1738.

MONSIEUR,

J'AI déjà eu l'honneur de vous écrire, le 20 du préſent mois, dans l'amertume de mon cœur, pour vous demander pardon, et pour vous marquer le ſincére repentir que j'éprouve du procès injuſte que votre ennemi (que vous connaiſſez) m'avait engagé de vous intenter. Je vous ai déjà marqué mon regret, et l'horreur que j'ai d'avoir attaqué ſi cruellement celui qui était mon bienfaiteur. Je vous diſais que j'avais reconnu l'erreur où l'on m'avait mis. Soyez ſûr, Monſieur, que mon affliction eſt égale à ma faute. Daignez, Monſieur, pouſſer votre généroſité juſqu'à m'accorder le pardon que j'oſe vous demander. Je déſavoue le factum injuſte et calomnieux que l'on a mis ſous mon nom, et que j'ai eu le malheur de ſigner. J'étais aveuglé; on m'a ſéduit. Je vous le répète encore, j'en ſuis au déſeſpoir. J'en ai tombé malade. Il n'y a rien que je ne faſſe, le reſte de ma vie, pour réparer ma faute. Enfin, Monſieur, ſi vous étiez témoin de mon affliction d'avoir été trompé par de mauvais conſeils, vous auriez pitié de mon état. Ayez la bonté au moins de me faire dire que vous avez celle de me pardonner, ſi vous ne daignez m'écrire de votre main. Je payerais tous les frais du procès, fi j'avais de l'argent ; et il n'y a rien que je ne faffe, tout le refte de ma vie, pour vous témoigner en particulier et en public le repentir, l'admiration pour votre caractère, et le très-profond refpect avec lequel je fuis,

Monfieur,

Votre très-humble, &c.

Jore.

LETTRE III.

Paris, le 3 de juin 1742.

J'AI reçu, Monfieur, les 300 livres que vous avez eu encore la bonté de me faire donner. Cette nouvelle manière de vous venger d'un homme infortuné ; dont le plus grand malheur a été de s'oublier avec vous, et qui en eft au défefpoir depuis fi long-temps, ne fortira jamais de mon cœur. Vos bontés augmentent le fincère repentir que j'en ai ; elles m'étonnent, elles m'infpirent le refpect et l'attachement le plus tendre. Il faut que ceux qui m'avaient féduit, foient des monftres. Ils ne vous connaiffent pas comme je vous connais. Ma vie doit être employée à vous marquer mon dévouement. Je n'ai point de termes pour vous dire ce que vous m'infpirez. Permettez-moi feulement de me préfenter devant vous, et de venir vous remercier. C'eft la grâce que je vous prie d'ajouter à vos générofités.

Je fuis avec refpect et la plus tendre reconnaiffance,

Monfieur,

Votre très-humble, &c.

Jore.

LETTRE IV.

A Milan, ce 20 d'octobre 1768.

MONSIEUR,

GRACE à la penſion que vous avez la bonté de me faire, je me ſuis trouvé en état de ſubſiſter à Milan, joint à quelques écoliers que j'avais, auxquels j'aidais à ſe perfectionner dans la langue françaiſe, et qui, malheureuſement pour moi, quittent cette ville pour voyager. Dans quel état vais-je me trouver, grand Dieu ! privé de ce ſecours. Je vous fus autrefois utile pour écrire ſous votre dictée ; ne pourrai-je plus vous être d'aucune utilité ? Si Milan était un endroit où l'on imprimât en français, je pourrais m'y occuper à corriger des épreuves, et par cette occupation me garantir de la miſère qui me menace, et que vous pourriez me faire éviter, Monſieur, en m'appelant auprès de vous où je me perſuade que vous devez avoir quelqu'un qui peut vous être moins néceſſaire que je pourrais vous l'être.

J'eſpère, Monſieur, que réfléchiſſant ſur mon état préſent, et combien il eſt différent de celui dans lequel vous m'avez vu, vous vous porterez à le ſoulager, d'autant que ce changement ne m'eſt arrivé ni par libertinage ni par mauvaiſe conduite.

Lorſque M. de *Cideville* me procura l'honneur de vous connaître, il n'enviſageait, ainſi que moi, que d'augmenter ma fortune ; aurait-il pu prévoir l'injuſtice que l'on m'a faite, et que ma ruine totale devait s'enſuivre ?

Je me flatte que, touché de mon triſte ſort, vous m'honorerez d'une réponſe qui diſſipera cet avenir

affreux

affreux que j'envifage, et que je ne puis éviter fans vos bontés. Dans cette confiance, permettez que je me dife avec refpect,

Monfieur,

Votre très-humble, &c.

Jore.

Chez M. le comte *Alari.*

LETTRE V.

A Milan, ce 23 d'avril 1769.

MONSIEUR,

A mon retour des îles Boromée, où fon excellence M. le comte *Frédéric* m'a gardé trois femaines, pour y prendre l'air, et me remettre de la maladie que j'ai eue, MM. *Origoni* et *Parraviccini* m'ont remis 25 fequins de Florence, par votre ordre, dont je leur ai donné reçu au compte de MM. *François* et *Louis Bontems* de Genève.

Je ne puis affez vous en marquer ma reconnaiffance, et vous ne pouviez, Monfieur, m'envoyer plus à propos ce fecours, manquant de linge et d'habits. Quoique votre générofité portât l'ordre de me compter ce que j'aurais befoin fans en limiter la fomme, j'ai cru ne devoir pas abufer de vos bontés ; et j'ai, fur l'inftant même, employé ces 25 fequins en un habit que j'ai trouvé fait fur ma taille, et en quatre chemifes que je fais faire : ce qui me mettra au moins en état de paraître décemment dans les maifons de condition où l'on a la bonté de m'admettre. J'y ai fait part de vos bontés, et l'on m'a loué de n'avoir exigé que cette fomme, quoique votre générofité ne l'eût pas bornée.

Que je finirais avec tranquillité ma carrière, au cas que j'euffe le malheur de vous furvivre, fi vous vouliez

Vie de Voltaire.   N

bien m'affurer de quoi fupporter l'état affreux de ma
fituation ! état que j'ai fi peu mérité ! Je l'efpère de vos
bontés, Monfieur. Je n'aurais alors plus à défirer que
de me procurer l'occafion de vous en aller marquer ma
vive reconnaiffance. J'en attends l'heureux moment avec
impatience, et vous fupplie d'être perfuadé du refpectueux attachement avec lequel j'ai l'honneur d'être,

Monfieur,

Votre très-humble, &c.
Jore.

Chez M. le comte *Alari*, où mes lettres
me viennent franches de port.

L E T T R E V I.

A Milan, le 25 de feptembre 1773.

MONSIEUR,

VIVEMENT pénétré de gratitude et tranfporté de joie,
je vous remercie de la confolante promeffe que vous
me faites de me tirer de ma mifère, et des 8 louis que
vous m'avez envoyés. Ils ne pouvaient m'arriver plus
à propos pour me tirer du plus grand embarras. Je ne
vous dis point, crainte de vous accabler, tout ce qui
fe paffe dans mon ame, me flattant que les difpofitions
de la vôtre ont changé à mon avantage, vous affurant
que je le mérite par les fentimens de reconnaiffance
avec lefquels j'ai l'honneur d'être avec refpect,

Monfieur,

Votre très-humble, &c.
Jore.

L E T T R E

DE M. SAINT-HYACINTHE,

A M. DE BURIGNY.

A Belleville, le 2 de mai 1739.

JE vous renvoie, Monsieur, le manuscrit que vous m'avez fait la grâce de me confier. Vous croyez peut-être que je l'ai lu avec plaisir, vous ne vous trompez pas ; mais si vous concluez que j'ai été content après l'avoir lu, vous vous trompez. Charmé de ce que j'avais vu, je n'ai que mieux senti le besoin que j'avais du reste ; au plaisir de la lecture a succédé beaucoup de colère contre l'auteur.

Votre indolence, Monsieur, ou, pour parler plus franchement, votre paresse doit exciter contre vous tous ceux qui savent juger de ce que vous êtes capable de faire. Si vous êtes assez indifférent à la gloire pour dédaigner les applaudissemens qui vous reviendraient de la perfection de cet ouvrage, la justice que le public vous a rendue sur ce que vous lui avez donné, vous engage à lui donner encore une chose qu'il attend et qu'il souhaite avec impatience. Personne n'a remonté avec plus de justesse ni avec plus de finesse jusqu'au sources, personne ne les a expliquées avec plus de délicatesse et d'exactitude. Je vais ameuter tous vos amis pour vous persécuter jusqu'à ce que vous ayez donné l'ouvrage complet. Je mettrai à la tête cette comtesse sur les lèvres de laquelle les Grâces ont mis la persuasion ; après quoi nous verrons si nous vous laisserons être, à votre aise, paresseux pour quelque temps.

Vous m'avez rendu justice, Monsieur, lorsque vous

avez affuré que je n'étais en nulle liaifon avec l'auteur de la *Voltairomanie*, quel qu'il foit ; et je vous protefte encore à préfent que je n'ai point lu cette pièce en fon entier. J'y jetai fimplement les yeux, parce qu'on me dit que l'auteur m'y avait cité au fujet de M. de *Voltaire* : ce que je ne vis pas fans indignation. Je voudrais bien favoir de quel droit on cite le nom de M. de *Voltaire* et le mien, lorfque ni l'un ni l'autre ne fe trouve dans l'ouvrage qu'on cite ? On fait plus ; eh ! qu'en avez-vous penfé, Monfieur ? on y décide de mon intention. La déification dont on parle, n'eft qu'un ouvrage d'imagination, un tiffu de fictions qu'on a liées enfemble pour en faire un récit fuivi. On y a eu en vue de marquer en général les défauts où tombent les favans de divers genres et de diverfes nations. On y a donc été obligé d'imaginer des chofes qui, quoique rapportées comme des chofes particulières, ne doivent être regardées que comme des généralités applicables à tous les favans qui peuvent tomber dans ces défauts. On ne peut faire une allégorie ni un caractère, que l'imagination d'un lecteur ne puiffe appliquer à quelqu'un que l'auteur même n'aura jamais connu. Ainfi ce qui n'aura dans un ouvrage de fiction qu'un objet général, en devient un particulier par la malignité d'une fauffe interprétation. Si cela eft permis, Monfieur, il ne faut plus fonger à écrire, à moins que le public, plus réfervé, ne juge de l'intention d'un auteur conformément au but général de l'ouvrage, et qu'il ne faffe retomber fur l'interprète, la malignité de l'interprétation.

Quand je vis de quelle manière l'écrivain de la *Voltairomanie* décidait de mon intention, je vous avoue, Monfieur, que je fus extrêmement furpris que celui qu'on en difait l'auteur, pût ainfi manquer à tous les égards. Ma furprife égala mon indignation et fa témérité, pour ne pas me fervir d'un terme plus dur.

Il eſt vrai que par la nature de l'ouvrage, on doit s'attendre à tout.

J'appris que M. de *Voltaire* méprifait cette pièce au point de n'y pas répondre. Il fait à merveille; le fort de ces fortes d'ouvrages eſt de périr en naiſſant. C'eſt les conſerver que d'en parler. M. de *Voltaire* a quelque choſe de mieux à faire. Cultivant à préſent les *Muſas ſeveriores*, il apprend d'elles à s'élever dans ces régions tranquilles où les vapeurs de la terre ne s'élèvent point : *Sapientum templa ſerena.*

Voici, Monſieur, les deux madrigaux de M. de *Bignicourt* que je ne pus vous dire qu'imparfaitement la dernière fois que j'eus l'honneur de vous voir à Paris.

> Des traits d'une injuſte colère
> Vous payez mes feux en ce jour :
> Iris, pourquoi voulez - vous faire
> La Haine fille de l'Amour ?

Autre.

> Iris, vous dédaignez les feux
> Qu'en moi vos charmes ont fait naître :
> Mon deſtin n'eſt pas d'être heureux,
> Mais mon cœur méritait de l'être.

Faites-moi favoir, je vous prie, ſi vous connaiſſez le manuſcrit fur les tournois que M. de *Rieux* a acheté, et quand le temps ſera conforme à la faiſon, n'oubliez point, Monſieur, que vous avez à Belleville un très-humble et très-obéiſſant ſerviteur,

Saint - Hyacinthe.

LETTRE

DE M. D'ARGENSON, *l'aîné*,

A M. DE VOLTAIRE.

Paris, le 7 de février 1739.

C'EST un vilain homme que l'abbé *Desfontaines*, Monfieur ; fon ingratitude eft affurément pire encore que les crimes qui vous avaient donné lieu de l'obliger. N'appréhendez point de n'avoir pas les puiffances pour vous. Une fois il m'arriva, en dînant chez monfieur le cardinal, d'avancer la propofition qu'il était curé d'une groffe cure en Normandie ; je révoltai toute l'affiftance contre moi. Son Eminence me le fit répéter trois fois. Je me voyais perdu d'eftime et de fortune fans le prévôt des marchands qui me témoigna ce fait. Monfieur le chancelier penfe de même fur le compte de ce . . . de police. M. *Hérault* doit penfer de même, ou il ferait jufticiable de ceux qu'il juftice. Monfieur le chancelier eftime vos ouvrages ; il m'en a parlé plufieurs fois dans des promenades à Frefne. Mais de tous les chevaliers, le plus prévenu contre votre ennemi, c'eft mon frère. J'ai été le voir à la réception de votre lettre ; il m'a dit que l'affaire en était à ce que monfieur le chancelier avait ordonné, que l'abbé *Desfontaines* ferait mandé pour déclarer fi les libelles en queftion étaient de lui, et pour figner l'affirmatif ou le négatif, finon contraint. Je vous affure que cela fera bien mené. Je folliciterai monfieur le chancelier en mon particulier, ces jours-ci.

J'embraffe vos intérêts avec chaleur et avec plaifir. La chofe eft bien jufte. Je vous ai toujours connu ennemi de la fatire ; vous vous indignez contre les fripons , vous riez des fots : je compte en faire tout autant , tout de mon mieux, et je me crois honnête homme. Ce n'eft là que juger; faire part de fon juge-ment à fes amis, c'eft médire : la religion le défend ainfi que le bon fens, et même l'inftinct. Ainfi vous m'avez toujours paru éloigné d'un fi mauvais penchant ; vos écrits avoués, et dignes de vous, et vos difcours m'y ont toujours confirmé. Travaillez en repos , Mon-fieur, vingt-cinq autres ans ; mais faites des vers , malgré votre ferment qui eft dans la préface de *Newton.* Avec quelque clarté , quelque beauté, quelque dignité que vous ayez entendu et rendu le fyftême philofophique de cet anglais, ne méprifez pas pour cela les poëmes , les tragédies , et les épîtres en vers : nous ferons toujours éclairés et nourris dans la fcène phyfique , mais nous ne lirons bientôt plus pour nous amufer , et nous n'irons plus à la comédie , faute de bons auteurs en vers et en profe.

Adieu , Monfieur ; pourquoi allez - vous parler de protection et de refpect à un ancien ami , et qui le fera toujours ?

N 4

LETTRE

DU SIEUR DE BONNEVAL, (*)

A M. DE VOLTAIRE.

A Paris, ce 27 de février 1737.

J'AI été chez vous hier matin, Monsieur, pour avoir
l'honneur de vous voir; on m'a dit que vous étiez à
la cour. Vous eussiez sans doute été surpris de ma visite,
mais vous l'eussiez été davantage du motif qui l'occa-
sionnait. Cependant je m'étais rassuré par les réflexions
qui viennent naturellement à un esprit du premier ordre;
et je me disais : Il est vrai que depuis 1725 je n'ai presque
jamais eu l'honneur de voir M. de *Voltaire*, mais il
n'ignore pas qu'il est dans une sphère qui ne permet
pas à tout le monde de le voir; il ne peut ignorer
l'admiration que je lui ai vouée, et il ne pourrait en
douter sans faire tort à mon discernement. Personne n'est
plus en état aujourd'hui que moi de lui rendre justice,
par l'habitude où j'ai été pendant un an de le voir dans
ces sociétés où l'esprit et le cœur peuvent se montrer
ce qu'ils sont, sans danger. C'est de-là que j'en ai jugé
assez favorablement pour être persuadé qu'il aime à
obliger.

Cette manière de penser, Monsieur, m'a conduit chez
vous pour vous prier de me prêter dix pistoles dont j'ai
un besoin instant, et de vous offrir pour la restitution
une délégation de la même somme sur les arrérages d'une
rente que m'a laissée une dame de votre connaissance,

(*) Ce *Bonneval* est un fripon qui m'a volé autrefois dix louis, qui
a été chassé de chez *Montmartel*, et qui a fait un libelle contre moi.
(*Apostille de M. de Voltaire sur l'original de cette lettre.*)

et qui ne vit plus depuis plufieurs années. Si les morts avaient quelque crédit, j'emploîrais fa médiation auprès de vous. Vous ne l'auriez pas refufée vivante : peut-être vit-elle encore dans votre mémoire ; du moins elle le méritait par fes fentimens pour vous. Je les ai connus jufqu'à fa mort, dont j'ai été le trifte témoin.

Cette prière que je vous aurais faite chez vous, Monfieur, je vous la fais aujourd'hui par écrit ; et fi vous voulez y faire droit, vous le pouvez en m'adreffant à qui il vous plaira, de votre part, et je lui remettrai la délégation. Je croirais offenfer la délicateffe de vos fentimens, fi j'employais ici ces tours d'une éloquence ufée pour vous difpofer à me rendre le fervice que je vous demande. Expofer un befoin à une perfonne qui penfe noblement, c'eft avoir tout dit ; j'ajouterai feulement que ma reconnaiffance fera auffi vive que durable.

J'ai l'honneur d'être très-parfaitement, Monfieur, votre très-humble, &c.

De Bonneval.

Rue Sainte-Anne, chez M. Dionis.

LETTRE

DE M. PRAULT, fils, libraire à Paris,

A MADAME DE CHAMPBONIN, à Vaffy.

Paris, le 24 de janvier 1739.

MADAME,

Vous favez que c'eft à un magiftrat, connu par fa vertu et fon mérite, que j'ai l'obligation de connaître M. de Voltaire dont il eft ami. J'ai fouhaité pendant long-temps illuftrer mon commerce des ouvrages d'un homme que je ne connaiffais encore que par les talens de fon efprit, et qui depuis m'a fi fort attaché à lui par les qualités de fon cœur. Ma jeuneffe, ma bonne volonté, ma fincérité, titres qui valent toujours auprès de lui, ont achevé ce que la recommandation avait commencé. Depuis ce temps, fa confiance m'a rendu l'inftrument de tant d'actions de générofité, qu'autant par juftice pour lui que par reconnaiffance pour celles dont je me fuis particulièrement reffenti, je me crois obligé d'en rendre partout un témoignage authentique, et de répondre à l'injufte accufation du libelle intitulé *la Voltairomanie*, que tous les honnêtes gens ne voient qu'avec indignation.

Voici l'hiftoire des ouvrages de M. de *Voltaire* depuis que je le connais, et je fuis en état de la prouver par des pièces juftificatives.

J'ai commencé par imprimer la Henriade avec des corrections confidérables; et M. de *Voltaire*, en me la donnant, en abandonna le profit à un jeune homme que fes talens lui ont attaché, et à qui il a fait encore préfent de fa tragédie de la Mort de Céfar. Il permit, dans le même temps, à un autre libraire de réimprimer Zaïre dont le privilége était expiré. Il m'a donné, à moi, fes tragédies d'Oedipe, Mariamne, et Brutus. J'ai imprimé l'Enfant prodigue : celui qui fut chargé d'en faire le marché m'en demanda un prix fi honnête, que bien loin de contefter avec lui, je lui donnai cent francs au-deffus du prix qu'il m'en avait demandé. Quelques jours après, M. de *Voltaire* m'écrivit qu'il n'exigerait jamais d'argent (*) pour le prix de fes pièces, ni pour aucun autre de fes ouvrages, mais feulement des livres. Enfin il a fait préfent de fes Elémens de *Newton* à fes libraires d'Hollande. Peu de temps après, on en a fait une édition fous le titre de Londres; et je fais que le libraire qui l'avait faite à l'infu de M. de *Voltaire*, crut cependant avant de la faire paraître, lui devoir l'attention de la lui

(*) C'eft-à-dire pour lui-même.

communiquer, et de fe foumettre à fes corrections. L'édition en état de paraître, M. de *Voltaire* en a acheté cent cinquante exemplaires pour faire des préfens à Paris, qu'il a payés, et qui lui reviennent, avec la reliûre, à près de cent piftoles.

Voilà, Madame, ce que les ouvrages de M. de *Voltaire* lui ont produit ; voilà plutôt de quoi confondre le calomniateur, et vous voyez quelle foi on peut ajouter aux impoftures dont fon ouvrage eft tiffu.

J'ai l'honneur d'être avec un très-profond refpect, &c.

Prault, fils.

Déclaration de l'abbé Guyot Desfontaines, à la police.

JE déclare que je ne fuis point l'auteur d'un libelle imprimé, qui a pour titre *la Voltairomanie*, et que je le défavoue en fon entier, regardant comme calomnieux tous les faits qui font imputés à M. de *Voltaire* dans ce libelle, et que je me croirais déshonoré fi j'avais eu la moindre part à cet écrit, ayant pour lui tous les fentimens d'eftime due à fes talens, et que le public lui accorde fi juftement. Fait à Paris, ce 4 d'avril 1739.

Desfontaines.

N. B. *L'original eft entre les mains de M. Hérault.*

LETTRE

DE M. DE CHAMPBONIN,

A SON FILS,

Au bureau des fortifications, à Paris.

A Champbonin, ce 15 de mai 1739.

CE n'eſt plus à Cirey, mon fils, qu'il faut que vous écriviez à M. de *Voltaire*; il vient de partir pour Bruxelles avec M. et madame *du Châtelet*. Vous vous imaginez aſſez dans quelle douleur ſon abſence nous laiſſe. Jamais il ne fut d'ami plus tendre et plus reſpectable. Nous regrettons ſenſiblement les quatre années qu'il a paſſées en Champagne. Ce temps heureux où nous avons vécu avec lui, doit vous rappeler comme à nous, mon fils, les marques d'amitié dont il nous a comblés; elles ſont telles pour nous en particulier, que je n'aurais pu faire que les mêmes choſes pour votre fortune, ſi elles euſſent été en mon pouvoir. Eh ! que ne lui devez-vous point de reconnaiſſance ! Rien ne l'engageait à vous donner des marques ſi ſingulières d'attachement, et j'eſpère que vous n'oublierez jamais l'excès de ſes bontés. Ce n'eſt pas aſſez de les partager avec nous, il faut que vous nous ſurpaſſiez en reconnaiſſance. Aimez-le comme votre père: vous lui devez tous les ſentimens dont vous êtes capable, et j'en ferai plus touché que de ceux que vous avez pour moi.

Votre mère eſt pénétrée de regrets auſſi-bien que moi; vous connaiſſez notre amitié pour lui, et tous deux nous pleurons la douceur qu'il attachait à la ſienne pour nous.

M. et madame la comtesse de *la Neuville*, de qui vous me demandez des nouvelles, regrettent aussi infiniment la société de M. de *Voltaire*. Il part adoré de tout le canton, et nous gémissons tous de son absence. M. et madame *du Châtelet* nous flattent de leur retour à Cirey, dès que leurs affaires seront finies.

Ecrivez bien régulièrement à Bruxelles, et comptez, mon fils, sur mon amitié et celle de votre mère qui vous embrasse.

Champbonin.

L E T T R E

DE M. L'ABBÉ PREVOST,

A M. DE VOLTAIRE.

Le 15 de janvier 1740.

JE souhaiterais extrêmement, Monsieur, de vous devenir utile en quelque chose; c'est un ancien sentiment que j'ai fait éclater plusieurs fois dans mes écrits, que j'ai communiqué à M. *Thiriot* dans plus d'une occasion, et qui s'est renouvelé fort vivement depuis l'affaire de *Prault*. Je ne puis soutenir qu'une infinité de misérables, s'acharnant contre un homme tel que vous, les uns par malignité pure, les autres par un faux air de probité et de justice, s'efforcent de communiquer le poison de leur cœur aux plus honnêtes gens.

Il m'est venu à l'esprit que le goût du public, qui s'est assez soutenu jusqu'à présent pour ma façon d'écrire, me rend plus propre qu'un autre à vous rendre quelque service. L'admiration que j'ai pour vos talens, et l'attachement particulier dont je fais profession pour votre

perſonne, ſuffiraient bien pour m'y porter avec beaucoup de zèle ; mais mon propre intérêt s'y joint : et ſi
je puis ſervir, dans quelque meſure, à votre réputation,
vous pouvez être auſſi utile pour le moins à ma fortune.

Voilà deux points, Monſieur, qui demandent un
peu d'explication ; elle ſera courte, car je n'ai que le
fait à expoſer.

1°. J'ai penſé qu'une *Défenſe de M. de Voltaire et de
ſes ouvrages*, compoſée avec ſoin, force, ſimplicité, &c.
pourrait être un fort bon livre, et forcerait peut-être,
une fois pour toutes, la malignité à ſe taire : je la divi-
ſerais en deux ; l'une, regarderait ſa perſonne ; l'autre,
ſes écrits. J'y emploîrais tout ce que l'habitude d'écrire
pourrait donner de luſtre à mes petits talens, et je ne
demanderais d'être aidé que de quelques mémoires pour
les faits. L'ouvrage paraîtrait avant la fin de l'hiver.

2°. Le dérangement de mes affaires eſt tel que ſi le
ciel, ou quelqu'un inſpiré de lui, n'y met ordre, je
ſuis à la veille de repaſſer en Angleterre. Je ne m'en
plaindrais pas ſi c'était ma faute ; mais depuis cinq ans
que je ſuis en France, avec autant d'amis qu'il y a
d'honnêtes gens à Paris, avec la protection d'un prince
du ſang qui me loge dans ſon hôtel (∗), je ſuis encore
ſans un bénéfice de cinq ſous. Je dois environ cinquante
louis pour leſquels mes créanciers réunis m'ont fait
aſſigner, &c. ; et le cas eſt ſi preſſant, qu'étant convenu
avec eux d'un terme qui expire le premier du mois
prochain, je ſuis menacé d'un décret de priſe de corps,
ſi je ne les ſatisfais dans ce temps. De mille perſonnes
opulentes avec leſquelles ma vie ſe paſſe, je veux mourir
ſi j'en connais une à qui j'aye la hardieſſe de demander
cette ſomme, et de qui je me croye ſûr de l'obtenir.

Il eſt queſtion de ſavoir ſi M. de *Voltaire*, moitié
engagé par ſa généroſité et par ſon zèle pour les gens
de lettres, moitié par le deſſein que j'ai de m'employer

(∗) Le prince de *Conti.*

à fon fervice, voudrait me délivrer du plus crue embarras où je me fois trouvé de ma vie. L'entreprife eft digne de lui ; et la feule nouveauté de rétablir dans fes affaires un homme qui ne peut s'aider de la protection d'un prince du fang, et j'ofe dire de l'amitié de tout Paris, me paraît une amorce fingulière.

Au refte, j'ai deux manières de reftituer ; l'une en fentiment de reconnaiffance, et je ferais réduit à celle-là fi la mort me furprenait, car je ne pofsède pas un fou de revenu, mais je fuis dans un âge, je jouis d'une fanté qui me promettent une longue vie ; l'autre voie de reftitution, eft de donner à prendre fur mes libraires ; elle pourrait me fervir avec mes créanciers, s'ils entendaient raifon : mais des tapiffiers et des tailleurs, qu'on a différé un peu de payer, n'y trouvent point affez de fureté. Un homme de lettres conçoit mieux la folidité de cette reffource.

Je finis, Monfieur, car voilà en vérité une lettre fort extraordinaire. Je me flatte qu'autant je trouverai de plaifir à me vanter du bienfait, fi vous me l'accordez, autant vous voudrez bien prendre foin d'enfevelir ma prière fi quelque raifon, que je ne chercherai pas même à pénétrer, ne vous permet pas de la recevoir auffi favorablement que je l'efpère. Mais dans l'un ou l'autre cas, vous regarderez, s'il vous plaît, Monfieur, comme un de vos plus dévoués ferviteurs et de vos admirateurs les plus paffionnés,

L'abbé Prévoft.

P. S. Vous vous imaginerez bien que c'eft le récit que *Prault* m'a fait de vos générofités, qui m'a fait naître les deux idées que je viens de vous propofer.

RAPPORT

Fait à l'académie des sciences par messieurs Pitot et Clairaut, le 26 d'avril 1741, sur le mémoire de M. de Voltaire, touchant les forces vives.

Nous avons examiné par ordre de l'académie, un mémoire de M. de *Voltaire* intitulé : *Doutes sur la mesure des forces motrices et sur leur nature.* Ce mémoire contient deux parties ; la première est une exposition abrégée des principales raisons qui ont été données pour prouver que les forces des corps, en mouvement, sont comme leurs quantités de mouvement, c'est-à-dire, comme les masses multipliées par leurs simples vîtesses, et non par les quarrés, ainsi que le prétendent ceux qui reçoivent la théorie des *forces vives.* Les raisons que M. de *Voltaire* rapporte, ne sont pas avancées comme des démonstrations, ce sont simplement des doutes qu'il propose ; mais les doutes d'un homme éclairé, qui ressemblent beaucoup à une décision.

Nous n'entrerons point dans l'examen de cette première partie, parce que l'auteur ne paraît y avoir eu en vue que de rendre les plus fortes raisons qui ont été données contre les forces vives, d'une manière assez claire et assez abrégée pour que les lecteurs puissent se les rappeler promptement.

Dans la seconde partie, M. de *Voltaire* considère la nature de *la force.* Comme il a conclu que la *force motrice* n'est autre chose que le produit de la masse par la simple vîtesse, il n'admet point de distinction entre les *forces mortes* et les *forces vives.* Lorsque l'on dit que la force d'un corps en mouvement diffère infiniment de celle d'un corps en repos, c'est, suivant lui, comme si l'on disait qu'un liquide est infiniment plus liquide quand il coule que quand il ne coule pas.

Il

Il dit enfuite que fi la force n'eſt autre choſe que le produit de la maſſe par la vîteſſe, elle n'eſt préciſément que le corps lui-même agiſſant, ou prêt à agir : et il rejette ainſi l'opinion des philoſophes qui ont cru que la force était un être à part, une ſubſtance qui anime les corps, et qui en eſt diſtinguée, que la force doit ſe trouver dans les êtres ſimples, appelés *monades*, &c.

M. de *Voltaire* remarquant, comme pluſieurs l'ont déjà fait, que la quantité de mouvement augmente dans pluſieurs cas, et étant toujours convaincu que la force n'eſt autre choſe que la quantité de mouvement, il demande ſi les philoſophes qui ont ſoutenu la conſervation d'une même quantité de force dans la nature, ont plus de raiſon que ceux qui voudraient la conſervation d'une même quantité d'eſpèces d'individus, de figures, &c.

Il demande enſuite, ſi de ce qu'un corps élaſtique qui en choque un plus grand, lui communique plus de quantité de mouvement, et par conſéquent, ſelon lui, plus de force qu'il n'en avait, il ne s'enſuit pas évidemment que les corps ne communiquent point de force : enſorte que la maſſe et le mouvement ne ſuffiſant pas pour la communication du mouvement, il faut encore l'inertie ſans laquelle la matière ne réſiſterait pas, et ſans laquelle il n'y aurait nulle action.

M. de *Voltaire* croit encore que l'inertie, la maſſe et le mouvement ne ſuffiſent pas. Il penſe qu'il faut un principe qui tienne tous les corps de la nature en mouvement, et leur communique inceſſamment une force agiſſante, ou prête d'agir ; et ce principe doit être, ſelon lui, la gravitation, ſoit qu'elle ait une cauſe mécanique, ſoit qu'elle n'en ait pas.

La gravitation, continue-t-il, ne peut pas non plus ſatisfaire à tous les effets de la nature ; elle eſt très-loin d'expliquer la force des corps organiſés ; il leur

Vie de Voltaire.   O

faut encore un principe interne, comme celui du reffort.

M. de *Voltaire* termine fon mémoire en difant que puifque la force active du reffort produit les mêmes effets que toute force quelconque, on en peut conclure que la nature qui va fouvent à différens buts par la même voie, va auffi au même but par différens chemins ; et qu'ainfi la véritable phyfique confifte à tenir regiftre des opérations de la nature, avant que de vouloir tout afservir à une loi générale.

De toutes les queftions, difficiles à approfondir, que renferment les deux parties de ce mémoire, il paraît que M. de *Voltaire* eft très au fait de ce qui a été donné en phyfique, et qu'il a lui-même beaucoup médité fur cette fcience.

A Paris, le 26 avril 1741.

Pitot, *Clairaut*.

Je certifie la copie ci-deffus être conforme à l'original. A Paris, le 27 avril 1741.

Dortous de Mairan, fecrétaire perpétuel de l'académie royale des fciences.

LETTRE

DE L'AVOCAT MANNORY, (*)

A M. DE VOLTAIRE.

Ce 10 de mai 1744.

Il y a long-temps, Monfieur, que vous n'avez entendu parler de moi, et il eft bien fâcheux que je ne rappelle vos idées à mon fujet que pour vous entretenir de mes malheurs ; mais je connais trop les fentimens de votre cœur pour manquer de confiance. Mon père vit toujours, il a 80 ans ; il eft extrêmement caffé et affaibli. J'aurai plus de cent mille francs de bien, et je n'en ai jamais reçu un écu. Ma profeffion eft difficile ; il y faut des fecours fur lefquels j'avais compté, et qui m'ont manqué. J'ai effuyé des maladies longues et confidérables : j'ai enfin rétabli ma fanté ; mais pendant ce temps mon cabinet s'eft trouvé vide. J'avais à faire alors, Monfieur, à une propriétaire riche et dévote, j'avais extrêmement dépenfé dans fa maifon pour m'ajufter ; elle m'a inhumainement mis dehors, et j'ai perdu toutes mes dépenfes et mes arrangemens. Enfin, Monfieur, le pauvre M. de *Fimarçon* s'eft adreffé à moi ; j'ai cru fes affaires bonnes, je m'y fuis livré tout entier. Mes maladies m'avaient affaibli mon cabinet de la moitié. J'ai perdu l'autre moitié pour ne penfer qu'à M. de *Fimarçon*.

Je me flattais qu'en le tirant d'affaire, je me ferais honneur, et que fa reconnaiffance me dédommagerait fuffifamment. Rien n'a réuffi, Monfieur. Pendant ce temps

(*) Il a reçu de moi l'aumône, et a fait contre moi un libelle.
(*Apoftille de M. de Voltaire.*)

O 2

j'ai été trois mois à trouver une maison. J'en ai loué une le 23 décembre. Depuis cet instant les ouvriers y sont. Voilà donc six mois que je suis sans maison, sans cabinet, et par conséquent sans travail.

Jugez, Monsieur, de ma situation. Je ne tirerais pas un écu de mon père. Quand on a été dur toute sa vie, on ne devient pas bon et généreux à 80 ans. M. *Dodun*, l'ancien receveur général, de qui j'ai loué, dans l'île, m'a fait attendre, mais il a dépensé quatre mille francs pour m'ajuster, et je ferai au mieux. J'ai des meubles qui, en les fesant aller aux lieux, me suffiront. Il ne me manque donc, Monsieur, que de pouvoir satisfaire à la dépense de mon emménagement qui ne laissera pas que d'être un objet, de payer quelques petites dettes que j'ai depuis six mois, et d'avoir une faible somme devant moi pour ouvrir mon cabinet, et vivre en attendant la pratique qui viendra surement.

J'ai toujours entendu dire, Monsieur, qu'il était permis aux malheureux de se vanter un peu. En profitant de ce privilége que je n'ai que trop acquis par ma situation qui est cruelle, je puis me vanter de ne craindre aucun des avocats qui ont actuellement de l'emploi. Si j'ai du secours, je vais reprendre dans l'instant; mon cabinet a sa valeur. Dans un an, mon emploi peut être considérable; et mon père me laissera enfin ce qu'il ne pourra pas emporter. Si je n'ai point de secours, ma maison me devient inutile. Je ne pourrai plus reparaître au palais, et je suis perdu sans ressource, car je ne suis bon à aucune autre chose. Je donnerai toutes les suretés que je pourrai; je m'engagerai solidairement avec ma femme; je ferai même des lettres de change, pourvu que l'on me donne des délais suffisans.

M'abandonnerez-vous, Monsieur ? oublierez-vous l'ancienne amitié que vous avez eue pour moi ? je suis un de vos plus vieux serviteurs, et l'apologiste

d'Oedipe ne doit pas périr dans la misère au milieu de
si belles espérances ; il ne s'agit que de l'aider un peu.
Ce sera un avocat que vous ferez ; et s'il devient bon,
l'opération n'est pas indigne de vous. Jusqu'à présent,
Monsieur, vous avez fait tant de choses différentes,
et dans tous les genres, que celle-là vous manquait
peut-être. J'attends tout de vous, Monsieur ; les temps
sont affreux, puisque personne n'est sensible aux talens.
Vous seul les connaissez tous, vous les protégez ; et
si vous pensez que je puisse faire quelque chose, vous
ne m'abandonnerez certainement pas. Ma fortune dépend
donc du jugement que vous porterez de moi. J'attends
votre décision avec confiance. Je demeure, rue de la
comédie française, chez M. *Dubois*, au palais royal.
En attendant que vous me mettiez en état de gagner
l'île, je compte que vous m'honorerez d'une réponse. Je
suis avec le plus tendre respect, Monsieur, votre très-
humble, &c.

Mannory.

AUTRE DU MEME.

Ce jeudi matin.

Vous m'avez permis, Monsieur, de vous impor-
tuner encore, après votre retour de la campagne. Je
suis honnête en robe, mais je manque totalement
d'habit, et je ne puis me présenter devant personne.
Cela dérange toutes mes affaires. Avez-vous pensé à
M. *Thiriot ?* je vous prie, Monsieur, de me le marquer.
Je suis depuis six jours avec quatre sous dans ma poche.
Vous m'avez promis quelques légers secours ; ne me
les refusez pas aujourd'hui, Monsieur. Dès que je serai
habillé, je serai en état de suivre mes affaires, et ma
situation changera. On m'annonce beaucoup d'affaires

O 3

au palais , mais elles ne font pas encore arrivées. Nous touchons aux vacances ; le temps n'eft pas favorable. Souffrirez-vous , Monfieur , que je meure de faim; je n'ai mangé hier et avant hier que du pain. C'était fête ; je n'ai pu décemment fortir en robe , et mon habit n'eft pas mettable. Je n'ai ofé aller chez perfonne, et je n'avais pas d'argent pour avoir quelque chofe chez moi. L'état eft affreux. De grâce, Monfieur , donnez au porteur de cette lettre ce que vous pouvez pour mon foulagement préfent ; il eft fûr. Mandez-moi fi monfieur *Thiriot* fait quelque chofe. Laifferez-vous périr de mifère un ancien ferviteur , un homme qui, j'ofe le dire , a quelques talens , et qui eft actuellement à la vue du port? fon vaiffeau eft un peu délabré ; mais il ne s'agit que de le fecourir pour entrer dans le port.

Je fuis avec la plus vive reconnaiffance , Monfieur, votre , &c.

Mannory.

LETTRE

DE M. J. J. ROUSSEAU,

A M. DE VOLTAIRE.

Paris, le 11 de décembre 1745.

MONSIEUR,

I L y a quinze ans que je travaille pour me rendre digne de vos regards et des foins dont vous favorifez les jeunes mufes en qui vous découvrez quelque talent. Mais pour avoir fait la mufique d'un opéra, je me trouve , je ne fais comment , métamorphofé en muficien. C'eft , Monfieur , en cette qualité que

M. le duc de *Richelieu* m'a chargé des fcènes dont vous avez lié les divertiffemens de la Princeffe de Navarre. Il a même exigé que je fiffe, dans les canevas, les changemens néceffaires pour les rendre convenables à votre nouveau fujet. J'ai fait mes refpectueufes repréfentations ; monfieur le duc a infifté, j'ai obéi. C'eft le feul parti qui convienne à l'état de ma fortune. M. *Ballot* s'eft chargé de vous communiquer ces changemens. Je me fuis attaché à les rendre en moins de mots qu'il était poffible. C'eft le feul mérite que je puis leur donner. Je vous fupplie, Monfieur, de vouloir les examiner, ou plutôt d'en fubftituer de plus dignes de la place qu'ils doivent occuper.

Quant au récitatif, j'efpère auffi, Monfieur, que vous voudrez bien le juger avant l'exécution, et m'indiquer les endroits où je me ferai écarté du beau et du vrai, c'eft-à-dire de votre penfée. Quel que foit pour moi le fuccès de ces faibles effais, ils me feront toujours glorieux s'ils me procurent l'honneur d'être connu de vous, et de vous montrer l'admiration et le profond refpect avec lefquels j'ai l'honneur d'être,

Monfieur,

Votre très-humble, &c.
J. J. Rouffeau, citoyen de Genève.

AUTRE DU MEME.

A Paris, le 30 de janvier 1750.

MONSIEUR,

Un *Rousseau* (*) se déclara autrefois votre ennemi, de peur de se reconnaître votre inférieur : un autre *Rousseau* ne pouvant approcher du premier par le génie, veut imiter ses mauvais procédés. Je porte le même nom qu'eux, mais n'ayant ni les talens de l'un ni la suffisance de l'autre, je suis encore moins capable d'avoir leurs torts envers vous. Je consens bien de vivre inconnu, mais non déshonoré ; et je croirais l'être si j'avais manqué au respect que vous doivent tous les gens de lettres, et qu'ont pour vous tous ceux qui en méritent eux-mêmes.

Je ne veux point m'étendre sur ce sujet, ni enfreindre, même avec vous, la loi que je me suis imposée de ne jamais louer personne en face. Mais, Monsieur, je prendrai la liberté de vous dire que vous avez mal jugé d'un homme de bien, en le croyant capable de payer d'ingratitude et d'arrogance la bonté et l'honnêteté dont vous avez usé envers lui au sujet des fêtes de *Ramire* (**). Je n'ai point oublié la lettre dont vous m'honorâtes dans cette occasion ; elle a achevé de me convaincre que, malgré de vaines calomnies, vous êtes véritablement le protecteur des talens naissans qui en ont besoin. C'est en faveur de ceux dont je sesais l'essai que vous daignâtes me promettre de l'amitié. Leur sort fut malheureux, et j'aurais dû m'y attendre. Un solitaire qui

(*) *Jean-Baptiste.* On ne connaît point l'autre *Rousseau ;* ce n'est pas celui de Toulouse, auteur du *Journal encyclopédique*, ni celui de de Gotha.
(**) La Princesse de Navarre.

ne fait point parler, un homme timide, découragé, n'ofa fe préfenter à vous. Quel eût été mon titre? Ce ne fut point le zèle qui me manqua, mais l'orgueil; et n'ofant m'offrir à vos yeux, j'attendis du temps quelque occafion favorable pour vous témoigner mon refpect et ma reconnaiffance.

Depuis ce jour j'ai renoncé aux lettres et à la fantaifie d'acquérir de la réputation; et défefpérant d'y arriver comme vous, à force de génie, j'ai dédaigné de tenter, comme les hommes vulgaires, d'y parvenir à force de manège; mais je ne renoncerai jamais à mon admiration pour vos ouvrages. Vous avez peint l'amitié et toutes les vertus en homme qui les connaît et les aime. J'ai entendu murmurer l'envie, j'ai méprifé fes clameurs, et j'ai dit fans crainte de me tromper : ces écrits qui m'élèvent l'ame et m'enflamment le courage, ne font point les productions d'un homme indifférent pour la vertu.

Vous n'avez pas, non plus, bien jugé d'un républicain, puifque j'étais connu de vous pour tel. J'adore la liberté; je détefte également la domination et la fervitude, et ne veux en impofer à perfonne. De tels fentimens fympathifent mal avec l'infolence; elle eft plus propre à des efclaves, ou à des hommes plus vils encore, à de petits auteurs jaloux des grands.

Je vous protefte donc, Monfieur, que non-feulement *Rouffeau* de Genève n'a point tenu les difcours que vous lui avez attribués, mais qu'il eft incapable d'en tenir de pareils. Je ne me flatte pas de mériter l'honneur d'être connu de vous, mais fi jamais ce bonheur m'arrive, ce ne fera, j'efpère, que par des endroits dignes de votre eftime.

J'ai l'honneur d'être avec un profond refpect,
    Monfieur,

                    Votre très-humble, &c.
    J. J. Rouffeau, citoyen de Genève.

LETTRE

DE M. LE MARQUIS D'ADHEMAR,

A M. DE VOLTAIRE.

A Paris, le 25 de novembre 1750.

J'AVAIS été inſtruit dans le temps, Monſieur, de l'ingratitude et de l'inſolence du petit d'*Arnaud* envers vous, et j'en avais marqué mon indignation. Je priai même M. d'*Argental* de remonter à l'origine de la *lettre à Fréron*, et d'en prendre copie. Cette lettre était ſue de tout le monde, et ſe débitait d'une manière ſi déſavantageuſe, que je voulus voir la préface dont on ſe plaignait, et qu'on accuſait d'être tronquée. Elle me parut auſſi ſimple que je pouvais le déſirer, et je n'y retrouvai à redire que le nom de l'auteur et ſon ſtyle. Enfin, Monſieur, je ne doute point que le grand roi que vous ſervez, ne vous rende promptement juſtice. On eſt heureux d'avoir à défendre la vérité devant le monarque qui l'éclaire et qui la protége.

Cependant, malgré cette aſſurance, je vous exhorte encore, Monſieur, au plus grand courage. Les grandes réputations et la parfaite tranquillité ne vont guère de compagnie.

Mais pour revenir à notre petit homme, on me dit dans le moment qu'il vient d'écrire une nouvelle lettre à *Fréron* où il aſſure que tout eſt raccommodé. Au nom de Dieu, Monſieur, en ſoutenant les vrais talens, gardez-vous de ces lourds frélons ; ils ne ſe ſouviennent de ce qu'ils vous doivent que pour en punir leur bienfaiteur. Je me rappelle à ce propos qu'une perſonne (*) me

(*) M. *Dutartre.*

difait un jour qu'étant placé à l'amphithéâtre auprès
de l'abbé *Desfontaines* et de d'*Arnaud*, il entendit le
premier reprocher à l'autre quelque attachement pour
vous. Mais, Monfieur, répondit d'*Arnaud*, vous ne
faites pas attention qu'il m'oblige, et que je lui dois
de la reconnaiffance : Eh bien, reprit l'abbé, on peut
prendre de lui lorfqu'on a des befoins, mais il faut en
dire du mal.

Vous voyez que l'homme s'eft fouvenu de la morale,
et qu'il n'a pas tardé de la mettre en pratique.

Adieu, Monfieur, méprifez cette vile engeance, et
tâchez de vous armer de philofophie fur les événemens.
La vérité triomphe toujours à la longue, et l'envie fe
trouve abattue fous le poids des grandes réputations.

L E T T R E

DU SIEUR GUYOT DE MERVILLE, (*)

A M. DE VOLTAIRE.

A Lyon, le 15 d'avril 1755.

Vous ne pouvez pas ignorer, Monfieur, que je fuis
établi à Genève depuis deux ans. Dans l'efpèce de
néceffité où les mauvais procédés des comédiens français
de Paris m'ont mis de fuir leur préfence, il n'y avait
point de retraite qui convînt mieux au penchant naturel
que j'ai pour le repos et pour la liberté. Je fuis d'autant
plus content de mon choix, que d'autres raifons vous
ont déterminé pour le même afile. Mais ce n'eft pas

(*) La réponfe de M. de *Voltaire* fe trouve au tome quatrième de
la Correfpondance générale, placée par erreur dans l'année 1754,
ainfi qu'un extrait de cette lettre.

affez que nos goûts s'accordent, il faut encore que nos fentimens fe concilient. Quel défagrément pour l'un et pour l'autre fi, habitant les mêmes lieux et fréquentant les mêmes maifons, nous ne pouvions ni nous voir ni nous parler qu'avec contrainte et peut-être avec aigreur! Je fais que je vous ai offenfé. Mais je ne l'ai fait par aucune de ces paffions qui déshonorent autant l'humanité que la littérature.

Mon attachement à *Rouffeau*, ma complaifance pour l'abbé *Desfontaines* font les feules caufes du mal que j'ai voulu vous faire, et que je ne vous ai point fait. Leur mort vous a vengé de leurs infpirations, et le peu de fruit des facrifices que je leur ai faits, m'a confolé de leur mort.

Mille gens pourraient vous dire, Monfieur, que je vous eftime plus que vos partifans les plus zélés, parce que je vous eftime moins légèrement et moins aveuglément qu'eux. La preuve en eft inconteftable. D'*Auberval*, comédien à Lyon, dont vous avez goûté les talens, et dont vous adoreriez le caractère, fi vous le connaiffiez comme moi, peut vous certifier que je le chargeai trois jours avant votre départ fubit et imprévu, des vers que je vous envoie. Je profitais du paffage que vous fefiez en cette ville, où je n'étais auffi qu'en paffant. Ces vers font encore plus de faifon que jamais, puifque je ferai à Genève le 22 de ce mois, et que nous y voilà fixés tous les deux. Je n'ai rien à y ajouter que les offres fuivantes.

J'ai fait, en quatre volumes manufcrits, la critique de vos ouvrages. Je vous la remettrai. Il y a à la tête de ma première comédie une lettre dont *Rouffet* m'écrivit autrefois que vous aviez été choqué, je la fupprimerai dans l'édition que je prépare de mes œuvres. L'abbé *Desfontaines* a fait imprimer deux pièces de vers qu'il m'avait fuggérées contre vous, je les fupprimerai auffi. C'eft à ce prix que je veux mériter votre amitié.

Je ferai plus. Mes *Oeuvres diverses* en deux volumes font dédiées à un gentilhomme du pays de Vaud qui brûle de vous voir, et que vous ferez bien aise de connaître ; pour convaincre le public de la sincérité de mes intentions et de ma conduite à votre égard, je suis prêt, si vous le permettez, à vous dédier mon théâtre en quatre volumes. Je ne crois pas que vous puissiez rien exiger de plus.

Mais à propos d'édition, il est bien temps, Monsieur, que vous pensiez, ainsi que moi, à en faire paraître une de vos ouvrages, sous vos yeux et de votre aveu. Le public l'attend avec impatience, parce qu'il ne croira jamais vous tenir que vous ne vous donniez vous-même. Vous êtes à Genève en place pour cela ; et je me charge, si vous voulez, d'une partie du matériel de cette impression, comme vous m'avez chargé à la Haie, il y a plus de trente ans, de la correction des épreuves de la Henriade.

J'envoie copie de cette lettre et des vers qui l'accompagnent, à M. de *Montpéroux* qui m'honore de son estime et de son affection. Je me flatte qu'il voudra bien appuyer le tout. Mais est-il besoin que monsieur le résident joigne sa recommandation à ma démarche ? Ne savez-vous pas, Monsieur, qu'il est plus grand de reconnaître ses fautes que de n'en jamais faire, et plus glorieux de pardonner que de se venger ? Je parle à *Voltaire*, et c'est *Merville* qui lui parle. Vous voyez que je finis en poëte ; mais ce n'est pas en poëte, c'est en ami, c'est en admirateur, c'est en homme qui pense, que je vous assure de l'estime singulière et du dévouement parfait avec lequel je suis, Monsieur, &c.

Guyot de Merville.

LETTRE

DE M. J. J. ROUSSEAU, (*)

A M. DE VOLTAIRE.

10 de septembre 1755.

C'est à moi, Monsieur, de vous remercier à tous égards. En vous offrant l'ébauche de mes tristes rêveries, je n'ai point cru vous faire un présent digne de vous, mais m'acquitter d'un devoir, et vous rendre un hommage que nous vous devons tous, comme à notre chef. Sensible d'ailleurs à l'honneur que vous faites à ma patrie, je partage la reconnaissance de mes citoyens, et j'espère qu'elle ne fera qu'augmenter encore, lorsqu'ils auront profité des instructions que vous pouvez leur donner. Embellissez l'asile que vous avez choisi, éclairez un peuple digne de vos leçons : et vous qui savez si bien peindre les vertus et la liberté, apprenez-nous à les chérir dans nos mœurs comme dans vos écrits: Tout ce qui vous approche doit apprendre de vous le chemin de la gloire et de l'immortalité.

Vous voyez que je n'aspire pas à nous rétablir dans notre bêtise, quoique je regrette beaucoup pour ma part le peu que j'en ai perdu. A votre égard, Monsieur, ce retour ferait un miracle si grand, qu'il n'appartient qu'à DIEU de le faire ; et si pernicieux, qu'il n'appartient qu'au diable de le vouloir. Ne tentez donc pas de retomber à quatre pattes ; personne au monde n'y réussirait moins que vous. Vous nous redressez trop bien sur nos deux pieds, pour cesser de vous tenir sur

(*) Voyez la lettre de M. de *Voltaire* à M. *Rousseau*, du 30 d'auguste 1755 ; tome quatrième de la Correspondance générale.

les vôtres. Je conviens de toutes les difgrâces qui pourfuivent les hommes célèbres dans la littérature, je conviens même de tous les maux attachés à l'humanité, qui paraiffent indépendans de nos vaines connaiffances : les hommes ont ouvert fur eux-mêmes tant de fources de misères, que quand le hafard en détourne quelqu'une, ils n'en font guère plus heureux. D'ailleurs il y a dans le progrès des chofes, des liaifons cachées que le vulgaire n'aperçoit pas, mais qui n'échapperont point à l'œil du philofophe, quand il y voudra réfléchir.

Ce n'eft ni *Térence*, ni *Cicéron*, ni *Virgile*, ni *Sénèque*, ni *Tacite* qui ont produit les crimes des Romains et les malheurs de Rome. Mais fans le poifon lent et fecret qui corrompait infenfiblement le plus vigoureux gouvernement dont l'hiftoire ait fait mention, *Cicéron*, ni *Lucrèce*, ni *Sallufte* ni tous les autres, n'euffent point exifté, ou n'euffent point écrit. Le fiècle aimable de *Lélius* et de *Térence* amenait de loin le fiècle brillant d'*Augufte* et d'*Horace*, et enfin les fiècles horribles de *Sénèque* et de *Néron*, de *Tacite* et de *Domitien*. Le goût des fciences et des arts naît chez un peuple d'un vice intérieur qu'il augmente bientôt à fon tour : et s'il eft vrai que tous les progrès humains font pernicieux à l'efpèce, ceux de l'efprit et des connaiffances qui augmentent notre orgueil et multiplient nos égaremens, accélèrent bientôt nos malheurs. Mais il vient un temps où elles font néceffaires pour l'empêcher d'augmenter : c'eft le fer qu'il faut laiffer dans la plaie, de peur que le bleffé n'expire en l'arrachant.

Quant à moi, fi j'avais fuivi ma première vocation, et que je n'euffe ni lu ni écrit, j'en aurais été fans doute plus heureux. Cependant fi les lettres étaient maintenant anéanties, je ferais privé de l'unique plaifir qui me refte. C'eft dans leur fein que je me confole de tous mes maux ; c'eft parmi leurs illuftres enfans que je goûte les douceurs de l'amitié, que j'apprends à jouir de la vie et à méprifer la mort. Je leur dois le peu que je fuis, je leur dois même l'honneur d'être connu de vous. Mais confultons l'intérêt dans nos affaires, et la vérité dans nos écrits; quoiqu'il faille des philofophes, des hiftoriens, et de vrais favans pour éclairer le monde et conduire fes aveugles habitans, fi le fage *Memnon* m'a dit vrai, je ne connais rien de fi fou qu'un peuple de fages. Convenez-en, Monfieur; s'il eft bon que de grands génies inftruifent les hommes, il faut que le vulgaire reçoive leurs inftructions. Si chacun fe mêle d'en donner, où feront ceux qui les voudront recevoir? Les boiteux, dit *Montaigne*, font mal propres aux exercices du corps; et aux exercices de l'efprit, les ames boiteufes. Mais en ce fiècle favant on ne voit que boiteux vouloir apprendre à marcher aux autres.

Le peuple reçoit les écrits des fages pour les juger, et non pour s'inftruire. Jamais on ne vit tant de dandins; le théâtre en fourmille, les cafés retentiffent de leurs fentences, les quais regorgent de leurs écrits, et j'entends critiquer l'*Orphelin*, parce qu'on l'applaudit, à tel grimaud fi peu capable d'en voir les défauts qu'à peine en fent-il les beautés.

Recherchons la première fource de tous les défordres de la fociété, nous trouverons que tous les maux des hommes leur viennent plus de l'erreur que de l'ignorance, et que ce que nous ne favons point nous nuit beaucoup moins que ce que nous croyons favoir. Or quel plus fûr moyen de courir d'erreurs en erreurs que la fureur de favoir tout ? Si l'on n'eût pas prétendu favoir que la terre ne tournait pas, on n'eût point puni *Galilée* pour avoir dit qu'elle tournait; fi les feuls philofophes en euffent réclamé le titre, l'*Encyclopédie* n'eût point eu de perfécuteurs; fi cent mirmidons n'afpiraient point à la gloire, vous jouiriez paifiblement de la vôtre, ou du moins vous n'auriez que des adverfaires dignes

de

de vous. Ne foyez donc point furpris de fentir quelques
épines inféparables des fleurs qui couronnent les grands
talens. Les injures de vos ennemis font les cortéges de
votre gloire, comme les acclamations fatiriques étaient
ceux dont on accablait les triomphateurs. C'eft l'empref-
fement que le public a pour tous vos écrits qui produit
les vols dont vous vous plaignez; mais les falfifications
n'y font pas faciles, car ni le fer ni le plomb ne s'allient
avec l'or.

Permettez-moi de vous le dire par l'intérêt que je
prends à votre repos et à notre inftruction : méprifez
de vaines clameurs par lefquelles on cherche moins à
vous faire du mal qu'à vous détourner de bien faire.
Plus on vous critiquera, plus vous devez vous faire
admirer. Un bon livre eft une terrible réponfe à de
mauvaifes injures. Eh, qui oferait vous attribuer des
écrits que vous n'aurez point faits, tant que vous ne
continuerez qu'à en faire d'inimitables ? Je fuis fenfible
à votre invitation ; et fi cet hiver me laiffe en état d'aller
au printemps habiter ma patrie, j'y profiterai de vos
bontés. Mais j'aime encore mieux boire de l'eau de
votre fontaine que du lait de vos vaches ; et quant aux
herbes de votre verger, je crains bien de n'y trouver
que le *totos* qui n'eft que la pâture des bêtes, ou le
moli qui empêche les hommes de le devenir.

Je fuis de tout mon cœur, avec refpect, &c.

J. J. *Rouffeau*, citoyen de Genève.

LETTRE

DE M. L'ABBÉ AUBERT,

A M. DE VOLTAIRE.

En lui envoyant le recueil de ses fables.

A Paris, le 10 de janvier 1758.

O toi dont les sublimes chants
Imitent les sons fiers des clairons, des trompettes,
Daigne écouter mes chansonnettes,
Daigne favoriser mes timides accens.
Des cœurs ambitieux admirable interprète,
Ta muse fait parler les princes, les héros ;
La mienne fait jaser le serin, la fauvette ;
Par l'organe de l'âne, elle enseigne les sots.
Si quelquefois, dans d'heureuses images,
J'ai peint avec succès le vice ou la vertu,
Voltaire, c'est à toi que l'hommage en est dû :
J'ai relu cent fois tes ouvrages.

J'ai toujours pensé, Monsieur, que le premier devoir d'un homme qui voulait se faire un nom, dans quelque genre de poësie que ce fût, était de se former sur vos ouvrages ; et le second, de vous offrir ses essais. Je m'acquitte de ce dernier en comptant beaucoup sur votre indulgence et sur vos avis. Jusqu'à présent les personnes que j'ai consultées m'ont toutes donné des conseils si opposés que je ne sais quel parti prendre. L'un me reproche d'imiter trop *la Fontaine*, et l'autre de ne pas l'imiter assez ; celui-ci se plaint que mes morales sont trop longues, celui-là qu'elles font trop courtes ; un troisième voudrait m'obliger à les supprimer toutes, alléguant pour raison, malgré l'exemple de tous les fabulistes, que le but d'une fable doit se faire sentir assez de soi-même, pour se passer de cette espèce de commentaire que l'on appelle morale. Il y en a qui voudraient que mes fables fussent toutes aussi simples que celle de *la cigale et la fourmi*, comme si un fabuliste était condamné à n'être lu que par des enfans.

Cette variété d'opinions sur mon recueil m'a mis souvent dans le cas de m'appliquer la fable du *meunier*, *son fils et l'âne*.

Parbleu, dit le meunier, est bien fou du cerveau
Qui prétend contenter tout le monde et son père.

Vous voyez, Monsieur, combien j'ai besoin d'être fixé par des avis sûrs et dont on ne puisse appeler. Je me déciderai, Monsieur, d'après les vôtres, si je vaux la peine que l'auteur de la Henriade sacrifie quelques momens à la lecture d'une cinquantaine de fables, et qu'il daigne m'écrire ce qu'il en pense. J'attends, Monsieur, cette faveur de votre attention à encourager les talens naissans, et je me ferai, en tout temps, l'honneur de prendre des leçons du plus beau génie de la France.

Je suis, &c.

EPITRE DU MEME. (*)

MA muse n'est pas assez vaine
Pour espérer, par ses essais,
Egaler les brillans succès
De l'ingénieux la Fontaine.
Elle connaît tout le danger
Du goût décidé qui l'entraîne ;
Mais tu daignas l'encourager :
Et si son vol est téméraire,
Dès qu'elle t'a déjà su plaire,
Que risque-t-elle à s'y livrer ?
Depuis qu'au pays de la feinte
Un vif penchant me fait errer,
Sans cesse une importune crainte
Devant moi venait se montrer.
Aujourd'hui la douce espérance
Y guide, y ranime mes pas ;
Je cède au séduisant appas
D'une trop flatteuse indulgence.
Eh, comment ne s'enivrer pas
D'un encens que ta main dispense ?

Je n'ai pas les charmans pinceaux
De l'ami de la Sablière ;
Mais sur l'homme et sur ses défauts,
Je puis dans de rians tableaux,
Répandre à mon tour la lumière,
Et du sceptre jusqu'au rabot,
Prouver à l'homme qu'il est un sot.

(*) A l'occasion de la lettre de M. de *Voltaire* à l'auteur des fables, du 22 de mars 1758, tome cinquième de la Correspondance générale.

Tous les animaux, dans mes fables,
Lions, fourmis, aigles, moineaux,
Peuvent, par quelques traits nouveaux,
Trahir l'orgueil de mes semblables.
Ta voix a chanté des héros ;
Mais qu'il foit d'Athène ou de Rome,
De Pétersbourg ou de Paris,
Tes philofophiques écrits
Font voir que tout héros eft homme.
Ecoutons ce ruftre hébété
Que fait raifonner la Fontaine :
Il voudrait, plein de vanité,
Que celui qui créa le chêne
Dans fes œuvres l'eût confulté.
L'homme eft plus ou moins entêté
De quelque orgueilleufe faibleffe.
L'apologue fut inventé
Pour corriger avec adreffe
Des grands l'infolente fierté,
Des flatteurs l'indigne baffeffe,
Des petits l'indocilité.
Heureux fi, plein d'un zèle extrême
Sur les ridicules d'autrui,
Un auteur corrigeait lui-même
Les défauts qu'on remarque en lui.
Mais quoi que l'on en puiffe dire,
Fier d'un fi glorieux accueil,
On verra croître mon orgueil
Si mes fables te font fourire.

P 3

OBSERVATIONS

*De M. de Chauvelin, l'ambassadeur, sur une lettre de
M. de Voltaire au roi de Prusse, écrite par ordre
du ministère, 1759. (*)*

La lettre est très-bien, le fonds et le ton en sont à
merveilles ; je n'y ferai que deux observations.

1°. Je ne sais si je lui présenterais aussi décisivement
l'idée de restitution ; je crois qu'elle lui sera toujours
amère, et je ne sais si elle ne blesserait pas sa gloire
autant que son intérêt. Peut-être faudrait-il adoucir ce
passage.

2°. Je crois qu'il conviendrait de lui expliquer davantage le fond d'un système de pacification fondé sur les
idées propres à lui, qu'il développe dans sa dernière
lettre. En conséquence je lui dirais, ce me semble :

Vous ne voulez pas faire la paix sans les Anglais,
vous avez raison, votre honneur y est intéressé ; mais
pourquoi ne feriez-vous pas faire la paix aux Anglais
en même temps qu'à vous ? n'avez-vous pas acquis assez
de droits sur leur estime, assez d'ascendant sur eux pour
qu'ils sacrifient quelques-uns de leurs avantages à
l'honneur de vous assurer les vôtres ? Alors les Français,
en compensation d'un tel bienfait, ne feront-ils pas
excités et autorisés à déterminer leurs alliés à des sacri-
fices équivalens à ceux que les Anglais auront faits pour
eux en votre faveur ? Alors ne serez-vous pas l'auteur
et le mobile de cette condescendance réciproque qui
ramènera tout à un équilibre désirable et utile à tout

(*) On n'a point trouvé cette lettre au roi ; voyez celle qu'il écrit
à *Voltaire*, du 22 de septembre 1759, tome second de sa Correspondance.

l'univers ? En un mot, fi vous déterminez les Anglais à
ne pas envahir l'empire des mers, la propriété de toutes
les colonies, et le commerce univerfel, doutez-vous
que les Français n'engagent vos énnemis à renoncer aux
prétentions qui vous feraient nuifibles ?

Il me femble que cette tirade, maniée par le génie
de M. de *Voltaire*, embellie des grâces nerveufes de
fon ftyle, et ajoutée aux notions qu'il a des prifes du
roi de Pruffe, et des objets les plus propres à l'émouvoir, peut mettre dans tout fon jour l'idée d'un plan
qu'il ferait très-heureux que ce prince faisît, adoptât,
et conduisît à fa maturité.

LETTRE

DE M. LE COMTE DE TRESSAN,

A M. DE VOLTAIRE.

A Commerci, ce 29 de juillet 1759.

SA Majefté polonaife, Monfieur, veut que je fupplée
à fa vue pour répondre à la lettre charmante qu'elle
vient de recevoir de vous. Ce prince m'ordonne de
vous affurer de fon amitié pour vous, et de fa haute
eftime pour vos ouvrages.

Sa Majefté confirme de nouveau l'atteftation qu'elle
m'avait ordonné de vous envoyer au fujet de l'exacte
vérité de tous les faits contenus dans votre Hiftoire de
Charles XII. Elle apprend par vous, Monfieur, avec un
plaifir fenfible que le roi fon gendre, en renouvelant
les anciens priviléges de vos terres, vous donne une
marque diftinguée de fa bienveillance et de fon eftime.
Mais je fens, Monfieur, tout ce que vous perdriez fi

P 4

vous ne voyiez pas du moins les caractères d'une main que vous baiferiez avec tant de plaifir ; un feul mot de ce prince adoré , qui exécute fans ceffe tout ce que vous aimez à célébrer dans les grands rois , fera mille fois plus précieux pour vous, que tout ce que le plus fidelle de vos ferviteurs et amis pourrait vous dire.

Treffan.

P. S. Du roi *Staniflas* , à peine lifible.

Je vous réponds de cœur , au défaut de vue , pour vous affurer que je conferve toujours les fentimens d'une parfaite eftime et amitié pour vous.

P. S. De M. de *Treffan.*

Votre cœur vous fera deviner que mon cher et aimable maître vous écrit : *Je vous réponds de cœur* , *au défaut de vue* , *&c.* Plaignez une ame active (et celle des rois le font fi rarement.) *Eheu !* plaignez - la d'être privée du bonheur de revoir fés ouvrages , de ne pouvoir plus lire , écrire, peindre , jouer des inftrumens , et voir votre ancienne amie chez qui le roi vient d'écrire ce petit mot.

LETTRES

DU SIEUR CLEMENT, *de Dijon*,

A M. DE VOLTAIRE.

LETTRE PREMIERE.

A Dijon, ce 6 de décembre 1759.

MONSIEUR,

Sɪ je ne favais pas que votre fageffe vous fait affez méprifer les petiteffes des grands, pour n'en pas être fufceptible, je ne ferais pas furpris que vous euffiez dédaigné de répondre à la lettre que j'ai ofé vous écrire, et où mon cœur vous a peint tout ce qu'il reffentait. J'étais convaincu, quand ma main vous a tracé des caractères fidelles interprètes de mes fentimens, que la nobleffe des vôtres ne vous permettait pas d'être infenfible à la douleur d'un malheureux, et que vous faviez effuyer des pleurs que l'infortune a fait couler : j'étais perfuadé que l'on n'implore pas en vain votre bonté, que vos bras s'ouvraient facilement pour y donner un afile à l'innocence, que votre cœur enfin était encore plus grand que votre efprit. Voilà ce dont j'étais perfuadé, dont je le fuis encore, et ce qui m'a enhardi à vous expofer ma trifte fituation dans ma première lettre. Jugez à préfent, Monfieur, fi votre filence peut ne pas m'affliger. Peut-être, hélas, vous êtes-vous imaginé que vous me verriez payer votre amitié, vos bienfaits par la plus noire ingratitude ; que je ferais affez lâche,

affez criminel pour n'en être pas plus reconnaiffant.
Ah ! Monfieur, n'ayez pas, fi vous le voulez, égard à
mes autres prières, mais ne me faites pas l'injure de
foupçonner ainfi ma probité ! C'eft le feul bien qui me
refte ; c'eft ce bien précieux que je voudrais délivrer
de la contagion générale. Vos foupçons le flétriraient ;
votre générofité, votre grandeur d'ame peuvent en conferver, en relever l'éclat. Ma tendreffe, mon zèle, mon
refpect, voilà mes feuls biens ; ils font à vous, ils y feront
toujours. Quand même vous me refuferiez ce que je vous
demande avec tant d'ardeur, mais que vous n'êtes pas
en droit de m'accorder, quand, dis-je, vous me le
refuferiez, je ferais toujours convaincu que votre vertu
le permet, que des raifons qui me font inconnues vous
y engagent, et je ne foupirerais alors qu'après le bonheur
de les connaître. Enfin, Monfieur, quelles que foient vos
bontés, faites-les favoir à un jeune homme que l'incertitude met dans l'état le plus trifte, et qui ne vous en
aimera pas moins, quand vous ne recevriez pas les vœux
qu'il vous adreffe.

Peut-être, Monfieur, n'avez-vous pas reçu ma première lettre. Si cela était, et que vous défiraffiez la
voir, vous pourriez me le dire.

Voici mon adreffe : *A Clément fils, chez fon père, pro-*
cureur à Dijon, derrière les Minimes.

LETTRE II.

Dijon, 17 de mai 1762.

Monsieur, permettez qu'un de ceux qui aime le plus les belles-lettres, sans pouvoir les cultiver, et les génies qui les cultivent avec succès, vous renouvelle aujourd'hui des hommages sincères qui le flattent plus que vous. Les sentimens que mon ingénuité vous a découverts ont paru vous toucher ; je suis assez payé de ma tendresse, si vous l'avez sentie comme moi.

La bonté que vous m'avez témoignée m'engage à vous demander une grâce. Dans quelques momens que de tristes occupations laissent à mon goût pour la poësie, j'ai eu le dessein téméraire d'entreprendre une tragédie sur le sujet le plus singulier et le plus intéressant qui soit peut-être dans notre histoire moderne. C'est la mort de *Charles I* et l'usurpation de *Cromwel*. Les difficultés de traiter ce sujet étaient grandes, et un an de travail ne les a pas encore surmontées. Je n'ai fait jusqu'ici que le plan de ma pièce, après l'avoir changé plusieurs fois, et brûlé impitoyablement un acte entier, et plus, qui ne répondait pas à l'idée que je m'étais formée de la beauté de mon sujet. Je ne me suis cependant pas découragé, et j'ai recommencé de nouveau. Ce qui a cependant ralenti mon ardeur, c'est que j'ai appris que vous travaillez, depuis quelque temps, sur le même fonds, et que vous donneriez tôt ou tard cette pièce au public.

Vous devez bien penser, Monsieur, que ma témérité n'irait pas jusqu'à me donner un concurrent tel que vous. Il n'appartient qu'à peu de génies d'entrer dans la même lice que ses maîtres, et de les vaincre. J'abandonnerais bientôt mon dessein, si j'étais sûr qu'il fût le vôtre, d'autant plus que ce serait peut-être le seul ouvrage que je pusse faire pendant ma vie obscure, relégué dans le fond d'une ville où il y a des gens d'esprit qui ne s'en servent pas, et qui haïssent ou méprisent ceux qui s'en servent. Mes jours seront abrégés par le travail, seul bien, seul plaisir que la fortune n'a pu m'ôter ; et *Cromwel*, seul à qui je donnerai tout ce que j'ai encore à vivre, conservera la mémoire d'un jeune homme qui fut vieux trop tôt, parce qu'il pensa de trop bonne heure.

Oui, Monsieur, j'ai tâché de cultiver les Muses dès l'âge de sept ans ; et vous pouvez juger combien une étude assidue use la santé d'un enfant. Mais excusez-moi si je vous entretiens si long-temps de choses si peu intéressantes. Apprenez-moi donc, je vous prie, si je dois continuer mon projet, et si vous ne l'avez pas vous-même exécuté. Daignez m'éclairer de vos leçons ; j'en ai trop besoin, et mon zèle est trop vif pour que vous ne m'en donniez pas. Vos lumières pourront me découvrir des obstacles que je n'ai pas prévus, ou des beautés que je ne pouvais imaginer. Vous m'animerez dans un travail difficile, vous me montrerez les écueils. Je m'y précipiterais sans vous, et votre génie m'aidera à les franchir. Ne refusez pas, de grâce, un jeune homme qui cherche à s'instruire et qui respecte ses maîtres ; qui vous aime, parce qu'il aime vos ouvrages et que votre ame y est ; qui vous doit tout, parce que vos écrits lui ont appris à penser.

Je suis, Monsieur, avec toute l'estime du cœur, &c.

Clément.

LETTRE III.

Paris, le 5 de décembre 1768.

J'AI brisé mes entraves, Monfieur; j'ai fecoué la pouf-fière claffique. Me voici libre, et à peu-près heureux à Paris, dans le centre des arts, où j'ai depuis fi long-temps défiré de cultiver les lettres. Mais, Monfieur, que les arts, les lettres et le bon goût ont étrangement dépéri dans ce pays! que tout ce que j'y vois s'accorde peu avec les idées que je m'étais formées d'après la lecture de nos modèles! Je me trouve ici comme tombé des nues. Je n'y entends perfonne, et l'on ne m'y entend point. On me parle de comédies qui font pleurer, et je vois des tragédies qui me font rire. On me dit de travailler dans ce goût-là; et je ne fais ce que c'eft que ce goût-là. Cependant il faudra bien m'y faire, et je commence à entrevoir que cela n'eft pas fi difficile.

En vérité, Monfieur, je ne fais ce qu'on penfera un jour de notre fiècle; mais je fais bien moi qu'il reffemble furieufement à celui de *Sénéque* et de *Silius italicus*. C'eft vous qui avez vu finir les beaux jours de notre littérature, et qui nous en avez fi long-temps confolés: et vous avez la douleur de ne laiffer après vous aucun efpoir de nous confoler de votre abfence.

Pardonnez, Monfieur, cette complainte à un trifte partifan du vieux goût, à un admirateur de vos ouvrages. Il n'eft pas poffible que je m'accoutume jamais à trouver beau ce qui ne le fera jamais, qu'à condition que *Molière*, *Racine*, *Boileau* et vous ferez déteftables.

Mais je viens enfin au principal objet de ma lettre, qui eft de vous remercier de la connaiffance que vous m'avez procurée de M. de *la Harpe*. Je n'ai qu'à me louer de fa politeffe et de fes confeils, et furtout de la vénération qu'il témoigne pour vous. Il jure par votre

nom , comme *Philoctète* jurait par *Hercule* ; et je ne doute
point qu'il ne rempliſſe glorieuſement le rôle de *Philoctète.*
Il ſerait certainement bien en état de s'oppoſer au torrent
et de combattre les monſtres de notre littérature , mais
le mal eſt trop invétéré ; ſon exemple vient trop tard,
et il ne fera que ſe ſauver du naufrage général.

Je n'ai pas trouvé les eſprits fort prévenus en faveur
de ma Médée non-magicienne. On me ſait mauvais gré
d'avoir ôté cette brillante décoration qui fait un ſi bel
effet aux yeux des clercs et du peuple. On me dit auſſi
que ces évocations mägiques de *Longepierre* ne ſont pas
ſans agrément , et qu'après tout ſes vers redeviennent
aſſez bons pour nos ‚oreilles. J'ai eu beau dire , après
vous , qu'une femme ſorcière ne peut nous toucher ni
nous intéreſſer , que la magie détruit tout l'effet , et
rend tout autre perſonnage que *Médée* ridicule devant
elle , que c'eſt un monſtre dégoûtant de tuer ſes enfans
ſans raiſon , puiſqu'elle peut les emmener dans ſon char:
j'ai dit mille autres choſes ſemblables , mais on ne m'en
a tenu compte; et dans ce ſiècle philoſophe , j'ai trouvé
qu'on aimait encore aſſez les ſorcières , ſans y croire.

Enfin , Monſieur , j'ai remis ma pièce entre les mains
de M. *le Kain* , et j'attends ſon avis pour la lire à
meſſieurs les comédiens aſſemblés. Je n'en augure pas
un grand ſuccès , mais je m'en conſolerai en feſant mieux.

Comme mes revenus ne ſont pas aſſez conſidérables
pour vivre ici en ſimple feſeur de vers , je cherche à
m'y placer un peu honnêtement , ou comme ſecrétaire
ou comme inſtituteur dans quelque maiſon conſidérable.
Si par vos connaiſſances , Monſieur , vous pouviez
m'aider dans mes vues , je joindrais cette bonté à celles
que vous avez déjà eues pour moi , et ma reconnaiſſance
vivrait autant que moi-même.

J'ai l'honneur d'être , Monſieur , avec l'admiration et
l'attachement le plus ſincère , &c.

Clément.

LETTRE

DE L'EX-JESUITE PAULIAN,

A M. DE VOLTAIRE.

A Avignon, ce 4 de décembre 1765.

MONSIEUR,

Il est bien flatteur pour moi que le plus beau génie de ce siècle veuille bien jeter les yeux sur quelqu'un de mes ouvrages. Je suis fâché que la troisième édition du dictionnaire que vous demandez ne soit pas encore finie. Dès que ce dictionnaire, augmenté d'un volume, paraîtra, j'aurai l'honneur de vous en faire hommage : j'espère qu'il sera moins indigne que celui-ci de vous être présenté. En attendant, je vous prie d'accepter un exemplaire de mon *Traité de paix entre Descartes et Newton*. S'il mérite votre approbation, je suis assuré qu'il méritera par-là même l'immortalité.

J'ai l'honneur d'être avec respect, &c.

Paulian, ancien professeur de physique du collège d'Avignon, de la compagnie de *Jésus*.

LETTRE

DE M. THIRIOT,

A M. DE VOLTAIRE.

A Paris, ce vendredi 13 de janvier 1769.

Nec si plura velim, tu dare deneges.

IL n'y a que vous au monde, mon ancien ami, mon
honneur et mon foutien, avec qui je puiffe prendre l'air
et le ton dont je vous écris.

Frontis ad urbanæ defcendo præmia.

Il y a deux ans que je paye habituellement les tributs que la vieilleffe doit à la nature. L'afthme était
mon incommodité dominante et familière; mais un
régime auftère et une plante que j'ignore et dont je
n'ufe plus, mais dont j'ai heureufement une bonne pro-
vifion, en a fait difparaître tous les fymptômes à la fin
de l'été. Ma fanté eft donc auffi bonne que je pouvais
le fouhaiter; mais ma petite fortune et mes affaires font
dans le plus grand dérangement. J'ai payé trois années,
de 600 livres chacune, pour remplir les engagemens que
j'avais pris pour le mariage de ma fille.

Voici mes revenus : 1200 livres du roi de Pruffe,
dont il ne me refte que 1000 livres, les 200 livres payant
tous les papiers littéraires dont je lève mes extraits,
payant auffi des copies des pièces et autres ouvrages
qu'il faut y joindre. Ces 1000 livres du roi de Pruffe,
avec 2600 livres viagères fur l'hôtel de ville, et 400 livres

par

par an fur M. le comte de *Lauraguais*, me donnaient l'efpérance de me tirer d'affaire, en payant même mon engagement de 600 livres. Mais une nouvelle charge perpétuelle m'eft furvenue par la néceffité de prendre une feconde femme pour me fervir et me fecourir dans mes infirmités.

Vous me fites l'amitié de m'écrire, au commencement de 1766, lorfque je vous demandais d'être infcrit fur la feuille de vos bienfaits, que j'avais attendu trop tard, que j'en ferais puni, que j'attendrais ; qu'il aurait fallu vous parler de mon grenier dans le temps de la moiffon, que tout le monde avait glané, hors moi, parce que je ne m'étais pas préfenté. Vous me promettiez de réparer ma négligence ; vous ajoutiez, de la manière la plus agréable et la plus confolante, que vous m'aimiez comme on aime dans la jeuneffe.

Cela m'a rappelé avec quelle vivacité vous entreprîtes et vous pourfuivîtes, fur la fin de la régence, de faire mettre fur ma tête la moitié de votre penfion, et comme, par vos inftances, M. le duc de *Melun* s'intéreffa au fuccès de ce projet fous le miniftère de M. le duc. Mais les triftes événemens qui fe fuccédèrent coup fur coup, renversèrent une fi rare marque d'amitié et de bienfefance dont la gazette de Hollande fit une mention particulière. C'eft ce qui m'a toujours encouragé de vous dire, s'il en était befoin, comme *Horace* le dit à *Mécène* en lui rappelant fes bienfaits : *Nec fi plura velim, tu dare deneges ;* et c'eft ce qui me fefait dire dernièrement à table, chez M. le lieutenant civil, qu'il n'y avait que M. de *Voltaire* à qui je puffe demander avec plaifir, et de qui je puffe recevoir de même.

Je ne vous écrirai point de nouvelles de littérature, parce que je fuis trop plein de petits chagrins domeftiques.

Vie de Voltaire.   Q

NOTE

Sur M. de Voltaire, et faits particuliers concernant ce grand-homme, recueillis par moi (*) pour servir à son histoire, par M. l'abbé du Vernet.

L'amitié d'un grand-homme est un bienfait des Dieux.

OEDIPE, acte Ier, scène Iere.

PUIS-JE ne pas me glorifier d'un titre qui a fait à la fois mon état, ma fortune et le bonheur de ma vie? L'extrait que j'en vais donner justifiera l'épigraphe que j'ai choisie, et qui pourrait paraître un peu trop orgueilleuse.

La paix de 1748, en rappelant les plaisirs de tout genre dans la ville de Paris, devint l'époque mémorable d'une nouvelle institution de quelques sociétés bourgeoises qui se réunirent pour le seul plaisir de jouer la comédie.

La première fut établie à l'hôtel de *Soyecourt*, au faubourg Saint-Honoré; la seconde, à l'hôtel de *Clermont-Tonnerre*, au Marais; la troisième, à l'hôtel de *Jabac*, rue Saint-Méri. C'est de ce dernier théâtre dont je suis le fondateur.

De tous les jeunes gens qui jouissaient alors de quelque célébrité sur ces différens théâtres, et dont quelques-uns se sont fixés dans nos provinces, je suis le seul qui soit resté à Paris; et c'est une faveur que je dois plus à ma bonne étoile qu'à la supériorité de mon talent. Voici comment la chose est arrivée.

Le propriétaire de l'hôtel de *Jabac*, forcé de faire des réparations urgentes dans l'intérieur de la salle que nous occupions, nous mit dans la nécessité de demander à

(*) *Le Kain.*

meſſieurs les comédiens de *Clermont-Tonnerre*, la permiſſion de jouer alternativement avec eux ſur leur théâtre ;
traité qui fut ſtipulé entre eux et nous au mois de juillet
1749 , en payant la moîtié des frais. Nous y débutâmes
par Sidney et George-Dandin.

Il n'eſt pas difficile de ſe figurer que la concurrence
de ces deux ſociétés excita dans le public quelques con-
teſtations dont le réſultat ne pouvait être favorable aux
uns ſans diminuer de la conſidération dont les autres
avaient joui juſqu'alors. On était partagé ſur les talens
de meſſieurs *tels* et *tels* , ſur ceux des demoiſelles *telles* et
telles. Les unes étaient plus jolies , plus décentes que
les autres ; mais ces dernières avaient plus d'uſage du
théâtre , plus de grâce , plus de fineſſe , &c. C'eſt ainſi
que le public s'amuſait et prenait parti, ſoit pour meſſieurs
de *Tonnerre* , ſoit pour meſſieurs de *Jabac*. Mais qui
pourra jamais croire qu'une ſociété de jeunes gens, qui
réuniſſait le plaiſir et la décence, pût exciter la jalouſie
et les plaintes des grands chantres de *Melpomène* ?

Le crédit de ces derniers nous fit fermer notre théâtre ;
et ce fut un prêtre janſéniſte qui en obtint la réhabili-
tation. M. l'abbé de *Chauvelin* , conſeiller-clerc au parlement de Paris, daigna s'intéreſſer pour des élèves contre
leurs maîtres, et nous fit jouer le Mauvais riche, comédie
nouvelle en cinq actes et en vers, de M. *d'Arnaud*. La
pièce eut peu de ſuccès au jugement de la plus brillante
aſſemblée qu'il y eût alors à Paris. C'était au mois de
février 1750.

M. de *Voltaire* y fut invité par l'auteur ; et ſoit indulgence pour M. *d'Arnaud*, ſoit pure bonté pour les acteurs
qui s'étaient donné toute la peine imaginable pour faire
valoir un ouvrage faible et ſans intérêt, ce grand-homme
parut aſſez content , et s'informa ſcrupuleuſement qui
était celui qui avait joué le rôle de l'*amoureux*. On lui
répondit que c'était le fils d'un marchand orfévre de
Paris, lequel jouait la comédie pour ſon plaiſir, mais

qui afpirait réellement à en faire fon état. Il témoigna
à M. d'*Arnaud* le défir de me connaître, et le pria de
m'engager à l'aller voir le furlendemain.

Le plaifir que me caufa cette invitation fut encore
plus grand que ma furprife ; mais ce que je ne pourrais
peindre, c'eft ce qui fe paffa dans mon ame à la vue
de cet homme dont les yeux étincelaient de feu, d'imagination et de génie. En lui adreffant la parole, je me
fentis pénétré de refpect, d'enthoufiafme, d'admiration
et de crainte ; j'éprouvais à la fois toutes ces fenfations,
lorfque M. de *Voltaire* eut la bonté de mettre fin à mon
embarras, en m'ouvrant fes deux bras, et en *remerciant
DIEU d'avoir créé un être qui l'avait ému et attendri en
proférant d'affez mauvais vers.*

Il me fit enfuite plufieurs queftions fur mon état, fur
celui de mon père, fur la manière dont j'avais été élevé,
et fur mes idées de fortune. Après l'avoir fatisfait fur
tous ces points, et après ma part d'une douzaine de
taffes de chocolat mélangé avec du café, feule nourriture
de M. de *Voltaire* depuis cinq heures du matin jufqu'à
trois heures après midi, je lui répondis, avec une fermeté intrépide, que je ne connaiffais d'autre bonheur
fur la terre que de jouer la comédie ; qu'un hafard
cruel et douloureux me laiffant le maître de mes actions,
et jouiffant d'un petit patrimoine d'environ fept cents
cinquante livres de rente, j'avais lieu d'efpérer qu'en
abandonnant le commerce et le talent de mon père, je
ne perdrais rien au change fi je pouvais un jour être
admis dans la troupe des comédiens du roi.

» Ah! mon ami, s'écria M. de *Voltaire*, ne prenez
jamais ce parti-là ; croyez-moi, jouez la comédie pour
votre plaifir, mais n'en faites jamais votre état. C'eft le
plus beau, le plus rare, le plus difficile des talens ; mais
il eft avili par des barbares et profcrit par des hypocrites.
Un jour la France eftimera votre art, mais alors il n'y
aura plus de *Baron*, plus de *le Couvreur*, plus de *Dangeville.*

Si vous voulez renoncer à votre projet, je vous prêterai dix mille francs pour commencer votre commerce, et vous me les rendrez quand vous pourrez. Allez, mon ami, revenez me voir vers la fin de la femaine ; faites bien vos réflexions, et donnez-moi une réponfe pofitive. »

Etourdi, confus, et pénétré jufqu'aux larmes des bontés et des offres généreufes de ce grand-homme que l'on difait avare, dur et fans pitié, je voulus m'épancher en remercîmens. Je commençai quatre phrafes fans pouvoir en terminer une feule. Enfin, je pris le parti de lui faire ma révérence en balbutiant ; et j'allais me retirer lorfqu'il me rappela pour me prier de lui réciter quelques lambeaux des rôles que j'avais déjà joués. Sans trop examiner la queftion, je lui propofai, affez maladroitement, de lui déclamer le grand couplet de Guftave, au fecond acte. *Point, point de Piron*, me dit-il avec une voix tonnante et terrible, *je n'aime pas les mauvais vers ; dites-moi tout ce que vous favez de Racine.*

Je me fouvins heureufement qu'étant au collége de Mazarin, j'avais appris la tragédie entière d'Athalie, après avoir entendu répéter nombre de fois cette pièce aux écoliers qui devaient la jouer. Je commençai donc la première fcène, en jouant alternativement *Abner* et *Joad*. Mais je n'avais pas encore tout-à-fait rempli ma tâche, que M. de *Voltaire* s'écria auffitôt avec un enthoufiafme divin : *Ah ! mon Dieu ! les beaux vers ! Ce qu'il y a de bien étonnant, c'eft que toute la pièce eft écrite avec la même chaleur, la même pureté, depuis la première fcène jufqu'à la dernière, c'eft que la poëfie en eft par-tout inimitable. Adieu, mon cher enfant*, ajouta-t-il en m'embraffant, *je vous prédis que vous aurez la voix déchirante, que vous ferez un jour les plaifirs de Paris ; mais ne montez jamais fur un théâtre public.*

Voilà le précis le plus vrai de ma première entrevue avec M. de *Voltaire*. La feconde fut plus décifive, puifqu'il confentit, après les plus vives inftances de ma part, à me recueillir chez lui comme fon penfionnaire, et à faire bâtir au-deffus de fon logement un petit théâtre où il eut la bonté de me faire jouer avec fes nièces et toute ma fociété. Il ne voyait qu'avec un déplaifir horrible qu'il nous en avait coûté jufqu'alors beaucoup d'argent pour amufer le public et nos amis.

La dépenfe que cet établiffement momentané caufa à M. de *Voltaire*, et l'offre défintéreffée qu'il m'avait faite quelques jours auparavant, me prouvèrent, d'une manière bien fenfible, qu'il était auffi généreux et auffi noble dans fes procédés que fes ennemis étaient injuftes, en lui prêtant le vice de la fordide économie. Ce font des faits dont j'ai été le témoin. Je dois encore un autre aveu à la vérité : c'eft que M. de *Voltaire* m'a non-feulement aidé de fes confeils pendant plus de fix mois, mais qu'il m'a défrayé pendant ce temps ; et que depuis que je fuis au théâtre, je puis prouver avoir été gratifié par lui de plus de deux mille écus. Il me nomme aujourd'hui fon *grand acteur*, fon *Garrick*, fon *enfant chéri* : ce font des titres que je ne dois qu'à fes bontés pour moi ; mais ceux que j'adopte au fond de mon cœur, font ceux d'un *élève refpectueux et pénétré de reconnaiffance.*

Pourrais-je n'être pas affecté d'un fentiment auffi refpectable, puifque c'eft à M. de *Voltaire* feul que je dois les premières notions de mon art, et que c'eft à fa feule confidération que M. le duc d'*Aumont* a bien voulu m'accorder mon ordre de début au mois de feptembre 1750.

Il eft réfulté de ces premières démarches que, par une perfévérance à toute épreuve, je fuis enfin, au bout de dix-fept mois, parvenu à furmonter tous les obftacles de la ville et de la cour, et à me faire infcrire fur le tableau de meffieurs les comédiens du roi, au mois de février 1752.

Quiconque voudra bien lire tous ces détails, en

obferver la filiation, reconnaîtra que je fuis loin de reffembler à ces cœurs ingrats qui rougiffent d'un bienfait; et qui, pour conformmer leur fcélérateffe, calomnient indignement leurs bienfaiteurs. J'en ai connu plus d'un de cette efpèce à l'égard de M. de *Voltaire*. J'ai été témoin des vols qui lui ont été faits par des gens de toutes fortes d'états. Il a plaint les uns, méprifé tacitement les autres, mais jamais il n'a tiré vengeance d'aucun. Les libraires, qu'il a prodigieufement enrichis par les différentes éditions de fes ouvrages, l'ont toujours déchiré publiquement; mais il n'y en a pas un feul qui ait ofé l'attaquer en juftice, parce que tous avaient tort.

M. de *Voltaire* eft toujours refté fidelle à fes amis. Son caractère eft impétueux; fon cœur eft bon : fon ame eft compatiffante et fenfible. Modefte au fuprême degré fur les louanges que lui ont prodigué les rois, les gens de lettres, et le peuple réuni pour l'entendre et l'admirer. Profond et jufte dans fes jugemens fur les ouvrages d'autrui, rempli d'aménité, de politeffe et de grâces dans le commerce civil; inflexible fur les gens qui l'ont offenfé; voilà fon caractère deffiné d'après nature.

On ne pourra jamais lui reprocher d'avoir attaqué le premier fes adverfaires; mais après les premières hoftilités commifes, il s'eft montré comme un lion forti de fon repaire, et fatigué de l'aboyement des roquets qu'il a fait taire par le feul afpect de fa crinière hériffée. Il y en a quelques-uns qu'il a écrafés en les courbant fous fa patte majeftueufe; les autres ont pris la fuite.

Je lui ai entendu dire mille fois qu'il était au défefpoir de n'avoir pu être l'ami de *Crébillon*; qu'il avait toujours eftimé fon talent plus que fa perfonne, mais qu'il ne lui pardonnerait jamais d'avoir refufé d'approuver Mahomet.

Je ne dirai rien de la fublimité de fes talens en tout genre. Il n'en eft aucun où il n'ait répandu beaucoup d'érudition, de grâce, de goût et de philofophie. Du

Q 4

refte, c'eft à l'Europe entière à faire fon éloge. Ses ouvrages répandus d'un pôle à l'autre, font des matériaux fuffifans pour l'entreprendre. Heureux celui qui faura les apprécier, et parler dignement d'un homme auffi célèbre et auffi rare. Tout le monde connaît fa facilité pour écrire, mais perfonne n'a vu ce dont mes yeux ont été les témoins pour fa tragédie de Zulime.

Son fecrétaire avait égaré, ou brûlé comme brouillon inutile, le cinquième acte de cette tragédie. M. de *Voltaire* le refit de nouveau en très-peu de temps, et fur de nouvelles idées qui lui furent fufcitées par les circonftances.

Je lui ai vu faire un nouveau rôle de *Cicéron* dans le quatrième acte de Rome fauvée, lorfque nous jouâmes cette pièce au mois d'augufte 1750,. fur le théâtre de madame la duchefle *du Maine*, au château de Sceaux. Je ne crois pas qu'il foit poffible de rien entendre de plus vrai, de plus pathétique et de plus enthoufiafte que M. de *Voltaire* dans ce rôle. C'était, en vérité, *Cicéron* lui-même tonnant de la tribune aux harangues fur le deftructeur de la patrie, des lois, des mœurs et de la religion. Je me fouviendrai toujours que madame la duchefle *du Maine*, après lui avoir témoigné fon étonnement et fon admiration fur ce nouveau rôle qu'il venait de compofer, lui demanda quel était celui qui avait joué le rôle de *Lentulus Sura*, et que M. de *Voltaire* lui répondit : *Madame, c'eft le meilleur de tous.* Ce pauvre hère qu'il traitait avec tant de bonté, c'était moi-même ; et ce n'était pas ce qui flatta le plus les marquis, les comtes et les chevaliers dont j'étais alors le camarade.

Je ne finirai point cet article fans citer encore quelques anecdotes qui font à ma connaiffance, et qui ferviront peut-être à donner encore quelques idées particulières du caractère de M. de *Voltaire*.

Perfonne n'ignore qu'à la mort du célèbre *Baron*,

ainfi qu'à la retraite de *Beaubourg*, l'emploi tragique et comique de ces deux grands comédiens fut donné à *Sarrafin* qui ne fuivait alors que de bien loin les traces de fes maîtres. C'eft ce qui lui attira une affez bonne plaifanterie de M. de *Voltaire*, lorfque ce dernier le chargea du rôle de Brutus dans la tragédie de ce nom. On répétait la pièce au théâtre, et la molleffe de *Sarrafin* dans fon invocation au dieu *Mars*, le peu de fermeté, de grandeur et de majefté qu'il mettait dans tout le premier acte, impatienta tellement M. de *Voltaire*, qu'il lui dit avec une ironie fanglante ; *Monfieur, fongez-donc que vous êtes Brutus, le plus ferme de tous les confuls Romains, et qu'il ne faut point parler au dieu Mars comme fi vous difiez : Ah! bonne Vierge, faites-moi gagner un lot de cent francs à la loterie!*

Il réfulta de ce nouveau genre de donner des leçons, que *Sarrafin* n'en fut ni plus vigoureux ni plus mâle, parce que ni l'une ni l'autre de ces qualités n'étaient en lui, et qu'il ne fut vraiment bon acteur que dans les chofes pathétiques. Il ignorait l'art de peindre les paffions avec énergie. On ne lui vit jamais l'ame de *Mithridate* ni la nobleffe d'*Augufte*.

L'on connaît la célébrité que mademoifelle *Dumefnil* s'était acquife dans le rôle de *Mérope*, et qu'elle a conftamment foutenue pendant vingt ans ; cette même célébrité ne fut cependant pas à l'abri du farcafme de M. de *Voltaire*. Lorfqu'il fit répéter Mérope pour la première fois, il trouvait que cette fameufe actrice ne mettait ni affez de force ni affez de chaleur dans le quatrième acte, quand elle invective *Polifonte. Il faudrait, lui dit mademoifelle Dumefnil, avoir le diable au corps pour arriver au ton que vous voulez me faire prendre. Eh, vraiment oui, Mademoifelle, lui répondit M. de Voltaire, c'eft le diable au corps qu'il faut avoir pour exceller dans tous les arts.* Je crois que M. de *Voltaire* difait alors une grande vérité.

Il était un jour queftionné fur la préférence que les uns accordaient à mademoifelle *Dumefnil* fur mademoifelle *Clairon*, et fur l'enthoufiafme que cette dernière excitait au grand regret de celle qui lui avait fervi de modèle. Ceux qui tenaient encore au vieux goût, prétendaient que pour attacher l'ame, la remuer et la déchirer, *il fallait avoir*, comme mademoifelle *Dumefnil*, *de la machine à Corneille*, et que mademoifelle *Clairon* n'en avait point. *Elle l'a dans la gorge*, s'écria M. de *Voltaire* : et la queftion fut jugée.

Une très-jeune et jolie demoifelle, fille d'un procureur au parlement, jouait avec moi le rôle de Palmire dans Mahomet, fur le théâtre de M. de *Voltaire*. Cette aimable enfant qui n'avait que quinze ans, était fort éloignée de pouvoir débiter avec force et énergie les imprécations qu'elle vomit contre fon tyran. Elle n'était que jeune, jolie et intéreffante; auffi M. de *Voltaire* s'y prit-il à fon égard avec plus de douceur, et pour lui remontrer combien elle était éloignée de la fituation de fon rôle, il lui dit : » Mademoifelle, figurez-vous que Mahomet eft un impofteur, un fourbe, un fcélérat qui a fait poignarder votre père, qui vient d'empoifonner votre frère, et qui, pour couronner fes bonnes œuvres, veut abfolument coucher avec vous. Si tout ce petit manège vous fait un certain plaifir, ah, vous avez raifon de le ménager comme vous faites; mais pour le peu que cela vous répugne, voici, Mademoifelle, comme il faut vous y prendre. »

Alors M. de *Voltaire* répétant lui-même cette imprécation, donna à cette pauvre innocente, rouge de honte et tremblante de peur, une leçon d'autant plus précieufe qu'elle joignait le précepte à l'exemple. Elle devint par la fuite une actrice très-agréable.

En 1755, étant aux Délices, près de Genève, dans la maifon que M. de *Voltaire* venait d'acquérir du procureur général *Tronchin*, je devins le dépofitaire de l'Orphelin de la Chine que l'auteur avait fait d'abord en trois actes, et qu'il nommait fes *magots*. C'eſt en conférant avec lui fur cet ouvrage d'un caractère noble et d'un genre auſſi neuf, qu'il me dit : ,, Mon ami, vous avez les inflexions de la voix naturellement douces, gardez-vous bien d'en laiſſer échapper quelques-unes dans le rôle de *Gengis*. Il faut bien vous mettre dans la tête que j'ai voulu peindre un tigre qui, en careſſant fa femelle, lui enfonce fes griffes dans les reins. Si vos camarades trouvent quelques longueurs dans le cours de l'ouvrage, je leur permets de faire des coupures ; ce font des citoyens qu'il faut quelquefois facrifier au falut de la république ; mais faites en forte que l'on en uſe modérément, car les faux connaiſſeurs font fouvent plus à craindre, pour ces fortes de changemens, que ceux qui font bonnement ignorans. ,,

Après mon départ de Ferney, au mois d'avril 1762, M. de *Voltaire* eut la fantaiſie de faire jouer fur fon petit théâtre fa tragédie de l'Orphelin de la Chine. Le libraire *Cramer* s'était exercé avec M. le duc de *Villars* fur le rôle de *Gengis*. Il n'y a perfonne qui ne foit inſtruit de la prétention de ce grand feigneur pour bien enfeigner à jouer la comédie. Auſſi fit-il de fon élève *Cramer* un froid et plat déclamateur ; et c'eſt ce dont M. de *Voltaire* ne tarda pas à s'apercevoir. Dès la première répétition, il fentit plus que jamais que l'on pouvait être en même temps duc, bel efprit, et le fils d'un grand-homme, mais que ni l'un ni l'autre de ces titres ne donnaient du talent pour exercer les beaux arts, des connaiſſances pour les approfondir, et du goût pour les bien juger.

M. de *Voltaire* fe mit à perfifler fon *Cramer*, et promit de le tourmenter jufqu'à ce qu'il eût changé fa diction. Le fidelle génevois fit des études incroyables pour oublier tout ce que fon maître lui avait appris, et revint au bout de quinze jours à Ferney pour répéter de nouveau fon rôle avec M. de *Voltaire*, qui s'apercevant d'un très-grand changement, s'écria avec joie à madame *Denis* : *Ma nièce*, *Dieu foit loué ! Cramer a dégorgé fon duc.*

Depuis plus de trente ans l'on n'avait pas encore vu de cabale auffi forte que celle qui s'éleva contre M. de *Voltaire* à la première repréfentation de la tragédie d'Orefte (fi toutefois on en excepte celle qui fut faite contre Adélaïde du Guefclin) fifflée depuis trois heures jufqu'à huit. Cependant la plus faine partie du public, celle dont le jugement feul demeure, parce qu'il eft impartial, l'emportait de temps en temps fur les fanatiques de *Crébillon*, et témoignait alors fa fatisfaction par les acclamations les moins fufpectes. C'eft dans un de ces momens de tranfport et d'ivreffe que M. de *Voltaire* s'élançant à mi-corps de fa loge, fe mit à crier de toutes fes forces : *Applaudiffez*, *applaudiffez*, *braves Athéniens*; *c'eft du Sophocle tout pur.*

Cette franchife et cette admirable préfence d'efprit caractérifaient à chaque heure du jour l'homme unique dont nous avons recueilli quelques anecdotes. En voici une qui le montre tel que la nature l'avait formé, c'eft-à-dire vif, éloquent et toujours philofophe.

En 1743, à la troifième ou quatrième repréfentation de Mérope, M. de *Voltaire* fut frappé d'un défaut de dialogue dans les rôles de *Polifonte* et d'*Erox*. De retour de chez madame la marquife *du Châtelet* où il avait foupé, il rectifia ce qui lui avait paru vicieux dans cette fcène du premier acte, fit un paquet de fes corrections, et donna ordre à fon domeftique de les porter chez le fieur *Paulin*, homme très-eftimable, mais acteur très-médiocre, et qu'il élevait, difait-il, à la brochette, pour jouer les tyrans. Le domeftique obferva à fon maître qu'il était plus de minuit, et qu'à cette heure il lui était impoffible de réveiller M. *Paulin*. *Va*, *va*, lui répliqua l'auteur de Mérope, *les tyrans ne dorment jamais.*

DECLARATION

De M. de Voltaire au roi de Prusse, remise de sa main au ministre de sa Majesté à Francfort, 1753.

JE suis mourant; je proteste devant DIEU et devant les hommes que n'étant plus au service de sa Majesté le roi de Prusse, je ne lui suis pas moins attaché, ni moins soumis à ses volontés pour le peu de temps que j'ai à vivre.

Il m'arrête à Francfort pour le livre de ses poësies dont il m'avait fait présent. Je reste en prison jusqu'à ce que le livre revienne de Hambourg. J'ai rendu au ministre de sa Majesté prussienne à Francfort toutes les lettres que j'avais conservées de sa Majesté, comme des marques chères des bontés dont elle m'avait honoré. Je rendrai à Paris toutes les autres lettres qu'il pourra me redemander.

Sa Majesté veut ravoir un contrat qu'elle avait daigné faire avec moi; je suis assurément prêt à le rendre comme tout le reste, et dès qu'il sera retrouvé, je le rendrai ou le ferai rendre. Cet écrit, qui n'était point un contrat, mais un pur effet de la bonté du roi, ne tirant à aucune conséquence, était sur un papier de la moitié plus petit que celui que d'*Arget* porta de ma chambre à l'appartement du roi à Potsdam. Il ne contenait autre chose que des remercîmens de ma part, de la pension dont sa Majesté me gratifiait avec la permission du roi mon maître, de celle qu'il accordait à ma nièce après ma mort, et de la croix et de la clef de chambellan.

Le roi de Prusse avait daigné mettre au bas de ce petit feuillet, autant qu'il m'en souvient : *Je signe de grand cœur le marché que j'avais envie de faire il y a plus de quinze ans.* Ce papier, abſolument inutile à ſa Majeſté, à moi, au public, ſera certainement rendu dès qu'il ſera retrouvé parmi mes autres papiers. Je ne peux, ni ne veux en faire le moindre uſage. Pour lever tout ſoupçon, je me déclare criminel de lèſe-Majeſté envers le roi de France mon maître, et le roi de Pruſſe, ſi je ne rends le papier à l'inſtant qu'il ſera entre mes mains.

Ma nièce, qui eſt auprès de moi dans ma maladie, s'engage ſous le même ſerment à le rendre ſi elle le retrouve. En attendant que je puiſſe avoir communication de mes papiers à Paris, j'annulle entièrement ledit écrit; je déclare ne prétendre rien de ſa Majeſté le roi de Pruſſe, et je n'attends rien dans l'état cruel où je ſuis que la compaſſion que doit ſa grandeur d'ame à un homme mourant, qui avait tout ſacrifié et qui a tout perdu pour s'attacher à lui, qui l'a ſervi avec zéle, qui lui a été utile, qui n'a jamais manqué à ſa perſonne, et qui comptait ſur la bonté de ſon cœur. Je ſuis obligé de dicter, ne pouvant écrire. Je ſigne avec le plus profond reſpect, la plus pure innocence, et la douleur la plus vive.

Voltaire.

LES J'AI VU,

*Attribués faussement à M. de Voltaire, et qui le firent
mettre à la Bastille, sous la régence, en 1716.*

Tristes et lugubres objets,
J'ai vu la Bastille et Vincennes,
Le Châtelet, Bicêtre, et mille prisons pleines
De braves citoyens, de fidelles sujets :
J'ai vu la liberté ravie,
De la droite raison la règle poursuivie :
J'ai vu le peuple gémissant
Sous un rigoureux esclavage :
J'ai vu le soldat rugissant
Crever de faim, de soif, de dépit et de rage :
J'ai vu les sages contredits,
Leurs remontrances inutiles :
J'ai vu des magistrats vexer toutes les villes
Par des impôts crians et d'injustes édits :
J'ai vu sous l'habit d'une femme (*)
Un démon nous donner la loi,
Sacrifier son Dieu, sa religion, son ame
Pour séduire l'esprit d'un trop crédule roi :
J'ai vu un homme épouvantable, (**)
Ce barbare ennemi de tout le genre-humain,
Exercer dans Paris, les armes à la main,
Une police abominable :
J'ai vu les tyrans impunis :
J'ai vu les gens d'honneur persécutés, bannis :

(*) Madame de *Maintenon.*
(**) M. d'*Argenson.*

J'ai vu même l'erreur en tous lieux triomphante,
La vérité trahie, et la foi chancellante :
  J'ai vu le lieu faint avili ;
  J'ai vu Port-royal aboli ;
  J'ai vu l'action la plus noire
  Qui puiffe jamais arriver ;
L'eau de tout l'Océan ne pourrait la laver,
Et nos derniers neveux auront peine à la croire :
J'ai vu dans ce féjour par la grâce habité,
  Des facriléges, des profanes
  Remuer et tourmenter les mânes
Des corps marqués au fceau de l'immortalité.
Ce n'eft pas tout encor ; j'ai vu la prélature
Se vendre, ou devenir le prix de l'impofture :
J'ai vu les dignités en proie aux ignorans :
J'ai vu les gens de rien tenir les premiers rangs :
J'ai vu de faints prélats devenir la victime
  Du feu divin qui les anime.
O temps ! ô mœurs ! j'ai vu dans ce fiècle maudit
 Ce cardinal, l'ornement de la France
 Plus grand encor, plus faint qu'on ne le dit,
Reffentir les effets d'une horrible vengeance :
  J'ai vu l'hypocrite honoré :
J'ai vu, c'eft tout dire, le jéfuite adoré.
 J'ai vu ces maux fous le règne funefte
D'un prince que jadis la colère célefte
Accorda, par vengeance, à nos défirs ardens :
 J'ai vu ces maux, et je n'ai pas vingt ans.

Fin des Pièces juftificatives.

MEMOIRES

MEMOIRES

POUR SERVIR A LA VIE

DE M. DE VOLTAIRE,

ECRITS PAR LUI-MEME.

AVERTISSEMENT

DES EDITEURS.

Nous imprimons ici ces mémoires finguliers dont une partie feulement a été refondue dans les *commentaires fur la vie et les ouvrages de l'auteur de la Henriade.* (*)

Voltaire les commença peu de temps après l'aventure de Francfort, et enfuite les abandonna. Il eft même très-vraifemblable qu'il les avait oubliés, et que même long-temps avant de mourir il n'avait plus l'idée de les laiffer après lui.

Une copie trouvée dans fes papiers, fut imprimée quelque temps après fa mort ; elle fut lue par *Frédéric* qui parut infenfible à ce qu'elle renfermait d'injurieux, fans doute parce que fa raifon lui fit apercevoir que les traits lancés contre fon avarice, fa dureté, et fes prétentions poëtiques, paraiffant renfermer tout ce qu'un fentiment de vengeance avait pu raffembler contre lui, donnaient plus de poids à ce qu'on difait, dans le même ouvrage, de fon génie et de fon courage.

(*) Mélanges littéraires, tome II.

Ces mémoires affurent en effet au roi de Pruffe tout ce qu'ils ne lui ôtent point; et dans ce fens, les fatires dont les auteurs font inftruits, et refpectent les vraifemblances, fervent fouvent plus la renommée de ceux qui en font l'objet, qu'un filence qui permet quelquefois aux imputations du vulgaire de s'accréditer, et expofe les hiftoriens à devenir l'écho des calomnies populaires.

MEMOIRES

POUR SERVIR A LA VIE

DE M. DE VOLTAIRE,

ECRITS PAR LUI-MEME.

J'ETAIS las de la vie oisive et turbulente de Paris,
de la foule des petits-maîtres, des mauvais livres
imprimés avec approbation et privilége du roi, des
cabales des gens de lettres, des bassesses et du
brigandage des misérables qui déshonoraient la littérature. Je trouvai, en 1733, une jeune dame qui
pensait à peu-près comme moi, et qui prit la résolution d'aller passer plusieurs années à la campagne,
pour y cultiver son esprit loin du tumulte du monde :
c'était madame la marquise *du Châtelet*, la femme de
France qui avait le plus de disposition pour toutes les
sciences.

Son père, le baron de *Breteuil*, lui avait fait
apprendre le latin qu'elle possédait comme madame
Dacier ; elle savait par cœur les plus beaux morceaux d'*Horace*, de *Virgile* et de *Lucrèce* ; tous les
ouvrages philosophiques de *Cicéron* lui étaient fami-
liers. Son goût dominant était pour les mathématiques et pour la métaphysique. On a rarement uni

R 3

plus de juſteſſe d'eſprit, et plus de goût, avec plus
d'ardeur de s'inſtruire; elle n'aimait pas moins le
monde et tous les amuſemens de ſon âge et de ſon
ſexe. Cependant elle quitta tout pour aller s'enſevelir
dans un château délabré ſur les frontières de la
Champagne et de la Lorraine, dans un terrain très-
ingrat et très-vilain. Elle embellit ce château qu'elle
orna de jardins aſſez agréables. J'y bâtis une galerie;
j'y formai un très-beau cabinet de phyſique. Nous
eûmes une bibliothéque nombreuſe. Quelques ſavans
vinrent philoſopher dans notre retraite. Nous eûmes
deux ans entiers le célèbre *Kœnig*, qui eſt mort
profeſſeur à la Haie, et bibliothécaire de madame
la princeſſe d'*Orange*. *Maupertuis* vint avec *Jean
Bernouilli*; et dès-lors *Maupertuis*, qui était né le
plus jaloux des hommes, me prit pour l'objet de
cette paſſion qui lui a été toujours très-chère.

J'enſeignai l'anglais à madame *du Châtelet*, qui au
bout de trois mois le ſut auſſi bien que moi, et qui
liſait également *Locke*, *Newton* et *Pope*. Elle apprit
l'italien auſſi vîte; nous lûmes enſemble tout *le
Taſſe* et tout l'*Arioſte*. De ſorte que quand *Algarotti*
vint à Cirey où il acheva ſon *Neutonianiſmo per le
dame*, il la trouva aſſez ſavante dans ſa langue pour lui
donner de très-bons avis dont il profita. *Algarotti*
était un vénitien fort aimable, fils d'un marchand
fort riche; il voyageait dans toute l'Europe, ſavait
un peu de tout, et donnait à tout de la grâce.

Nous ne cherchions qu'à nous inſtruire dans cette
délicieuſe retraite, ſans nous informer de ce qui ſe
paſſait dans le reſte du monde. Notre plus grande
attention ſe tourna long-temps du côté de *Leibnitz*

et de *Newton*. Madame *du Châtelet* s'attacha d'abord à *Leibnitz*, et développa une partie de son système dans un livre très-bien écrit, intitulé : *Institutions de physique*. Elle ne cherche point à parer cette philosophie d'ornemens étrangers : cette affèterie n'entrait point dans son caractère mâle et vrai. La clarté, la précision et l'élégance composaient son style. Si jamais on a pu donner quelque vraisemblance aux idées de *Leibnitz*, c'est dans ce livre qu'il la faut chercher. Mais on commence aujourd'hui à ne plus s'embarrasser de ce que *Leibnitz* a pensé.

Née pour la vérité, elle abandonna bientôt les systêmes, et s'attacha aux découvertes du grand *Newton*. Elle traduisit en français tout le livre des principes mathématiques ; et depuis, lorsqu'elle eut fortifié ses connaissances, elle ajouta à ce livre que si peu de gens entendent, un commentaire algébrique qui n'est pas davantage à la portée du commun des lecteurs. M. *Clairault*, l'un de nos meilleurs géomètres, a revu exactement ce commentaire. On en a commencé une édition ; il n'est pas honorable pour notre siècle qu'elle n'ait pas été achevée.

Nous cultivions à Cirey tous les arts. J'y composai Alzire, Mérope, l'Enfant prodigue, Mahomet. Je travaillai pour elle à un essai sur l'Histoire générale depuis *Charlemagne* jusqu'à nos jours : je choisis cette époque de *Charlemagne*, parce que c'est celle où *Bossuet* s'est arrêté, et que je n'osais toucher à ce qui avait été traité par ce grand-homme. Cependant elle n'était pas contente de l'Histoire universelle de ce prélat. Elle ne la trouvait qu'éloquente ; elle était indignée que presque tout l'ouvrage de *Bossuet* roulât fur une nation auffi méprifable que celle des Juifs.

Après avoir paffé fix années dans cette retraite, au milieu des fciences et des arts, il fallut que nous allaffions à Bruxelles, où la maifon *du Châtelet* avait depuis long-temps un procès confidérable contre la maifon de *Honsbrouk*. J'eus le bonheur d'y trouver un petit-fils de l'illuftre et infortuné grand-penfionnaire de *Witt*, qui était premier préfident de la chambre des comptes. Il avait une des plus belles bibliothéques de l'Europe, qui me fervit beaucoup pour l'Hiftoire générale ; mais j'eus à Bruxelles un bonheur plus rare et qui me fut plus fenfible : j'accommodai le procès pour lequel les deux maifons fe ruinaient en frais depuis foixante ans. Je fis avoir à M. le marquis *du Châtelet* deux cents vingt mille livres, argent comptant ; moyennant quoi tout fut terminé.

Lorfque j'étais encore à Bruxelles, en 1740, le gros roi de Pruffe *Frédéric Guillaume*, le moins endurant de tous les rois, fans contredit le plus économe et le plus riche en argent comptant, mourut à Berlin. Son fils, qui s'eft fait une réputation fi fingulière, entretenait un commerce affez régulier avec moi depuis plus de quatre années. Il n'y a jamais eu peut-être au monde de père et de fils qui fe reffemblaffent moins que ces deux monarques. Le père était un véritable vandale, qui dans tout fon règne n'avait fongé qu'à amaffer de l'argent, et à entretenir à moins de frais qu'il fe pouvait les plus belles troupes de l'Europe. Jamais fujets ne furent plus pauvres que les fiens, et jamais roi ne

fut plus riche. Il avait acheté à vil prix une grande
partie des terres de sa nobleffe, laquelle avait mangé
bien vîte le peu d'argent qu'elle en avait tiré; et la
moitié de cet argent était rentrée encore dans les
coffres du roi par les impôts fur la confommation.
Toutes les terres royales étaient affermées à des
receveurs qui étaient en même temps exacteurs et
juges; de façon que quand un cultivateur n'avait
pas payé au fermier à jour nommé, ce fermier
prenait fon habit de juge, et condamnait le délin-
quant au double. Il faut obferver que quand ce
même juge ne payait pas le roi, le dernier du mois,
il était lui-même taxé au double le premier du mois
fuivant.

Un homme tuait-il un lièvre, ébranchait-il un
arbre dans le voifinage des terres du roi, ou avait-il
commis quelque autre faute, il fallait payer une
amende. Une fille fefait-elle un enfant, il fallait que
la mère, ou le père, ou les parens donnaffent de
l'argent au roi pour la façon.

Madame la baronne de *Knipaufen*, la plus riche
veuve de Berlin, c'eft-à-dire qui poffédait fept à
huit mille livres de rente, fut accufée d'avoir mis
au monde un fujet du roi dans la feconde année de
fon veuvage : le roi lui écrivit de fa main que, pour
fauver fon honneur, elle envoyât fur le champ trente
mille livres à fon tréfor; elle fut obligée de les
emprunter, et fut ruinée.

Il avait un miniftre à la Haie nommé *Luicius* :
c'était affurément de tous les miniftres des têtes
couronnées le plus mal payé; ce pauvre homme
pour fe chauffer fit couper quelques arbres dans le

jardin d'Hons-lardik, appartenant pour lors à la maison de Pruffe ; il reçut bientôt après des dépêches du roi son maître qui lui retenaient une année d'appointemens. *Luicius* défefpéré fe coupa la gorge avec le feul rafoir qu'il eût : un vieux valet vint à fon fecours, et lui fauva malheureufement la vie. J'ai retrouvé depuis fon Excellence à la Haie, et je lui ai fait l'aumône à la porte du palais nommé *la vieille cour;* palais appartenant au roi de Pruffe, et où ce pauvre ambaffadeur avait demeuré douze ans.

Il faut avouer que la Turquie eft une république en comparaifon du defpotifme exercé par *Frédéric Guillaume.* C'eft par ces moyens qu'il parvint, en vingt-huit ans de règne, à entaffer dans les caves de fon palais de Berlin environ vingt millions d'écus bien enfermés dans des tonneaux garnis de cercles de fer. Il fe donna le plaifir de meubler tout le grand appartement du palais de gros effets d'argent maffif, dans lefquels l'art ne furpaffait pas la matière. Il donna auffi à la reine fa femme, en compte, un cabinet dont tous les meubles étaient d'or, jufqu'aux pommeaux des pelles et pincettes, et jufqu'aux cafe-tières.

Le monarque fortait à pied de ce palais, vêtu d'un méchant habit de drap bleu, à boutons de cuivre, qui lui venait à la moitié des cuiffes ; et quand il achetait un habit neuf, il fefait fervir fes vieux boutons. C'eft dans cet équipage que fa majefté, armée d'une groffe canne de fergent, fefait tous les jours la revue de fon régiment de géans. Ce régiment était fon goût favori et fa plus grande dépenfe. Le premier rang de fa compagnie était compofé d'hommes dont le plus petit avait fept pieds de haut : il les fefait acheter aux bouts de l'Europe et de l'Afie. J'en vis encore quelques-uns après fa mort. Le roi fon fils qui aimait les beaux hommes et non les grands hommes, avait mis ceux-ci chez la reine fa femme en qualité d'édukes. Je me fouviens qu'ils accompagnèrent un vieux carroffe de parade qu'on envoya au-devant du marquis de *Beauvau* qui vint complimenter le nouveau roi au mois de novembre 1740. Le feu roi *Frédéric Guillaume* qui avait autrefois fait vendre tous les meubles magnifiques de fon père, n'avait pu fe défaire de cet énorme carroffe dédoré. Les édukes qui étaient aux portières pour le foutenir, en cas qu'il tombât, fe donnaient la main par-deffus l'impériale.

Quand *Frédéric Guillaume* avait fait fa revue, il allait fe promener par la ville ; tout le monde s'enfuyait au plus vîte : s'il rencontrait une femme, il lui demandait pourquoi elle perdait fon temps dans la rue : *Va-t-en chez toi, gueufe ; une honnête femme doit être dans fon ménage.* Et il accompagnait cette remontrance ou d'un bon foufflet, ou d'un coup de pied dans le ventre, ou de quelques coups de canne. C'eft ainfi qu'il traitait auffi les miniftres du faint évangile quand il leur prenait envie d'aller voir la parade.

On peut juger fi ce vandale était étonné et fâché d'avoir un fils plein d'efprit, de grâces, de politeffe et d'envie de plaire, qui cherchait à s'inftruire, et qui fefait de la mufique et des vers. Voyait-il un livre dans les mains du prince héréditaire, il le jetait au feu : le prince jouait-il de la flûte, le père caſſait la flûte, et quelquefois traitait ſon Alteſſe royale comme il traitait les dames et les prédicans à la parade.

Le prince, laſſé de toutes les attentions que ſon père avait pour lui, réſolut un beau matin, en 1730, de s'enfuir, ſans bien ſavoir encore s'il irait en Angleterre ou en France. L'économie paternelle ne le mettait pas à portée de voyager comme le fils d'un fermier général ou d'un marchand anglais. Il emprunta quelques centaines de ducats.

Deux jeunes gens fort aimables, *Kat* et *Keit*, devaient l'accompagner. *Kat* était le fils unique d'un brave officier général. *Keit* était gendre de cette même baronne de *Knipauſen* à qui il en avait coûté dix mille écus pour faire des enfans. Le jour et l'heure étaient déterminés ; le père fut informé de tout ; on arrêta en même temps le prince et ſes deux compagnons de voyage. Le roi crut d'abord que la princeſſe *Guillemine* ſa fille, qui depuis a épouſé le prince margrave de Bareith, était du complot ; et comme il était expéditif en fait de juſtice, il la jeta, à coups de pieds, par une fenêtre qui s'ouvrait juſqu'au plancher. La reine mère qui ſe trouva à cette expédition dans le temps que *Guillemine* allait faire le ſaut, la retint à peine par ſes jupes. Il en reſta à la princeſſe une contuſion au-deſſous du teton gauche, qu'elle a conſervée toute ſa vie comme une marque des ſentimens paternels, et qu'elle m'a fait l'honneur de me montrer.

Le prince avait une eſpèce de maîtreſſe, fille d'un maître d'école de la ville de Brandebourg, établie à Potſdam. Elle jouait du clavecin aſſez mal ; le prince royal l'accompagnait de la flûte. Il crut être amoureux d'elle, mais il ſe trompait ; ſa vocation n'était pas pour le ſexe. Cependant comme il avait fait ſemblant de l'aimer, le père fit faire à cette demoiſelle le tour de la place de Potſdam, conduite par le bourreau qui la fouettait ſous les yeux de ſon fils.

Après l'avoir régalé de ce ſpectacle, il le fit transférer à la citadelle de Cuſtrin, ſituée au milieu d'un marais. C'eſt là qu'il fut enfermé ſix mois, ſans domeſtiques, dans une eſpèce de cachot ; et au bout de ſix mois on lui donna un ſoldat pour le ſervir. Ce ſoldat, jeune, beau, bien fait, et qui jouait de la flûte, ſervit en plus d'une manière à amuſer le priſonnier. Tant de belles qualités ont fait depuis ſa fortune. Je l'ai vu à la fois valet de chambre et premier miniſtre, avec toute l'inſolence que ces deux poſtes peuvent inſpirer.

Le prince était depuis quelques ſemaines dans ſon château de Cuſtrin, lorſqu'un vieil officier, ſuivi de quatre grenadiers, entra dans ſa chambre, fondant en larmes. Frédéric ne douta pas qu'on ne vînt lui couper le cou. Mais l'officier, toujours pleurant, le fit prendre par les quatre grenadiers qui le placèrent à la fenêtre, et qui lui tinrent la tête, tandis qu'on coupait celle de ſon ami Kat ſur un échafaud dreſſé immédiatement ſous la croiſée. Il tendit la main à Kat, et s'évanouit. Le père était préſent à ce ſpectacle, comme il l'avait été à celui de la fille fouettée.

Quant à Keit, l'autre confident, il s'enfuit en Hollande. Le roi dépêcha des ſoldats pour le prendre :

il ne fut manqué que d'une minute, et s'embarqua pour le Portugal, où il demeura jusqu'à la mort du clément *Frédéric Guillaume.*

Le roi n'en voulait pas demeurer là. Son deſſein était de faire couper la tête à ſon fils. Il conſidérait qu'il avait trois autres garçons dont aucun ne feſait des vers, et que c'était aſſez pour la grandeur de la Pruſſe. Les meſures étaient déjà priſes pour faire condamner le prince royal à la mort, comme l'avait été le czarowitz fils aîné du czar *Pierre I.*

Il ne paraît pas bien décidé par les lois divines et humaines, qu'un jeune homme doive avoir le cou coupé, pour avoir voulu voyager. Mais le roi aurait trouvé à Berlin des juges auſſi habiles que ceux de Ruſſie. En tout cas ſon autorité paternelle aurait ſuffi. L'empereur *Charles VI*, qui prétendait que le prince royal, comme prince de l'empire, ne pouvait être jugé à mort que dans une diète, envoya le comte de *Sekendorff* au père pour lui faire les plus ſérieuſes remontrances. Le comte de *Sekendorff*, que j'ai vu depuis en Saxe où il s'eſt retiré, m'a juré qu'il avait eu beaucoup de peine à obtenir qu'on ne tranchât pas la tête au prince. C'eſt ce même *Sekendorff* qui a commandé les armées de Bavière, et dont le prince, devenu roi de Pruſſe, fait un portrait affreux dans l'hiſtoire de ſon père, qu'il a inférée dans une trentaine d'exemplaires des *Mémoires de Brandebourg* (*). Après cela, ſervez les princes, et empêchez qu'on ne leur coupe la tête.

Au bout de dix-huit mois, les ſollicitations de

(*) J'ai donné à l'électeur-Palatin l'exemplaire dont le roi de Pruſſe m'avait fait préſent.

l'empereur et les larmes de la reine de Pruffe obtinrent la liberté du prince héréditaire qui fe mit à faire des vers et de la muſique plus que jamais. Il liſait *Leibnitz*, et même *Wolf* qu'il appelait un compilateur de fatras, et il donnait tant qu'il pouvait dans toutes les ſciences à la fois.

Comme ſon père lui accordait peu de part aux affaires, et que même il n'y avait point d'affaires dans ce pays, où tout conſiſtait en revues, il employa ſon loiſir à écrire aux gens de lettres de France qui étaient un peu connus dans le monde. Le principal fardeau tomba ſur moi. C'était des lettres en vers; c'était des traités de métaphyſique, d'hiſtoire, de politique. Il me traitait d'homme divin : je le traitais de *Salomon*. Les épithètes ne nous coûtaient rien. On a imprimé quelques-unes de ces fadaiſes dans le recueil de mes œuvres; et heureuſement on n'en a pas imprimé la trentième partie. Je pris la liberté de lui envoyer une très-belle écritoire de *Martin;* il eut la bonté de me faire préſent de quelques colifichets d'ambre. Et les beaux eſprits des cafés de Paris s'imaginèrent avec horreur que ma fortune était faite.

Un jeune courlandais nommé *Keyſerling*, qui feſait auſſi des vers français tant bien que mal, et qui en conſéquence était alors ſon favori, nous fut dépêché à Cirey des frontières de la Poméranie. Nous lui donnâmes une fête : je fis une belle illumination, dont les lumières deſſinaient les chiffres et le nom du prince royal, avec cette deviſe: *L'eſpérance du genre-humain.* Pour moi, ſi j'avais voulu concevoir des eſpérances perſonnelles, j'en étais très en droit,

car on m'écrivait *mon cher ami*, et on me parlait
souvent, dans les dépêches, des marques solides
d'amitié qu'on me destinait quand on serait sur le
trône. Il y monta enfin lorsque j'étais à Bruxelles;
et il commença par envoyer en France en ambassade
extraordinaire un manchot nommé *Camas*, ci-devant
français réfugié, et alors officier dans ses troupes.
Il disait qu'il y avait un ministre de France à Berlin
à qui il manquait une main, et que pour s'acquitter
de tout ce qu'il devait au roi de France, il lui
envoyait un ambassadeur qui n'avait qu'un bras.
Camas, en arrivant au cabaret, me dépêcha un jeune
homme, qu'il avait fait son page, pour me dire
qu'il était trop fatigué pour venir chez moi; qu'il
me priait de me rendre chez lui sur l'heure, et qu'il
avait le plus grand et le plus magnifique présent à
me faire de la part du roi son maître. Courez vîte,
dit madame *du Châtelet;* on vous envoie sûrement
les diamans de la couronne. Je courus, je trouvai
l'ambassadeur qui pour toute valise avait derrière sa
chaise un quartaut de vin de la cave du feu roi, que
le roi régnant m'ordonnait de boire. Je m'épuisai
en protestations d'étonnement et de reconnaissance,
sur les marques liquides des bontés de sa majesté,
substituées aux solides dont elle m'avait flatté,
et je partageai le quartaut avec *Camas*.

Mon *Salomon* était alors à Strasbourg. La fantaisie
lui avait pris, en visitant ses longs et étroits états qui
allaient depuis Gueldres jusqu'à la mer Baltique,
de voir incognito les frontières et les troupes de
France.

Il se donna ce plaisir dans Strasbourg sous le nom
du

du comte *du-Four*, riche feigneur de Bohême. Son frère le prince royal, qui l'accompagnait, avait pris auffi fon nom de guerre ; et *Algarotti*, qui s'était déjà attaché à lui, était le feul qui ne fût pas en mafque.

Le roi m'envoya à Bruxelles une relation de fon voyage, moitié profe et moitié vers, dans un goût approchant de *Bachaumont* et de *Chapelle*, c'eft-à-dire, autant qu'un roi de Pruffe peut en approcher. Voici quelques endroits de fa lettre :

„ Après des chemins affreux, nous avons trouvé des gîtes plus affreux encore.

> Car des hôtes intéreffés,
> De la faim nous voyant preffés,
> D'une façon plus que frugale,
> Dans une chaumière infernale
> En nous empoifonnant nous volaient nos écus.
> O fiècle différent du temps de Lucullus !

Des chemins affreux, mal nourris, mal abreuvés ; ce n'était pas tout : nous effuyâmes encore bien des accidens ; et il faut affurément que notre équipage ait un air bien fingulier, puifqu'en chaque endroit où nous paffâmes, on nous prit pour quelque chofe d'autre.

> Les uns nous prenaient pour des rois ;
> D'autres pour des filous courtois ;
> D'autres pour gens de connaiffance.
> Parfois le peuple s'attroupait,
> Entre les yeux nous regardait
> En badauds curieux remplis d'impertinence.

Vie de Voltaire.   S

Le maître de la poste de Kehl nous ayant assuré qu'il n'y avait point de salut sans passe-port, et voyant que le cas nous mettait dans la nécessité absolue d'en faire nous-mêmes, ou de ne point entrer à Strasbourg, il fallut prendre le premier parti, à quoi les armes prussiennes que j'avais sur mon cachet nous secondèrent merveilleusement.

Nous arrivâmes à Strasbourg, et le corsaire de la douane et le visiteur parurent contens de nos preuves.

> Ces scélérats nous épiaient ;
> D'un œil le passe-port lisaient,
> De l'autre lorgnaient notre bourse.
> L'or, qui toujours fut de ressource,
> Par lequel Jupin jouissait
> De Danaé qu'il caressait ;
> L'or par qui César gouvernait
> Le monde, heureux sous son empire ;
> L'or plus Dieu que Mars et l'Amour ;
> Ce même or fut nous introduire
> Le soir dans les murs de Strasbourg. "

On voit par cette lettre qu'il n'était pas encore devenu le meilleur de nos poëtes, et que sa philosophie ne regardait pas avec indifférence le métal dont son père avait fait provision.

De Strasbourg il alla voir ses Etats de la basse Allemagne, et me manda qu'il viendrait *incognito* me voir à Bruxelles. Nous lui préparâmes une belle maison ; mais étant tombé malade dans le petit château de Meuse, à deux lieues de Clèves, il m'écrivit qu'il comptait que je ferais les avances. J'allai donc lui présenter mes profonds hommages. *Maupertuis* qui avait déjà fes vues, et qui était pofédé de la rage d'être préfident d'une académie, s'était préfenté de lui-même, et logeait avec *Algarotti* et *Keyferling* dans un grenier de ce palais. Je trouvai à la porte de la cour un foldat pour toute garde. Le confeiller privé *Rambonet*, miniftre d'Etat, fe promenait dans la cour en foufflant dans fes doigts. Il portait de grandes manchettes de toile, fales, un chapeau troué, une vieille perruque de magiftrat dont un côté entrait dans une de fes poches, et l'autre paffait à peine l'épaule. On me dit que cet homme était chargé d'une affaire d'Etat importante; et cela était vrai.

Je fus conduit dans l'appartement de fa Majefté. Il n'y avait que les quatre murailles. J'aperçus dans un cabinet, à la lueur d'une bougie, un petit grabat, de deux pieds et demi de large, fur lequel était un petit homme affublé d'une robe de chambre de gros drap bleu : c'était le roi qui fuait et qui tremblait fous une méchante couverture, dans un accès de fièvre violent. Je lui fis la révérence, et commençai la connaiffance par lui tâter le pouls, comme fi j'avais été fon premier médecin. L'accès paffé, il s'habilla, et fe mit à table. *Algarotti*, *Keyferling*, *Maupertuis*, et le miniftre du roi auprès des Etats-Généraux, nous fûmes du fouper, où l'on traita à fond de l'immortalité de l'ame, de la liberté, et des androgynes de *Platon*.

Le confeiller *Rambonet* était pendant ce temps-là monté fur un cheval de louage : il alla toute la nuit, et le lendemain arriva aux portes de Liége, où il inftrumenta au nom du roi fon maître, tandis que deux mille hommes des troupes de Véfel mettaient la ville de Liége à contribution. Cette belle expédition avait pour prétexte quelques droits que le roi prétendait fur un faubourg. Il me chargea même de travailler à un manifefte, et j'en fis un, tant bon que mauvais, ne doutant pas qu'un roi, avec qui je foupais et qui m'appelait fon ami, ne dût avoir toujours raifon. L'affaire s'accommoda bientôt, moyennant un million qu'il exigea en ducats de poids, et qui fervirent à l'indemnifer des frais de fon voyage de Strasbourg, dont il s'était plaint dans fa poëtique lettre.

Je ne laiffai pas de me fentir attaché à lui, car il avait de l'efprit, des grâces; et de plus il était roi, ce qui fait toujours une grande féduction, attendu la faibleffe humaine. D'ordinaire ce font nous autres gens de lettres qui flattons les rois; celui-là me louait depuis les pieds jufqu'à la tête, tandis que l'abbé *Desfontaines* et d'autres gredins me diffamaient dans Paris, au moins une fois la femaine.

Le roi de Pruffe, quelque temps avant la mort de fon père, s'était avifé d'écrire contre les principes de *Machiavel*. Si *Machiavel* avait eu un prince pour difciple, la première chofe qu'il lui eût recommandée aurait été d'écrire contre lui. Mais le prince royal n'y avait pas entendu tant de fineffe. Il avait écrit de bonne foi dans le temps qu'il n'était pas encore fouverain, et que fon père ne lui fefait pas aimer le pouvoir defpotique. Il louait alors de tout fon cœur la modération, la juftice; et dans fon enthoufiafme il regardait toute ufurpation comme un crime. Il m'avait envoyé fon manufcrit à Bruxelles pour le corriger et le faire imprimer; et j'en avais déjà fait préfent à un libraire d'Hollande, nommé *Van Duren*, le plus infigne fripon de fon efpèce. Il me vint enfin un remords de faire imprimer l'*Anti-Machiavel*, tandis que le roi de Pruffe, qui avait cent millions dans fes coffres, en prenait un aux pauvres Liégeois par la main du confeiller *Rambonet*. Je jugeai que mon *Salomon* ne s'en tiendrait pas là. Son père lui avait laiffé foixante et fix mille quatre cents hommes complets d'excellentes troupes ; il les augmentait, et paraiffait avoir envie de s'en fervir à la première occafion.

Je lui repréfentai qu'il n'était peut-être pas convenable d'imprimer fon livre précifément dans le temps même qu'on pourrait lui reprocher d'en violer les préceptes. Il me permit d'arrêter l'édition. J'allai en Hollande uniquement pour lui rendre ce petit fervice ; mais le libraire demanda tant d'argent que le roi, qui d'ailleurs n'était pas fâché dans le fond du cœur d'être imprimé, aima mieux l'être pour rien que de payer pour ne l'être pas.

Lorfque j'étais en Hollande occupé de cette befogne, l'empereur *Charles VI* mourut, au mois d'octobre 1740, d'une indigeftion de champignons qui lui caufa une apoplexie ; et ce plat de champignons changea la deftinée de l'Europe. Il parut bientôt que *Frédéric II*, roi de Pruffe, n'était pas auffi ennemi de *Machiavel* que le prince royal avait paru l'être. Quoiqu'il roulât déjà dans fa tête le projet de fon invafion en Siléfie, il ne m'appela pas moins à fa cour.

Je lui avais déjà fignifié que je ne pouvais m'établir auprès de lui, que je devais préférer l'amitié à

S 3

l'ambition, que j'étais attaché à madame *du Châtelet*, et que philosophe pour philosophe j'aimais mieux une dame qu'un roi.

Il approuvait cette liberté, quoiqu'il n'aimât pas les femmes. J'allai lui faire ma cour au mois d'octobre. Le cardinal de *Fleuri* m'écrivit une longue lettre pleine d'éloges pour l'*Anti-Machiavel*, et pour l'auteur ; je ne manquai pas de la lui montrer. Il rassemblait déjà ses troupes, sans qu'aucun de ses généraux ni de ses ministres pût pénétrer son dessein. Le marquis de *Beauvau*, envoyé auprès de lui pour le complimenter, croyait qu'il allait se déclarer contre la France en faveur de *Marie-Thérèse*, reine de Hongrie et de Bohême, fille de *Charles VI*; qu'il voulait appuyer l'élection à l'empire de *François de Lorraine*, grand duc de Toscane, époux de cette reine ; qu'il pouvait y trouver de grands avantages.

Je devais croire plus que personne qu'en effet le nouveau roi de Prusse allait prendre ce parti, car il m'avait envoyé, trois mois auparavant, un écrit politique de sa façon dans lequel il regardait la France comme l'ennemie naturelle et la déprédatrice de l'Allemagne. Mais il était dans sa nature de faire toujours tout le contraire de ce qu'il disait et de ce qu'il écrivait, non par dissimulation, mais parce qu'il écrivait et parlait avec une espèce d'enthousiasme, et agissait ensuite avec une autre.

Il partit au 15 de décembre, avec la fièvre quarte, pour la conquête de la Silésie, à la tête de trente mille combattans, bien pourvus de tout, et bien disciplinés; il dit au marquis de *Beauvau* en montant à cheval : *Je vais jouer votre jeu; si les as me viennent, nous partagerons.*

Il a écrit depuis l'hiftoire de cette conquête; il me l'a montrée toute entière. Voici un des articles curieux du début de ces annales; j'eus foin de le tranfcrire de préférence, comme un monument unique.

Que l'on joigne à ces confidérations, des troupes toujours prêtes d'agir, mon épargne bien remplie, et la vivacité de mon caractère; c'étaient les raifons que j'avais de faire la guerre à Marie-Thérèfe, reine de Bohême et d'Hongrie. Et quelques lignes enfuite, il y avait ces propres mots: *L'ambition, l'intérêt, le défir de faire parler de moi, l'emportèrent; et la guerre fut réfolue.*

Depuis qu'il y a des conquérans, ou des efprits ardens qui ont voulu l'être, je crois qu'il eft le premier qui fe foit ainfi rendu juftice. Jamais homme peut-être n'a plus fenti la raifon, et n'a plus écouté fes paffions. Ces affemblages de philofophie et de déréglemens d'imagination ont toujours compofé fon caractère.

C'eft dommage que je lui aye fait retrancher ce paffage quand je corrigeai depuis tous fes ouvrages: un aveu fi rare devait paffer à la poftérité, et fervir à faire voir fur quoi font fondées prefque toutes les guerres. Nous autres gens de lettres, poëtes, hifto-riens, déclamateurs d'académie, nous célébrons ces beaux exploits: et voilà un roi qui les fait, et qui les condamne.

Ses troupes étaient déjà en Siléfie quand le baron de *Gotter*, fon miniftre à Vienne, fit à *Marie-Thérèfe* la propofition incivile de céder de bonne grâce au roi électeur fon maître les trois quarts de cette province, moyennant quoi le roi de Pruffe lui

S 4

prêterait trois millions d'écus, et ferait fon mari empereur.

Marie-Thérèfe n'avait alors ni troupes, ni argent, ni crédit; et cependant elle fut inflexible. Elle aima mieux rifquer de tout perdre que de fléchir fous un prince qu'elle ne regardait que comme le vaffal de fes ancêtres, et à qui l'empereur fon père avait fauvé la vie. Ses généraux raffemblèrent à peine vingt mille hommes; fon maréchal *Neuperg*, qui les commandait, força le roi de Pruffe de recevoir la bataille fous les murs de Neifs, à Mölwitz. La cavalerie pruffienne fut d'abord mife en déroute par la cavalerie autrichienne; et, dès le premier choc, le roi qui n'était pas encore accoutumé à voir des batailles, s'enfuit jufqu'à Opelcim, à douze grandes lieues du champ où l'on fe battait. *Maupertuis*, qui avait cru faire une grande fortune, s'était mis à fa fuite dans cette campagne, s'imaginant que le roi lui ferait au moins fournir un cheval. Ce n'était pas la coutume du roi. *Maupertuis* acheta un âne deux ducats, le jour de l'action, et fe mit à fuivre fa Majefté fur fon âne du mieux qu'il put. Sa monture ne put fournir la courfe; il fut pris et dépouillé par les houfards.

Frédéric paffa la nuit couché fur un grabat dans un cabaret de village près de Ratibor, fur les confins de la Pologne. Il était défefpéré, et fe croyait réduit à traverfer la moitié de la Pologne pour rentrer dans le nord de fes Etats, lorfqu'un de fes chaffeurs arriva du camp de Molwitz, et lui annonça qu'il avait gagné la bataille. Cette nouvelle lui fut confirmée un quart d'heure après par un aide de camp. La nouvelle était vraie. Si la cavalerie pruſſienne était mauvaiſe, l'infanterie était la meilleure de l'Europe. Elle avait été diſciplinée pendant trente ans par le vieux prince d'*Anhalt*. Le maréchal de *Shwerin* qui la commandait, était un élève de *Charles XII*; il gagna la bataille auſſitôt que le roi de Pruſſe ſe fut enfui. Le monarque revint le lendemain, et le général vainqueur fut à peu-près diſgracié.

Je retournai philoſopher dans la retraite de Cirey. Je paſſais les hivers à Paris où j'avais une foule d'ennemis; car m'étant aviſé d'écrire, long-temps auparavant, l'Hiſtoire de *Charles XII*, de donner pluſieurs pièces de théâtre, de faire même un poëme épique, j'avais comme de raiſon pour perſécuteurs tous ceux qui ſe mêlaient de vers et de proſe. Et comme j'avais même pouſſé la hardieſſe juſqu'à écrire ſur la philoſophie, il fallait bien que les gens qu'on appelle *dévots*, me traitaſſent d'athée, ſelon l'ancien uſage.

J'avais été le premier qui eût oſé développer à ma nation les découvertes de *Newton*, en langage intelligible. Les préjugés cartéſiens, qui avaient ſuccédé en France aux préjugés péripatéticiens, étaient alors tellement enracinés, que le chancelier d'*Agueſſeau* regardait comme un homme ennemi de la raiſon et de l'Etat quiconque adoptait des découvertes faites en Angleterre. Il ne voulut jamais donner de privilége pour l'impreſſion des Elémens de la philoſophie de *Newton*.

J'étais grand admirateur de *Locke*: je le regardais comme le ſeul métaphyſicien raiſonnable; je louai ſurtout cette retenue ſi nouvelle, ſi ſage en même temps, et fi hardie, avec laquelle il dit que nous n'en faurons jamais affez par les lumières de notre raifon pour affirmer que DIEU ne peut accorder le don du fentiment et de la penfée à l'être appelé *matière*.

On ne peut concevoir avec quel acharnement et avec quelle intrépidité d'ignorance, on fe déchaîna contre moi fur cet article. Le fentiment de *Locke* n'avait point fait de bruit en France auparavant, parce que les docteurs lifaient St *Thomas* et *Quefnel*, et que le gros du monde lifait des romans. Lorfque j'eus loué *Locke*, on cria contre lui et contre moi. Les pauvres gens qui s'emportaient dans cette difpute, ne favaient furement ni ce que c'eft que la *matière*, ni ce que c'eft que l'*efprit*. Le fait eft que nous ne favons rien de nous-mêmes, que nous avons le mouvement, la vie, le fentiment et la penfée, fans favoir comment; que les élémens de la matière nous font auffi inconnus que le refte; que nous fommes des aveugles qui marchons et raifonnons à tâtons; et que *Locke* a été très-fage en avouant que ce n'eft pas à nous à décider de ce que le Tout-puiffant ne peut pas faire.

Cela, joint à quelques fuccès de mes pièces de théâtre, m'attira une bibliothéque immenfe de brochures dans lefquelles on prouvait que j'étais un mauvais poëte, athée, et fils d'un payfan.

On imprima l'hiftoire de ma vie dans laquelle on me donna cette belle généalogie. Un allemand n'a pas manqué de ramaffer tous les contes de cette efpèce, dont on avait farci les libelles qu'on imprimait contre moi. On m'imputait des aventures avec des perſonnes que je n'avais jamais connues, et avec d'autres qui n'avaient jamais exiſté.

Je trouve, en écrivant ceci, une lettre de M. le maréchal de *Richelieu*, qui me donnait avis d'un gros libelle où il était prouvé que ſa femme m'avait donné un beau carroſſe, et quelque autre choſe, dans le temps qu'il n'avait point de femme. Je m'étais d'abord donné le plaiſir de faire un recueil de ces calomnies; mais elles ſe multiplièrent au point que j'y renonçai.

C'était-là tout le fruit que j'avais tiré de mes travaux. Je m'en conſolais aiſément, tantôt dans la retraite de Cirey, et tantôt dans la bonne compagnie de Paris.

Tandis que les excrémens de la littérature me feſaient ainſi la guerre, la France la feſait à la reine d'Hongrie : et il faut avouer que cette guerre n'était pas plus juſte; car après avoir ſolennellement ſtipulé, garanti, juré la pragmatique ſanction de l'empereur *Charles VI*, et la ſucceſſion de *Marie-Thérèſe* à l'héri-tage de ſon père; après avoir eu la Lorraine pour prix de ces promeſſes, il ne paraiſſait pas trop conforme au droit des gens de manquer à un tel engagement. On entraîna le cardinal de *Fleuri* hors de ſes meſures. Il ne pouvait pas dire comme le roi de Pruſſe, que c'était la vivacité de ſon tempérament qui lui feſait prendre les armes. Cet heureux prêtre régnait à l'âge de quatre-vingt-ſix ans, et tenait les rênes de l'Etat d'une main très-faible. On s'était uni avec le roi de Pruſſe dans le temps qu'il prenait la Siléſie; on avait envoyé en Allemagne deux armées pendant que *Marie-Thérèſe* n'en avait point. L'une de ces armées avait pénétré jufqu'à cinq lieues de Vienne fans trouver d'ennemis : on avait donné la Bohême à l'électeur de Bavière qui fut élu empereur, après avoir été nommé lieutenant général des armées du roi de France. Mais on fit bientôt toutes les fautes qu'il fallait pour tout perdre.

Le roi de Pruffe ayant pendant ce temps-là mûri fon courage et gagné des batailles, fefait fa paix avec les Autrichiens. *Marie* lui abandonna, à fon très-grand regret, le comté de Glats avec la Siléfie. S'étant détaché de la France fans ménagement, à ces conditions, au mois de juin 1742, il me manda qu'il s'était mis dans les remèdes, et qu'il confeillait aux autres malades de fe rétablir.

Ce prince fe voyait alors au comble de fa puiffance, ayant à fes ordres cent trente mille hommes de troupes victorieufes, dont il avait formé la cavalerie, tirant de la Siléfie le double de ce qu'elle avait produit à la maifon d'Autriche, affermi dans fa nouvelle conquête, et d'autant plus heureux que toutes les autres puiffances fouffraient. Les princes fe ruinent aujourd'hui par la guerre : il s'y était enrichi.

Ses foins fe tournèrent alors à embellir la ville de Berlin, à bâtir une des plus belles falles d'opéra qui foient en Europe, à faire venir des artiftes en tout genre ; car il voulait aller à la gloire par tous les chemins, et au meilleur marché poffible.

Son père avait logé à Potfdam dans une vilaine maifon ; il en fit un palais. Potfdam devint une jolie ville. Berlin s'agrandiffait ; on commençait à y connaître les douceurs de la vie que le feu roi avait très-négligées : quelques perfonnes avaient des

meubles ; la plupart même portaient des chemifes ;
car fous le règne précédent on ne connaiffait guère
que des devants de chemife qu'on attachait avec des
cordons ; et le roi régnant n'avait pas été élevé
autrement. Les chofes changeaient à vue d'œil :
Lacédémone devenait Athènes. Des déferts furent
défrichés, cent trois villages furent formés dans des
marais defféchés. Il n'en fefait pas moins de la
mufique et des livres : ainfi il ne fallait pas me
favoir fi mauvais gré de l'appeler le *Salomon* du
Nord. Je lui donnais dans mes lettres ce fobriquet
qui lui demeura long-temps.

Les affaires de la France n'étaient pas alors fi bonnes
que les fiennes. Il jouiffait du plaifir fecret de voir
les Français périr en Allemagne, après que leur
diverfion lui avait valu la Siléfie. La cour de France
perdait fes troupes, fon argent, fa gloire et fon crédit,
pour avoir fait *Charles VII* empereur ; et cet empereur
perdait tout, pour avoir cru que les Français le
foutiendraient.

Le cardinal de *Fleuri* mourut le 29 de janvier
1743, âgé de quatre-vingt-dix ans : jamais perfonne
n'était parvenu plus tard au miniftère, et jamais
miniftre n'avait gardé fa place plus long-temps. Il
commença fa fortune, à l'âge de foixante-treize
ans, par être roi de France, et le fût jufqu'à fa
mort fans contradiction ; affectant toujours la plus
grande modeftie, n'amaffant aucun bien, n'ayant
aucun fafte, et fe bornant uniquement à régner.
Il laiffa la réputation d'un efprit fin et aimable
plutôt que d'un génie, et paffa pour avoir mieux
connu la cour que l'Europe.

J'avais eu l'honneur de le voir beaucoup chez madame la maréchale de *Villars*, quand il n'était qu'ancien évêque de la petite vilaine ville de Fréjus, dont il s'était toujours intitulé *évêque par l'indignation divine*, comme on le voit dans quelques-unes de ses lettres. *Fréjus* était une très-laide femme qu'il avait répudiée le plutôt qu'il avait pu. Le maréchal de *Villeroi*, qui ne savait pas que l'évêque avait été long-temps l'amant de la maréchale sa femme, le fit nommer par *Louis XIV* précepteur de *Louis XV*; de précepteur il devint premier ministre, et ne manqua pas de contribuer à l'exil du maréchal son bienfaiteur. C'était, à l'ingratitude près, un assez bon homme. Mais comme il n'avait aucun talent, il écartait tous ceux qui en avaient, dans quelque genre que ce pût être.

Plusieurs académiciens voulurent que j'eusse sa place à l'académie française. On demanda, au souper du roi, qui prononcerait l'oraison funèbre du cardinal à l'académie. Le roi répondit que ce serait moi. Sa maîtresse, la duchesse de *Châteauroux*, le voulait; mais le comte de *Maurepas*, secrétaire d'Etat, ne le voulut point : il avait la manie de se brouiller avec toutes les maîtresses de son maître, et il s'en est trouvé mal.

Un vieil imbécille, précepteur du dauphin, autre-fois théatin, et depuis évêque de Mirepoix, nommé *Boyer*, se chargea par principe de conscience de seconder le caprice de M. de *Maurepas*. Ce *Boyer* avait la feuille des bénéfices, le roi lui abandonnait toutes les affaires du clergé : il traita celle-ci comme un point de discipline ecclésiastique. Il représenta que c'était offenfer DIEU qu'un profane comme moi fuccédât à un cardinal. Je favais que M. de *Maurepas* le fefait agir ; j'allai trouver ce miniftre ; je lui dis : une place à l'académie n'eft pas une dignité bien importante , mais après avoir été nommé, il eft trifte d'être exclus. Vous êtes brouillé avec madame de *Châteauroux* que le roi aime , et avec M. le duc de *Richelieu* qui la gouverne , quel rapport y a-t-il , je vous prie , de vos brouilleries avec une pauvre place à l'académie françaife ? Je vous conjure de me répondre franchement : en cas que madame de *Châteauroux* l'emporte fur M. l'évê-que de *Mirepoix* , vous y oppoferez-vous ? . . . Il fe recueillit un moment et me dit : *Oui* , *et je vous écraferai.*

Le prêtre enfin l'emporta fur la maîtreffe. Et je n'eus point une place dont je ne me foutiais guère. J'aime à me rappeler cette aventure qui fait voir les petiteffes de ceux qu'on appelle grands , et qui marque combien les bagatelles font quelquefois importantes pour eux.

Cependant les affaires publiques n'allaient pas mieux depuis la mort du cardinal que dans fes deux dernières années. La maifon d'Autriche renaiffait de fa cendre. La France était preffée par elle et par l'Angleterre. Il ne nous reftait alors d'autre reffource que dans le roi de Pruffe qui nous avait entraînés dans la guerre , et qui nous avait abandonnés au befoin.

On imagina de m'envoyer fecrétement chez ce monarque pour fonder fes intentions , pour voir s'il ne ferait pas d'humeur à prévenir les orages qui devaient tomber tôt ou tard de Vienne fur lui, après avoir tombé fur nous, et s'il ne voudrait pas nous prêter cent mille hommes dans l'occafion pour mieux affurer fa Siléfie. Cette idée était tombée dans la tête de M. de *Richelieu* et de madame de *Châteauroux*. Le roi l'adopta; et M. *Amelot*, miniftre des affaires étrangères, mais miniftre très-fubalterne, fut chargé feulement de preffer mon départ.

Il fallait un prétexte. Je pris celui de ma querelle avec l'ancien évêque de Mirepoix. Le roi approuva cet expédient. J'écrivis au roi de Pruffe que je ne pouvais plus tenir aux perfécutions de ce théatin, et que j'allais me réfugier auprès d'un roi philo-fophe, loin des tracafferies d'un bigot. Comme ce prélat fignait toujours, l'*anc. éveq. de Mirepoix*, en abrégé; et que fon écriture était affez incorrecte, on lifait : *L'ane de Mirepoix*, au lieu de l'ancien : ce fut un fujet de plaifanteries; et jamais négociation ne fut plus gaie.

Le roi de Pruffe, qui n'y allait pas de main morte quand il fallait frapper fur les moines et fur les prélats de cour, me répondit avec un déluge de railleries fur l'âne de *Mirepoix*, et me preffa de venir. J'eus grand foin de faire lire mes lettres et les réponfes. L'évêque en fut informé. Il alla fe plaindre à *Louis XV* de ce que je le fefais, difait-il, paffer pour un fot dans les cours étrangères. Le roi lui répondit que c'était une chofe dont on était con-venu, et qu'il ne fallait pas qu'il y prît garde.

Cette réponfe de *Louis XV*, qui n'eft guère dans fon caractère, m'a toujours paru extraordinaire. J'avais à la fois le plaifir de me venger de l'évêque

qui

qui m'avait exclu de l'académie, celui de faire un voyage très-agréable, et celui d'être à portée de rendre fervice au roi et à l'Etat. M. de *Maurepas* entrait même avec chaleur dans cette aventure, parce qu'alors il gouvernait M. *Amelot*, et qu'il croyait être le miniftre des affaires étrangères.

Ce qu'il y eut de plus fingulier, c'eft qu'il fallut mettre madame *du Châtelet* de la confidence. Elle ne voulait point, à quelque prix que ce fût, que je la quittaffe pour le roi de Pruffe; elle ne trouvait rien de fi lâche et de fi abominable dans le monde que de fe féparer d'une femme pour aller chercher un monarque. Elle aurait fait un vacarme horrible. On convint, pour l'apaifer, qu'elle entrerait dans le myftère, et que les lettres pafferaient par fes mains.

J'eus tout l'argent que je voulus pour mon voyage, fur mes fimples reçus de M. de *Montmartel*. Je n'en abufai pas. Je m'arrêtai quelque temps en Hollande, pendant que le roi de Pruffe courait d'un bout à l'autre de fes Etats pour faire des revues. Mon féjour ne fut pas inutile à la Haie. Je logeai dans le palais de la vieille cour qui appartenait alors au roi de Pruffe par fes partages avec la maifon d'*Orange*. Son envoyé, le jeune comte de *Podevils*, amoureux et aimé de la femme d'un des principaux membres de l'Etat, attrapait par les bontés de cette dame des copies de toutes les réfolutions fecrètes de leurs Hautes-puiffances très-mal intentionnées contre nous. J'envoyais ces copies à la cour; et mon fervice était très-agréable.

Quand j'arrivai à Berlin, le roi me logea chez lui,

Vie de Voltaire.   T

comme il avait fait dans mes précédens voyages.
Il menait à Potfdam la vie qu'il a toujours menée
depuis fon avénement au trône. Cette vie mérite
quelque petit détail.

Il fe levait à cinq heures du matin en été, et à
fix en hiver. Si vous voulez favoir les cérémonies
royales de ce lever, quelles étaient les grandes et
les petites entrées, quelles étaient les fonctions de
fon grand aumônier, de fon grand chambellan, de
fon premier gentilhomme de la chambre, de fes
huiffiers; je vous répondrai qu'un laquais venait
allumer fon feu, l'habiller, et le rafer; encore
s'habillait-il prefque tout feul. Sa chambre était
affez belle; une riche baluftrade d'argent, ornée de
petits amours très-bien fculptés, femblait fermer
l'eftrade d'un lit dont on voyait les rideaux; mais
derrière les rideaux était, au lieu de lit, une biblio-
thèque : et quant au lit du roi, c'était un grabat de
fangles avec un matelas mince, caché par un paravent. *Marc-Aurèle* et *Julien*, fes deux apôtres, et les
plus grands-hommes du ftoïcifme, n'étaient pas plus
mal couchés.

Quand fa Majefté était habillée et bottée, le
ftoïque donnait quelques momens à la fecte
d'*Epicure* : il fefait venir deux ou trois favoris, foit
lieutenans de fon régiment, foit pages, foit édukes,
ou jeunes cadets. On prenait du café. Celui à qui
on jetait le mouchoir, reftait demi-quart d'heure tête
à tête. Les chofes n'allaient pas jufqu'aux dernières
extrémités, attendu que le prince, du vivant de fon
père, avait été fort maltraité dans fes amours de
paffade, et non moins mal guéri. Il ne pouvait

jouer le premier rôle : il fallait fe contenter des feconds.

Ces amufemens d'écoliers étant finis, les affaires d'Etat prenaient la place. Son premier miniftre arrivait par un efcalier dérobé, avec une groffe liaffe de papiers fous le bras. Ce premier miniftre était un commis qui logeait au fecond étage dans la maifon de *Federfdoff*, ce foldat devenu valet de chambre et favori, qui avait autrefois fervi le roi prifonnier dans le château de Cuftrin. Les fecrétaires d'Etat envoyaient toutes leurs dépêches au commis du roi. Il en apportait l'extrait : le roi fefait mettre les réponfes à la marge, en deux mots. Toutes les affaires du royaume s'expédiaient ainfi en une heure. Rarement les fecrétaires d'Etat, les miniftres en charge l'abordaient : il y en a même à qui il n'a jamais parlé. Le roi fon père avait mis un tel ordre dans les finances, tout s'exécutait fi militairement, l'obéiffance était fi aveugle, que quatre cents lieues de pays étaient gouvernées comme une abbaye.

Vers les onze heures, le roi en bottes fefait dans fon jardin la revue de fon régiment des gardes : et à la même heure, tous les colonels en fefaient autant dans toutes les provinces. Dans l'intervalle de la parade et du dîner, les princes fes frères, les officiers généraux, un ou deux chambellans mangeaient à fa table, qui était auffi bonne qu'elle pouvait l'être dans un pays où il n'y a ni gibier, ni viande de boucherie paffable, ni une poularde, et où il faut tirer le froment de Magdebourg.

Après le repas, il fe retirait feul dans fon cabinet, et fefait des vers jufqu'à cinq ou fix heures. Enfuite

T 2

venait un jeune homme nommé d'*Arget*, ci-devant secrétaire de *Valori*, envoyé de France, qui fefait la lecture. Un petit concert commençait à fept heures: le roi y jouait de la flûte auffi bien que le meilleur artifte. Les concertans exécutaient fouvent de fes compofitions ; car il n'y avait aucun art qu'il ne cultivât, et il n'eût pas effuyé chez les Grecs la mortification qu'eut *Epaminondas* d'avouer qu'il ne favait pas la mufique.

On foupait dans une petite falle dont le plus fingulier ornement était un tableau dont il avait donné le deffin à *Pêne* fon peintre, l'un de nos meilleurs coloriftes. C'était une belle priapée. On voyait des jeunes gens embraffant des femmes, des nymphes fous des fatyres, des amours qui jouaient au jeu des Encolpes, et des Gitons : quelques perfonnes qui fe pâmaient en regardant ces combats, des tourterelles qui fe baifaient, des boucs fautant fur des chèvres, et des béliers fur des brebis.

Les repas n'étaient pas fouvent moins philofophiques. Un furvenant qui nous aurait écoutés, en voyant cette peinture, aurait cru entendre les fept fages de la Gréce au bordel. Jamais on ne parla en aucun lieu du monde avec tant de liberté de toutes les fuperftitions des hommes; et jamais elles ne furent traitées avec plus de plaifanterie et de mépris. DIEU était refpecté, mais tous ceux qui avaient trompé les hommes en fon nom, n'étaient pas épargnés.

Il n'entrait jamais dans le palais ni femmes ni prêtres. En un mot *Frédéric* vivait fans cour, fans confeil, et fans culte.

Quelques juges de province voulurent faire brûler je ne sais quel pauvre payfan accufé par un prêtre d'une intrigue galante avec fon âneffe : on n'exécutait perfonne fans que le roi eût confirmé la fentence, loi très-humaine qui fe pratique en Angleterre et dans d'autres pays; *Frédéric* écrivit au bas de la fentence, qu'il donnait dans fes Etats *liberté de confcience et de v...*

Un prêtre d'auprès de Stettin, très-fcandalifé de cette indulgence, gliffa dans un fermon fur *Hérode* quelques traits qui pouvaient regarder le roi fon maître : il fit venir ce miniftre de village à Potfdam en le citant au confiftoire, quoiqu'il n'y eût à la cour pas plus de confiftoire que de meffe. Le pauvre homme fut amené : le roi prit une robe, et un rabat de prédicant, d'*Argens*, l'auteur des *Lettres juives*, et un baron de *Polnits* qui avait changé trois ou quatre fois de religion, fe revêtirent du même habit; on mit un tome du *Dictionnaire* de *Bayle* fur une table, en guife d'évangile, et le coupable fut introduit par deux grenadiers devant ces trois miniftres du Seigneur. *Mon frère*, lui dit le roi, *je vous demande au nom de* DIEU *fur quel Hérode vous avez prêché.....* *Sur Hérode qui fit tuer tous les petits enfans*, répondit le bon homme. *Je vous demande*, ajouta le roi, *fi c'était Hérode premier du nom, car vous devez favoir qu'il y en a eu plufieurs.* Le prêtre de village ne fut que répondre. *Comment !* dit le roi, *vous ofez prêcher fur un Hérode, et vous ignorez quelle était fa famille ! vous êtes indigne du faint miniftère. Nous vous pardonnons cette fois, mais fachez que nous vous excommunierons fi jamais vous prêchez quelqu'un fans le connaître.*

T 3

Alors on lui délivra sa sentence, et son pardon. On signa trois noms ridicules, inventés à plaisir. *Nous allons demain à Berlin*, ajouta le roi, *nous demanderons grâce pour vous à nos frères : ne manquez pas de nous venir parler.* Le prêtre alla dans Berlin chercher les trois ministres : on se moqua de lui ; et le roi qui était plus plaisant que libéral, ne se soucia pas de payer son voyage.

Frédéric gouvernait l'Eglise aussi despotiquement que l'Etat. C'était lui qui prononçait les divorces quand un mari et une femme voulaient se marier ailleurs. Un ministre lui cita un jour l'ancien Testament, au sujet d'un de ces divorces : *Moïse*, lui dit-il, *menait ses Juifs comme il voulait, et moi je gouverne mes Prussiens comme je l'entends.*

Ce gouvernement singulier, ces mœurs encore plus étranges, ce contraste de stoïcisme et d'épicuréisme, de sévérité dans la discipline militaire, et de mollesse dans l'intérieur du palais, des pages avec lesquels on s'amusait dans son cabinet, et des soldats qu'on fesait passer trente-six fois par les baguettes sous les fenêtres du monarque qui les regardait, des discours de morale, et une licence effrénée, tout cela composait un tableau bizarre, que peu de personnes connaissaient alors, et qui depuis a percé dans l'Europe.

La plus grande économie présidait dans Potsdam à tous ses goûts. Sa table, et celle de ses officiers et de ses domestiques, étaient réglées à trente-trois écus par jour, indépendamment du vin : Et au lieu que chez les autres rois ce sont des officiers de la couronne qui se mêlent de cette dépense, c'était son valet de chambre *Federsdoff* qui était à la fois son grand-maître d'hôtel, son grand échanson, et son grand panetier.

Soit économie, soit politique, il n'accordait pas la moindre grâce à ses anciens favoris, et surtout à ceux qui avaient risqué leur vie pour lui quand il était prince royal. Il ne payait pas même l'argent qu'il avait emprunté alors : et comme *Louis XII* ne vengeait pas les injures du duc d'*Orléans*, le roi de Prusse oubliait les dettes du prince royal.

Cette pauvre maîtresse qui avait été fouettée pour lui par la main du bourreau, était alors mariée à Berlin au commis du bureau des fiacres ; car il y avait dix-huit fiacres dans Berlin ; et son amant lui fesait une pension de soixante et dix écus qui lui a toujours été très-bien payée. Elle s'appelait madame *Shommers*, grande femme, maigre, qui ressemblait à une sybille, et n'avait nullement l'air d'avoir mérité d'être fouettée pour un prince.

Cependant quand il allait à Berlin, il y étalait une grande magnificence dans les jours d'appareil. C'était un très-beau spectacle pour les hommes vains, c'est-à-dire, pour presque tout le monde, de le voir à table entouré de vingt princes de l'Empire, servi dans la plus belle vaisselle d'or de l'Europe, et trente beaux pages et autant de jeunes édukes superbement parés, portant de grands plats d'or massif. Les grands officiers paraissaient alors, mais hors de là on ne les connaissait point.

On allait après dîner à l'opéra, dans cette grande salle de trois cents pieds de long qu'un de ses chambellans, nommé *Knoberstof* avait bâtie sans architecte.

T 4

Les plus belles voix, les meilleurs danſeurs étaient
à ſes gages. La *Barbarini* danſait alors ſur ſon
théâtre : c'eſt elle qui depuis épouſa le fils de ſon
chancelier. Le roi, avait fait enlever à Veniſe cette
danſeuſe par des ſoldats qui l'emmenèrent par Vienne
même juſqu'à Berlin. Il en était un peu amoureux,
parce qu'elle avait les jambes d'un homme. Ce qui
était incompréhenſible, c'eſt qu'il lui donnait trente-
deux mille livres d'appointemens.

Son poëte italien, à qui il feſait mettre en vers
les opéra dont lui-même feſait toujours le plan,
n'avait que douze cents livres de gages ; mais auſſi
il faut conſidérer qu'il était fort laid, et qu'il ne
danſait pas. En un mot, la *Barbarini* touchait à elle
ſeule plus que trois miniſtres d'Etat enſemble. Pour
le poëte italien, il ſe paya un jour par ſes mains.
Il decouſut dans une chapelle du premier roi de
Pruſſe de vieux galons d'or dont elle était ornée.
Le roi qui jamais ne fréquenta de chapelle, dit qu'il
ne perdait rien. D'ailleurs il venait d'écrire une
diſſertation en faveur des voleurs, qui eſt imprimée
dans les recueils de ſon académie : et il ne jugea
pas à propos, cette fois-là, de détruire ſes écrits par
les faits.

Cette indulgence ne s'étendait pas ſur le militaire.
Il y avait dans les priſons de Spandau un vieux
gentilhomme de Franche-Comté, haut de ſix pieds,
que le feu roi avait fait enlever pour ſa belle taille ;
on lui avait promis une place de chambellan, et on
lui en donna une de ſoldat. Ce pauvre homme
déſerta bientôt avec quelques-uns de ſes camarades ;
il fut ſaiſi, et ramené devant le feu roi auquel il eut

a naïveté de dire qu'il ne se repentait que de n'avoir pas tué un tyran comme lui. On lui coupa pour réponse le nez et les oreilles ; il passa par les baguettes trente-six fois ; après quoi il alla traîner la brouette à Spandau. Il la traînait encore quand M. de *Valori*, notre envoyé, me pressa de demander sa grâce au très-clément fils du très-dur *Frédéric-Guillaume*. Sa Majesté se plaisait à dire que c'était pour moi qu'il fesait jouer *la Clemenza di Tito*, opéra plein de beautés du célèbre *Metastasio*, mis en musique par le roi lui-même, aidé de son compositeur. Je pris mon temps pour recommander à ses bontés ce pauvre franc-comtois sans oreilles et sans nez ; et je lui détachai cette semonce.

Génie universel, ame sensible et ferme,
Quoi ! lorsque vous régnez il est des malheureux !
Aux tourmens d'un coupable, il vous faut mettre un terme,
Et n'en mettre jamais à vos soins généreux.

Voyez autour de vous les Prières tremblantes,
Filles du Repentir, maîtresses des grands cœurs,
S'étonner d'arrofer de larmes impuissantes
Les mains qui de la terre ont dû sécher les pleurs.

Ah ! pourquoi m'étaler avec magnificence
Ce spectacle brillant où triomphe Titus !
Pour achever la fête, égalez sa clémence,
Et l'imitez en tout, ou ne le vantez plus.

La requête était un peu forte ; mais on a le privilége de dire ce qu'on veut en vers. Le roi promit quelque adoucissement ; et même plusieurs mois après, il eut la bonté de mettre le gentilhomme dont il s'agiſſait à l'hôpital, à ſix ſous par jour. Il avait refuſé cette grâce à la reine ſa mère qui apparemment ne l'avait demandée qu'en proſe.

Au milieu des fêtes, des opéra, des ſoupers, ma négociation ſecrète avançait. Le roi trouvait bon que je lui parlaſſe de tout, et j'entremêlais ſouvent des queſtions ſur la France et ſur l'Autriche à propos de l'*Enéide* et de *Tite-Live*. La converſation s'animait quelquefois : le roi s'échauffait, et me diſait que tant que notre cour frapperait à toutes les portes pour obtenir la paix, il ne s'aviſerait pas de ſe battre pour elle. Je lui envoyais de ma chambre à ſon appartement, mes réflexions ſur un papier à mi-marge. Il répondait ſur une colonne à mes hardieſſes. J'ai encore ce papier où je lui diſais : *Doutez-vous que la maiſon d'Autriche ne vous redemande la Siléſie à la première occaſion?* Voici ſa réponſe en marge :

> *Ils ſeront reçus, biribi,*
> *A la façon de barbari, mon ami.*

Cette négociation d'une eſpèce nouvelle finit par un diſcours qu'il me tint dans un de ſes mouvemens de vivacité contre le roi d'Angleterre, ſon cher oncle. Ces deux rois ne s'aimaient pas. Celui de Pruſſe diſait : *George eſt l'oncle de Frédéric, mais George ne l'eſt pas du roi de Pruſſe.* Enfin il me dit : *Que la France déclare la guerre à l'Angleterre, et je marche.*

Je n'en voulais pas davantage. Je retournai vîte à la cour de France : je rendis compte de mon voyage. Je lui donnai l'eſpérance qu'on m'avait donnée à Berlin. Elle ne fut point trompeufe : et le printemps fuivant le roi de Pruffe fit en effet un nouveau traité avec le roi de France. Il s'avança en Bohême avec cent mille hommes, tandis que les Autrichiens étaient en Alface.

Si j'avais conté à quelque bon parifien mon aventure et le fervice que j'avais rendu, il n'eut pas douté que je ne fuffe promu à quelque beau pofte. Voici quelle fut ma récompenfe.

La ducheffe de *Châteauroux* fut fâchée que la négociation n'eût pas paffé immédiatement par elle ; il lui avait pris envie de chaffer M. *Amelot*, parce qu'il était bègue, et que ce petit défaut lui déplaifait ; elle haïffait de plus cet *Amelot*, parce qu'il était gouverné par M. de *Maurepas* ; il fut renvoyé au bout de huit jours, et je fus enveloppé dans fa difgrâce.

Il arriva quelque temps après que *Louis XV* fut malade à l'extrémité dans la ville de Metz : M. de *Maurepas* et fa cabale prirent ce temps pour perdre madame de *Châteauroux*. L'évêque de Soiffons, *Fitz-James*, fils du bâtard de *Jacques II*, regardé comme un faint, voulut, en qualité de premier aumônier, convertir le roi, et lui déclara qu'il ne lui donnerait ni abfolution ni communion, s'il ne chaffait fa maîtreffe et fa fœur la ducheffe de *Lauraguais*, et leurs amis. Les deux fœurs partirent chargées de l'exécration du peuple de Metz. Ce fut pour cette action que le peuple de Paris, auffi fôt que celui de Metz, donna à *Louis XV* le furnom de *Bien-aimé*. Un poliffon, nommé *Vadé*, imagina ce titre que les almanachs prodiguèrent. Quand ce prince fe porta bien, il ne voulut être que le bien aimé de fa maîtreffe. Ils s'aimèrent plus qu'auparavant. Elle devait rentrer dans fon miniftère ; elle allait partir de Paris pour Verfailles, quand elle mourut fubitement des fuites de la rage que fa démiffion lui avait caufée. Elle fut bientôt oubliée.

Il fallait une maîtreffe. Le choix tomba fur la demoifelle *Poiffon*, fille d'une femme entretenue, et d'un payfan de la Ferté-fous-Jouare, qui avait amaffé quelque chofe à vendre du blé aux entrepreneurs des vivres. Ce pauvre homme était alors en fuite, condamné pour quelque malverfation. On avait marié fa fille au fous-fermier *le Normand*, feigneur d'Etiôle, neveu du fermier général *le Normand de Tournehem*, qui entretenait la mère. La fille était bien élevée, fage, aimable, remplie de grâces et de talens, née avec du bon fens et un bon cœur. Je la connaiffais affez : je fus même le confident de fon amour. Elle m'avouait qu'elle avait toujours eu un fecret preffentiment qu'elle ferait aimée du roi ; et qu'elle s'était fenti une violente inclination pour lui, fans trop la démêler.

Cette idée qui aurait pu paraître chimérique dans fa fituation, était fondée fur ce qu'on l'avait fouvent menée aux chaffes que fefait le roi dans la forêt de Sénar. *Tournehem*, l'amant de fa mère, avait une maifon de campagne dans le voifinage. On promenait madame d'*Etiole* dans une jolie calêche. Le roi la remarquait, et lui envoyait fouvent des chevreuils. Sa mère ne ceffait de lui dire qu'elle était plus jolie que madame de *Châteauroux*; et le bon homme *Tournehem* s'écriait fouvent : *Il faut avouer que la fille de madame Poiſſon eſt un morceau de roi.* Enfin quand elle eut tenu le roi entre ſes bras, elle me dit qu'elle croyait fermement à la deſtinée ; et elle avait raiſon. Je paſſai quelques mois avec elle à Etiole, pendant que le roi feſait la campagne de 1746.

Cela me valut des récompenſes qu'on n'avait jamais données ni à mes ouvrages ni à mes ſervices. Je fus jugé digne d'être l'un des quarante membres inutiles de l'académie. Je fus nommé hiſtoriographe de France : et le roi me fit préſent d'une charge de gentilhomme ordinaire de ſa chambre. Je conclus que pour faire la plus petite fortune, il valait mieux dire quatre mots à la maîtreſſe d'un roi que d'écrire cent volumes.

Dès que j'eus l'air d'un homme heureux, tous mes confrères les beaux-eſprits de Paris ſe déchaînèrent contre moi avec toute l'animoſité et l'acharnement qu'ils devaient avoir contre quelqu'un à qui on donnait toutes les récompenſes qu'ils méritaient.

J'étais toujours lié avec la marquiſe *du Châtelet* par l'amitié la plus inaltérable et par le goût de l'étude. Nous demeurions enſemble à Paris et à la campagne. Cirey eſt ſur les confins de la Lorraine : le roi *Staniſlas* tenait alors ſa petite et agréable cour à Lunéville. Tout vieux et tout dévot qu'il était, il avait une maîtreſſe : c'était madame la marquiſe de *Boufflers.* Il partageait ſon ame entre elle et un jéſuite nommé *Menou*, le plus intrigant et le plus hardi prêtre que j'aye jamais connu. Cet homme avait attrapé au roi *Staniſlas*, par les importunités de ſa femme qu'il avait gouvernée, environ un million, dont partie fut employée à bâtir une magnifique maison pour lui et pour quelques jésuites, dans la ville de Nanci. Cette maison était dotée de vingt-quatre mille livres de rente : dont douze pour la table de *Menou*, et douze pour donner à qui il voudrait.

La maîtresse n'était pas, à beaucoup près, si bien traitée. Elle tirait à peine alors du roi de Pologne de quoi avoir des jupes ; et cependant le jésuite enviait sa portion, et était furieusement jaloux de la marquise. Ils étaient ouvertement brouillés. Le pauvre roi avait tous les jours bien de la peine, au sortir de la messe, à rapatrier sa maîtresse et son confesseur.

Enfin notre jésuite ayant entendu parler de madame *du Châtelet*, qui était très-bien faite et encore assez belle, imagina de la substituer à madame de *Boufflers*. *Stanislas* se mêlait quelquefois de faire d'assez mauvais petits ouvrages : *Menou* crut qu'une femme auteur réussirait mieux qu'une autre auprès de lui. Et le voilà qui vient à Cirey pour ourdir cette belle trame : il cajole madame *du Châtelet*, et nous dit que le roi *Stanislas* sera enchanté de nous voir : il retourne dire au roi que nous brûlons d'envie de venir lui faire notre cour. *Stanislas* recommande à madame de *Boufflers* de nous amener.

Et en effet, nous allâmes passer à Lunéville toute l'année 1749. Il arriva tout le contraire de ce que voulait le révérend père. Nous nous attachâmes à madame de *Boufflers*. Et le jésuite eut deux femmes à combattre.

La vie de la cour de Lorraine était assez agréable,

quoiqu'il y eût, comme ailleurs, des intrigues et des tracafferies. *Poncet*, évêque de Troyes, perdu de dettes et de réputation, voulut fur la fin de l'année augmenter notre cour et nos tracafferies : quand je dis qu'il était perdu de réputation, entendez auffi la réputation de fes oraifons funèbres et de fes fermons. Il obtint par nos dames d'être grand aumônier du roi, qui fut flatté d'avoir un évêque à fes gages, et à de très-petits gages.

Cet évêque ne vint qu'en 1750. Il débuta par être amoureux de madame de *Boufflers*, et fut chaffé. Sa colère retomba fur *Louis XV*, gendre de *Staniflas* : car étant retourné à Troyes, il voulut jouer un rôle dans la ridicule affaire des billets de confeffion, inventés par l'archevêque de Paris, *Beaumont* ; il tint tête au parlement, et brava le roi. Ce n'était pas le moyen de payer fes dettes ; mais c'était celui de fe faire enfermer. Le roi de France l'envoya prifonnier en Alface, dans un couvent de gros moines allemands. Mais il faut revenir à ce qui me touche.

Madame *du Châtelet* mourut dans le palais de *Staniflas*, après deux jours de maladie. Nous étions tous fi troublés, que perfonne de nous ne fongea à faire venir ni curé, ni jéfuite, ni facrement. Elle n'eut point les horreurs de la mort : il n'y eut que nous qui les fentîmes. Je fus faifi de la plus douloureufe affliction. Le bon roi *Staniflas* vint dans ma chambre me confoler, et pleurer avec moi. Peu de fes confrères en font autant en de pareilles occafions. Il voulut me retenir : je ne pouvais plus fupporter Lunéville, et je retournai à Paris.

Ma deftinée était de courir de roi en roi, quoique
j'aimaffe ma liberté avec idolâtrie. Le roi de Pruffe
à qui j'avais fouvent fignifié que je ne quitterais
jamais madame *du Châtelet* pour lui, voulut à toute
force m'attraper quand il fut défait de fa rivale.
Il jouiffait alors d'une paix qu'il s'était acquife par
des victoires, et fon loifir était toujours employé à
faire des vers, ou à écrire l'hiftoire de fon pays, et
de fes campagnes. Il était bien fûr, à la vérité, que
fes vers et fa profe, étaient fort au-deffus de ma
profe et de mes vers, quant au fonds des chofes;
mais il croyait que, pour la forme, je pouvais en
qualité d'académicien donner quelque tournure à
fes écrits; il n'y eut point de féduction flatteufe qu'il
n'employât pour me faire venir.

Le moyen de réfifter à un roi victorieux, poëte,
muficien et philofophe, et qui fefait femblant de
m'aimer! je crus que je l'aimais. Enfin je pris
encore le chemin de Potfdam au mois de juin 1750.
Aftolphe ne fut pas mieux reçu dans le palais d'*Alcine*.
Etre logé dans l'appartement qu'avait eu le maréchal
de *Saxe*, avoir à ma difpofition les cuifiniers du roi
quand je voulais manger chez moi, et les cochers
quand je voulais me promener, c'étaient les moindres faveurs qu'on me fefait. Les foupers étaient
très-agréables. Je ne fais fi je me trompe, il me
femble qu'il y avait bien de l'efprit; le roi en avait
et en fefait avoir; et ce qu'il y a de plus extraordinaire, c'eft que je n'ai jamais fait de repas fi libres.
Je travaillais deux heures par jour avec fa Majefté;
je corrigeai tous fes ouvrages, ne manquant jamais
de louer beaucoup ce qu'il y avait de bon, lorfque
je

je raturais tout ce qui ne valait rien. Je lui rendais raifon par écrit de tout ; ce qui compofa une rhétorique et une poëtique à fon ufage ; il en profita, et fon génie le fervit encore mieux que mes leçons. Je n'avais nulle cour à faire, nulle vifite à rendre, nul devoir à remplir. Je m'étais fait une vie libre, et je ne concevais rien de plus agréable que cet état

Alcine-Frédéric, qui me voyait déjà la tête un peu tournée, redoubla fes potions enchantées pour m'enivrer tout-à-fait. La dernière féduction fut une lettre qu'il m'écrivit de fon appartement au mien. Une maîtreffe ne s'explique pas plus tendrement ; il s'efforçait de diffiper dans cette lettre la crainte que m'infpiraient fon rang et fon caractère : elle portait ces mots finguliers :

Comment pourrais-je jamais caufer l'infortune d'un homme que j'eftime, que j'aime et qui me facrifie fa patrie et tout ce que l'humanité a de plus cher ?.... Je vous refpecte comme mon maître en éloquence. Je vous aime comme un ami vertueux. Quel efclavage, quel malheur, quel changement y a-t-il à craindre dans un pays où l'on vous eftime autant que dans votre patrie, et chez un ami qui a un cœur reconnaiffant ? J'ai refpecté l'amitié qui vous liait à madame du Châtelet, mais après elle j'étais un de vos plus anciens amis. Je vous promets que vous ferez heureux ici autant que je vivrai.

Voilà une lettre telle que peu de majeftés en écrivent. Ce fut le dernier verre qui m'enivra. Les proteftations de bouche furent encore plus fortes que celles par écrit. Il était accoutumé à des démonftrations de tendreffe fingulières avec des favoris plus

jeunes que moi ; et oubliant un moment que je
n'étais pas de leur âge, et que je n'avais pas la main
belle, il me la prit pour la baifer. Je lui baifai la
fienne, et je me fis fon efclave. Il fallait une permiffion du roi de France pour appartenir à deux
maîtres. Le roi de Pruffe fe chargea de tout.

Il écrivit pour me demander au roi mon maître.
Je n'imaginais pas qu'on fût choqué à Verfailles
qu'un gentilhomme ordinaire de la chambre, qui
eft l'efpèce la plus inutile de la cour, devînt un
inutile chambellan à Berlin. On me donna toute
permiffion. Mais on fut très-piqué ; et on ne me le
pardonna point. Je déplus fort au roi de France,
fans plaire davantage à celui de Pruffe, qui fe
moquait de moi dans le fond de fon cœur.

Me voilà donc avec une clef d'argent doré pendue
à mon habit, une croix au cou, et vingt mille francs
de penfion. *Maupertuis* en fut malade, et je ne m'en
aperçus pas. Il y avait alors un médecin à Berlin,
nommé *la Métrie*, le plus franc athée de toutes les
facultés de médecine de l'Europe : homme d'ailleurs
gai, plaifant, étourdi, tout auffi inftruit de la théorie
qu'aucun de fes confrères, et fans contredit le plus
mauvais médecin de la terre dans la pratique ; auffi,
grâces à Dieu, ne pratiquait-il point. Il s'était moqué
de toute la faculté à Paris, et avait même écrit contre
les médecins beaucoup de perfonnalités qu'ils ne
pardonnèrent point ; ils obtinrent contre lui un
décret de prife de corps. *La Métrie* s'était donc
retiré à Berlin, où il amufait affez par fa gaieté ;
écrivant d'ailleurs, et fefant imprimer tout ce qu'on
peut imaginer de plus effronté fur la morale. Sés

livres plûrent au roi qui le fit, non pas fon médecin,
mais fon lecteur.

Un jour, après la lecture, *la Métrie* qui difait au
roi tout ce qui lui venait dans la tête, lui dit qu'on
était bien jaloux de ma faveur et de ma fortune.
Laiffez faire, lui dit le roi, on preffe l'orange, et
on la jette quand on a avalé le jus. *La Métrie* ne
manqua pas de me rendre ce bel apophthegme,
digne de *Denis* de Syracufe.

Je réfolus dès-lors de mettre en fureté les pelures
de l'orange. J'avais environ trois cents mille livres
à placer. Je me gardai bien de mettre ce fonds dans
les Etats de mon *Alcine*; je le plaçai avantageuse-
ment fur les terres que le duc de *Virtemberg* pofsède
en France. Le roi qui ouvrait toutes mes lettres fe
douta bien que je ne prétendais pas refter auprès
de lui. Cependant la fureur de faire des vers le
poffédait comme *Denis*. Il fallait que je rabotaffe
continuellement, et que je reviffe encore fon hiftoire
de Brandebourg, et tout ce qu'il compofait.

La Métrie mourut après avoir mangé chez milord
Tirconel, envoyé de France, tout un pâté farci de
truffes, après un très-long dîné. On prétendit qu'il
s'était confeffé avant de mourir; le roi en fut
indigné; il s'informa exactement fi la chofe était
vraie; on l'affura que c'était une calomnie atroce,
et que *la Métrie* était mort comme il avait vécu,
en reniant DIEU et les médecins. Sa Majefté fatisfaite
compofa fur le champ fon oraifon funèbre, qu'il fit
lire en fon nom à l'affemblée publique de l'académie
par d'*Arget*, fon fecrétaire, et il donna fix cents
livres de penfion à une fille de joie que *la Métrie*

avait amenée de Paris, quand il avait abandonné fa femme et fes enfans.

Maupertuis qui favait l'anecdote de l'écorce d'orange, prit fon temps pour répandre le bruit que j'avais dit que la charge d'athée du roi était vacante. Cette calomnie ne réuffit pas; mais il ajouta enfuite que je trouvais les vers du roi mauvais, et cela réuffit.

Je m'aperçus que depuis ce temps-là les foupers du roi n'étaient plus fi gais; on me donnait moins de vers à corriger; ma difgrâce était complète.

Algarotti, d'*Arget*, et un autre français nommé *Chafot*, qui était un de fes meilleurs officiers, le quittèrent tous à la fois. Je me difpofais à en faire autant. Mais je voulus auparavant me donner le plaifir de me moquer d'un livre que *Maupertuis* venait d'imprimer. L'occafion était belle; on n'avait jamais rien écrit de fi ridicule et de fi fou. Le bon homme propofait férieufement de faire un voyage droit aux deux pôles, de difféquer des têtes de géans, pour connaître la nature de l'ame par leurs cervelles; de bâtir une ville où l'on ne parlerait que latin, de creufer un trou jufqu'au noyau de la terre, de guérir les maladies en enduifant les malades de poix réfine, et enfin de prédire l'avenir en exaltant fon ame.

Le roi rit du livre, j'en ris, tout le monde en rit. Mais il fe paffait alors une fcène plus férieufe, à propos de je ne fais quelle fadaife de mathématique, que *Maupertuis* voulait ériger en découverte. Un géomètre plus favant, nommé *Kœnig*, bibliothécaire de la princeffe d'*Orange*, à la Haie, lui fit apercevoir qu'il fe trompait, et que *Leibnitz*, qui avait autrefois examiné cette vieille idée, en avait démontré la fauffeté dans plufieurs de fes lettres, dont il lui montra des copies.

Maupertuis, préfident de l'académie de·Berlin, indigné qu'un affocié étranger lui prouvât fes bévues, perfuada d'abord au roi, que *Kœnig*, en qualité d'homme établi en Hollande, était fon ennemi, et avait dit beaucoup de mal de la profe et de la poëfie de fa Majefté à la princeffe d'*Orange*.

Cette première précaution prife, il apofta quelques pauvres penfionnaires de l'académie qui dépendaient de lui, et fit condamner *Kœnig* comme fauffaire, à être rayé du nombre des académiciens. Le géomètre d'Hollande avait pris les devants, et avait renvoyé fa patente de la dignité d'académicien de Berlin.

Tous les gens de lettres de l'Europe furent auffi indignés des manœuvres de *Maupertuis* qu'ennuyés de fon livre. Il obtint là haine et le mépris de ceux qui fe piquaient de philofophie et de ceux qui n'y entendaient rien. On fe contentait à Berlin de lever les épaules, car le roi ayant pris parti dans cette malheureufe affaire, perfonne n'ofait parler; je fus le feul qui élevai la voix. *Kœnig* était mon ami; j'avais à la fois le plaifir de défendre la liberté des gens de lettres avec la caufe d'un ami, et celui de mortifier un ennemi qui était autant l'ennemi de la modeftie que le mien. Je n'avais nul deffein de refter à Berlin; j'ai toujours préféré la liberté à tout le refte. Peu de gens de lettres en ufent ainfi. La plupart font pauvres; la pauvreté énerve le courage; et tout philofophe à la cour devient auffi efclave que le premier officier de la couronne. Je fentis

combien ma liberté devait déplaire à un roi plus
abſolu que le grand turc. C'était un plaiſant roi
dans l'intérieur de ſa maiſon., il le faut avouer. Il
protégeait *Maupertuis*, et ſe moquait de lui plus que
de perſonne. Il ſe mit à écrire contre lui, et m'envoya ſon manuſcrit dans ma chambre par un des
miniſtres de ſes plaiſirs-ſecrets, nommé *Marvits*;
il tourna beaucoup en ridicule le trou au centre de
la terre, ſa méthode de guérir avec un enduit de
poix réſine, le voyage au pôle auſtral, la ville
latine, et la lâcheté de ſon académie qui avait ſouffert
la tyrannie exercée ſur le pauvre *Kœnig*. Mais comme
ſa deviſe était : point de bruit ſi je ne le fais, il fit
brûler tout ce qu'on avait écrit ſur cette matière,
excepté ſon ouvrage.

Je lui renvoyai ſon ordre, ſa clef de chambellan,
ſes penſions; il fit alors tout ce qu'il put pour me
garder, et moi tout ce que je pus pour le quitter.
Il me rendit ſa croix et ſa clef, il voulut que je
ſoupaſſe avec lui; je fis donc encore un ſouper de
Damoclès; après quoi je partis avec promeſſe de
revenir, et avec le ferme deſſein de ne le revoir de
ma vie.

Ainſi nous fûmes quatre qui nous échappâmes
en peu de temps, *Chaſot*, d'*Arget*, *Algarotti* et moi.
Il n'y avait pas en effet moyen d'y tenir. On ſait
bien qu'il faut ſouffrir auprès des rois; mais *Frédéric*
abuſait un peu trop de ſa prérogative. La ſociété a
ſes lois, à moins que ce ne ſoit la ſociété du lion
et de la chèvre. *Frédéric* manquait toujours à la
première loi de la ſociété, de ne rien dire de déſo-
bligeant à perſonne. Il demandait ſouvent à ſon

chambellan *Polnitz*, s'il ne changerait pas volontiers de religion pour la quatrième fois, et il offrait de payer cent écus comptant pour fa converfion. Eh mon Dieu, mon cher *Polnitz*, lui difait-il, j'ai oublié le nom de cet homme que vous volâtes à la Haie, en lui vendant de l'argent faux pour du fin; aidez un peu ma mémoire, je vous prie. Il traitait à peu-près de même le pauvre d'*Argens*. Cependant ces deux victimes reftèrent. *Polnitz* ayant mangé tout fon bien, était obligé d'avaler ces couleuvres pour vivre; il n'avait pas d'autre pain; et d'*Argens* n'avait pour tout bien dans le monde que fes *Lettres juives*, et fa femme nommée *Cochois*, mauvaife comédienne de province, fi laide qu'elle ne pouvait rien gagner à aucun métier, quoiqu'elle en fît plufieurs. Pour *Maupertuis* qui avait été affez mal avifé pour placer fon bien à Berlin, ne fongeant pas qu'il vaut mieux avoir cent piftoles dans un pays libre, que mille dans un pays defpotique, il fallait bien qu'il reftât dans les fers qu'il s'était forgés.

En fortant de mon palais d'*Alcine*, j'allai paffer un mois auprès de madame la ducheffe de *Saxe-Gotha*, la meilleure princeffe de la terre, la plus douce, la plus fage, la plus égale, et qui, Dieu merci, ne fefait point de vers. De là je fus quelques jours à la maifon de campagne du landgrave de Heffe, qui était beaucoup plus éloigné de la poëfie que la princeffe de *Gotha*. Je refpirais. Je continuai doucement mon chemin par Francfort. C'était là que m'attendait ma très-bizarre deftinée.

Je tombai malade à Francfort; une de mes nièces, veuve d'un capitaine au régiment de Champagne, femme très-aimable, remplie de talens, et qui de plus était regardée à Paris comme bonne compagnie, eut le courage de quitter Paris pour venir me trouver fur le Mein; mais elle me trouva prifonnier de guerre. Voici comme cette belle aventure s'était paffée. Il y avait à Francfort un nommé *Freitag*, banni de Drefde, après y avoir été mis au carcan, et condamné à la brouette, devenu depuis dans Francfort agent du roi de Pruffe, qui fe fervait volontiers de tels miniftres, parce qu'ils n'avaient de gages que ce qu'ils pouvaient attraper aux paffans.

Cet ambaffadeur et un marchand nommé *Smith*, condamné ci-devant à l'amende pour fauffe monnaie, me fignifièrent de la part de fa Majefté le roi de Pruffe, que j'euffe à ne point fortir de Francfort, jufqu'à ce que j'euffe rendu les effets précieux que j'emportais à fa Majefté. Hélas! Meffieurs, je n'emporte rien de ce pays-là, je vous jure, pas même les moindres regrets. Quels font donc les joyaux de la couronne brandebourgeoife que vous redemandez? *c'être, monfir*, répondit *Freitag*, *l'œuvre de poëshie du roi mon gracieux maître*. Oh! je lui rendrai fa profe et fes vers de tout mon cœur, lui répliquai-je, quoiqu'après tout j'aye plus d'un droit à cet ouvrage. Il m'a fait préfent d'un bel exemplaire imprimé à fes dépens. Malheureufement cet exemplaire eft à Leipfick avec mes autres effets. Alors *Freitag* me propofa de refter à Francfort, jufqu'à ce que le tréfor qui était à Leipfick fût-arrivé; et il me figna ce beau billet.

,, Monfir, fitôt le gros ballot de Leipfick fera ici,

» où est l'œuvre de *poëshie* du roi mon maître, que
» sa Majesté demande, et l'œuvre de poëshie rendu
» à moi, vous pourrez partir où vous paraîtra bon.
» A Francfort, 1 de juin 1753. *Freitag*, résident du
» roi mon maître. » J'écrivis au bas du billet, *bon*
pour l'œuvre de poëshie du roi votre maître : de quoi
le résident fut très-satisfait.

Le 17 de juin arriva le grand ballot de *poëshies*. Je
remis fidellement ce sacré dépôt, et je crus pouvoir
m'en aller sans manquer à aucune tête couronnée :
mais dans l'instant que je partais, on m'arrête, moi,
mon secrétaire et mes gens ; on arrête ma nièce ;
quatre soldats la traînent au milieu des boues chez
le marchand *Smith*, qui avait je ne sais quel titre
de conseiller privé du roi de Prusse. Ce marchand
de Francfort se croyait alors un général prussien :
il commandait douze soldats de la ville dans cette
grande affaire, avec toute l'importance et la grandeur
convenables. Ma nièce avait un passe-port du roi de
France, et de plus, elle n'avait jamais corrigé les
vers du roi de Prusse. On respecte d'ordinaire les
dames dans les horreurs de la guerre ; mais le conseiller *Smith* et le résident *Freitag*, en agissant pour
Frédéric, croyaient lui faire leur cour en traînant le
pauvre beau sexe dans les boues.

On nous fourra tous deux dans une espèce d'hôtel-
lerie, à la porte de laquelle furent postés douze
soldats : on en mit quatre autres dans ma chambre,
quatre dans un grenier où l'on avait conduit ma
nièce, quatre dans un galetas ouvert à tous les vents,
où l'on fit coucher mon secrétaire sur de la paille.
Ma nièce avait à la vérité un petit lit ; mais ses

quatre foldats avec la baïonnette au bout du fufil, lui tenaient lieu de rideaux et de femmes de chambre.

Nous avions beau dire que nous en apellions à *Céfar*, que l'empereur avait été élu dans Francfort, que mon fecrétaire était florentin, et fujet de fa Majefté impériale, que ma nièce et moi nous étions fujets du roi très-chrétien, et que nous n'avions rien à démêler avec le margrave de Brandebourg : on nous répondit que le margrave avait plus de crédit dans Francfort que l'empereur. Nous fûmes douze jours prifonniers de guerre, et il nous fallut payer cent quarante écus par jour.

Le marchand *Smith* s'était emparé de tous mes effets, qui me furent rendus plus légers de moitié. On ne pouvait payer plus chèrement l'*œuvre de poëshie du roi de Pruffe*. Je perdis environ la fomme qu'il avait dépenfée pour me faire venir chez lui, et pour prendre de mes leçons. Partant nous fûmes quittes.

Pour rendre l'aventure complette, un certain *Van Duren*, libraire à la Haie, fripon de profeffion, et banqueroutier par habitude, était alors retiré à Francfort. C'était le même homme à qui j'avais fait préfent, treize ans auparavant, du manufcrit de l'*Anti-Machiavel* de *Frédéric*. On retrouve fes amis dans l'occafion. Il prétendit que fa Majefté lui redevait une vingtaine de ducats, et que j'en étais refponfable. Il compta l'intérêt, et l'intérêt de l'intérêt. Le fieur *Fichard*, bourgmeftre de Francfort, qui était même le bourgmeftre régnant, comme cela fe dit, trouva en qualité de bourgmeftre le compte très-jufte, et en qualité de régnant, il me fit débourfer trente ducats, en prit vingt-six pour lui, et en donna quatre au fripon de libraire.

Toute cette affaire d'ostrogoths et de vandales étant finie, j'embrassai mes hôtes, et je les remerciai de leur douce réception.

Quelque temps après, j'allai prendre les eaux de Plombières ; je bus surtout celles du Léthé, bien persuadé que les malheurs, de quelque espèce qu'ils soient, ne sont bons qu'à oublier. Ma nièce, madame *Denis*, qui fesait la consolation de ma vie, et qui s'était attachée à moi par son goût pour les lettres, et par la plus tendre amitié, m'accompagna de Plombières à Lyon. J'y fus reçu avec des acclamations par toute la ville, et assez mal par le cardinal de *Tençin*, archevêque de Lyon, si connu par la manière dont il avait fait sa fortune en rendant catholique ce *Law* ou *Lass*, auteur du système qui bouleversa la France. Son concile d'Embrun acheva la fortune que la conversion de *Law* avait commencée. Le système le rendit si riche qu'il eut de quoi acheter un chapeau de cardinal. Il fut ministre d'Etat ; et en qualité de ministre il m'avoua confidemment qu'il ne pouvait me donner à dîner en public, parce que le roi de France était fâché contre moi de ce que je l'avais quitté pour le roi de Prusse. Je lui dis que je ne dînais jamais, et qu'à l'égard des rois, j'étais l'homme du monde qui prenais le plus aisément mon parti, aussi-bien qu'avec les cardinaux. On m'avait conseillé les eaux d'Aix en Savoie ; quoiqu'elles fussent sous la domination d'un roi, je pris ma route pour aller en boire. Il fallait passer par Genève : le fameux médecin *Tronchin*, établi à Genève depuis peu, me déclara que les eaux d'Aix me tueraient, et qu'il me ferait vivre.

J'acceptai le parti qu'il me proposait. Il n'est permis à aucun catholique de s'établir à Genève, ni dans les cantons Suisses protestans. Il me parut plaisant d'acquérir des domaines dans les seuls pays de la terre où il ne m'était pas permis d'en avoir.

J'achetai par un marché singulier, et dont il n'y avait point d'exemple dans le pays, un petit bien d'environ soixante arpens, qu'on me vendit le double de ce qu'il eût coûté auprès de Paris : mais le plaisir n'est jamais trop cher; la maison est jolie et commode; l'aspect en est charmant; il étonne et ne lasse point. C'est d'un côté le lac de Genève, c'est la ville de l'autre; le Rhône en sort à gros bouillons, et forme un canal au bas de mon jardin; la rivière d'Arve qui descend de la Savoie se précipite dans le Rhône; plus loin on voit encore une autre rivière. Cent maisons de campagne, cent jardins rians, ornent les bords du lac et des rivières; dans le lointain s'élèvent les Alpes, et à travers leurs précipices on découvre vingt lieues de montagnes couvertes de neiges éternelles. J'ai encore une plus belle maison, et une vue plus étendue à Lausane; mais ma maison auprès de Genève est beaucoup plus agréable. J'ai dans ces deux habitations ce que les rois ne donnent point, ou plutôt ce qu'ils ôtent, le repos et la liberté; et j'ai encore ce qu'ils donnent quelquefois, et que je ne tiens pas d'eux; je mets en pratique ce que j'ai dit dans le Mondain.

Oh, le bon temps que ce siècle de fer !

Toutes les commodités de la vie en ameublemens, en équipages, en bonne chère, fe trouvent dans mes deux maifons ; une fociété douce et de gens d'efprit remplit les momens que l'étude et le foin de ma fanté me laiffent. Il y a là de quoi faire crever de douleur plus d'un de mes chers confrères les gens de lettres : cependant je ne fuis pas né riche, il s'en faut beaucoup. On me demande par quel art je fuis parvenu à vivre comme un fermier général ; il eft bon de le dire, afin que mon exemple ferve. J'ai vu tant de gens de lettres pauvres et méprifés, que j'ai conclu dès long-temps que je ne devais pas en augmenter le nombre.

Il faut être en France enclume ou marteau : j'étais né enclume. Un patrimoine court devient tous les jours plus court, parce que tout augmente de prix à la longue, et que fouvent le gouvernement a touché aux rentes et aux efpèces. Il faut être attentif à toutes les opérations que le miniftère toujours obéré et toujours inconftant fait dans les finances de l'Etat. Il y en a toujours quelqu'une dont un particulier peut profiter, fans avoir obligation à perfonne ; et rien n'eft fi doux que de faire fa fortune par foi-même : le premier pas coûte quelques peines ; les autres font aifés. Il faut être économe dans fa jeu-neffe ; on fe trouve dans fa vieilleffe un fonds dont on eft furpris. C'eft le temps où la fortune eft le plus néceffaire, c'eft celui où je jouis ; et après avoir vécu chez des rois, je me fuis fait roi chez moi, malgré des pertes immenfes.

Depuis que je vis dans cette opulence paifible et dans la plus extrême indépendance, le roi de Pruffe eſt revenu à moi; il m'envoya, en 1755, un opéra qu'il avait fait de ma tragédie de Mérope : c'était ſans contredit ce qu'il avait jamais fait de plus mauvais. Depuis ce temps il a continué à m'écrire; j'ai toujours été en commerce de lettres avec ſa ſœur la margrave de *Bareith* qui m'a conſervé des bontés inaltérables.

Pendant que je jouiſſais dans ma retraite de la vie la plus douce qu'on puiſſe imaginer, j'eus le petit plaiſir philoſophique de voir que les rois de l'Europe ne goûtaient pas cette heureuſe tranquillité, et de conclure que la ſituation d'un particulier eſt ſouvent préférable à celle des plus grands monarques, comme vous allez voir.

L'Angleterre fit une guerre de pirates à la France, pour quelques arpens de neige, en 1756 : dans le même temps l'impératrice reine d'Hongrie, parut avoir quelque envie de reprendre, ſi elle pouvait, ſa chère Siléſie, que le roi de Pruſſe lui avait arrachée. Elle négociait dans ce deſſein avec l'impératrice de Ruſſie, et avec le roi de Pologne, ſeulement en qualité d'électeur de Saxe; car on ne négocie point avec les Polonais. Le roi de France de ſon côté voulait ſe venger ſur les Etats d'Hanovre, du mal que l'électeur d'Hanovre, roi d'Angleterre, lui feſait ſur mer. *Frédéric*, qui était alors allié avec la France, et qui avait un profond mépris pour notre gouvernement, préféra l'alliance de l'Angleterre à celle de France, et s'unit avec la maiſon d'Hanovre, comptant empêcher d'une main les Ruſſes d'avancer dans ſa Pruſſe, et de l'autre les Français de venir en Allemagne; il ſe trompa dans ces deux idées; mais

il en avait une troisième dans laquelle il ne se trompa
point ; ce fut d'envahir la Saxe sous prétexte d'amitié,
et de faire la guerre à l'impératrice reine d'Hongrie
avec l'argent qu'il pilla chez les Saxons.

Le marquis de Brandebourg, par cette manœuvre
singulière, fit seul changer tout le système de l'Europe.
Le roi de France voulant le retenir dans son alliance,
lui avait envoyé le duc de *Nivernois*, homme d'esprit
et qui fesait de très-jolis vers. L'ambassade d'un duc
et pair et d'un poëte semblait devoir flatter la vanité
et le goût de *Frédéric* ; il se moqua du roi de France,
et signa son traité avec l'Angleterre le jour même
que l'ambassadeur arriva à Berlin ; joua très-poli-
ment le duc et pair, et fit une épigramme contre le
poëte.

C'était alors le privilége de la poësie de gouverner
les Etats. Il y avait un autre poëte à Paris, homme
de condition, fort pauvre, mais très-aimable, en
un mot l'abbé de *Bernis*, depuis cardinal. Il avait
débuté par faire des vers contre moi, et ensuite était
devenu mon ami, ce qui ne lui servait à rien ; mais
il était devenu celui de madame de *Pompadour*, et
cela lui fut plus utile. On l'avait envoyé du Parnasse
en ambassade à Venise ; il était alors à Paris avec
un très-grand crédit.

Le roi de Prusse dans ce beau livre de *poëshies*,
que ce M. *Freitag* redemandait à Francfort avec
tant d'instance, avait glissé un vers contre l'abbé
de *Bernis*.

Evitez de Bernis la stérile abondance.

Je ne crois pas que ce livre et ce vers fussent

parvenus jufqu'à l'abbé : mais comme DIEU eft jufte, DIEU fe fervit de lui pour venger la France du roi de Pruffe. L'abbé conclut un traité offenfif et défenfif avec M. de *Staremberg*, ambaffadeur d'Autriche, en dépit de *Rouillé*, alors miniftre des affaires étrangères. Madame de *Pompadour* préfida à cette négociation: *Rouillé* fut obligé de figner le traité conjointement avec l'abbé de *Bernis*, ce qui était fans exemple. Ce miniftre *Rouillé*, il faut l'avouer, était le plus inepte fecrétaire d'Etat que jamais roi de France ait eu, et le pédant le plus ignorant qui fût dans la robe. Il avait demandé un jour fi la Vétéravie était en Italie. Tant qu'il n'y eut point d'affaires épineufes à traiter, on le fouffrit : mais dès qu'on eut de grands objets, on fentit fon infuffifance, on le renvoya, et l'abbé de *Bernis* eut fa place.

Mademoifelle *Poiffon*, dame *le Normand*, marquife de *Pompadour*, était réellement premier miniftre d'Etat. Certains termes outrageans, lâchés contre elle par *Frédéric* qui n'épargnait ni les femmes ni les poëtes, avaient bleffé le cœur de la marquife, et ne contribuèrent pas peu à cette révolution dans les affaires, qui réunit en un moment les maifons de France et d'Autriche, après plus de deux cents ans d'une hâine réputée immortelle. La cour de France qui avait prétendu en 1741 écrafer l'Autriche, la foutint en 1756, et enfin l'on vit la France, la Ruffie, la Suède, la Hongrie, la moitié de l'Allemagne, et le fifcal de l'Empire, déclarés contre le feul marquis de Brandebourg.

Ce prince, dont l'aïeul pouvait à peine entretenir vingt mille hommes, avait une armée de cent mille
fantaffins,

fantaffins, et de quarante mille cavaliers, bien compofée, encore mieux exercée, pourvue de tout ;
mais enfin il y avait plus de quatre cents mille
hommes en armes contre le Brandebourg.

Il arriva, dans cette guerre, que chaque parti
prit d'abord tout ce qu'il était à portée de prendre.
Frédéric prit la Saxe, la France prit les Etats de
Frédéric depuis la ville de Gueldre jufqu'à Minden
fur le Véfer, et s'empara pour un temps de tout
l'électorat d'Hanovre, et de la Heffe, alliée de
Frédéric : l'impératrice de Ruffie prit toute la Pruffe :
ce roi, battu d'abord par les Ruffes, battit les Autrichiens, et enfuite en fut battu dans la Bohème, le
18 de juin 1757.

La perte d'une bataille femblait devoir écrafer ce
monarque ; preffé de tous côtés par les Ruffes, par
les Autrichiens et par la France, lui-même fe crut
perdu. Le maréchal de *Richelieu* venait de conclure
près de Stade un traité avec les Hanovriens et les
Heffois, qui reffemblait à celui des Fourches Caudines. Leur armée ne devait plus fervir ; le maréchal
était près d'entrer dans la Saxe avec foixante mille
hommes ; le prince de *Soubife* allait y entrer d'un
autre côté avec plus de trente mille, et était fecondé
de l'armée des Cercles de l'Empire ; de là on marchait
à Berlin. Les Autrichiens avaient gagné un fecond
combat, et étaient déjà dans Breflau ; un de leurs
généraux même avait fait une courfe jufqu'à Berlin,
et l'avait mis à contribution : le tréfor du roi de
Pruffe était prefque épuifé, et bientôt il ne devait
plus lui refter un village ; on allait le mettre au ban
de l'Empire ; fon procès était commencé ; il était

Vie de Voltaire. X

déclaré rebelle; et s'il était pris, l'apparence était qu'il aurait été condamné à perdre la tête.

Dans ces extrémités, il lui passa dans l'esprit de vouloir se tuer. Il écrivit à sa sœur, madame la margrave de *Bareith* qu'il allait terminer sa vie : il ne voulut point finir la pièce sans quelques vers; la passion de la poësie était encore plus forte en lui que la haine de la vie. Il écrivit donc au marquis d'*Argens* une longue épître en vers, dans laquelle il lui fesait part de sa résolution, et lui disait adieu. Quelque singulière que soit cette épître par le sujet, et par celui qui l'a écrite, et par le personnage à qui elle est adressée, il n'y a pas moyen de la transcrire ici toute entière, tant il y a de répétitions; mais on y trouve quelques morceaux assez bien tournés pour un roi du Nord; en voici plusieurs passages :

Ami, le fort en est jeté ;
Las de plier dans l'infortune,
Sous le joug de l'adversité,
J'accourcis le temps arrêté
Que la nature notre mère
A mes jours remplis de misère
A daigné prodiguer par libéralité.
D'un cœur assuré, d'un œil ferme
Je m'approche de l'heureux terme
Qui va me garantir contre les coups du sort,
Sans timidité, sans effort.
Adieu grandeurs, adieu chimères ;
De vos bluettes passagères
Mes yeux ne sont plus éblouis.

Si votre faux éclat de ma naiſſante aurore
Fit trop imprudemment éclore
Des déſirs indiſcrets, long-temps évanouis,
Au ſein de la philoſophie,
Ecole de la vérité,
Zénon me détrompa de la frivolité
Qui produit les erreurs du ſonge de la vie.
Adieu, divine volupté,
Adieu, plaiſirs charmans, qui flattez la molleſſe,
Et dont la troupe enchantereſſe,
Par des liens de fleurs enchaîne la gaîté.
Mais que fais-je, grand Dieu ! courbé ſous la triſteſſe,
Eſt-ce à moi de nommer les plaiſirs, l'allégreſſe ?
Et ſous la griffe du vautour,
Voit-on la tendre tourterelle
Et la plaintive Philomèle
Chanter ou reſpirer l'amour ?
Depuis long-temps pour moi l'aſtre de la lumière
N'éclaira que des jours ſignalés par mes maux ;
Depuis long-temps Morphée avare de pavots,
N'en daigne plus jeter ſur ma triſte paupière.
Je diſais ce matin, les yeux couverts de pleurs,
Le jour qui dans peu va paraître
M'annonce de nouveaux malheurs ;
Je diſais à la nuit : tu vas bientôt renaître
Pour éterniſer mes douleurs.
Vous, de la liberté héros que je révère,
O manes de Caton, ô manes de Brutus !
Votre illuſtre exemple m'éclaire
Parmi l'erreur et les abus ;
C'eſt votre flambeau funéraire
Qui m'inſtruit du chemin peu connu du vulgaire

X 2

Que nous avaient tracé vos antiques vertus.
J'écarte les romans et les pompeux fantômes
Qu'engendra de ses flancs la Superstition ;
Et pour approfondir la nature des hommes,
  Pour connaître ce que nous sommes,
Je ne m'adresse point à la Religion.
  J'apprends de mon maître Epicure
  Que du temps la cruelle injure
  Dissout les êtres composés ;
  Que ce souffle, cette étincelle,
Ce feu vivifiant des corps organisés
  N'est point de nature immortelle.
Il naît avec le corps, s'accroît dans les enfans,
  Souffre de la douleur cruelle,
Il s'égare, il s'éclipse, il baisse avec les ans.
Sans doute il périra quand la nuit éternelle
Viendra nous arracher du nombre des vivans.
Vaincu, persécuté, fugitif dans le monde,
  Trahi par des amis pervers,
  Je souffre en ma douleur profonde
  Plus de maux dans cet univers,
Que dans les fictions de la fable féconde
N'en a jamais souffert Prométhée aux Enfers.
  Ainsi, pour terminer mes peines,
Comme ces malheureux au fond de leurs cachots,
Las d'un destin cruel et trompant leurs bourreaux,
  D'un noble effort brisent leurs chaînes ;
  Sans m'embarrasser des moyens
  Je romps les funestes liens
  Dont la subtile et fine trame
  A ce corps rongé de chagrins
  Trop long-temps attacha mon ame.

Tu vois dans ce cruel tableau
De mon trépas la juste caufe.
Au moins ne penfe pas du néant du caveau
Que j'afpire à l'apothéofe.
Mais lorfque le printemps paraiffant de nouveau,
De fon fein abondant t'offre des fleurs éclofes,
Chaque fois d'un bouquet de myrthes et de rofes
Souviens-toi d'orner mon tombeau.

Il m'envoya cette épître écrite de fa main. Il y a plufieurs hémiftiches pillés de l'abbé de *Chaulieu* et de moi. Les idées font incohérentes, les vers en général mal faits, mais il y en a de bons ; et c'eft beaucoup pour un roi de faire une épître de deux cents mauvais vers dans l'état où il était. Il voulait qu'on dît qu'il avait confervé toute la préfence et toute la liberté de fon efprit dans un moment où les hommes n'en ont guère.

La lettre qu'il m'écrivit témoignait les mêmes fentimens ; mais il y avait moins de myrthes et de rofes, et d'*Ixions* et de douleur profonde. Je combattis en profe la réfolution qu'il difait avoir prife de mourir ; et je n'eus pas de peine à le déterminer à vivre. Je lui confeillai d'entamer une négociation avec le maréchal de *Richelieu*, d'imiter le duc de *Cumberland* ; je pris enfin toutes les libertés qu'on peut prendre avec un poëte défefpéré, qui était tout près de n'être plus roi. Il écrivit en effet au maréchal de *Richelieu* ; mais n'ayant pas de réponfe, il réfolut de nous battre. Il me manda qu'il allait combattre le prince de *Soubife* ; fa lettre finiffait par des vers

X 3

plus dignes de fa fituation, de fa dignité, de fon courage et de fon efprit.

> Quand on eft voifin du naufrage,
> Il faut en affrontant l'orage
> Penfer, vivre et mourir en roi.

En marchant aux Français et aux Impériaux, il écrivit à madame la margrave de *Bareith*, fa fœur, qu'il fe ferait tuer : mais il fut plus heureux qu'il ne le difait, et qu'il ne le croyait. Il attendit, le 5 de novembre 1757, l'armée françaife et impériale dans un pofte affez avantageux, à Rosbac, fur les frontières de la Saxe ; et comme il avait toujours parlé de fe faire tuer, il voulut que fon frère le prince *Henri* acquittât fa promeffe à la tête de cinq bataillons Pruffiens qui devaient foutenir le premier effort des armées ennemies, tandis que fon artillerie les foudroyerait, et que fa cavalerie attaquerait la leur.

En effet le prince *Henri* fut légèrement bleffé à la gorge d'un coup de fufil ; et ce fut, je crois, le feul pruffien bleffé à cette journée. Les Français et les Autrichiens s'enfuirent à la première décharge. Ce fut la déroute la plus inouie et la plus complète dont l'hiftoire ait jamais parlé. Cette bataille de Rosbac fera long-temps célèbre. On vit trente mille Français, et vingt mille Impériaux prendre une fuite honteufe et précipitée devant cinq bataillons et quelques efcadrons. Les défaites d'Azincour, de Crécy, de Poitiers, ne furent pas fi humiliantes.

La difcipline et l'exercice militaire que fon père avait établis, et que le fils avait fortifiés, furent la

véritable caufe de cette étrange victoire. L'exercice
pruffien s'était perfectionné pendant cinquante ans.
On avait voulu l'imiter en France comme dans tous
les autres Etats; mais on n'avait pu faire en trois
ou quatre ans, avec des Français peu difciplinables,
ce qu'on avait fait pendant cinquante ans avec des
Pruffiens; on avait même changé les manœuvres en
France prefqu'à chaque revue, de forte que les
officiers et les foldats, ayant mal appris des exercices
nouveaux, et tous différens les uns des autres,
n'avaient rien appris du tout, et n'avaient réellement
aucune difcipline ni aucun exercice. En un mot, à
la feule vue des Pruffiens tout fut en déroute, et la
fortune fit paffer *Frédéric*, en un quart d'heure, du
comble du défefpoir à celui du bonheur et de la
gloire.

Cependant il craignait que ce bonheur ne fût
très-paffager; il craignait d'avoir à porter tout le
poids de la puiffance de la France, de la Ruffie,
et de l'Autriche, et il aurait bien voulu détacher
Louis XV de *Marie-Thérèfe*.

La funefte journée de Rosbac fefait murmurer
toute la France contre le traité de l'abbé de *Bernis*
avec la cour de Vienne. Le cardinal de *Tençin*,
archevêque de Lyon, avait toujours confervé fon
rang de miniftre d'Etat, et une correfpondance particulière avec le roi de France; il était plus oppofé
que perfonne à l'alliance avec la cour Autrichienne.
Il m'avait fait à Lyon une réception dont il pouvait
croire que j'étais peu fatisfait: cependant l'envie de
fe mêler d'intrigues, qui le fuivait dans fa retraite,
et qui, à ce qu'on prétend, n'abandonne jamais les

X 4

hommes en place, le porta à se lier avec moi, pour engager madame la margrave de *Bareith* à s'en remettre à lui, et à lui confier les intérêts du roi son frère. Il voulait réconcilier le roi de Prusse avec le roi de France, et croyait procurer la paix. Il n'était pas bien difficile de porter madame de *Bareith* et le roi son frère à cette négociation; je m'en chargeai avec d'autant plus de plaisir que je voyais très-bien qu'elle ne réussirait pas.

Madame la margrave de *Bareith* écrivit de la part du roi son frère. C'était par moi que passaient les lettres de cette princesse et du cardinal : j'avais en secret la satisfaction d'**être** l'entremetteur de cette grande affaire, et peut-être encore un autre plaisir, celui de sentir que mon cardinal se préparait un grand dégoût. Il écrivit une belle lettre au roi en lui envoyant celle de la margrave; mais il fut tout étonné que le roi lui répondît assez sèchement que le secrétaire d'Etat des affaires étrangères l'instruirait de ses intentions.

En effet l'abbé de *Bernis* dicta au cardinal la réponse qu'il devait faire : cette réponse était un refus net d'entrer en négociation. Il fut obligé de signer le modèle de la lettre que lui envoyait l'abbé de *Bernis*; il m'envoya cette triste lettre qui finissait tout; et il en mourut de chagrin au bout de quinze jours.

Je n'ai jamais trop conçu comment on meurt de chagrin, et comment des ministres et de vieux cardinaux, qui ont l'ame si dure, ont pourtant assez de sensibilité pour être frappés à mort pour un petit dégoût : mon dessein avait été de me moquer de lui, de le mortifier, et non pas de le faire mourir.

Il y avait une efpèce de grandeur dans le miniftère de France à refufer la paix au roi de Pruffe, après avoir été battu et humilié par lui; il y avait de la fidélité et bien de la bonté de fe facrifier encore pour la maifon d'Autriche : ces vertus furent long-temps mal récompenfées par la fortune.

Les Hanovriens, les Brunfwikois, les Heffois furent moins fidelles à leurs traités, et s'en trouvèrent mieux. Ils avaient ftipulé avec le maréchal de *Richelieu* qu'ils ne ferviraient plus contre nous; qu'ils repafferaient l'Elbe, au-delà duquel on les avait renvoyés; ils rompirent leur marché des Fourches Caudines, dès qu'ils furent que nous avions été battus à Rosbac. L'indifcipline, la défertion, les maladies détruifirent notre armée, et le réfultat de toutes nos opérations fut, au printemps de 1758, d'avoir perdu trois cents millions et cinquante mille hommes en Allemagne pour *Marie-Thérèfe*, comme nous avions fait dans la guerre de 1741, en combattant contre elle.

Le roi de Pruffe qui avait battu notre armée dans la Turinge à Rosbac, s'en alla combattre l'armée autrichienne à foixante lieues de là. Les Français pouvaient encore entrer en Saxe, les vainqueurs marchaient ailleurs; rien n'aurait arrêté les Français; mais ils avaient jeté leurs armes, perdu leur canon, leurs munitions, leurs vivres, et furtout la tête. Ils s'éparpillèrent. On raffembla leurs débris difficilement. *Frédéric*, au bout d'un mois, remporte à pareil jour une victoire plus fignalée et plus difputée fur l'armée d'Autriche, auprès de Breflau; il reprend Breflau, il y fait quinze mille prifonniers; le refte

de la Siléfie rentre fous fes lois : *Guftave-Adolphe*
n'avait pas fait de fi grandes chofes. Il fallut bien
alors lui pardonner fes vers, fes plaifanteries, fes
petites malices, et même fes péchés contre le fexe
féminin. Tous les défauts de l'homme difparurent
devant la gloire du héros.

Aux Délices, 6 *de novembre* 1759.

J'avais laiffé là mes mémoires, les croyant auffi
inutiles que les lettres de *Bâyle* à madame fa chère
mère, et que la vie de *Saint-Evremont* écrite par
des Maifeaux, et que celle de l'abbé de *Mongon* écrite
par lui-même : mais bien des chofes qui me paraiffent
ou neuves ou plaifantes me ramènent au ridicule de
parler de moi à moi-même.

Je vois de mes fenêtres la ville où régnait *Jean
Chauvin*, le picard, dit *Calvin*, et la place où il fit
brûler *Servet* pour le bien de fon ame. Prefque tous
les prêtres de ce pays-ci penfent aujourd'hui comme
Servet, et vont même plus loin que lui. Ils ne
croient point du tout *Jéfus - Chrift* DIEU; et ces
Meffieurs qui ont fait autrefois main baffe fur le
purgatoire fe font humanifés jufqu'à faire grâce aux
ames qui font en enfer. Ils prétendent que leurs
peines ne feront point éternelles, que *Théfée* ne fera
pas toujours dans fon fauteuil, que *Sifyphe* ne rou-
lera pas toujours fon rocher : ainfi, de l'enfer auquel
ils ne croient plus, ils ont fait le purgatoire auquel
ils ne croyaient pas. C'eft une affez jolie révolution
dans l'hiftoire de l'efprit humain. Il y avait là de
quoi fe couper la gorge, allumer des buchers, faire
des Saint-Barthelemi; cependant on ne s'eft pas

même dit d'injures, tant les mœurs font changées.
Il n'y a que moi à qui un de ces prédicans en ait
dit, parce que j'avais ofé avancer que le picard
Calvin était un efprit dur qui avait fait brûler *Servet*
fort mal à propos. Admirez, je vous prie, les contradictions de ce monde. Voilà des gens qui font prefque
ouvertement fectateurs de *Servet*, et qui m'injurient
pour avoir trouvé mauvais que *Calvin* l'ait fait brûler
à petit feu avec des fagots verts.

Ils ont voulu me prouver en forme que *Calvin*
était un bon homme ; ils ont prié le confeil de Genève
de leur communiquer les pièces du procès de *Servet* :
le confeil plus fage qu'eux les a refufées ; il ne leur
a pas été permis d'écrire contre moi dans Genève.
Je regarde ce petit triomphe comme le plus bel
exemple des progrès de la raifon dans ce fiècle.

La philofophie a remporté encore une plus grande
victoire fur fes ennemis à Laufane. Quelques miniftres s'étaient avifés dans ce pays-là de compiler je
ne fais quel mauvais livre contre moi, pour l'honneur, difaient-ils, de la religion chrétienne. J'ai
trouvé fans peine le moyen de faire faifir les exemplaires, et de les fupprimer par autorité du magiftrat :
c'eft peut-être la première fois qu'on ait forcé des
théologiens à fe taire, et à refpecter un philofophe.
Jugez fi je ne dois pas aimer paffionnément ce pays-ci.
Etres penfans, je vous avertis qu'il eft très-agréable
de vivre dans une république aux chefs de laquelle
on peut dire : venez demain dîner chez moi. Cependant je ne me fuis pas encore trouvé affez libre ; et
ce qui eft, à mon gré, digne de quelque attention,
c'eft que, pour l'être parfaitement, j'ai acheté des

terres en France. Il y en avait deux à ma bienféance
à une lieue de Genève, qui avaient joui autrefois
de tous les priviléges de cette ville. J'ai eu le bonheur
d'obtenir du roi un brevet par lequel ces priviléges
me font confervés. Enfin j'ai tellement arrangé ma
deftinée que je me trouve indépendant à la fois en
Suiffe, fur le territoire de Genève et en France.

J'entends parler beaucoup de liberté, mais je ne
crois pas qu'il y ait eu en Europe un particulier qui
s'en foit fait une comme la mienne. Suivra mon
exemple qui voudra ou qui pourra.

Je ne pouvais certainement mieux prendre mon
temps pour chercher cette liberté et le repos loin de
Paris. On y était alors auffi fou et auffi acharné dans
des querelles puériles que du temps de la fronde;
il n'y manquait que la guerre civile; mais comme
Paris n'avait ni un roi des halles, tel que le duc de
Beaufort, ni un coadjuteur donnant la bénédiction
avec un poignard, il n'y eut que des tracafferies
civiles : elles avaient commencé par des billets de
banque pour l'autre monde, inventés, comme j'ai
déjà dit, par l'archevêque de Paris *Beaumont*, homme
opiniâtre, fefant le mal de tout fon cœur par excès
de zèle, un fou férieux, un vrai faint dans le goût
de *Thomas* de Cantorbéri. La querelle s'échauffa pour
une place à l'hôpital, à laquelle le parlement de Paris
prétendait nommer, et que l'archevêque réputait
place facrée, dépendante uniquement de l'Eglife.
Tout Paris prit parti; les petites factions janféniste
et moliniste ne s'épargnèrent pas; le roi les voulut
traiter comme on fait quelquefois les gens qui fe
battent dans la rue; on leur jette des feaux d'eau

pour les féparer. Il donna le tort aux deux partis,
comme de raifon ; mais ils n'en furent que plus
envenimés : il exila l'archevêque, il exila le parlement ; mais un maître ne doit chaffer fes domeftiques
que quand il eft sûr d'en trouver d'autres pour les
remplacer ; la cour fut enfin obligée de faire revenir
le parlement, parce qu'une chambre nommée royale,
compofée de confeillers d'Etat et de maîtres des
requêtes, érigée pour juger les procès, n'avait pu
trouver pratique. Les Parifiens s'étaient mis dans la
tête de ne plaider que devant cette cour de juftice
qu'on appelle parlement. Tous fes membres furent
donc rappelés, et crurent avoir remporté une
victoire fignalée fur le roi. Ils l'avertirent paternelle-
ment, dans une de leurs remontrances, qu'il ne
fallait pas qu'il exilât une autre fois fon parlement,
attendu, difaient-ils, *que cela était de mauvais exemple.*
Enfin ils en firent tant que le roi réfolut au moins
de caffer une de leurs chambres, et de réformer
les autres. Alors ces meffieurs donnèrent tous leur
démiffion, excepté la grand'chambre ; les murmures
éclatèrent : on déclamait publiquement au palais
contre le roi. Le feu qui fortait de toutes les bouches
prit malheureufement à la cervelle d'un laquais,
nommé *Damiens*, qui allait fouvent dans la grand'-
falle. Il eft prouvé par le procès de ce fanatique de
la robe, qu'il n'avait pas l'idée de tuer le roi, mais
feulement celle de lui infliger une petite correction.
Il n'y a rien qui ne paffe par la tête des hommes.
Ce miférable avait été cuiftre au collége des jéfuites,
collége où j'ai vu quelquefois les écoliers donner
des coups de canif, et les cuiftres leur en rendre.

Damiens alla donc à Versailles dans cette résolution, et blessa le roi au milieu de ses gardes et de ses courtisans avec un de ces petits canifs dont on taille des plumes.

On ne manqua pas, dans la première horreur de cet accident, d'imputer le coup aux jésuites qui étaient, disait-on, en possession par un ancien usage. J'ai lu une lettre d'un père *Griffet* dans laquelle il disait : *Cette fois-ci ce n'est pas nous, c'est à présent le tour de messieurs.* C'était naturellement au grand prévôt de la cour à juger l'assassin, puisque le crime avait été commis dans l'enceinte du palais du roi. Le malheureux commença par accuser sept membres des enquêtes : il n'y avait qu'à laisser subsister cette accusation, et exécuter le criminel ; par-là le roi rendait le parlement à jamais odieux, et se donnait sur lui un avantage aussi durable que la monarchie. On croit que M. d'*Argenson* porta le roi à donner à son parlement la permission de juger l'affaire : il en fut bien récompensé, car huit jours après il fut dépossédé et exilé.

Le roi eut la faiblesse de donner de grosses pensions aux conseillers qui instruisirent le procès de *Damiens*, comme s'ils avaient rendu quelque service signalé et difficile. Cette conduite acheva d'inspirer à messieurs des enquêtes une confiance nouvelle ; ils se crurent des personnages importans ; et leurs chimères de représenter la nation et d'être les tuteurs des rois se réveillèrent : cette scène passée, et n'ayant plus rien à faire, ils s'amusèrent à persécuter les philosophes.

Omer Joly de Fleuri, avocat général du parlement de Paris, étala devant les chambres assemblées le

triomphe le plus complet que l'ignorance, la mauvaife foi et l'hypocrifie aient jamais remporté. Plufieurs gens de lettres très-eftimables par leur fcience
et par leur conduite, s'étaient affociés pour compofer
un dictionnaire immenfe de tout ce qui peut éclairer
l'efprit humain : c'était un très-grand objet de commerce pour la librairie de France : le chancelier,
les miniftres encourageaient une fi belle entreprife.
Déjà fept volumes avaient paru ; on les traduifait
en italien, en anglais, en allemand, en hollandais ;
et ce tréfor ouvert à toutes les nations par les Français
pouvait être regardé comme ce qui nous fefait alors
le plus d'honneur, tant les excellens articles du
Dictionnaire encyclopédique rachetaient les mauvais,
qui font pourtant en affez grand nombre. On ne
pouvait rien reprocher à cet ouvrage que trop de
déclamations puériles, malheureufement adoptées
par les auteurs du recueil, qui prenaient à toute
main pour groffir l'ouvrage ; mais tout ce qui part
de ces auteurs eft excellent.

Voilà *Omer Joly de Fleuri* qui, le 23 de février
1759, accufe ces pauvres gens d'être athées, déiftes,
corrupteurs de la jeuneffe, rebelles au roi, &c.
Omer, pour prouver ces accufations, cite St *Paul*,
le procès de *Théophile*, et *Abraham Chaumeix*. (*)
Il ne lui manquait que d'avoir lu le livre contre
lequel il parla, ou s'il l'avait lu, *Omer* était un
étrange imbécille. Il demande juftice à la cour contre

_____

(*) *Abraham Chaumeix*, ci-devant vinaigrier, s'étant fait janféniste
et convulfionnaire, était alors l'oracle du parlement de Paris. *Omer
Fleuri* le cita comme un père de l'Eglife. *Chaumeix* a été depuis maître
d'école à Mofcou.

l'article *ame*, qui félon lui eft le matérialifme tout pur. Vous remarquerez que cet article *ame*, l'un des plus mauvais du livre, eft l'ouvrage d'un pauvre docteur de forbonne qui fe tue à déclamer à tort et à travers contre le matérialifme. Tout le difcours d'*Omer Joly de Fleuri* fut un tiffu de bévues pareilles. Il défère donc à la juftice le livre qu'il n'a point lu ou qu'il n'a point entendu ; et tout le parlement, fur la réquifition d'*Omer*, condamne l'ouvrage, non-feulement fans aucun examen, mais fans en avoir lu une page. Cette façon de rendre juftice eft fort au-deffous de celle de *Bridoye*, car au moins *Bridoye* pouvait rencontrer jufte.

Les Editeurs avaient un privilége du roi. Le parlement n'a pas certainement le droit de réformer les priviléges accordés par fa Majefté ; il ne lui appartient de juger ni d'un arrêt du confeil, ni de rien de ce qui eft fcellé à la chancellerie : cependant il fe donna le droit de condamner ce que le chancelier avait approuvé ; il nomma des confeillers pour décider des objets de géométrie et de métaphyfique contenus dans l'*Encyclopédie*. Un chancelier un peu ferme aurait caffé l'arrêt du parlement comme très-incompétent : le chancelier de *Lamoignon* fe contenta de révoquer le privilége, afin de n'avoir pas la honte de voir juger et condamner ce qu'il avait revêtu du fceau de l'autorité fuprême. On croirait que cette aventure eft du temps du père *Garaffe*, et des arrêts contre l'émétique ; cependant elle eft arrivée dans le feul fiècle éclairé qu'ait eu la France, tant il eft vrai qu'il fuffit d'un fot pour déshonorer une nation. On avouera fans peine que dans de telles

circonftances

circonſtances Paris ne devait pas être le ſéjour d'un philoſophe, et qu'*Ariſtote* fut très-ſage de ſe retirer à Calcis lorſque le fanatiſme dominait dans Athènes. D'ailleurs l'état d'homme de lettres à Paris eſt immédiatement au-deſſus de celui d'un bateleur : l'état de gentilhomme ordinaire de ſa Majeſté que le roi m'avait conſervé, n'eſt pas grand'choſe. Les hommes ſont bien ſots, et je crois qu'il vaut mieux bâtir un beau château, comme j'ai fait, y jouer la comédie et y faire bonne chère que d'être levraudé à Paris, comme *Helvétius*, par les gens tenant la cour de parlement, et par les gens tenant l'écurie de la ſorbonne. Comme je ne pouvais aſſurément ni rendre les hommes plus raiſonnables, ni le parlement moins pédant, ni les théologiens moins ridicules, je continuai à être heureux loin d'eux.

Je ſuis quaſi honteux de l'être, en contemplant du port tous les orages : je vois l'Allemagne inondée de ſang, la France ruinée de fond en comble, nos armées, nos flottes battues, nos miniſtres renvoyés l'un après l'autre, ſans que nos affaires en aillent mieux, le roi de Portugal aſſaſſiné, non pas par un laquais, mais par les grands du pays, et cette fois-ci les jéſuites ne peuvent pas dire : *Ce n'eſt pas nous.* Ils avaient conſervé leur droit, et il a été bien prouvé depuis que les bons pères avaient ſaintement mis le couteau dans les mains des parricides. Ils diſent pour leurs raiſons qu'ils ſont ſouverains au Paraguai, et qu'ils ont traité avec le roi de Portugal de couronne à couronne.

Voici une petite aventure auſſi ſingulière qu'on en ait vu depuis qu'il y a eu des rois et des poëtes

Vie de Voltaire. Y

fur la terre : *Frédéric* ayant paffé un temps affez long à garder les frontières de la Siléfie dans un camp inexpugnable, s'y eft ennuyé, et pour paffer le temps, il a fait une ode contre la France et contre le roi. Il m'envoya, au commencement de mai 1759, fon ode fignée *Frédéric*, et accompagnée d'un paquet énorme de vers et de profe. J'ouvre le paquet et je m'aperçois que je ne fuis pas le premier qui l'ait ouvert : il était vifible qu'en chemin il avait été décacheté. Je fus tranfi de frayeur en lifant dans l'ode les ftrophes fuivantes :

O nation folle et vaine,
Quoi, font-ce là ces guerriers
Sous Luxembourg, fous Turenne,
Couverts d'immortels lauriers ?
Qui, vrais amans de la gloire,
Affrontaient pour la victoire
Les dangers et le trépas.
Je vois leur vil affemblage
Auffi vaillant au pillage
Que lâche dans les combats.

Quoi, votre faible monarque
Jouet de la Pompadour,
Flétri par plus d'une marque
Des opprobres de l'amour ;
Lui qui déteftant les peines,
Au hafard remet les rênes
De fon empire aux abois,
Cet efclave parle en maître,
Ce Céladon fous un hêtre
Croit dicter le fort des rois.

Je tremblai donc en voyant ces vers parmi lesquels il y en a de très-bons, ou du moins qui passeront pour tels. J'ai malheureusement la réputation méritée d'avoir jusqu'ici corrigé les vers du roi de Prusse. Le paquet a été ouvert en chemin, les vers transpireront dans le public, le roi de France les croira de moi, et me voilà criminel de lèse-Majesté, et, qui pis est, coupable envers madame de *Pompadour*.

Dans cette perplexité, je priai le résident de France à Genève de venir chez moi ; je lui montre le paquet ; il convient qu'il a été décacheté avant de me parvenir. Il juge qu'il n'y a pas d'autre parti à prendre, dans une affaire où il y allait de ma tête, que d'envoyer le paquet à M. le duc de *Choiseul*, ministre en France : en toute autre circonstance je n'aurais point fait cette démarche ; mais j'étais obligé de prévenir ma ruine : je fesais connaître à la cour tout le fonds du caractère de son ennemi. Je savais bien que le duc de *Choiseul* n'en abuserait pas, et qu'il se bornerait à persuader le roi de France que le roi de Prusse était un ennemi irréconciliable qu'il fallait écraser, si on pouvait. Le duc de *Choiseul* ne se borna pas là ; c'est un homme de beaucoup d'esprit, il fait des vers, il a des amis qui en font, il paya le roi de Prusse en même monnaie, et m'envoya une ode contre *Frédéric* aussi mordante, aussi terrible que l'était celle de *Frédéric* contre nous. En voici des échantillons détachés :

> Ce n'est plus cet heureux génie
> Qui des arts dans la Germanie
> Devait allumer le flambeau,

Y 2

Epoux, fils et frère coupable,
C'eſt celui qu'un père équitable
Voulut étouffer au berceau.

Cependant c'eſt lui dont l'audace
Des neufs ſœurs et du Dieu de Thrace
Croit réunir les attributs,
Lui qui chez Mars comme au Parnaſſe
N'a jamais occupé de place
Qu'entre Zoïle et Mévius.

Vois, malgré la garde romaine,
Néron pourſuivi ſur la ſcène
Par les mépris des légions;
Vois l'oppreſſeur de Syracuſe
Sans fruit proſtituant ſa muſe
Aux inſultes des nations.

Juſque-là, cenſeur moins ſauvage,
Souffre l'innocent badinage
De la nature et des amours.
Peux-tu condamner la tendreſſe,
Toi qui n'en as connu l'ivreſſe
Que dans les bras de tes tambours?

Le duc de *Choiſeul*, en me feſant parvenir cette réponſe, m'aſſura qu'il allait la faire imprimer, ſi le roi de Pruſſe publiait ſon ouvrage, et qu'on battrait *Frédéric* à coups de plume comme on eſpérait le battre à coups d'épée. Il ne tenait qu'à moi, ſi j'avais voulu me réjouir, de voir le roi de France et le roi de Pruffe faire la guerre en vers : c'était une scène nouvelle dans le monde. Je me donnai un autre plaifir, celui d'être plus fage que *Frédéric* : je lui écrivis que fon ode était fort belle, mais qu'il ne devait pas la rendre publique, qu'il n'avait pas befoin de cette gloire, qu'il ne devait pas fe fermer toutes les voies de réconciliation avec le roi de France, l'aigrir fans retour, et le forcer à faire les derniers efforts pour tirer de lui une jufte vengeance. J'ajoutai que ma nièce avait brûlé fon ode, dans la crainte mortelle qu'elle ne me fût imputée. Il me crut, me remercia, non fans quelques reproches d'avoir brûlé les plus beaux vers qu'il eût faits en fa vie. Le duc de *Choifeul* de fon côté tint parole et fut difcret.

Pour rendre la plaifanterie complète j'imaginai de pofer les premiers fondemens de la paix de l'Europe fur ces deux pièces qui devaient perpétuer la guerre jufqu'à ce que *Frédéric* fût écrafé. Ma correfpondance avec le duc de *Choifeul* me fit naître cette idée ; elle me parut fi ridicule, fi digne de tout ce qui fe paffait alors, que je l'embraffai ; et je me donnai la fatiffaction de prouver par moi-même fur quels petits et faibles pivots roulent les deftinées des royaumes. M. de *Choifeul* m'écrivit plufieurs lettres oftenfibles, tellement conçues que le roi de Pruffe pût fe hafarder à faire quelques ouvertures de paix, fans que l'Autriche pût prendre ombrage du miniftère de France, et *Frédéric* m'en écrivit de pareilles dans lefquelles il ne rifquait pas de déplaire à la cour de Londres. Ce commerce très-délicat dure encore ; il reffemble aux mines que font deux chats qui montrent d'un côté patte de velours, et des griffes de l'autre. Le roi de Pruffe battu par les Ruffes et ayant perdu Dresde, a befoin de la paix ; la France, battue fur terre par les Hanovriens, et fur mer par les Anglais, ayant perdu fon argent très-mal à propos, eft forcée de finir cette guerre ruineufe.

Voilà, belle Emilie, à quel point nous en fommes.

Aux Délices, ce 27 de novembre 1759.

Je continue, et ce font toujours des chofes fingulières. Le roi de Pruffe m'écrit du 17 de décembre : *Je vous en manderai davantage de Drefde où je ferai dans trois jours ;* et le troifième jour il eft battu par le maréchal *Daun,* et il perd dix-huit mille hommes. Il me femble que tout ce que je vois eft la fable du *Pot au lait.* Notre grand marin *Berrier,* ci-devant lieutenant de Police à Paris, et qui a paffé de ce pofte à celui de fecrétaire d'Etat et de miniftre des mers, fans avoir jamais vu d'autre flotte que la galiotte de Saint-Cloud et le coche d'Auxerre, notre *Berrier,* dis-je, s'était mis dans la tête de faire un bel armement naval pour opérer une defcente en Angleterre : à peine notre flotte a-t-elle mis le nez hors de Breft qu'elle a été battue par les Anglais, brifée par les rochers, détruite par les vents ou engloutie dans la mer.

Nous avons eu pour contrôleur général des finances un *Silhouette* que nous ne connaiffions que pour avoir traduit en profe quelques vers de *Pope :* il paſſait pour un aigle; mais en moins de quatre mois l'aigle s'eſt changé en oiſon. Il a trouvé le ſecret d'anéantir le crédit au point que l'Etat a manqué d'argent tout d'un coup pour payer les troupes. Le roi a été obligé d'envoyer ſa vaiſſelle à la monnaie; une bonne partie du royaume a ſuivi cet exemple.

12 de février 1760.

Enfin, après quelques perfidies du roi de Pruſſe, comme d'avoir envoyé à Londres des lettres que je lui avais confiées, d'avoir voulu ſemer la zizanie entre nous et nos alliés, toutes perfidies très-permiſes à un grand roi, ſurtout en temps de guerre, je reçois des propoſitions de paix de la main du roi de Pruſſe, non ſans quelques vers; il faut toujours qu'il en faſſe. Je les envoie à Verſailles; je doute qu'on les accepte: il ne veut rien céder, et il propoſe pour dédommager l'électeur de Saxe qu'on lui donne Erford qui appartient à l'électeur de Maïence: il faut toujours qu'il dépouille quelqu'un; c'eſt ſa façon. Nous verrons ce qui réſultera de ces idées, et ſurtout de la campagne qu'on va faire.

Comme cette grande et horrible tragédie eſt toujours mêlée de comique, on vient d'imprimer à Paris les *poëſhies du roi mon maître*, comme diſait *Freitag*; il y a une épître au maréchal *Keit* dans laquelle il ſe moque beaucoup de l'immortalité de l'ame et des chrétiens. Les dévots n'en ſont pas contens, les prêtres calviniſtes murmurent, ces pédans le regardaient comme le ſoutien de la bonne

Y 4

caufe, ils l'admiraient quand il jetait dans des cachots
les magiftrats de Leipfick, et qu'il vendait leurs lits
pour avoir leur argent. Mais depuis qu'il s'eft avifé
de traduire quelques paffages de *Sénèque*, de *Lucrece*
et de *Cicéron*, ils le regardent comme un monftre.
Les prêtres canoniferaient *Cartouche* dévot.

ORDRE

DES VOLUMES.

ORDRE DES VOLUMES

De la nouvelle édition des Oeuvres de Voltaire, et division des matières, en 70 tomes in-8°.

PREMIERE DIVISION.

POESIE.

Poësie dramatique.

SECONDE DIVISION.

PROSE.

HISTOIRE.

Histoire générale.

Tomes de la collection générale.	Tomes des divisions particulières.
16 ESSAI SUR LES MOEURS ET L'ESPRIT DES NATIONS.	
	Tome I.
17 *idem,*	II.
18 *idem,*	III.
19 *idem,*	IV.
20 SIECLE DE LOUIS XIV,	Tome I.
21 *idem,*	II.
22 PRECIS DU SIECLE DE LOUIS XV.	

Histoires particulières.

23 HISTOIRE DE CHARLES XII.
24 HISTOIRE DE RUSSIE SOUS PIERRE I.
25 ANNALES DE L'EMPIRE D'ALLEMAGNE.
26 HISTOIRE DU PARLEMENT DE PARIS.
27 MELANGES HISTORIQUES. Tome I.
28 *idem,* II.

Politique, Législation, &c.

29 POLITIQUE ET LEGISLATION, (*) Tome I.
30 *idem,* II.

(*) Dans quelques exemplaires livrés aux Souscripteurs, ces deux volumes sont tomés, par erreur, 44 et 45, la Philosophie de

PHILOSOPHIE.

Physique , Histoire naturelle , &c.

Tomes de la collection générale.	Tomes des divisions particulières.

31 PHILOSOPHIE DE NEWTON , &c.

Métaphysique , Morale et Théologie.

32 PHILOSOPHIE GENERALE ,	Tome I.
33 *idem*,	II.
34 *idem*,	III.
35 *idem*,	IV.
36 DIALOGUES.	
37 DICTIONNAIRE PHILOSOPHIQUE , A - AR.	Tome I.
38 *idem*, ART - CIC.	II.
39 *idem*, CIC - ENCH.	III.
40 *idem*, ENF - G.	IV.
41 *idem*, H - L.	V.
42 *idem*, M - P.	VI.
43 *idem*, Q - Z.	VII.

LITTERATURE.

44 ROMANS.	Tome I.
45 *idem*,	II.
46 FACETIES.	

Newton, 29, et ainsi des suivans jusques et compris le tome 45 ; mais il est facile de rétablir l'ordre en transportant les frontispices généraux à leur véritable place , et en changeant les chiffres au dos de la reliûre.

TABLE

GENERALE ALPHABETIQUE

DES OEUVRES

DE VOLTAIRE,

EN 70 VOLUMES IN-8°.

AVERTISSEMENT

AVERTISSEMENT

DES REDACTEURS.

Dans les anciennes éditions des Oeuvres de *Voltaire*, on trouve deux fortes de table. L'Essai fur les mœurs et l'efprit des nations, et le Siècle de *Louis XIV* font fuivis d'une lifte alphabétique des noms propres; et les Hiftoires de *Charles XII* et de Ruffie, de tables indicatives des faits.

Cette lifte et ces tables ont été confervées et réimprimées dans cette nouvelle édition. Mais leur utilité n'eft pas fans doute comparable à celle d'une *table générale alphabétique* dans laquelle font indiquées toutes les Oeuvres, et jufqu'aux plus petites pièces de vers ou de profe qui n'ont pu être placées avec celles de même genre dans la divifion générale des matières. Par cette table l'homme de lettres et l'homme du monde trouveront très-facilement les pièces qu'ils voudront chercher dans cette nombreufe collection.

On y a joint une autre *table* des Oeuvres préfentées dans l'ordre *chronologique*. Elle fera connaître la marche de l'efprit de *Voltaire*, fon influence fur les opinions de fon fiècle, et les progrès qu'il a fait faire à la philofophie ou à la raifon. Cette dernière table eft fuivie d'additions, d'éclairciffemens et de corrections.

Une opération de librairie auffi confidérable que celle-ci, exécutée hors du royaume, à cent ving lieues des Rédacteurs et des Editeurs, ne pouvait être exempte de fautes. Et fi l'on confidère que dix

Vie de Voltaire. Z

années de travaux de toute efpèce, ont à peine fuffi
pour la terminer; que les ennemis de l'auteur et
des Editeurs, ou plutôt ceux des lumières et de la
philofophie, ont oppofé des obftacles fans nombre
à fa réuffite; en foulevant à la fois l'autorité royale,
le clergé, les corps de magiftrature, dès les premières
livraifons, fans parler d'une foule de libelles obfcurs
par lefquels on efpérait renverfer l'entreprife, en
lui ôtant la faveur du public; fi l'on fait attention
aux accidens de tout genre qui arrivent dans des
établiffemens confidérables, tels que ceux-ci qu'il
a fallu créer à très-grands frais dans des lieux où
tous les fecours manquaient, on fera furpris fans
doute que cette collection de *foixante-dix volumes*
in-8°, et de *quatre-vingt-douze volumes* in-12, n'offre
pas un plus grand nombre de fautes, et qu'on ait
atteint, dans l'exécution typographique, une perfection peu commune, même dans les petits ouvrages
exécutés en France.

Nous devons rendre ici cette juftice aux Editeurs,
qu'ils n'ont épargné ni foins ni dépenfes pour
remplir l'attente du public. Ils ont facrifié des
volumes entiers, déjà imprimés, plutôt que d'ajouter
par forme de fupplément aux matières anciennes,
les nouvelles qui furvenaient trop tard, pour le
recueil des Epitres, des Lettres, et pour plufieurs autres
parties de cette immenfe collection. Le noble motif
de rendre à l'auteur un hommage digne de lui, les
a feul foutenus dans le cours de cette longue et très-
épineufe carrière; et ce n'eft pas là faire *une opération
de finance*, comme quelques libelliftes les en ont
accufés lâchement!

Quélle fpéculation en éffet que le courage d'imprimer à fes frais la collection complette des Oeuvres de *Voltaire*, hors de la France et fans appui, et de l'y faire entrer à travers des perfécutions de tous genres ! Lorfque les Editeurs ont avancé, pendant dix ans, *trois millions* que cette entreprife leur coûte, et dont ils perdent les intérêts; lorfqu'ils ont formé une loterie gratuite de *deux cents mille livres* deftinées à cinq mille foufcripteurs, et qu'ils ont eu la générofité de tirer, quoiqu'ils n'en euffent pas obtenu dix-huit cents; lorfqu'ils ont répandu gratuitement plus de trois cents exemplaires du prix de vingt louis, pour applanir tous les obftacles qui s'élevaient à chaque pas; lorfqu'ils ont formé dans Paris, à grands frais, un établiffement pour donner à cette édition la perfection du *fatinage*, inconnu jufqu'à ce jour, qui pouvait feul ajouter un nouveau degré de beauté aux caractères de *Baskerville* qu'ils ont enlevés aux Anglais; lorfqu'ils ont enfin perdu dans cette orageufe entreprife plus de fix cents mille francs de leurs fonds (et qui font perdus fans retour) lorfque ces Editeurs ont été dix fois fur le point d'y voir leur fortune engloutie, et feront peut-être dix autres années à en raffembler les malheureux débris, et cela pour le feul honneur de tenir l'engagement courageux qu'ils avaient contracté envers l'Europe entière, de lui préfenter dignement les Oeuvres d'un grand homme : qu'importe que de lâches ennemis les accufent d'avoir fpéculé en finance, fans attacher d'autre idée à ce mot que celle d'une injure gratuite! Qu'importe qu'on ait ajouté beaucoup d'outrages à cet outrage; qu'importe enfin que tel ennemi de la philofophie, outré de n'avoir pas été choifi pour diriger cette édition, fe venge en effayant de la décrier, en ofant imprimer qu'il faut regarder ce monument comme un outrage à la mémoire de *Voltaire*! (*) Et il n'a pas honte de propofer au public une édition de *Voltaire* tronquée et mutilée, et d'en offrir la dédicace à l'*Affemblée nationale*, qui a répondu qu'elle n'accepterait aucune dédicace.

Le public éclairé qui fait très-bien quels obftacles il a fallu vaincre, quels monceaux d'or il a fallu facrifier, appréciera mieux fans doute la fuperbe édition qu'il a entre les mains, et la poftérité rendra plus de juftice à ceux qui lui ont fait un fi magnifique préfent, au détriment de leur fortune et du repos de leur vie entière; et l'on pourra même leur appliquer, avec raifon, cette devife :

De humano genere benè meritis.

(*) *Charles Paliffot*, dans la dernière édition de fes œuvres.

TABLE

GENERALE ALPHABETIQUE.

N. B. *Le premier chiffre, suivi d'une virgule, désigne le tome de la collection, et celui qui est au bout de la ligne indique la page.*

ABBREVIATIONS.

Trag. *tragédie* : com. *comédie* : op. *opéra* : ép. *épître* : fat. *fatire* : dial. *dialogue* : hist. *histoire* : mél. *mélanges* : litt. *littéraire* : histor. *historique* : dict. *dictionnaire* : rom. *romans* : voy. *voyez* : tab. part. *table particulière*, &c. &c.

A.

B.

C.

D.

E.

F.

G.

H.

I.

L.

Vie de Voltaire.   A a

N. B. *Cet article comprend toutes les lettres éparfes dans
les différens volumes de cette collection , excepté celles de la
correfpondance générale. (Voyez les tables particulières des
tomes 52-63.) Et celles des correfpondances particulières ,
(voyez les tomes 64-69.)*

M.

N.

O.

P.

Chanfon

Vie de Voltaire.   B b

Q.

R.

S.

T.

Bb 4

Vie de Voltaire.   C c

C c 3

TRADUCTIONS EN VERS de fragmens d'auteurs anciens
ou étrangers.

V.

Z.

TABLE

CHRONOLOGIQUE.

TABLE

CHRONOLOGIQUE

DES OEUVRES

DE VOLTAIRE,

OU EPOQUES DE LA PUBLICATION DE SES
PRINCIPAUX OUVRAGES.

N. B. *Le chiffre indique le tome de la collection ;
l'astérisque, les ouvrages imprimés ou recueillis pour
la première fois dans cette édition ; et les guillemets,
ceux dont la date n'est point certaine.* (*)

1706. Epitre à M. le dauphin, fils unique de
    Louis XIV, pour un officier invalide, tome 13.
1712. * ODE sur le vœu de *Louis XIII*, idem.
1713. EPITRE à madame la comtesse de *Fontaine*, *idem*.
1714. LE CADENAS, L'ANTI-GITON, contes, 14.
    * LA POLICE sous *Louis XIV*, poëme, 12.
1715. * LA BASTILLE, poëme, *idem*.

(*) Beaucoup de petits ouvrages de M. de *Voltaire* ont paru
sans nom d'auteur ni d'imprimeur et sans date. Ce n'est que par une
lecture réfléchie des correspondances générale et particulières qu'on
a pu trouver les dates de ces ouvrages.

Vie de Voltaire.   .D d

1756. ESSAI fur les mœurs et l'efprit des nations depuis *Charlemagne*, &c. (fait pour madame *du Châtelet* vers l'année 1740. Quelques fragmens dérobés à l'auteur avaient été imprimés en 1754, fous le titre d'abrégé de l'hiftoire univerfelle) tome 16 - 19.

LE DESASTRE de Lisbonne, poëme, 12.

LES ARTICLES pour l'Encyclopédie, (joints au Dict. philof.)

„ REQUETE à tous les magiftrats du royaume, 29.

1757. ARTICLES pour l'Encyclopédie.

„ PRECIS du fiècle de *Louis XV*, 22.

1758. REFUTATION d'un écrit contre M. *Saurin*, 48.

CANDIDE ou l'Optimifme, rom. 44.

1759. SOCRATE, ouvrage dramatique, 8.

L'ECCLESIASTE, poëme, 12.

LE CANTIQUE des Cantiques, *idem*.

RELATION de la mort du jéfuite *Berthier*, &c. 46.

HISTOIRE de Ruffie fous *Pierre I*, (la feconde partie ne parut qu'en 1763) 24.

* MEMOIRES pour fervir à la vie de l'auteur, écrits par lui-même, 70. (A la fin de la vie de *Voltaire*, par M. le marquis de *Condorcet*.)

1760. TANCREDE, trag. 4.

L'ECOSSAISE, com. 8.

PLAIDOYER DE RAMPONEAU, et la plupart des facéties du tome 46.

LE PAUVRE DIABLE, fat. 14.

LE RUSSE à Paris, fat. *idem*.

LA VANITÉ, fat. *idem*.

1761. RESCRIT de l'empereur de la Chine, 46.

IL FAUT prendre un parti, ou le Principe d'action, tome 32.

„ DE L'AME, par *Soranus*, *idem*.

„ AVENTURE de la Mémoire, 45.

1775. DOM PEDRE, trag. (commencée en 1761) 6.
LE CRI du fang innocent, 3o.
DIATRIBE à l'auteur des Ephémérides, 29.
VOYAGE de la Raifon, 45.
LES FILLES de Minée, contè, 14.
„ LES OREILLES du comte de *Chefterfield*, rom. 45.

1776. LETTRES indiennes, chinoifes et tartares à monfieur *Paw*, 47.
* L'HOTE ET L'HOTESSE, divertiffement, 12.
LA BIBLE commentée, &c. 34. 35.
LETTRE à l'académie françaife, fur *Shakefpeare*, 49.
UN CHRETIEN contre fix juifs, 27.
COMMENTAIRE hiftorique fur la vie de l'auteur de la Henriade, 48.

1777. * HISTOIRE de l'établiffement du chriftianifme, 35.
* COMMENTAIRE fur l'Efprit des lois, 29.
* DIALOGUES d'*Evhémère*, 36.
* LE PRIX de la juftice et de l'humanité, 29.

1778. * IRENE, trag. 6.
* AGATHOCLE, trag. *idem.*

M. de *Voltaire*, dans fon féjour à Paris, avait propofé de refaire le Dictionnaire de l'académie françaife ; meffieurs les académiciens s'étaient partagé les lettres de l'alphabet, et il avait pris pour lui la lettre A, comme l'une des plus étendues. Il embraffait avec une ardeur incroyable ce nouveau travail, auffi faftidieux qu'utile, quand la mort l'enleva du milieu de fes compatriotes, le 30 de mai 1778. Il eft fort à défirer que l'académie exécute ce dictionnaire fur le plan propofé par M. de *Voltaire* et adopté par elle. Rien, fans doute, ne contribuerait davantage à fixer la langue françaife, et à la préferver de toute corruption. Cet ouvrage important paraît d'autant plus néceffaire qu'il règne encore dans la grammaire, l'orthographe, la prononciation, quantité de bizarreries et d'incertitudes qu'il pourrait faire difparaître. Il n'eft guère douteux que la nation et l'Europe entière n'adoptaffent les principes que l'académie en corps aurait confacrés dans ce nouveau dictionnaire.

ECLAIRCISSEMENS,

 ADDITIONS

ET CORRECTIONS.

AVERTISSEMENT.

Les fautes d'impreſſion qui ſe ſont gliſſées dans l'édition originale, et principalement dans les volumes de la première livraiſon, ayant été en partie corrigées dans les ſecondes éditions, commencées plus tard, on a dû faire pour celles-ci un errata particulier. Ces fautes avaient donné lieu à quelques remarques grammaticales dont nous rappellerons ici l'objet en peu de mots.

Il n'eſt pas étonnant que dans un laps de dix années, les différens protes, tantôt français, tantôt étrangers, auxquels on a été forcé de recourir par les circonſtances, aient mis quelque variété dans l'orthographe de certains mots et de pluſieurs noms propres, et dans la ponctuation. On a averti, une fois pour toutes, de ces légers changemens, faits pour la plupart après la réviſion des épreuves, et dont par conſéquent les éditeurs n'ont pu avoir connaiſſance, Par exemple :

L'interjection *Eh*, qui ne doit commencer par un *h* que lorſqu'elle eſt appellative ou quand

elle exprime le rire, (et alors l'*h* eſt aſpiré)
doit toujours commencer par un *e* lorſqu'elle
marque la ſurpriſe et l'admiration ; cette différence eſt eſſentielle, ſurtout en poëſie, à cauſe
des hiatus. Le lecteur attentif y ſuppléera aiſément. Il lira par-tout *Eh quoi! Eh oui!*

M. de *Voltaire* dans les précédentes éditions
de ſes œuvres, a écrit *allégreſſe*, cette expreſſion
imitative étant moins dure et moins sèche
qu'*alégreſſe*, adoptée dans le Dictionnaire de
l'académie. Ce mot paraît venir de l'italien
allegrezza plutôt que du latin *alacritas*.

Ayant également ſubſtitué *auguſte* à *août*, ſon
intention nous a paru devoir être ſuivie.

Nous avons pareillement imprimé *Européans*,
au lieu d'*Européens*, ſuivant l'opinion de M. de
Voltaire qui, dans une de ſes notes, dit : ,, Le
père *du Halde* , tous les auteurs des Lettres
édifiantes , tous les voyageurs, ont toujours
écrit *Européans*, et ce n'eſt que depuis quelques
années qu'on s'eſt aviſé d'écrire *Européens*. ,,

Nous croyons qu'il eſt bon d'adopter l'uſage
aſſez généralement établi aujourd'hui, de diſtin-

guer par la fuppreffion de l'*e* , les *deffins* tracés par un deffinateur , des *deffeins* , projets d'un général d'armée.

Quant à l'expreffion *fans-deffus-deffous* ou *fens deffus deffous* différemment imprimée dans cette édition, les opinions n'étant pas d'accord fur ce point, nous nous bornons au fentiment de l'académie qui a adopté *fens deffus deffous*.

N. B. Les pièces du tome **IX**, théâtre, doivent être rangées fuivant leur ordre chronologique, comme il fuit : Samfon, 1732. Tanis et Zélide, 1735. La Princeffe de Navarre, 1745. Le Temple de Gloire, 1745. Pandore. Le Baron d'Otrante. Les Deux tonneaux. Jules Céfar. Héraclius.

ECLAIRCISSEMENS.

ECLAIRCISSEMENS,

ADDITIONS

ET CORRECTIONS.

N. B. *Quoique beaucoup de ces fautes n'exiſtent pas dans un grand nombre d'exemplaires, on les relève dans cet errata pour les exemplaires où elles n'ont pas été corrigées.*

L'N *qui précède le chiffre marque qu'il faut compter par la première ligne des notes.*

TOME I. *Théâtre, tome 1.*

Pag. Lign.	FAUTES.	CORRECTIONS.
7 19	prétentions	eſpérances
92 27	*Après* qui te prie ;	Hercule, fois le dieu de tes concitoyens ; Que leurs vœux juſqu'à toi montent avec les miens ! (*b*)

TOME IV. *Théâtre, tome 4.*

439 30-33 *Mongaut*		*Mongault*

Vie de Voltaire.

E e

TOME VI. *Théâtre, tome 6.*

Pag.	Lign.	FAUTES.	CORRECTIONS.
80	39	que nous y traînions	que nous y traînons
325	19	je te tiens	je le tiens

TOME X. *La Henriade.*

35	3	de langues	des langues
37	16	ces vers	les vers
51	18	de ces	de fes
91	22	à fes deftins	à fes deffeins
97	18	font fes armes	font fes armes
100	19	Cependant que	(*on pourrait fubftituer*) Et cependant
114	21	béniffent fon deffein	béniffent fon deftin
115	12	au plus	aux plus
216	18	reine	roine
219	28	fi Mons. du Pape	fi Mons du Pape
233	9	les livres	des livres
295	9	le théâtre	ce théâtre
310	21	place	playe
311	a. p.	ait jamais été donnée	aient jamais été données
321	9	de fa religion	de la religion
324	d.	l'exécution	l'intention
332	26	réconcilier	concilier
385	24	puériles	puérils

TOME XI. *La Pucelle.*

18	27	imprudemment	impudemment
19	23	ci-intitulé	intitulé
47	20	DIEU	Dieu (*et ainfi par-tout dans les vers.*)

Pag. Lign.	FAUTES.	CORRECTIONS.
136 23	nouveaux Cyrus,	nouveau Cyrus,
292 41	à grand galop	au grand galop
343 d.	( )	(*k*)

TOME XII. *Poëmes.*

Pag. Lign.	FAUTES.	CORRECTIONS.
10 d.	(*k*)	(1) *de même à la note, page* 14.
17 11	il connut	il conçut
27 16	couchant	touchant
28 31	un des grands	un des plus grands
39 6	l'importante	l'importune
44 7	fur lui-même	par lui-même
119 7	ces	fes
145 20	du Vateau	de Watteau
148 27	Verfailles	Verfaille
173 24	coloré	colorié
175 14	femble	femblent
182 2	repréfailles	repréfaille
189 9	demandais	demandai
Ib. 11	fculpteurs; et les peintres ont	fculpteurs; c'eft, me répondit-on, parce que les fculpteurs et les peintres ont
221 9	dans une joie	dans une pièce
228 26	nos provinces	fes provinces
247 23	Au milieu du baffin s'élève	Au milieu s'élève
Ib. 28	les eaux	fes eaux
249 5	nous-mêmes	nous-même
275 25	de fes	de ces
310 11	*Après :* toucher.	Rien n'y réfifte, homme, femme, ni fille.

Pag. Lign. FAUTES.	CORRECTIONS.
313 25 *Après* : abhorrée,	Qui brave Rome, hélas! impunément;
316 13 *Après* : engagez mon héros,	Et qu'il y trouve une gloire nouvelle;
320 27 *Après* : en effet de lui,	C'était Caron amoureux de Mégère.
	Une infernale et hideuse forcière
	Suit en tous lieux le Magot ambu-
	lant,
	Comme la chouette est jointe au chat-
	huant.
	L'infame vieille, &c.
321 2 *Après* : à ce couple odieux,	Si quelquefois dans leurs ardeurs
	fecrettes
	Leurs os pointus joignent leurs deux
	fquelettes,
	Dans leurs tranfports ils fe pament
	foudain
	Du feul plaifir de nuire au genre-
	humain.
	Notre Euménide, &c.
Ib. 26 *Après* : remonté.	Le lac au loin vomit de fes abîmes
325 12 *Après* : tout fon plaifir.	J'ai quelquefois feftoyë ma forcière;
	Mais fi le Ciel terminait fa carrière,
	Je la verrais mourir à mes côtés
	Des dons cuifans qui nous ont infectés,
	Sur un fumier rendant fon ame au
	diable,
	Que ma vertu paifible, inaltérable,
	Me défendrait de m'écarter d'un pas
	Pour la fauver des portes du trépas.
	D'un vrai Roußeau, &c.
Ib. d. *Après* : nuire	Ils font venir la vieille à leur taudis.
	La gaupe arrive, et de fes mains
	crochues,

Pag.	Lign.	FAUTES.	CORRECTIONS.

Que de l'enfer les chiens avaient
    mordues,
Forme un gâteau de matières fondues
Qui brûleraient les murs du paradis.
Pour en répandre au loin les étin-
    celles,
Vachine a pris, &c.

341	22	*Après :* famille,	Et de chez elle écartait le bon sens.
342	16	*Après :* requinquée	Les cheveux teints d'une poudre musquée,
352	5	1724	1725
382	23	des tyrans	les tyrans
388	7	les tréfors	ses tréfors

TOME XIII. *Epîtres, Stances et Odes.*

59	N. d.	*Après :* dévotion	*ajoutez :* c'est d'après ce même tableau qu'a été gravé le portrait placé à la tête du premier volume de cette édition.
97	pén.	Sur le bord de cette fon-taine	Près de l'onde castalienne
98	4	ses (*bis*)	ces (*bis*)
103	7	*Après :* la faiblesse	*Variante des deux derniers vers :* Il serait aujourd'hui votre modèle auguste, Et votre exemple en tout, s'il avait été juste.
110	8	ses agréables plaines,	ces agréables plaines :
Ib.	11	les palais	le palais

Pag.	Lign.	FAUTES.	CORRECTIONS.
181	29	affaire	à faire (1)
188	4	*Après :* Therfite	(*b*)
189	22	*Avant :* On lit	(*b*)
198	15	les talens	tes talens
199 N.	6	s'avilit	s'avilir
209	8	au doyen	aux doyens (*et mettez en note*) meffieurs l'abbé d'*Olivet* et de *Moncrif.* Celui-ci avait plus de 90 ans, et l'autre guère moins.
274	32	je pouvais	je pourrais
300	7	Au roi de Pruffe.	(*Cette adreffe eft fauffe et ces ftances font partie d'une lettre au préfident Hénault.*)
320	15	A madame *du Deffant.*	(*Il paraît par une lettre de la Correfpondance générale que cette pièce n'a point été adreffée à madame du Deffant.*)
348 N.	4	n'ont écrit	n'a écrit
373	16	favoris	favori
Ib.	19	et le plus grand	eft le plus grand

(1) Doit-on dire j'ai *affaire* à quelqu'un ou j'ai *à faire* à quelqu'un ? Voilà encore une de ces incertitudes que les livres claffiques ne lèvent point complettement, et que les exemples ne font qu'augmenter. M. d'*Alembert* écrivait : *affaire ;* et M. de *Voltaire : à faire.* Cette dernière façon paraît préférable en ce qu'elle peut également s'employer par rapport aux lieux et par rapport aux perfonnes. *Faire* eft une de ces expreffions vagues et générales comme le mot *chofe,* qu'on fubftitue à des mots plus précis, comme : j'ai à *plaider* à Rouen, j'ai à *parler* à Simon. On pourrait dire auffi j'ai *affaire* à Rouen, par fyncope, en fous-entendant *une ;* mais on ne peut pas dire dans ce fens : j'ai une affaire à *Simon.*

TOME XIV. *Contes, Satires.*

Pag.	Lign.	FAUTES.	CORRECTIONS.
5	9	caractérife	caractérifent
16	8	les mains	fes mains
25	23	fur terre	fur la terre
31	22	remords	remord ;
34	20	*Après :* tous temps	Ce qui furtout l'emporte dans vos ames ,
37	13	*Après :* mère	L'hymen encor offre d'autres plaifirs ;
55	3	élevé dans fon art, &c.	Cultivant tous les arts , et qui faurait le mieux
			En vers nobles et doux élégamment décrire ,
			Animer fur la toile, &c.
74	ant. p.	fes plaifirs	ces plaifirs
77	ant. p.	*Après :* l'amour	Pour égayer notre mélancolique ,
87	N. d.	parmi les ouvrages de littérature.	tome 3 des Mélanges littéraires.
128	19	un mandement	un mandement d'évêque
132	12	*Après :* auteurs ,	Froids romanciers , plats verfificateurs ;
134	19	la préfenterez	le préfenterez
184	16	attentif	attentive
199	20	Dieu livre, felon nous, à la gêne éternelle	Dieu , jufte felon nous , frappe de l'anathême
234	ant. p.	*Après :* faibleffe	(*o*)
240	41	*Spinofa,* circonfpect, &c.	*Ceci eft la dernière note, et doit être placé au bas de la page* 241, *avec le* N. B. *La note commence ainfi :*
			(*o*) *Baruch Spinofa,* théologien circonfpect et fort honnête homme, &c.
			Après la note, mettez le N. B.

Ee 4

Pag.	Lign.	FAUTES.	CORRECTIONS.
252	12	troupes	trompes
256	13	Et ce fyftême heureux qu'on dit de le nature	Et ce *fyftême* heureux qu'on dit *de la nature.*
260	11	de prêcher	d'outrager
276	N. 3	d'autres plaifanteries ;	beaucoup de plaifanteries ;
278	6	Il l'eft, le fut'ou le doit être.	*D'autres copies portent :* il l'eft , il le fut ou doit l'être. *ou* il le fut , il l'eft ou doit l'être. (2)
303	7	prétendit	prétendait
306	N.	*Après : du Châtelet*	*Ajoutez :* On fait que *Bernard* a fait un poëme de *l'art d'aimer.*
317	11	fe rit	fe *rit*
324	N. 3	dans un libelle fait &c.	dans un libelle contre lui , publié en 1735 , fit &c.
Ib.	d.	*Après :* Henri	*Ajoutez à la note :* Nous n'avons vu ailleurs aucune trace de cette anecdote. L'impromptu que M. de *Verrières* attribue à M. de *Voltaire* pourrait l'être avec plus de vraifemblance à quelqu'un de fes amis.
332	ant. p.	d'un grand prix	de grand prix
340	19	deux	doux
349	5	L'autre jour au fond d'un vallon , &c.	*Une autre copie porte :* Hier auprès de Charenton Un ferpent mordit Jean Fréron. Que croyez-vous &c.

(2) M. de *Voltaire* n'ayant jamais gardé ces petites poëfies qui lui échappaient en fi grand nombre, il n'eft pas étonnant qu'il fe trouve quelques variétés dans les différentes copies qu'on en a pu recueillir. On a choifi la meilleure leçon; mais quelquefois elle eft venue trop tard.

Pag.	Lign.	FAUTES.	CORRECTIONS.
352	6	c'eſt qu'en prophète &c.	*Variante :*
			C'eſt qu'alors il prophétiſait &c.
357	7	*Après :* gloire	où rien n'a pu vous retenir,
383	4	du	d'un
Ib.	13	Au roi de Pruſſe.	(*Otez ces vers qui font partie d'une lettre*
			au roi de Pruſſe.)
385	3	à M. ***	*idem* d'une lettre à M. *d'Alembert.*
391	18	La cour a ſifflé &c.	La cour a dénigré tes chants
			Dont Paris a dit des merveilles ;
			Hélas ! les oreilles des grands
			Sont ſouvent de grandes oreilles.
397	2	*Après :* était finie	Petits papillons d'un moment,
			Inviſibles marionnettes,
			Qui volez ſi rapidement
			De Polichinelle au néant,
			Dites-moi donc ce que vous êtes.
			Au terme &c.

T O M E X V. *Lettres en vers et en proſe.*

4	ant. p.	des faux rapports	de faux rapports
6	22	*Après : du Temple*	*mettez un aſtériſque , et liſez en note :*
			L'abbé de *Chaulieu.*
8-9	ant. p.	l'amour.. l'imagination..	l'Amour.. l'Imagination.. Volupté..
		volupté.. folie	Folie.
21	26	que tout Paris &c.	(*Ce ſont deux vers.*)
24	19	des belles lettres	de belles-lettres
54	26	feu	fou
59	5	l'amitié	l'Amitié
122	N.	*Après :* d'*Argental*	*ajoutez :* qui était nommé à l'inten-
			dance de Saint-Domingue.

Pag.	Lign.	FAUTES.	CORRECTIONS.
140	d.	*Après :* défuni, &c.	*mettez en note :* Bernard et Rameau ont depuis tellement changé cet opéra, que l'ancienne et la nouvelle partition n'ont prefque rien de commun.
170	25	conforte	reconforte
175	8	bombillant	*ou :* bombinant
178	12	erreurs	erreur
186	16	vous, allez	vous allez
222	14	de bons	des bons
240	17	nos feigneurs	Noffeigneurs
289	15	Ce parlement	Mais ce parlement
315	pén.	le roi y perd	le roi perd
327	23	*Après :* Vaudeuil	*mettez en note :* fille de M. *Drouin de Vaudeuil*, premier préfident du parlement de Touloufe.
338	18	*Milles*	*Miller.*

TOME XVI. *Effai fur les mœurs, tome* 1.

1	N. 2	*Après :* fa mort.	*ajoutez :* il fuppofe que la Philofophie de l'hiftoire fut faite pour madame *du Châtelet*, parce qu'il l'a fait fervir d'introduction à l'Effai fur les mœurs des nations, compofé pour cette dame ; mais la Philofophie de l'hiftoire fut écrite beaucoup plus tard, et parut en 1765. Elle était dédiée à l'impératrice de Ruffie *Catherine II.* Voici cette dédicace qui occupait

Pag.	Lign.	FAUTES.	CORRECTIONS.
			toute une page en lettres-majuf-cules.
			A très-haute et très-augufte princeffe *Catherine II*, impératrice de toutes les Ruffies, protectrice des arts et des fciences, digne par fon efprit de juger des anciennes nations, comme elle eft digne de gouverner la fienne : Offert très-humblement par le neveu de l'auteur.
			L'auteur a depuis retouché cet ouvrage à différentes époques.
7	7	des petits	de petits
Ib.	N.	dans les œuvres Philofo-phiques	dans le volume de Phyfique.
10	21	en a planté auffi	en a mis auffi
13	2	étaient	font
55	N. 6	en Perfe dans le même pays	en Perfe, dans le même pays
80	Note	*Après* : philofophique	*ajoutez* : art. Brachmanes, Ezourvé-dam, &c. et les chap. 3 et 4 de l'Effai fur les mœurs, &c.
84	pén.	nulle différente manière	nulles différentes manières
94	12	et qu'*Hérodote*	dont *Hérodote*
123	7	*Hérode*,	*Hérodote*,
124	pén.	de l'ennemi ;	et l'ennemi ;
174	20	légiflation	légation
240	d.	*Zamolxis*	*Zalmoxis*
248	8	affreufes :	affreux :
263	5	ils ont eu	les Chinois ont eu
274	24	adorée	adoré

Pag.	Lign.	FAUTES.	CORRECTIONS.
299	23	rédigés	abrégés
343	p.	*Après :* peuple	*ajoutez :* des provinces, toujours plus dur, plus fuperftitieux,
347	3	trompant leurs débiteurs	trompant leurs créanciers ou leurs débiteurs
349	d.	Ni *Barnabé*, ni *Clément* ni *Ignace*	*Barnabé, Clément, Ignace*
439	29	Elle y avait	Elle leur avait
440	9	avait reçu	avaient reçu
471	14	*Raoul*	*Rolon*
477	7	*Rotharis*	*Rotharie*
486	30	deux	d'eux

TOME XVII. *Effai fur les mœurs, tome 2.*

4	11	chez qui il	où il
8	ant. p.	de leurs	de fes
25	ant. p.	de dictionnaires d'hif-toires	de dictionnaires et d'hiftoires
34	8	concoururent	conclurent
48	d.	de Troyes	à Troyes.
70		*Dans l'addition :* 1242	*mettez :* 1142.
95	8	dura long-temps	fut de longue durée.
133	2	s'élevaient	s'élevait
154	25	entre les lois	*ôtez :* entre
158	16	fuivis	fuivi
170	4	*Tartares*	*Tatares*
189	20	la Pouille ; il pria	la Pouille. *Manfreddo* pria
198	N. 3 et d.	*Andra* (*bis*)	*Audra* (*bis*)
199	N. 18	*idem*	*idem.*
215		*Dans l'addition :* 1147.	*mettez :* 1137.

Pag.	Lign.	FAUTES.	CORRECTIONS.
217	2	ſes	ces
229	26	*Louis IV*	*Louis XIV*
232	4	auſſi	ainſi
238	9	*Noffo de florentin*	*Noffodei*, florentin
256	pén.	tribunal	tribunat
259	18	d'*André*.	de *Louis*.
299	d.	de l'attention	d'attention.
313	9	trois mille	environ vingt mille
339	2	ſept mille ou 5,600,000 pour	ſept mille marcs ou 5,600,000 livres pour
437	ant. p.	Aſtruries	Aſturies
467	16	un de ces excès	un des excès
469	24	les titres	le titre
487	14	titre de chevalerie	titre de chevalier
546	N. 11	néceſſaires	néceſſaire
550	16	ces faibles	ſes faibles

TOME XVIII. *Eſſai ſur les mœurs*, tome 3.

5	28	ces projets	ſes projets
Ib.	29	après être aſſuré	après s'être aſſuré
30	5	ces (*bis*)	ſes (*bis*)
63	2	point le continent	point dans le continent
89	4	des Turcs	les Turcs
147	N. 13	1623	1523.
196	14	de républiques	des républiques
201	24	témoin la *Thamar*	témoin *Thamar*
Ib.	26	*Ammon*	*Amnon*,
Ib.	27	des ſottiſes	de ſottiſes
215	N. 18	le crime eſt	le fanatiſme eſt
239	16	cinquième	treizième

Pag.	Lign.	FAUTES.	CORRECTIONS.
265	N. 7	le plus favant et le plus éclairé... le plus aimable	les plus favans et les plus éclairés... les plus aimables
287	7	de *la nouvelle*	de *nouvelle*
289	16	de la raifon	de raifon
304	26	ils paraiffaient n'avoir point de barbe	aucun n'avait de barbe.
310	28	dans le fort	dans le fond
340	13	du cacao, du fagon	du coco, du fagou
Ib.	16	ces fruits	fes fruits
Ib.	22	cacaotiers	cocotiers
364	9	1657.	1757.
365	6	vous allez au Mariland	vous entrez dans le Mariland
370	N. 1	*Locke*	*Cook*
392	24	d'*Amayoud*	d'*Amayum*
394	11	padicha	padisha
397	N. (z)	*Après* : de l'Inde	*mettez* : et les événemens malheureux qui y font arrivés fous le règne de *Louis XV*, dans les *Fragmens fur l'Inde*, tome 26 de cette édition, et dans le *Précis du fiècle de Louis XV*, tome 22.
456	26	fa nation	la nation
486	26	eft	était
504	N. 4	et de la France	et de la Flandre
517	24	voulait	voulaient
548	26	de l'affaffinat	de l'affaffin.

TOME XIX. *Effai fur les mœurs, tome 4.*

9	27	cet incendie	la diffention
25	N. 27	le comte de *Boulainvilliers*, &c.	ôtez cette phrafe, *qui eft dans le texte plus haut.*

Pag.	Lign	FAUTES.	CORRECTIONS.
40	23	envoyé	envoyés.
42	9	achepter	achepté
43	20	avis peu	avez pu
Ib.	28	fujet et notre misère	fujet que notre misère
44	9	que je me	que je ne me
48	8	de vous voir	de ne vous voir
131	14	des armes	des armées
222	N. 1	la rédaction	la rélation
238	2	flotte invincible	(en italique)
257	23	dont ils font	dont les Hollandais font
Ib.	26	mais il avait déjà	mais ils avaient déjà
258	11	vallons	wallons
271	2	les plus dépendans	le plus dépendans
315	20	ces provinces	fes provinces
337	6	en a caufé	en ont caufé
366	10	des lois, des préjugés	de lois, de préjugés
394	9	parvenir. Jufqu'à préfent dans	parvenir jufqu'à préfent. Dans
405	10	en leurs juges	entre leurs juges
424	25	Après : menfonges imprimés	mettez en note : Voyez Polit. et Légifl. tome 29.
427	5	s'emparent	s'emparèrent

TOME XX. *Siècle de Louis XIV, tome 1.*

21	6	maréchal en 1722	ôtez ces mots, qui font plus haut.
50	19	mort	morte
54	3	Samfon	Sanfon
60	2	de Molière et Boindin, fut	de Molière. Boindin fut
69	8	CASSANDRE	CASSANDRE (François)
75	22	panfe	penfe,

Pag.	Lign.	FAUTES.	CORRECTIONS.
83	15	n'eft	n'était
124	31	procureur général	procureur du roi
135	15	mis	mifes
150	11	la Méthode des contro-verfes, ... les Princi-paux points de la reli-gion catholique défendus, l'Inftruction du chrétien, la Perfection du chrétien.	*tous ces titres de livres en italique..*
151	21	*Après : Foncemagne*	*mettez ce renvoi en note : Polit. et Légifl.* tome 2.
158	31	fait	faite
159	23	*Polyfynodie*	*Polifynodie*
Ib.	N. 5	il eft auffi	il eft également
161	30	fur des	fur les
180	7	d'autre	d'autres
286	25	*Meulan*	*Mellan*
214	N. 38	à un centième neufs marcs	à un centième quatre-vingt-dix-neuf marcs
271	21	petit-fils	petits-fils
323	19	avons appris	avons pris
351	27	(17)	*mettez ce chiffre plus haut après le mot:* exécutées.
356	15	ces princes	ce prince
363	19	par les lettres	dans les lettres
428	2	fe retrouva	fe trouva
498	12	qu'il l'avait été	qu'il ne l'avait été

TOME

TOME XXI. *Siècle de Louis XIV*, *tome* 2.

Pag.	Lign.	FAUTES.	CORRECTIONS.
60	5	de grandeurs	de grandeur
83	10	commençait	commençaient
101	23	pour l'autre	par l'autre
102	20	de la *place du*	de *place du*
123	7	qui avait	qui avaient
143	N. 1	*Fourbin*	*Forbin*
169	3	la prife de Valenciennes, le paffage du Rhin	*ces mots en italique.*
169	17	miniftre	maître
198	N. 10	*Après* : opulente	*ajoutez* : des républiques
201	2	Sette	Cette
218	20	partie	patrie
227	5	en parti	en partie
277	18	des plus agréables et des plus	les plus agréables et les plus
370	29	ces	fes
404	16	des plus	les plus

TOME XXII. *Précis du fiècle de Louis XV.*

64	pén.	ne trouve	ne retrouve
88	21	fouverain	fuzerain
99	12	en donnant de la jaloufie en plufieurs endroits	en menaçant plufieurs endroits
103	pén.	on fe relève	on fe lève
108	2	*Courtin*	*Courten*
131	18	Normandie	le régiment de Normandie
133	14	*Après* : le maréchal	*ajoutez* : de *Noailles*,
163	19	ne font pas	ne font pas

Vie de Voltaire.   F f

Pag.	Lign.	FAUTES.	CORRECTIONS.
212	3	en France	de France
235	7	*Shelkriſt*	*Shelkirck*
250	ant. p.	ces richeſſes	ſes richeſſes
286	2	expoſée	expoſé
296	24	du grand ordre	du grand cordon
299	2	munition	munitions
303	6	Ce général	Le général
316	N. 2	l'archevêque	l'évêque
319	4	*Michelon*	*Miquelon*
333	22	lorſqu'on a guerre	lorſqu'on a la guerre
348	8	d'*Atougnia*	d'*Atouguia*
371	16	il leur perſuada . . de payer ſes dettes, mais de	il les engagea . . à payer ſes dettes, mais à
388	6	„	*mettez les guillemets au commencement de la ligne.*
392	28	plus fait de cas	fait plus de cas
397	25	par ſes loix	par ſa voix
401	2	raffiné	épuré

TOME XXIII. *Hiſtoire de Charles XII.*

9	15	reſſemblent	ne reſſemblent
18	22	du drap rouge ou du drap	de drap rouge ou de drap
21	9	Nerva	Narva (*et par-tout de même*)
122	18	des guerres	de guerres
134	22	charge	décharge
168	30	dès plus fertiles . . et des	les plus fertiles . . et les
282	d.	des plus	les plus
283	2	*idem*	*idem*
Ib.	Ib.	qui ſe fût encore donné	qui ſe fuſſent encore donnés
289	24	de rois	des rois

Pag.	Lign.	FAUTES.	CORRECTIONS.
314	20	le 21	le 19
336	24	et l'amener	et de l'amener

TOME XXIV. *Histoire de Russie.*

9	7	dont alors la Chine n'était	or la Chine alors n'était
12	p.	inconnus	inconnu
36	25	que la nature	et que la nature
41	25	asiatiques	anséatiques
98	5	machinal ; qui	machinal qui
179	8	conduisant après une	conduisant après elle une
212	15	sa première	la première
283	26	partie	parti
309	14	il y a de	il y a eu de
315	9	des légendes	de légendes
334	ant. p.	des lois	de lois
355	24	en haut	un bout
413	2	des préjugés , de tout	des préjugés , et de tout

TOME XXV. *Annales de l'Empire.*

16	IIᵉ col. l. 28	*Grimaud*	*Grimoard*
82	28	il vient à Langres se faire couronner roi d'Italie en Champagne.	il vient à Langres , en Champagne, se faire couronner roi d'Italie.
207	8	partie	patrie
241	2	*Nolai*	*Molai*
272	17	contre eux	contre les gibelins
309	*Dans l'addition :* 1184		*mettez :* 1418.
367	25	qui n'avait qu'une	qui n'avait eu qu'une

Pag.	Lign.	FAUTES.	CORRECTIONS.
452	25	Arles	Ardres
460	p.	mercure dans Prague	mercure, dans Prague
470	8	de Sicile	de Siléfie

TOME XXVI. *Hiftoire du parlement.*

35	29	il faut s'arrêter	il ne faut que s'arrêter
38	16	à ce banniffement	au banniffement
47	20	des pairs	de Paris.
120	21	l'obfervation	l'inobfervation
174	5	inftituée	établie
210	6	établie	établis
215	29	le promit	la promit
218	26	il eft difficile	il était difficile
221	21	fes pièces	ces pièces
242	pén.	(c'était, &c.	*ôtez la parenthèfe.*
333	3	de finances	des finances
369	10	des poffeffions	les poffeffions
376	d.	que l'on peut tirer	que l'on en peut tirer
377	7	fes œufs	les œufs
386	28	*Après :* fervent;	*lifez :* ils s'inquiétent feulement de
388	16	les calamités	ces calamités
403	3	*Bourhave*	*Boërhaave*
412	14	qu'on	lorfqu'on
414	27	le vaiffeau	ce vaiffeau
475	29	page 93	page 178
481	6	point de péché	point péché
512	4	par mœurs	par les mœurs

TOME XXVII. *Mélanges hiſtoriques, tome 1.*

Pag.	Lign.	FAUTES.	CORRECTIONS.
17	18	déclare	déclara
19	10	Catiſan	*Catiſan*
27	29	*Euribiades*	*Alcibiade*
60	29	lendes	leudes
78	30	les flèches	ſes flèches
87	13	depuis ſi long-temps	depuis long-temps
94	14	l'accuſateur	l'accuſation
106	16	de nains	d'aſſemblée de *nains*
110	7	jamais été traitée ainſi	jamais traité ainſi un de ſes membres.
131	4	écrit	écrite
Ib.	8	*Après :* ducats	*liſez en note : la Beaumelle* avait vendu ſes Remarques ſur le Siècle de *Louis XIV* pour quinze ducats.
153	pén.	qu'elle eſt plus	qu'elle en eſt plus
164	6 et 7	portier	potier (*bis*)
209	5	l'un des deux par l'autre	l'un des deux paſſages par l'autre
235	5	des nations	les nations
314	20	en pratique plus hautement	en pratique et plus hautement
330	29	*pecudum nates*	*pecudum carnes*
349	3	Eh! demandez-le à DIEU	Demandez-le à ce DIEU

TOME XXVIII. *Mélanges hiſtoriques, tome 2.*

24	11	*Brancus*	*Francus*
37	12	ſe connaître	le connaître
72	17	me ſemble,	(*ôtez ces mots.*)
98	N. 1	*Souvenir*	*Souvenirs*
Ib.	N. 2	Lettre	Lettres

Pag.	Lign.	FAUTES.	CORRECTIONS.
99	16	dans fa révocation	dans fon apologie de la révocation
104	16	ces	-fes
105	N. 1	ouvrage	ouvrages
134	27	pour cette guerre	par cette guerre
148	15	comme au feizième fiècle	comment, au feizième fiècle,
151	30	*Contrains-les*	le *Contrains-les*
163	p.	d'efficace	d'efficacité
171	5	1597	1497
214	7	de notre efpèce	de notre efpèce actuelle
230	24	*univerfelle*	*générale*
238	d.	*idem,*	*idem,*
246	6	moins habile	moins inhabile
276	ant. p.	qui ne favait que les rendre utiles	qui favait ne les rendre qu'utiles
286	9	*avant :* Un académicien	*mettez des guillemets en tête de chaque alinea jufqu'à la page 291, et les derniers après le mot : trompe, lig. 27.*
314	11	fi frappé	tellement frappé
352	pén.	les mérites	le mérite
353	10	pas favoir	pas ignorer
363	d.	les furpaffa	le furpaffa

TOME XXIX. *Politique et Légiflation, tome 1.*

22	6	confrères	confréries
29	23	du gouvernement	de gouvernement
34	9	fit	fait
47	25	(*b*)	*Placez ce renvoi après le mot : Céfar.*
120	12	diftribués au receveur	diftribués aux portes des villes; ils prêteraient un prompt fecours au receveur

Pag.	Lign.	FAUTES.	CORRECTIONS.
264	pén.	Nous cherchons donc	Cherchons donc
330	16	*borbonionorum*	*borboniorum*
341	N. 1	l'impératrice	*ajoutez :* de Ruffie , *Catherine II,*
386	14	*Après :* japonaifes	que l'on connaît fi peu
388	18	et pour facrifier	et qu'il facrifie
395	N. 1	ce paffage n'eft pas	ce paffage de *Montefquieu* n'eft pas
402	27	pour les	pour le
432	29	*Après :* jours) qui devait , &c.	jours.) Qui devait fuccéder à *Louis Hutin ?*
471	27	l'orgueil	l'original

TOME XXX. *Politique et Légiflation , tome 2.*

53	1	A M. CHARDON.	*ôtez cette lettre qui n'a point de rapport au* traité de la Tolérance, *et placez la dans la* Correfpondance générale, *à fa date.*
54	N.11	de 1762	de 1562
71	N. 9	*Typhon*	*Tryphon*
100	N.17	*Marc-Antoine*	*Marc-Antonin*
146	N.9	dans les	dans des
156	15	d'ôter aux hommes, en matière de religion, la liberté d'empêcher	d'ôter , en matière de religion , la liberté aux hommes , d'empêcher
179	16	ce ferait	cela ferait
257	13	A M. D'ALEMBERT.	A M. DAMILAVILLE. (*Idem au titre courant.*)
305	2	on en a	on n'en a

Pag.	Lign.	FAUTES.	CORRECTIONS.
315	4	*Après :* Caſſen	*Mettez en note :* cet ouvrage de M. de *Voltaire* avait été d'abord imprimé féparément, enfuite dans les Queſtions fur l'Encyclopédie, article *juſtice*, fous le titre de lettre de **M.** *Caſſen* à **M.** le marquis de *Beccaria.* Il eſt ici à ſa véritable place.
375	18	informé	informés
423	7	obſcure	obſcur
424	29	de ſe juſtifier	de juſtifier
503	3	où l'on en	où l'on n'en
520	N. 4	ci-deſſus	ci-deſſous

TOME XXXI. *Phyſique.*

3	11	1740	1738. (*id.* p. 13, lig. 26.)
113	11	telles grandeurs	telle grandeur
126	15	*Albazen*	*Alhazen*
Ib.	27	*ſinus de réfraction*	*ſinus de réfraction*
228	20	fizigies	fyzigies
257	d.	1740	1738
365	19	d'éloquence que donna l'académie	d'éloquence qu'avait donné l'académie
367	N. d.	*Lozeran*	*Lozerande de Fieſc*
371	6	l'infalibili parche, el	l'infallibili parche e'l
404	5	*Dufey*	*du Faï*
423	10	on ne fait que les indiquer au lecteur, &c.	Nota : *ſi l'on voulait rétablir l'ouvrage intitulé* des Singularités de la nature, *tel que M. de Voltaire le publia d'abord, il faudrait y replacer*

ces six articles du Dictionnaire philoso-
phique, et les faire précéder de celui-
ci qui est le XIVe chapitre des Sin-
gularités de la nature.

C H A P I T R E   X I V.

Observation importante sur la formation des pierres et des coquillages.

M. le ·Royer de la Sauvagère , ingénieur en chef , et de l'académie des belles-lettres de la Rochelle , seigneur de la terre Desplaces en Touraine, auprès de Chinon , atteste qu'auprès de son château une partie du sol s'est métamorphosée deux fois en un lit de pierre tendre dans l'espace de quatre-vingts ans. Il a été témoin lui-même de ce changement. Tous ses vassaux et tous ses voisins l'ont vu. Il a bâti avec cette pierre qui est devenue très-dure étant employée. La petite carrière dont on l'a tirée recommence à se former de nouveau. Il y renaît des coquilles qui d'abord ne se distinguent qu'avec un microscope, et qui croissent avec la pierre. Ces coquilles sont de différentes espèces ; il y a des ostracites , des griphites, qui ne se trouvent dans aucune de nos mers ; des cames, des télines , des cœurs , dont les germes se développent insensiblement, et s'étendent jusqu'à six lignes d'épaisseur.

N'y a-t-il pas là de quoi étonner du moins ceux qui affirment que tous les coquillages qu'on rencontre dans quelques endroits de la terre y ont été déposés par la mer ?

Si on ajoute à tout ce que nous avons déjà dit, ce phénomène de la terre Desplaces, si d'un autre côté on considère que le fleuve de Gambie et la rivière de Bissao sont remplis d'huîtres, que plusieurs lacs en ont fourni autrefois et en ont encore, ne sera-t-on pas porté à suspendre son jugement ? Notre siècle commence à bien observer : il appartiendra aux siècles suivans de décider, mais probablement on sera un jour assez savant pour ne décider pas.

Pag. Lign. FAUTES. CORRECTIONS.

TOME XXXII. *Philosophie, tome* 1.

Pag.	Lign.	FAUTES	CORRECTIONS
11	d.	*hiſtoire véritable de*	*hiſtoire de*
12	5	écrits	écrit
16	5	l'homme en a	l'homme n'en a
40	25	quélques batailles	quelque bataille
95	10	*Après :* de même	*Mettez en note :* voyez le *traité de Métaphyſique* qui précède, ouvrage écrit plus de quarante ans avant celui-ci.
152	26	des plus avérées	les plus avérées
199	2-17	*du Tott*	de *Tott* (*bis*)
201	15	à *Saint-Vitt*	à *Saint-Vit*,
202	17	que le bien	que ſi le bien
211	10	ſes actions	ces actions
267	25	mauvais que de bon	mauvais vin que de bon
269	25	je ſuis dans l'erreur ;	ſi je ſuis dans l'erreur ;
312	d.	ſes myſtères	ces myſtères
325	6	haïſſent	haïſſaient
364	3	*Après :* excellent	*Mettez en note :* on voit aſſez que cette épithète n'a été miſe que pour mieux cacher que les deux ouvrages étaient de l'auteur.
380	d.	*Après :* en génie	ajoutez : *Nota.* Si cependant la date d'une lettre à madame de *Fontaine*, du 11 de juin 1761, eſt exacte, comme on peut le croire, il réſulterait que le ſermon des cinquante, a précédé d'un an la publication de l'Emile de *Rouſſeau.* Voyez la *France littéraire.*

Pag.	Lign.	FAUTES.	CORRECTIONS.
408	ant. p.	moi-même des nations	moi-même de l'hiftoire des nations
466	22	pourraient-ils	pouvaient-ils
485	11	il dit	il eft dit

TOME XXXIII. *Philofophie, tome 2.*

4	16	*Après :* manufcrit	*mettez en note :* On peut croire que tout cela eft fuppofé , ainfi que la date de 1736. L'ouvrage eft de 1767, temps où l'on ne pouvait encore défendre la caufe de l'humanité contre le fanatifme qu'avec beaucoup de précautions.
32	20	(*i*)	*mettez ce renvoi après :* fon églife, à la fin de l'alinea fuivant.
47	N. p.	pièces de rentes	pièces d'or de rente
65	N. 1	imprudente	impudente
149	pén.	allée	allé
123	9	confeilla l'empereur	confeilla à l'empereur
124	16	des mieux	les mieux
133	ant. p.	pas ce Dieu	pas à ce Dieu
246	17	que nous en fefons	que nous n'en fefons
266	15	alors tout fixé	alors tout fut fixe
292	11	(5)	*placez ce renvoi après* écrivain *, lig.* 6.
328	4	*Maximin ;*	*Maximien ;*
384	9	propre (*bis*)	*ce mot en italique ainfi qu'aux lig.* 12 *et* 13.
397	4	des martyrs	de martyrs
411	6-22	*faux*	*faulx*

TOME XXXIV. *Philofophie*, *tome* 3.

Pag.	Lign.	FAUTES.	CORRECTIONS.
5	N. 5	fens-deffus-deffous	(*ou*) fans deffus-deffous (3)
Ib.	N. 6	chantereb	chant-éreb
9	N. 13	du coco , des dattes , de l'anana , du ginfing	du cocos , des dattes , de l'ananas , du ginfeng
16	N. 26	*Tiphun*	*Tiphon*
28	N. 17	qui fe formèrent en un inftant	*fupprimez ces mots , et mettez un point après :* langues.
29	14	il prit *Sara*	il prit *Saraï*
35	N. 15	d'Haran	d'Aran
116	N. 5	(*z*)	*mettez ce renvoi deux lignes plus haut , avant :* les incrédules
120	N. 27	qu'on y retrouve	qu'on n'y retrouve
130	5	Héthéens	Ethéens
137	N. 11	des plus délicats	les plus délicats
145	N. 8	ils devaient	il devait
149	N. 6	fon frère , Jéfu le tua	fon frère Jéfu , le tua
154	N. p.	douze cents mille étaient	douze cents mille hommes étaient
193	5	faux	faulx *id.* p. 197 , lig. 6.
Ib.	8	Héthéens	Ethéens
239	N. a. p.	témoin	témoins
271	N. 14	s'effayait	s'affeyait,
281	N. 18	il n'eft pas permis	il n'eft permis
307	2	Héthéennes	Ethéennes
329	17	très-poileux	très-poiloux

(3) Les auteurs varient fur ces manières de s'exprimer. Nous ne déciderons pas quelle eft la meilleure.

TOME XXXV. *Philosophie, tome 4.*

Pag.	Lign.	FAUTES.	CORRECTIONS.
4	3	les plus entreprenans, et des plus rufés	les plus entreprenans et les plus rufés
41	21	pretendu	prétendu
331	11	de veau et de mouton	de veaux et de moutons

TOME XXXVII. *Dictionnaire philosophique, tome 1.*

9	11	troifième	feptième
40	8	le crurent	les crurent
59	10	*Après* : de cent années	*mettez en note* : Il devait même avoir alors cent quarante-trois ans, fuivant quelques interprètes. Voyez la première fection.
132	31	*Après* : de l'air	*lifez* : la plus forte en apparence
137	19	de *Las Cafas* &c.	*De las Cofas* &c.
Ib.	N. 1	Voyez les *Singularités* &c.	voyez dans *les Singularités de la nature*, volume de Phyfique, comment un homme fefait du falpêtre.
171	2	*Lansberge*	*Lansberg*
198	N. 1	*Après* : M. de *Voltaire*	*ajoutez* : voyez ce qui eft relatif aux *Lettres philofophiques*, dans la Correfpondance générale, de 1730 à 1736.
200	20	*Après* : fur nos ignorances	*commencez cette quatrième fection par ces mots* : Sur la foi de nos connaiffances acquifes &c. *et ôtez ce qui précède, comme répété de la première fection.*
212	9	feindrai	craindrai

Pag.	Lign.	FAUTES.	CORRECTIONS.
216	25	jeune enfant	jeune homme
217	25	foupçonner certainement.	foupçonner. Certainement
220	13	découvert	reconnu
251	16	vafte et d'interminé	vague et d'indéterminé
260	16	qu'il connaît	lorfqu'il connaît
268	5	embrafe	embraffe
289	20	*Après :* celui qui écrit cet article en fait peut-être plus que le père *Griffet*, et n'en dira pas davantage,	*ajoutez le morceau fuivant tiré d'une édition des* Queftions fur l'Ency-clopédie, *Londres, in-8°,* 1771.

ADDITION DE L'EDITEUR.

Il eft furprenant de voir tant de favans et tant d'écrivains pleins d'efprit et de fagacité fe tourmenter à deviner qui peut avoir été *le fameux Mafque de fer*, fans que l'idée la plus fimple, la plus naturelle et la plus vraifemblable, fe foit jamais préfentée à eux. Le fait tel que M. de *Voltaire* le rapporte, une fois admis, avec fes circonftances; l'exiftence d'un prifonnier d'une efpèce fi fingulière, mife au rang des vérités hiftoriques les mieux conftatées, il paraît que non-feulement rien n'eft plus aifé que de concevoir quel était ce prifonnier, mais qu'il eft même difficile qu'il puiffe y avoir deux opinions fur ce fujet. L'auteur de cet article aurait communiqué plutôt fon fentiment, s'il n'eût cru que cette idée devait déjà être venue à bien d'autres, & s'il ne fe fût perfuadé que ce n'était pas la peine de donner comme une découverte, une chofe qui felon lui, faute aux yeux de tous ceux qui lifent cette anecdote.

Cependant comme depuis quelque temps cet événement partage les efprits, et que tout récemment on vient encore de donner au public une lettre dans laquelle on prétend prouver que ce prifonnier célèbre était un fecrétaire du duc de Mantoue (ce qu'il n'eft pas poffible de concilier avec les grandes marques de refpect que M. de *Saint-Mars* donnait à fon prifonnier,) l'auteur a cru devoir enfin dire ce qu'il en penfe depuis plufieurs années. Peut-être cette conjecture mettra-t-elle fin à toute autre recherche ; à moins que le fecret ne foit dévoilé par ceux qui peuvent en être les dépofitaires, d'une façon à lever tous les doutes.

On ne s'amufera point à réfuter ceux qui ont imaginé que ce prifonnier pouvait être le comte de *Vermandois*, le duc de *Beaufort*, ou le duc de *Monmouth*. Le favant et très-judicieux auteur de cette dernière opinion a très-bien réfuté les autres ; mais il n'a effentiellement appuyé la fienne que fur l'impoffibilité de trouver en Europe quelque autre prince dont il eût été de la plus grande importance qu'on ignorât la détention. M. de *Saint-Foix* a raifon, s'il n'entend parler que des princes dont l'exiftence était connue ; mais pourquoi perfonne ne s'eft-il encore avifé de fuppofer *que le Mafque de fer pouvait avoir été un prince inconnu, élevé en cachette, et dont il importait de laiffer ignorer totalement l'exiftence ?*

Le duc de *Monmouth* n'était pas pour la France un prince de fi grande importance ; et l'on ne voit pas même ce qui eût pu engager cette puiffance, au moins après la mort de ce duc et celle de *Jacques II*, à faire un fi grand fecret de fa détention, s'il eût été en effet le *Mafque de fer.* Il n'eft guère probable non plus que M. de *Louvois* et M. de *Saint-Mars* euffent marqué au duc de *Monmouth* ce profond refpect que M. de *Voltaire* affure qu'ils portaient au *Mafque de fer.*

L'auteur conjecture, de la manière dont M. de *Voltaire* a raconté le fait, que cet hiftorien célèbre eft auffi perfuadé que lui du foupçon qu'il va, dit-il, manifefter ; mais que M. de *Voltaire*, à titre de français, n'a pas voulu, ajoute-t-il, publier tout net, furtout en ayant dit affez pour que le mot de l'énigme ne dût pas être difficile à deviner. Le voici, continue-t-il toujours, felon moi :

» *Le Mafque de fer était fans doute un frère, et un frère aîné de Louis XIV,* dont la mère avait ce goût pour le linge fin fur lequel M. de *Voltaire* appuie. Ce fut en lifant les Mémoires de ce temps, qui rapportent cette anecdote au fujet de la reine, que me rappelant ce même goût du *Mafque de fer*, je ne doutai plus qu'il ne fût fon fils : ce dont toutes les autres circonftances m'avaient déjà perfuadé.

,, On fait que *Louis XIII* n'habitait plus depuis long-temps avec la reine, que la naiffance de *Louis XIV* ne fut due qu'à un heureux hafard habilement amené, hafard qui obligea abfolument le roi à coucher en même lit avec la reine. Voici donc comme je crois que la chofe fera arrivée.

,, La reine aura pu s'imaginer que c'était par fa faute qu'il ne naiffait point d'héritier à *Louis XIII*. La naiffance du *Mafque de fer* l'aura détrompée. Le *cardinal* à qui elle aura fait confidence du fait, aura fu par plus d'une raifon tirer parti de ce fecret ; il aura imaginé de tourner cet événement à fon profit, et à celui de l'Etat. Perfuadé par cet exemple que la reine pouvait donner des enfans au roi, la partie qui produifit le hafard d'un feul lit pour le roi et pour la reine, fut arrangée en conféquence. Mais la reine et le cardinal également pénétrés de la néceffité de cacher à *Louis XIII* l'exiftence du *Mafque de fer*, l'auront fait élever en fecret. Ce fecret en aura été un pour *Louis XIV*, jufqu'à la mort du cardinal *Mazarin*.

,, Mais ce monarque apprenant alors qu'il avait un frère, et un frère aîné que fa mère ne pouvait défavouer, qui d'ailleurs portait peut-être des traits marqués qui annonçaient fon origine, fefant réflexion que cet enfant, né durant le mariage, ne pouvait fans de grands inconvéniens et fans un horrible fcandale, être déclaré illégitime après la mort de *Louis XIII*, *Louis XIV* aura jugé ne pouvoir ufer d'un moyen plus fage et plus jufte que celui qu'il employa, pour affurer fa propre tranquillité et le repos de l'Etat : moyen qui le difpenfait de commettre une cruauté que la politique aurait repréfentée comme néceffaire à un monarque moins confcientieux et moins magnanime que *Louis XIV*.

,, Il me femble, pourfuit toujours notre auteur, que plus on eft inftruit de l'hiftoire de ces temps-là, plus on doit être frappé de la réunion de toutes les circonftances qui prouvent en faveur de cette fuppofition. ,,

NOTE

NOTE DES EDITEURS.

CETTE anecdote, donnée comme une addition de l'éditeur, dans l'édition de 1771, paſſe chez bien des gens de lettres pour être de M. de *Voltaire* lui-même. Il a connu cette édition, et il n'a jamais contredit l'opinion qu'on y avance au ſujet de l'*homme au Maſque de fer.*

Il eſt le premier qui ait parlé de cet homme. Il a toujours combattu toutes les conjectures qu'on a faites ſur ce *maſque;* il en a toujours parlé comme plus inſtruit que les autres, et comme ne voulant pas dire tout ce qu'il en ſavait.

Aujourd'hui il ſe répand une lettre de mademoiſelle de *Valois,* écrite au duc, depuis maréchal de *Richelieu,* où elle ſe vante d'avoir appris du duc d'*Orléans* ſon père, à d'étranges conditions, quel était l'*homme au Maſque de fer;* et cet homme, dit-elle, était un frère jumeau de *Louis XIV,* né quelques heures après lui.

Ou cette lettre, qu'il était ſi inutile, ſi indécent, ſi dangereux d'écrire, eſt une lettre ſuppoſée, ou le régent en donnant à ſa fille la récompenſe qu'elle avait ſi noblement acquiſe, crut affaiblir le danger qu'il y avait à révéler le ſecret de l'Etat, en altérant le fait, et en feſant de ce prince un cadet ſans droit au trône, au lieu de l'héritier préſomptif de la couronne.

Mais *Louis XIV* qui avait un frère, *Louis XIV* dont l'ame était magnanime, *Louis XIV* qui ſe piquait même d'une probité ſcrupuleuſe, auquel l'hiſtoire ne reproche aucun crime, qui n'en commit d'autre en effet que de s'être trop abandonné aux conſeils de *Louvois* et des jéſuites, *Louis XIV* n'aurait jamais détenu un de ſes frères dans une priſon perpétuelle pour prévenir les maux annoncés par un aſtrologue auquel il ne croyait pas. Il lui fallait des motifs plus importans. Fils aîné de *Louis XIII,* avoué par ce prince, le trône lui appartenait; mais un fils, né d'*Anne d'Autriche,* inconnu à ſon mari, n'avait aucun droit, et pouvait cependant eſſayer de ſe faire reconnaître, déchirer la France par une longue guerre civile, l'emporter peut-être ſur le fils de *Louis XIII* en alléguant le droit de primogéniture, et ſubſtituer une nouvelle race

Vie de Voltaire.   G g

à l'antique race des *Bourbons*. Ces motifs, s'ils ne justifiaient pas entièrement la rigueur de *Louis XIV*, servaient au moins à l'excuser : et le
prisonnier trop instruit de son sort, pouvait lui savoir quelque gré de
n'avoir pas suivi des conseils plus rigoureux ; conseils que la politique
a trop souvent employés contre ceux qui avaient quelques prétentions
à des trônes occupés par leurs concurrens.

M. de *Voltaire* avait été lié dès sa jeunesse avec le duc de *Richelieu*
qui n'était pas discret : si la lettre de mademoiselle de *Valois* est véritable,
il l'a connue ; mais doué d'un esprit juste, il a senti l'erreur, il a cherché
d'autres instructions. Il était placé pour en avoir. Il a rectifié la vérité
altérée dans cette lettre, comme il a rectifié tant d'autres erreurs.

Pag.	Lign.	FAUTES.	CORRECTIONS.
299	28	Tournex	Tourney
300	10	*nicticorax*	*nycticorax*
385	d.	LUC	AUG.
396	26	tirer	citer
400	4	du monde	du tour du monde
401	7	l'anthropophagerie	l'anthropophagie
416	9	*léger de main*	*léger tour de main*
510	21	*Après :* sous la main	*mettez en note :* La première édition du Dictionnaire philosophique, en un volume. Il est ici réuni avec les Questions sur l'Encyclopédie et plusieurs autres ouvrages alphabétiques.

TOME XXXVIII. *Dictionnaire philosophique, tome 2.*

Pag.	Lign.	FAUTES.	CORRECTIONS.
11	12	*Après :* de *Corneille*	*mettez en note :* et dans le neuvième du théâtre, de cette édition.
127	14	(*a*)	(*)
179	d.	*jalculte*	*jacult*
195	5	*Après :* connue ,,	*mettez en note :* Elémens de la philosophie de Newton, IIIᵉ partie, chap. I. vol. de Physique.
198	27	à vous parler	à parler
201	25	illustre **M.** de *Thou*	illustre de *Thou.*
220	18	n'entreront	n'entrons
233	d.	faux	faulx
264	9	des moins	les moins
266	28	les passages	des passages
284	2	parties	partis
301	27	synonyme	synonyme
339	13	meules	meubles
355	19	de Brachmanes ;	des Brachmanes ;
357	7	ses peuples ,	ces peuples ,
375	26	de paraître	de le paraître
379	22	coriasse	coriace
404	d.	*Après :* Jésus-Christ	*mettez en note :* Voyez l'art. *suicide.*
432	15	*Après :* de l'espèce	*ajoutez :*

César et *Pompée* s'appelaient dans le sénat, *César* et *Pompée.* Mais ces gens-là ne savaient pas vivre. Ils finissaient leurs lettres par *vale*, adieu. Nous étions, nous autres, il y a soixante ans, *affectionnés serviteurs ;* nous sommes devenus depuis *très-humbles et très-obéissans ;* et actuellement *nous avons l'honneur de l'être.* Je plains notre postérité ; elle ne pourra que difficilement ajouter à ces belles formules.

G g 2

Pag. Lign. F A U T E S.   C O R R E C T I O N S.

Le duc d'*Epernon*, le premier des gafcons pour la fierté, mais qui n'était pas le premier des hommes d'Etat, écrivit avant de mourir au cardinal de *Richelieu*, et finit fa lettre par *votre très-humble et très-obéiſſant*; mais fe fouvenant que le cardinal ne lui avait donné que du *très-affectionné*, il fit partir un exprès pour rattraper fa lettre qui était déjà partie; la recommença, figna *très-affectionné*, et mourut ainfi au lit d'honneur.

Nous avons &c.

Pag.	Lign.	FAUTES.	CORRECTIONS.
504	16	*Recherches hiſtoriques ſur le chriſtianiſme.*	*Cette ſection contient divers paſſages qui ſe retrouvent au mot* Eglife. *Ces deux articles d'ailleurs très-différens, ont été conſervés; mais pour éviter toute répétition, voici les ſuppreſſions qu'on pourrait faire:*
508	24	*Joſephe, au ch. XII* &c.	*ſupprimez juſqu'à ces mots:* par des degrés infenfibles, page 515.
514	10	juifs chrétiens arrivés	juifs chrétiens étant arrivés
521	29	le chriſtianifme s'établit d'abord &c.	*ſupprimez juſqu'à:* en liberté d'agir, page 532.
534	26	cependant l'Eglife grecque &c.	*ſupprimez juſqu'à:* mais peu d'élus, page 536.
536	d.	*Après:* du monde connu	*mettez en note:* Voyez le *Précis de l'hiſtoire de l'Eglife chrétienne*, au mot *Eglife*.

TOME XXXIX. *Dictionnaire philosophique*, *tome 3.*

Pag.	Lign.	FAUTES.	CORRECTIONS.

41   d.   *Après* : facile à rencon-   *Placez l'article* commerce.
      trer

COMMERCE.

DEPUIS le malheur de Carthage aucun peuple ne fut puissant à la fois par le commerce et par les armes, jusqu'au temps où Venise donna cet exemple. Les Portugais, pour avoir passé le Cap de Bonne-Espérance, ont quelque temps été de grands seigneurs sur les côtes de l'Inde, et jamais redoutables en Europe. Les Provinces-Unies n'ont été guerrières que malgré elles ; et ce n'est pas comme unies entre elles, mais comme unies avec l'Angleterre, qu'elles ont prêté la main pour tenir la balance de l'Europe, au commencement du dix-huitième siècle.

Carthage, Venise et Amsterdam ont été puissantes ; mais elles ont fait comme ceux qui parmi nous ayant amassé de l'argent par le négoce achètent des terres seigneuriales. Ni Carthage, ni Venise, ni la Hollande, ni aucun peuple, n'a commencé par être guerrier et même conquérant, pour finir par être marchand. Les Anglais sont les seuls ; ils se sont battus long-temps avant de savoir compter. Ils ne savaient pas quand ils gagnaient les batailles d'Azincourt, de Crécy et de Poitiers, qu'ils pouvaient vendre beaucoup de blé et fabriquer de beaux draps qui leur vaudraient bien davantage. Ces seules connaissances ont augmenté, enrichi, fortifié la nation. Londres était pauvre et agreste lorsqu'*Edouard III* conquérait la moitié de la France. C'est uniquement parce que les Anglais sont devenus négocians, que Londres l'emporte sur Paris par l'étendue de la ville et le nombre des citoyens ; qu'ils peuvent mettre en mer deux cents vaisseaux de guerre et soudoyer des rois alliés. Les peuples d'Ecosse sont nés guerriers et spirituels ; d'où vient que leur pays est devenu, sous le nom d'union, une province d'Angleterre ? C'est que l'Ecosse n'a que du charbon et que l'Angleterre a de l'étain fin, de belles laines, d'excellens blés, des manufactures et des compagnies de commerce.

Gg 3

Quand *Louis XIV* fefait trembler l'Italie, et que fes armées déjà maîtreffes de la Savoie et du Piémont, étaient prêtes de prendre Turin, il fallut que le prince *Eugène* marchât du fond de l'Allemagne au fecours du duc de Savoie. Il n'avait point d'argent, fans quoi on ne prend ni ne défend les villes; il eut recours à des marchands anglais. En une demi-heure de temps on lui prêta cinq millions, avec cela il délivra Turin, battit les Français, et écrivit à ceux qui avaient prêté cette fomme, ce petit billet : ,, Meffieurs, j'ai reçu votre argent, et je me flatte de l'avoir bien employé à votre fatisfaction. ,, Tout cela donne un jufte orgueil à un marchand anglais et fait qu'il ofe fe comparer, non fans quelque raifon, à un citoyen romain. Auffi le cadet d'un pair du royaume ne dédaigne point le négoce. Milord *Thownshend*, miniftre d'Etat, a un frère qui fe contente d'être marchand dans la cité. Dans le temps que milord *Orford* gouvernait l'Angleterre, fon cadet était facteur à Alep, d'où il ne voulut pas revenir et où il eft mort. Cette coutume, qui pourtant commence trop à fe paffer, paraît monftruéufe à des allemands entêtés de leurs quartiers : ils ne fauraient concevoir que le fils d'un pair d'Angleterre ne foit qu'un riche et puiffant bourgeois, au lieu qu'en Allemagne tout eft prince. On a vu jufqu'à trente alteffes du même nom, n'ayant pour bien que des armoiries et une noble fierté.

En France eft marquis qui veut ; et quiconque arrive à Paris du fond d'une province avec de l'argent à dépenfer, et un nom en *ac* ou en *ille*, peut dire : un homme comme moi ! un homme de ma qualité ! et méprifer fouverainement un négociant. Le négociant entend lui-même parler fi fouvent avec dédain de fa profeffion, qu'il eft affez fot pour en rougir. Je ne fais pourtant lequel eft le plus utile à un Etat, ou un feigneur bien poudré, qui fait précifément à quelle heure le roi fe lève, à quelle heure il fe couche, et qui fe donne des airs de grandeur en jouant le rôle d'efclave dans l'antichambre d'un miniftre, ou un négociant, qui enrichit fon pays, donne de fon cabinet des ordres à Surate et au Caire, et contribue au bonheur du monde.

Pag.	Lign.	FAUTES.	CORRECTIONS.
44	6	gentils dès que quelques circoncis	gentils que lorfque plufieurs circoncis
69	13	(*par M. Abauzit le cadet.*)	*fupprimez ces mots.*
93	d.	*Après :* aujourd'hui	*mettez en note.* Voyez l'article : *Liberté de confcience.*
94	2	SECTION IV.	retranchez cette fection qui eft plus ample au mot *Liberté de confcience.*
102	2	CONSTANTIN.	*mettez en note.*: Ce morceau hiftorique avait été fait pour madame la marquife *du Châtelet.*
139	26	rambourré	rembourré
140	10	DES COQUILLES.	(voyez ce que nous avons dit ci-deffus , page 474, touchant *les Singularités de la nature.*)
164	13	CREDO.	*fupprimez cet article et renvoyez au mot* SYMBOLE.
171	N. 2	par M. *Caffen*, avocat, à M. le marquis de *Beccaria*	*ôtez ces mots.*
189	10	et non pas	mais non pas
197	16	le fonds de *Mouftapha*	le fonds du difcours de *Mouftapha*
201	31	Quand il eut	Lorfqu'il eut
254	d.	violer	voler
323	20	des *Marcs-Aurèles*	des *Marc-Aurèles*
366	14	SECTION PREMIERE.	*ôtez ces mots.*
369	13	*Après :* de mariage	renvoyez au mot, Adultère, *et fupprimez cette feçonde fection.*
388	24	révérend *Pierre*	révérend père *Pierre*
416	11	le philofophe inimitable qui nous a donné l'*Effai* &c.	l'auteur de l'*Effai* &c.
425	4	il impofe	la cour de Rome impofe

Gg 4

Pag.	Lign.	FAUTES.	CORRECTIONS.
Ib.	14	Ah ! la tête ,	Aie ! la tête ,
451	8	à cet excès	et cet excès
489	N. 1	*Après :* Arianisme	*Ajoutez :* christianisme , SECTION II. et conciles.
Ib.	11	conventicles	conventicules ;
524	ant. p.	*Tibias*	*Tisias*
532	d.	fait plus	fait plus
540	24	ressemblant	ressemblans

TOME XL. *Dictionnaire philosophique , tome 4.*

17	9	charnier	charniers
23	11	témoin	témoins
92	13	méridionales	septentrionales
115	26	*d'esprit*	esprit
145	N. 1	vers 1757	*ajoutez :* voyez aussi l'article *Gouvernement.*
187	N. 2	dans les *Poësies mêlées*	dans le volume de *Poëmes*
210	pén.	de larcins tissus par les fanatiques	de larcins des fanatiques
233	18	conjugal. Enfin il	conjugal , et il
277	23	dans notre latitude	que dans notre latitude
281	29	à pôles alongés	à pôles aplatis
283	16	*Après :* du méridien	*mettez en note :* Voyez la philosophie de *Newton* , (volume de *Physique*) ce paragraphe en est tiré. L'auteur l'ayant inséré dans ce Dictionnaire , avec quelques changemens , on n'a pas cru devoir l'ôter.
299	7	*remeare*	*remearet*
351	27	Mosopogon	Misopogon

Pag.	Lign.	FAUTES.	CORRECTIONS.
367	18	des inftructions	des inductions
399	16	*fe retirer*	*fe tirer*
403	8	la Beauffe	la Beauce
412	d.	*alma*	vierge
481	15	*Concochigramki*	*Concochigzamki*
492	7	non encore rafiné	non encore épuré
513	9	d'Oritnie	d'Ornitie
533	26	confulté	condamné
537	ant. p.	*Après :* éternité	*fupprimez le refte de cette fection* **II**, *qui fe retrouve prefqu'entièrement dans la IVe.*

T O M E X L I. *Dictionnaire philofophique, tome 5.*

34	d.	ne veut pas dire que j'ai	ne veut dire que , j'ai
39	10	l'invention du	l'invention et du
43	2	quinze cents foixante et dix-fept	quinze cents quatre-vingt-deux
61	6	languedochien	languedocien
89	23	fecours. Du moins dans nos triftes climats , il	fecours , du moins dans nos triftes climats. Il
93	9	*Après :* Dodone	*mettez en note :* Voyez le paragraphe intitulé *Action de Dieu fur l'homme,* Philofophie tome I, page 238, *et fupprimez-le ici, jufque et compris la page* 101.
110	17	*Après :* récitatif	*mettez en note :* C'eft ce qu'il a fait dans la préface des *Indes galantes.*
136	11	*Après :* SECTION PREMIERE.	*mettez en note :* L'auteur adreffe ici la parole à madame la marquife

du *Châtelet* pour laquelle plufieurs articles hiftoriques de ce Diction-naire avaient été faits.

156　3　envifagés　　　　　　envifagé

188　7　*Après* : préférer　　*ajoutez :* s'il eût vécu feulement dix ans de plus, il y a grande appa-rence qu'il eût donné une toute autre forme à l'Europe que celle qu'elle a aujourd'hui.

La religion chrétienne a dépendu de fa vie ; les efforts qu'il fit pour la détruire ont rendu fon nom exécrable aux peuples qui l'ont embraffée. Les prêtres chrétiens fes contemporains l'accusèrent de prefque tous les crimes, parce qu'il avait commis le plus grand de tous à leurs yeux, celui de les abaiffer. Il n'y a pas encore long-temps &c.

Ib.　19　de fon malheureux chan-gement　　　des difputes entre les payens et les chrétiens dans lefquelles il prit parti ;

190　8　*Avant* : *Grégoire*　　*mettez :* Des écrivains qu'on nomme pères de l'Eglife, *Grégoire* &c.

191　20　la hauteur fingulière　　l'infolence

Ib.　28　cet orgueil fi oppofé au chriftianifme dut　　une vanité fi brutale dut

192　10　l'averfion malheureufe　　l'averfion qu'il devait avoir pour la

Pag.	Lign.	FAUTES.	CORRECTIONS.

que les abus de la religion chrétienne lui infpirèrent pour elle. Les politiques ne furent pas plus furpris de voir

religion chrétienne. Il n'eſt pas plus étrange de voir

192 19 *Après* : dogmes &c.

ils ne forçaient point les hommes à croire l'incroyable ; ils ne demandaient que des facrifices ; et ces facrifices n'étaient point commandés fous des peines rigoureufes ; ils ne fe difaient point le premier ordre de l'Etat, ne formaient point un Etat dans l'Etat, et ne fe mêlaient point du gouvernement.

Voilà bien des motifs pour engager un homme du caractère de *Julien* à fe déclarer pour eux. Il avait befoin &c.

Ib. 28 les faux zélés

les fanatiques

193 5 *Après* : ne font pas,

lifez : d'être en public les premiers efclaves de la crédulité. Le fultan &c.

194 7 que de les avoir quittés, de s'être trompé, de s'être fait tort à lui-même ;

et de n'être pas de leur avis. (4)

200 N. p. le reſte de fes autres écrits

fes autres écrits fur cette affaire fe trouvent

(4) Ces corrections font tirées d'un ancien manufcrit de l'auteur, communiqué trop tard aux éditeurs.

Pag.	Lign.	FAUTES.	CORRECTIONS.
219	22	connaiffaient	connaiffant
220	3	*Après : Tout en* DIEU	*mettez en note :* Cette fection eft un extrait (fait par l'auteur) du commentaire fur *Mallebranche.* Voyez Philofophie , tome **I.**
244	ant. p.	*Enclope*	*Encolpe*
298	12	de pucelages	des pucelages
302	23	qui leur eft	qui lui eft
306	10	la fluente	la *fluence*
333	6	a le plus	ont le plus
335	17	ce chapitre	cet article
406	d.	*Après :* honneurs	*mettez en note :* Voyez GENS DE LETTRES
429	23	des plus	les plus
451	14	il y a des	il y en a des

TOME XLII. *Dictionnaire philofophique , tome 6.*

3	5	eft encore une fcience	eft une fcience
47	15	*Après :* regards vengeurs	*mettez en note :* Voyez le paragraphe 23 , des *Confeils à M. Bergier,* Philofophie , tome **II.**
57	11	ces fureurs	fes fureurs
86	23	changée	changé
106	26	fourniffent	fournirent
107	20	du prêtre champenois n'approchent pas de celles de l'anglais	du prêtre anglais n'approchent pas de celles du prêtre champenois
140	13-16	térin . . térins	tarin . . tarins
149	ant. p.	Non , fans doute ,	Oui , fans doute ,
180	N. 2	compofé	compofée

Pag.	Lign.	FAUTES.	CORRECTIONS.
223	pén.	*fecit ?*	*feci ?*
247	17	a commencé	ait commencé
258	23	*Après :* théologie	*ne fermez la parenthèse qu'après ce mot.*
287	pén.	leurs pays	leur pays
297	16	*Après :* inftruit	*ajoutez* la Ve fection de l'article PHILOSOPHE

SECTION V.

LE philofophe eft l'amateur de la fageffe et de la vérité. Etre fage, c'eft éviter les fous et les méchans. Le philofophe ne doit donc vivre qu'avec des philofophes.

Je fuppofe qu'il y ait quelques fages parmi les Juifs ; fi l'un de ces fages mange avec quelques rabins, s'il fe fait fervir un plat d'anguilles ou de liévre, s'il ne peut s'empêcher de rire de quelques difcours fuperftitieux de fes convives, le voilà perdu dans la finagogue. Il en faut dire autant d'un mufulman, d'un guèbre, d'un banian.

Je fais qu'on prétend que le fage ne doit jamais laiffer entrevoir aux profanes fes opinions, qu'il doit être fou avec les fous, imbécille avec les imbécilles ; mais on n'a pas encore ofé dire qu'il doit être fripon avec les fripons. Or, fi on exige que le fage foit toujours de l'avis de ceux qui trompent les hommes, n'eft-ce pas demander évidemment que le fage ne foit pas un homme de bien ? exigera-t-on d'un médecin qu'il foit toujours de l'avis des charlatans ?

Le fage eft un médecin des ames ; il doit donner fes remèdes à ceux qui lui en demandent, et fuir la fociété des charlatans qui le perfé-cuteront infailliblement. Si donc un fou de l'Afie mineure ou un fou de l'Inde, dit au fage ; mon ami, tu as bien la mine de ne pas croire à la jument *Borac*, ou aux métamorphofes de *Vifnou*, je te dénoncerai, je t'empêcherai d'être boftangi, je te décrierai, je te perfécuterai : le fage doit le plaindre et fe taire.

Si des ignorans nés avec un bon efprit et voulant fincèrement s'inftruire, interrogent le fage, et lui difent, dois-je croire qu'il y a cinq
cents lieües de la Lune à Vénus, autant de Mercure à Vénus et de
Mercure au Soleil, comme l'affurent tous les premiers pères muful-
mans, malgré tous les aftronomes? le fage doit leur répondre que les
pères peuvent fe tromper. Le fage doit en tout temps les avertir que
cent dogmes ne valent pas une bonne action, et qu'il vaut mieux
fecourir un infortuné que de connaître à fond l'aboliffant et l'aboli.

Quand un manant voit un ferpent prêt à l'affaillir ; il doit le tuer.
Quand un fage voit un fuperftitieux et un fanatique, que fera-t-il? il
les empêchera de mordre.

Pag.	Lign.	FAUTES.	CORRECTIONS.
316	25	qu'on fut	on fut
348	N. d.	*Après* : excufables	*ajoutez* : voyez les *Singularités de la nature*, ch. III, vol. de Phyfique.
440	28	faux	faulx
450	18	*Après* : pouvez.)	*mettez en note* : Voyez le premier vol. de Philofophie.

TOME XLIII. *Dictionnaire philofophique*, tome 7.

3	N. 4	*Après* : philofophiques.	*lifez* : Elles avaient été en effet adref-fées à M. *Thiriot*, en anglais, pendant le féjour de M. de *Voltaire* à Londres.
11	11	dans le chapitre fuivant	dans la fection fuivante
21	26	*Après* : églife primitive,	*ajoutez* : et dans les deux fections précédentes.
23	12	*Après* : diable	*mettez en note* : Ceci fait fans doute allufion à la perfécution que voulut exciter *Biord*, évêque d'Anneci, dont il eft parlé ailleurs.

Pag.	Lign.	FAUTES.	CORRECTIONS.

33 N. 1 au mot *Athéifme* — dans les lettres à fon alteffe monfeigneur le prince de ***, Mélanges littéraires, tome I.

45 N. 5 fon étant — étant fon

49 8 libelles — libelliftes

75 14 *pour fes* — *par fes*

132 4 *Après :* qu'on aime — *placez le deuxième alinea de la page 133, enfuite le deuxième de la page 132, qui finit par* devait caufer. *Et puis lifez :*

Au refte plufieurs pères ont prétendu que *Salomon* avait fait pénitence, ainfi on peut lui pardonner.

Les critiques ont dé la peine à fe perfuader que ce livre foit de *Salomon*, et *Grotius* prétend qu'il fut écrit fous *Zorobabel*. Il n'eft pas naturel que *Salomon* ait dit : *Malheur à la terre &c. fuivez l'article en fupprimant les quinze premières lignes de la page* 133.

139 11 avertiffaient — pervertiffaient

210 pén. de fon ame ? — de fon ami ?

225 6 dans *Antiochus* — à *Antiochus*

230 10 de le croire — de les croire

235 15 *Après :* conduite — *ôtez les deux alinea fuivans qui font au mot* CATON.

253 29 à l'article *Queftion* — *ôtez ces mots.*

256 15 les plus — le plus

363 N. 2 très-anciennes — très-ancienne

392 7 VELETRI — *fupprimez cet article qui fe retrouve au mot* AUGUSTE OCTAVE.

Pag.	Lign.	FAUTES.	CORRECTIONS.
452	12	et qui ferme	qui ferme
456	14	Magdebourg	Paris

TOME XLIV. *Romans, tome 1.*

Pag.	Lign.	FAUTES.	CORRECTIONS.
13	27	de fciençes,	de fcience,
28	20	*Sadder*	le *Sadder*
29	4	en favait même plus	en favait plus
37	19	il fit un moment	il fit un mouvement
56	N. 2	*Après :* imprimées	*lifez :* le chapitre XIII était terminé par ce qui fuit. *Zadig* partit &c.
100	N. 2	ces deux chapitres doivent certainement être placés après le douzième, et avant l'arrivée de *Zadig* en Syrie.	*fupprimez ces mots gliffés par erreur dans la note. C'était un avis à l'imprimeur pour placer ces deux chapitres ajoutés par l'auteur à fon ouvrage.*
105	10	quelque ville	quelques villes
116	20	des femmes	de femmes
126	2	DE L'AUTEUR POUR UNE NOUVELLE EDITION.	DE L'AUTEUR.
152	1	*Après :* AVERTISSEMENT	*ajoutez :* DES EDITEURS.
173	23	à vous manifefter	à manifefter
201	12	qu'il a	qui l'a
277	6	c'était des émeraudes	c'étaient des émeraudes
300	14	*Après : Monime*	*mettez en note :* Mademoifelle *le Gouvreur.*

TOME

TOME XLV. *Romans, tome 2.*

Pag.	Lign.	FAUTES.	CORRECTIONS.
9	N. p.	et il paraît que cela	et il paraît que l'augmentation
3o	7	pour fa valeur	par fa valeur
46	27	terraquée	terraqué
101	15	inconnues	inconnu
168	ant. p.	les plus jaloux.	le plus jaloux.
207	28	l'angle	l'ongle
223	9	fuperftitieufe	fi pernicieufe
268	20	Calpe	Calpé
274	19	et autres *ens* et *ites*	et autres en *ifles* et en *ites*
3o6	19	*Après :* ainfi :	*fermez la parenthèfe.*
3o7	10	rend le témoignage	rend témoignage
403	4	Aïaron	Aïalon
435	N. d.	confervé	confervées
453	18	propofitions fi hérétiques	propofitions hérétiques

TOME XLVII. *Mélanges littéraires, tome 1.*

20	3o	confcience	confiance
31	20	leur genre	fon genre
43	N.	M. de *Marmontel*	M. de *Montmartel*
67	8	ne t'imposèrent	ne t'en imposèrent
70	N. 7	horreurs	terreurs
124	8	il joua	*Molière* joua
157	7	qui a eu	qui ont eu
160	20	dans fon	de fon
167	23	au divertiffement	aux divertiffemens
215	20	font	font
270	13	*Après :* Tancrède,	*mettez en note :* M. le Kain.

Vie de Voltaire.

H h

Pag.	Lign.	FAUTES.	CORRECTIONS.
273	8	des morts	de morts
305	17	voudraient	devraient
308	22	*farce*	*face*
370	16	d'une *capanée*	d'un *capanée*
415	23	*Harrot*	*Hariot*
434	21	*Gratien*	*Lucien*
460	7	proportionnèes	proportionnée
467	20	en fon. fein	en naiffant
473	1	SUR L'ANTI-MACHIAVEL.	on pourrait placer cette pièce au tome II des Mélanges littéraires, page 219, avant L'EXTRAIT D'UN ÉCRIT PÉRIODIQUE.
Ib.	N. 1	*Après :* de. l'*Anti-Machiavel*	*ajoutez :* (ouvrage du roi de Pruffe)
474	ant. p.	fe retirer	fe tirer
523	7	de le lui pardonner,	de lui pardonner,

TOME XLVIII. *Mélanges littéraires, tome 2.*

114	16	et vous pétrit	et nous pétrit
116	3-6	*Lenglé*	*Lenglet*
132	21	fa mère	la mère
138	21	par la fuite	pour la fuite
195	8	*Après :* cefferez vous de donner ?	ce difcours peut nous étonner :
217	10	fes amis	ces amis
237	2	ces lettres rapportées à l'article *François Rabelais*, dans les Queftions fur l'Encyclopédie,	ces lettres dont il eft fait mention dans l'ouvrage intitulé : Lettres à fon alteffe monfeigneur le prince de .***, (Mélanges litt. tome I.)

ADDITIONS ET CORRECTIONS. 483

Pag.	Lign.	FAUTES.	CORRECTIONS.
248	p.	le duc de Savoye	duc de Savoye
288	7	d'eux-mêmes,	d'eux-même,
289	21	ces gouffres	les gouffres
299	23	faux	faulx. *Idem*, page 390, lign. 24.
320	20-25	infidelle	infidèle. *Idem*, page 397, lign. 14; page 406, lign. 5 et 6, *et toujours ainsi pour le masculin.*
327	2	celle-ci	celles-ci
415	25	le plus utile	les plus utiles

TOME XLIX. *Mélanges littéraires, tome 3.*

42	11	sept ou huit cents mille	sept ou huit mille
Ib.	18	du commerce	de commerce
44	19	du public?	du bien public?
47	10	vers la matière, le voici.	vers la matière pensante, le voici :
66	20	soit encore	soient encore
85	12	*dedicere*	*didicere*
141	26	vous avez	avez-vous
150	18	*Après :* aux nations	*mettez en note :* Titre sous lequel avait paru d'abord l'ouvrage intitulé : *Du théâtre anglais, par Jérôme Carré.* Mélanges littéraires tome **I.**
151	5	opéra	*ou :* opéras (5)

(5) On a toujours écrit dans cette édition *opéra*, au pluriel, sans *s*. Plusieurs auteurs emploient l'*s*; et il paraît en effet assez naturel que ce mot étranger et autres semblables tels que *factum, imbroglio, concetti, lazzi* &c. reçus par adoption dans notre langue, en prennent le costume et les usages ? Les Romains ne manquaient pas de latiniser tous les mots qu'ils empruntaient des autres langues, même les noms propres et les noms de lieu. L'académie française, dans le nouveau Dictionnaire que tous les littérateurs désirent, pourrait établir sur ce point et sur beaucoup d'autres, également incertains, des règles invariables.

H h 2

Pag.	Lign.	FAUTES.	CORRECTIONS.

152 21 *G* * *   *Grangé*

178 17 *Après :* par ces vers :   *mettez les ainsi :*

> Trovommi amor del tutto disarmato,
> Ed aperta la via per gli occhi al core,
> Che di lagrime son fatti uscio, e varco.
>
>   Però, al mio parer, no li fu onore
> Ferir me di saetta in quello stato,
> E a voi armata non mostrar pur l'arco.
>
> *L'amour me surprit sans défense et*
>   *s'ouvrit* &c.

179   4 el senno, e,loziose   el sonno, e l'oziose

Ib.   7 sprito,   spirto,

Ib.   21 que *Zappi*   que celui de *Zappi*

185   8 de se noyer   de la noyer

224 N. 1 page 183   page 214

232   7 *coïonnerie*   *coglionerie*

243   27 le plus considéré   les plus considérés

330   20 aux succès   au succès

375 ant. p. c'est-il   c'est lui

376 5-24 de * * *   de *Noailles*

396 pén. l'*Ange*   *Lange*

397 N. 3 *Après :* attribué   *terminez ainsi la note :* Les faits ont sans doute été fournis par l'abbé de *Prades* lui-même, ou par quelque docteur de sorbonne, témoin oculaire ; mais on ne peut guère douter qu'ils n'aient été mis en œuvre par M. de *Voltaire*, d'après quelques passages de la Correspondance du roi de Prusse. L'auteur a pu y changer à dessein son style et sa manière.

TOME L. *Commentaires fur Corneille, tome* I.

Pag.	Lign.	FAUTES.	CORRECTIONS.
60	3	*Après :* en 1635	*mettez en titre :* PREFACE DU COMMENTATEUR.
66	1	REMARQUES SUR L'EPITRE DEDICATOIRE DE CORNEILLE &c.	*Epître dédicatoire de Corneille* &c. fimplifiez également tous les titres des autres pièces préliminaires ou acceffoires, et ôtez-y : *Remarques fur.* On peut même ne pas répéter ces mots en tête du premier acte, en ne laiffant ce titre général qu'une feule fois au-devant de toutes les pièces préliminaires de chaque tragédie ou comédie, et au titre courant. Cette obfervation eft pour les deux volumes de ces Commentaires, en cas de réimpreffion.
89	1	PREFACE DU COMMENTATEUR SUR LE CID.	REMARQUES SUR LE CID, *tragédie* repréfentée en 1636. PREFACE DU COMMENTATEUR. *Et par-tout de même conformément à l'obfervation ci-deffus.* (6)
90	28	*de Corneille*	*fur Corneille*
123	10	*était couvert*	*était ouvert*
176	1	AVERTISSEMENT DU COMMENTATEUR SUR LA TRAGEDIE DE CINNA.	REMARQUES SUR CINNA, *tragédie* repréfentée en 1643. (7) AVERTISSEMENT DU COMMENTATEUR.

(6) On peut fubftituer au mot *préface* le mot *avertiffement* quand le difcours n'eft pas d'une certaine longueur, comme au-devant de la tragédie de Cinna, page 176.

(7) Nous ignorons pourquoi dans l'édition in-4° la tragédie de Cinna repréfentée en 1643, précède celle des Horaces, jouée en 1641. On aurait pu rétablir ici l'ordre

Pag.	Lign.	FAUTES.	CORRECTIONS.
192	26	la poëſie moins	la poëſie le moins
197	29	les ſuccès	le ſuccès
296	d.	les plus éclairés	les mieux éclairés
333	18	avec une *s*	(*ou*) avec un *s* {8}
412	22	V. 90	V. 91
418	28	qu'on ait vue	qu'on ait vues
451	16	*iſſem*	*eſſem*
498	11	elle eſt	eſt-elle

TOME L I. *Commentaires ſur Corneille*, tome 2.

18	1	REMARQUE DU COM-MENTATEUR *ſur un paſſage concernant Héraclius.*	REMARQUES SUR HERACLIUS, EMPE-REUR D'ORIENT, *tragédie repré-ſentée* en 1647.
			PREFACE DU COMMENTATEUR.
			Et de même par-tout conformément à l'obſervation ci-deſſus.
95	17	le vers ſuivant	le vers ſuivant
			Au milieu de leur ſang à tes pieds répandu.

chronologique, et diviſer auſſi plus également les deux volumes de ces Commentaires, en plaçant à la fin les Remarques ſur les diſcours et ſur la vie de *Corneille*, comme dans l'in-4°, et en commençant le deuxième volume par les Remarques ſur Rodogune.

(8) Rien de plus incertain encore que le *genre* des noms de lettres. Pourquoi ces noms ne feraient-ils pas tous du même genre? Pourquoi un uſage bizarre fait-il l'*a* maſculin et l'*s* féminin; et remarquons que cet uſage n'eſt rien moins qu'uniforme. Il y a beaucoup de variation ſur ce point dans les auteurs, et M. de *Voltaire* lui-même, dans ces Commentaires ſur *Corneille*, a écrit *un s*, *cet s*, et *une s*, *cette s.* Voyez tome II, pages 52, 86, 99.

Pag.	Ligh.	FAUTES.	CORRECTIONS.
136	18	en 1657	(*ou*) en 1652 (9)
152	pén.	Nicodème	Nicomède
172	19	dénouement vulgaire de tragédie.	*dénouement vulgaire de tragédie.*
197	29	un femme	une femme
207	30	*æquus*	*equus*
247	d.	*foupçons*	*foupçon*
258	7	l'unité de deffein	l'unité de deffin
303	4	le maître de la ville mais auffi des murs	(*en italique*)
378	8	d'un fi jufte travail noble-ment étonné	d'un fi noble travail juftement étonné
438	26	ce qu'on m'a vu	ce qu'on m'a vu &c.

TOME LII. *Correfpondance générale, tome* I.

12	N. 5	en 1772, à Paris où il était le correfpondant littéraire	en 1772; il était alors à Paris, l'agent littéraire
22	2	LETTRE XII.	*elle eft de* 1724. *La* lettre XV *doit la fuivre. La* XVI *eft de* 1722, *datée de Forges.*
36	ant.	p. *Après* : édition	*mettez en note* : Des œuvres de l'abbé de *Chaulieu.*
129	14	LETTRE LXVIII.	*elle eft de la fin de novembre* 1732, *et doit précéder la* LXVII.
186	14	*Après* : Petit-pas e	*mettez en note* : Dans l'opéra d'Hypo-lite et Aricie.

(9) Le texte de la remarque ferait croire que la tragédie de Nicomède eft de 1657. Suivant le titre elle eft de 1650, et fuivant le Dictionnaire hiftorique des théâtres elle eft de 1652.

Pag. Lign. FAUTES.	CORRECTIONS.
209 N. 1 honoraire	d'honneur
Ib. N. 2 *Après :* de Parme à Paris.	*ajoutez :* il y avait un grand nombre de lettres à M. d'*Argental*, antérieures à celle-ci. Les premières dataient de 1716 ou 1717. On n'a pu les retrouver, quoiqu'elles aient été données, à ce qu'on croit, avec les autres, par M. d'*Argental*.

Il n'a ceffé jufqu'à fa mort de prendre le plus vif intérêt à cette édition des œuvres de M. de *Voltaire*. Non-feulement il a déterminé par fes follicitations plufieurs perfonnes de confidération en France à communiquer les lettres qu'elles avaient reçues de M. de *Voltaire*, mais il a employé pour le même objet dans les pays étrangers, avec un zèle qui ne s'eft jamais refroidi, le crédit des miniftres avec lefquels fa place le mettait en relation. Il n'a pu jouir malheureufement de cette partie de l'édition. Avec quelle fenfibilité, avec quelle douce émotion n'eût-il pas lu cette *Correfpondance* où fon nom tient le premier rang ! Combien n'eût-il pas chéri ce monument qui doit tranfmettre à la poftérité de nombreux témoignages des qualités rares de fon efprit, comme des vertus de fa belle ame, et l'affocier à la gloire de fon ami ! Si la perte de M. d'*Argental* a devancé la publication de ce recueil, les éditeurs ont dû payer du moins à fa mémoire le jufte tribut de leur reconnaiffance. Ils ont cru ne pouvoir mieux remplir ce devoir qu'en confignant la notice intéreffante de M. de *la Harpe* dans l'un des volumes de cette collection. (tome LXIII, page 459.) Ils joindront ici quelques détails fur la famille de M. d'*Argental*.

Charles-Auguftin de Fériol, comte d'*Argental*, naquit à Paris, le 20 de décembre 1700, d'une famille diftinguée par fon amour pour les lettres et les arts. Il fut le fecond fils de M. de *Fériol*, d'abord receveur général des finances du Dauphiné, et enfuite préfident au parlement de Metz, comme fon père, et de N. *Guerin de Tençin*, fœur du cardinal de ce nom, et de la célèbre madame de *Tençin*. On doit à M. de

Fériol fon oncle, ambaffadeur à la Porte ottomane, un ouvrage inté-
réffant fur les mœurs et les ufages des Turcs, M. de *Pont-de-Vefle*,
frère aîné de M. d'*Argental*, a été fort connu par les agrémens de fon
efprit, fa gaieté, fes vers faciles, et par plufieurs comédies reftées au
théâtre.

M. d'*Argental*, né timide, débuta dans le monde avec moins de
fuccès. Il fut d'abord deftiné à l'état militaire, mais fon frère ayant
refufé une charge de confeiller au parlement de Paris, fes parens engagè-
rent M. d'*Argental* fon cadet à le remplacer, et par déférence pour
eux, il fe dévoua à la magiftrature pour laquelle il n'avait point de
goût, et dont il a cependant rempli les devoirs pendant plus de
quarante années avec autant de zèle que de lumières. Il fut fait confeiller
d'honneur, et céda cette charge en 1771, à l'abbé de *Chauvelin*, dont
le frère, le marquis de *Chauvelin*, était depuis long-temps fon intime
ami. M. d'*Argental* avait été nommé en 1738, à l'intendance de Saint-
Domingue. Tous fes amis qui craignaient de le perdre pour jamais, le
preffèrent tellement de renoncer à cette place qu'il dut céder à leurs
inftances.

Il accepta en 1757, celle de miniftre plénipotentiaire de l'infant
duc de Parme auprès du roi, que madame infante, fille de *Louis XV*,
qui était alors à la cour, fit créer pour lui. Il dut principalement ce
don que la princeffe accompagna de toute la grâce poffible, à l'amitié
de M. le duc de *Choifeul* qui lui fut toujours très-attaché, ainfi que feu
M. le duc de *Praflin*.

M. d'*Argental* fut admis très-jeune dans la fociété de madame de
Tençin fa tante, où il vécut avec tout ce que la France avait de plus
diftingué dans les lettres. Sa liaifon avec M. de *Voltaire* s'était formée
dès le collége. Ils y avaient joué enfemble dans les tragédies que les
jéfuites étaient dans l'ufage de faire repréfenter. L'analogie de leur goût
pour la poëfie et pour les ouvrages dramatiques, une forte de fympathie
avaient cimenté leur amitié qui ne s'eft jamais démentie pendant foixante-
dix ans. M. d'*Argental*, né avec beaucoup de fenfibilité et de goût, fut
toute fa vie adorateur des grands talens; et quand à la fleur de fon

âge, il les trouva unis avec l'efprit et la beauté dans mademoifelle *le Couvreur*, l'on dut peu s'étonner de la paffion violente qu'il conçut pour elle, quoique beaucoup plus âgée que lui. Il eut la douleur de la voir mourir entre lui et M. de *Voltaire* en 1730, à l'âge de quarante ans. Elle le chargea de remplir fes dernières intentions, et de partager fa petite fortune entre deux filles naturelles qu'elle laiffait. Il les maria depuis toutes deux, et comme le bien de mademoifelle *le Couvreur* ne fuffifait pas pour leur procurer un établiffement avantageux, il y ajouta du fien quoiqu'elles lui fuffent étrangères, et qu'il fût peu riche alors. Il s'eft toujours intéreffé à leur fort et à celui de leurs enfans, et leur en a même donné des preuves dans fon teftament. Une petite anecdote pourra faire connaître la manière dont M. d'*Argental* favait aimer; on fait que les préjugés dont l'empire décroît de jour en jour à mefure que celui de la raifon s'étend, avaient forcé les amis de mademoifelle *le Couvreur* à la faire enterrer furtivement fur les bords de la Seine vers la rue Belle-Chaffe. Cinquante ans après, M. d'*Argental* à l'âge de plus de quatre-vingts ans, apprenant qu'un particulier propriétaire de ce terrain avait découvert, en batiffant, les veftiges du tombeau de mademoifelle *le Couvreur*, court fur les lieux, reconnaît en pleurant ces traces précieufes, obtient d'y ériger un monument, et y fait graver des vers où fe peint toute la fenfibilité de fon ame.

Quelques années après la mort de cette célèbre actrice, M. d'*Argental* époufa mademoifelle *du Bouchet*, dont le père furintendant de M. le duc de *Berri* avait diffipé la fortune; mais il n'avait rien négligé pour l'éducation de fa fille, elle avait des grâces et de l'efprit, et c'était affez pour le bonheur de M. d'*Argental*. Il vécut avec elle dans la plus parfaite union jufqu'en 1774, où il eut le malheur de la perdre fans en avoir eu de poftérité. Il lui a furvécu jufqu'au 6 de janvier 1788; époque funefte pour tout ce qui l'approchait, et dont M. de *la Harpe* a parlé avec tant de fenfibilité.

Depuis fa mort on a appris de Mᵉ de *Courteille*, qui lui était très-attachée, que le roman du comte de *Comminges*, attribué jufqu'ici à madame de *Tençin* eft de M. d'*Argental*, fon neveu; et elle le favait de lui-même. On connaît auffi des vers très-agréables de M. d'*Argental* ; nous n'en citerons que quatre. Dans le dernier féjour de M. de *Voltaire* à Paris, fon *cher ange* ne le quittait guère. A la fin d'une journée pénible où tout Paris était venu rendre hommage au vieillard de Ferney, M. d'*Argental* lui dit : ,, Si quelqu'un a dû jamais être fatigué d'hon- ,, neurs et de louanges, c'eft vous. On vous en accable. Jamais ce mot ,, de *grand-homme* n'a été prononcé par tant de bouches. Mais c'eft ,, un éloge trop rebattu. Il eft devenu en général et furtout par vous ,, en particulier, un lieu commun, une expreffion triviale. Que ces ,, meffieurs vous appelent avec la poftérité, *grand-homme*, tant qu'ils ,, voudront ; moi qui vous connais mieux et depuis plus long-temps ,, qu'eux tous, je vous réferve un éloge auffi vrai et plus neuf, car ,, aucun de nos Parifiens ne s'en eft encore avifé. Eh quoi ? dit M. de ,, *Voltaire*. — C'eft que vous êtes un *bon homme* et que vous l'avez ,, toujours été. — Par ma foi, vous avez raifon, reprit M. de *Voltaire*, ,, cet éloge me touche plus que tous les autres ; et il a cela de bon ,, qu'on peut l'accepter fans trop bleffer la modeftie. ,, La converfation continua fur ce ton, la foirée fut très-gaie, et fournit à M. d'*Argental* le fujet de cette infcription qu'il mit fur une ftatue de M. de *Voltaire* :

Que pourrait-il manquer à fa célébrité ?
Ses écrits à jamais vivront dans la mémoire ;
Affez d'autres fans moi parleront de fa *gloire*,
Je ne veux déformais que louer fa *bonté*.

Voici ceux que M. le commandeur de *Buffevent* fit pour le bufte de M. d'*Argental* fon ami :

Philofophe fans fafte et fans pédanterie,
L'infortune à fon cœur commande les bienfaits ;
Homme rare, ami fûr, le charme de fa vie
Eft de s'environner des heureux qu'il a faits.

Pag.	Lign.	FAUTES.	CORRECTIONS.
414	N. 1	Epîtres 44 ,	Epître 44 ,
449	2	LETTRE CCXXVIII.	*elle doit être de la fin de février* 1737, *et datée de Cirey.*
459	14	*Après :* Polymnie	*mettez en note :* Madame de *la Popli-nière.*

TOME LIII. *Correspondance générale , tome* 2.

21	17	*Après :* ces Messieurs	*mettez en note:* Mademoiselle *Deshayes,* depuis madame de *la Poplinière ,* qui avait fait un petit ouvrage sur les principes de *Rameau.*
69	19	*Après :* proposa	*mettez en note : Balechou* qui grava alors le beau portrait pour l'édition de Dresde , et qui long-temps après le regrava en médaillon pour l'édition de MM. *Cramer.*
79	3	à DIEU nous	à DIEU de nous
95	14	que suis	que je suis
104	12	j'écris	j'écrirai
119	17	LETTRE XLVIII.	*elle est du* 24 *de décembre* 1738.
135	20	*Après :* deviné	*mettez en note :* Qu'il n'avait signé un factum contre M. de *Voltaire* qu'à la sollicitation de l'abbé *Desfon-taines* qui en était l'auteur.
164	2	rendre . . . parler	de rendre . . . de parler
Ib.	27	*Après :* vigueur	*virgule*
169	15	feu	feue
225	12	*Après :* ce chancelier	*mettez en note :* M. d'*Argenson ,* chancelier du duc d'*Orléans.*
291	25	mon *cher* roi	mon cher roi

Pag.	Lign.	FAUTES.	CORRECTIONS.
326	5	Quelque goth et quelque vandale	Quelques goths et quelques vandales
330	12	LETTRE CLIII.	ôtez cette lettre qui eſt dans le tome **I** des Mélanges littéraires.
343	24	et de Mahomet. Au troiſième acte vous ſentez	et de Mahomet, au troiſième acte. Voüs ſentez
348	4	15 février,	25 février
386	16	dont l'une	dont l'un
404	5	LETTRE CXC.	elle paraît écrite de Bruxelles en octobre, et devoir précéder celle à monſieur d'Argental.
411	2	LETTRE CXCIV.	elle eſt de 1740.
478	22	une du	un du

TOME LIV. *Correſpondance générale, tome 3.*

54	6	*Après :* divertiſſement	*mettez en note :* De la Princeſſe de Navarre, comédie.
21	16	ſi je ne me trompe	ſi je me trompe
30	13	*Après :* drôlerie	*mettez en note :* Diſcours ſur les événemens de l'année 1744, volume de Poëmes.
32	9	l'embroglio	l'imbroglio
50	9	*Après :* de ſe manger	*mettez en note :* Alluſion à des vers de M. d'Argenſon, dans leſquels il diſait que les ſouverains reſſemblent trop ſouvent aux araignées qui ſe dévorent les unes les autres. Voyez la lettre du 2 janvier 1745, au marquis d'Argenſon, volume de Lettres en vers.

Pag. Lign.   FAUTES.   CORRECTIONS.

73   19 *Lettre critique* &c.   *Cette réponse aux détracteurs du Poëme de Fontenoy, aurait été mieux placée dans les notes à la suite de ce Poëme. Mais l'original de cette pièce, écrit de la main de l'auteur a été communiqué trop tard. Il faut supprimer dans le titre ces mots :* A M. ***.

74   18 de bleffés   des bleffés

86 pén. la juftice , même pour   la juftice même , pour

104   4 LA DUCHESSE DE ***.   *c'eft peut-être madame de Montenero, fille de madame du Châtelet.*

122   9 quatrième   cinquième

187 pén. *Cicéron* proxenate   *Cicéron* proxenète (*le manuscrit portait : Cicéron M* ***.)

211   18 à Paris ; Madame ,   à Paris , Madame ;

212   8 partifane   partifan

216   8 (*)   *mettez ce renvoi après :* ce que j'ai

220 N. 1 en nous communiquant   en communiquant

226 N. 2 *Après :* Zulime   celui de Zulime l'avait été par madame *Denis*

245   28 qu'on me traitait chez moi   qu'on me traitait mal chez moi

281   9 du milord   de milord

348   21 *Et je te donne* &c.   *tous les vers de cette lettre en caractère romain, excepté la citation de Racine. Idem à la* lettre CCXVIII.

354   3 *c'eft un Dieu*   c'eft un *Dieu*

408   4 l'hiftoire des mœurs du dix-huitième fiècle   *ces mots en italique, et mettez en note :* par M. *Duclos.*

476   14 de lui faire   de le lui faire

492   14 et on eft   ou l'on eft

Pag.	Lign.	FAUTES.	CORRECTIONS.

503 ant.p. *Après :* delà qu'on est citoyen — *mettez en note :* Cette phrase obscure se trouve ainsi dans la Correspondance de l'abbé *Moussinot,* publiée par l'abbé *Duvernet.* L'original manque, et l'erreur n'a pu être rectifiée.

504 14 *Après :* qui l'a faite — *mettez en note :* Elle était intitulée : *Lettre au public.*

513 N. 2 c'était les mémoires — c'étaient les mémoires

TOME LV. *Correspondance générale, tome 4.*

17 17 *Après :* frère *Gaillard* — *mettez en note :* L'abbé de *Prades*

19 25 ni avec le siècle de *Louis XIV.* — ni avec cette infame édition du Siècle de *Louis XIV.*

28 24 *Après :* française — *mettez en note :* On l'a inséré dans cette édition, non comme son ouvrage, mais comme celui d'un de ses disciples, et comme un recueil d'observations utiles sur ses œuvres et sur la littérature française en général. Voyez Mélanges littér. tome II.

41 23 *Après :* Monime — *mettez en note :* Une fille naturelle de mademoiselle *le Couvreur.*

48 20 je me porte — je me porte bien

79 7 de sa folie — de la folie

88 2 fourra — foura

99 20 des uns des autres — les uns des autres

150 19 LETTRE LXXIX. — *Cette lettre est du mois d'avril 1755. Celle de M. Guyot a été imprimée d'après la correspondance de l'abbé Moussinot, publiée par l'abbé*

Pag.	Lign.	FAUTES.	CORRECTIONS.
			Duvernet. On la trouve plus complette dans ce volume, page 219, d'après l'original de la main de Guyot.
152	15	feu	feue
173	21	de parler encore à *Lambert*	de parler à *Lambert*
199	19	que je devais	que je devrais
237	10	venues	venu
446	pén.	deffein	deffin
470	N. 2	et elle eût épargné	et elle aurait épargné

TOME LVI. *Correspondance générale, tome 5.*

23	12	plans	plants
36	7	*Après :* brûlée	*mettez en note :* Les îles de Rhé et d'Aix qui appartenaient alors à M. d'*Argental*, avaient été en partie ravagées par les Anglais. Le Roi en a fait depuis l'acquifition.
67	18	puiffe	puiffent
97	4	embraffe	embraffe de tout mon cœur ;
100	11	LCHOUVALOF	SCHOUVALOF
156	16	quantité précife de la maffe	quantité de la maffe
227	N. 2	MM. d'*Argental*, de *Voltaire* et le *Kain*	MM. le duc d'*Aumont*, d'*Argental* et le *Kain*
244	13	*Après :* Bohême	*mettez en note :* M. *Grimm*
265	ant. p.	crisk	(*ou*) crik
310	13	les M. ✱✱✱	les *Montmorenci*
325	5	les moindres	les *moindres*
237	11	*hippofila*	*hippophile*
341	4	et les flottes	et des flottes

371

Pag.	Lign.	FAUTES.	CORRECTIONS.
371	28	croyez-moi, croyez, mes frères,	croyez-moi, mes frères,
471	20	je fais un peu	je fuis un peu
491	2	*Goldini !*	*Goldoni !*
Ib.	6	tutto l'mondo	*tutto' l mondo*
499	11	LETTRE CCXLVIII.	*elle est du 9 de décembre, et doit précéder celle à madame du Deffant.*
501	16	LETTRE CCXLIX.	*elle est du 16 de décembre, et doit précéder celle à M. le Kain.*

TOME LVII. *Correspondance générale, tome 6.*

120	2	LETTRE LXI.	*elle paraît être de l'année 1758.*
175	8	douze cents Zulime	douze cents de Zulime
236	25	*Après : de Jésus-Christ*	*mettez en note :* Mise en vers français par P. Corneille.
261	16	*Après : Mémoire historique*	*mettez en note :* C'est une apologie de la conduite de la France envers l'Angleterre, au sujet de la guerre de 1756.
271	pén.	*Après : Nouveau testament*	nouveau *Testament, et mettez en note :* Le Testament politique du maréchal de *Belle-isle.*
289	7	*Taboureau*	*Tabareau*
303	16	*Magens*	*Mayans y siscar*
352	22	LETTRE CLXXV.	*elle paraît être de la fin de janvier 1762.*
356	15	*Non, je n'expire point,*	*Non, je ne pleure point,*
370	2	LETTRE CLXXXII.	*elle est du commencement de mars 1762.*
375	2	LETTRE CLXXXV.	*elle est du 10 mars 1762.*

Vie de Voltaire.

I i

Pag.	Lign.	FAUTES.	CORRECTIONS.
396	N. 1	*Réponse à cette lettre du sieur Fez*	*lettre du sieur Fez à M. de Voltaire.*
462	20	*Après :* d'*Alembert*	*mettez en note :* Voyez la Correspondance de d'*Alembert*, 29 de mars et 17 d'octobre 1762.
481	30	le mercure	le *Mercure*
485	11	j'écrirai	je crierai

TOME LVIII. *Correspondance générale, tome 7.*

10	ant. p.	Mettez-vous là &c.	*c'est un vers. Il doit être distingué du texte.*
18	7	dessinés	dessiné
48	3	AU MEME.	A M. LE COMTE D'ARGENTAL.
52	6	*Après : le Franc*	*mettez en note :* Voyez la Correspondance de d'*Alembert.*
152	13	LETTRE LXXVI.	*elle paraît être du 6 d'auguste 1763.*
155	30	*Après :* pittoresque	*mettez en note :* C'est la tragédie du Triumvirat.
190	pén.	*Après :* long-temps	*mettez en note :* Sur le *prêt à intérêt.*
208	21	cet autre *Hume* charmant, auteur	cet autre *Hume*, charmant auteur
223	2	LETTRE CXVII.	*elle est du 27 juillet 1763, et doit suivre celle à M. d'Argental.*
224	2	LETTRE CXVIII.	*elle est du 30 juillet 1763, et doit suivre celle à M. d'Argental.*
231	22	que d'un côté	*ôtez :* que
250	2	*Après : Créqui*	*mettez en note :* Voy. la lettre du 1 février.
313	21	si je ne me trompe	si je me trompe
316	20	l'exercice des eaux	l'exercice, des eaux

Pag.	Lign.	FAUTES.	CORRECTIONS.
318	6	les talens de mademoi-felle *Duménil*	les talens naturels de mademoifelle *Duménil*
364	25	intendant	furintendant.
373	7	*Dumart*	*Daumart*
420	11	LETTRE CCXXXI.	*elle eft du 18 de juillet* 1764, *après celle à M. d'Argental.*
426	2	LETTRE CCXXXIV.	*elle eft de* 1762.
528	5	pouffatin	*Pouffatin*

TOME LIX. *Correfpondance générale, tome 8.*

41	N. 1	*Après :* de mars	*ajoutez à la note :* voyez Politique et Légifl. tome II, page 257.
70	11	que de la vôtre	que la vôtre
132	23	de *la chevalerie*	de *la chabalerie*
388	11	y a-t-il jamais rien	y a-t-il jamais eu rien
395	18	que votre	que notre
472	13	A M. ***.	*Mettez en note :* Probablement M. *Blin de Sainmore* qu'on avait foupçonné mal à propos d'être l'éditeur des lettres en queftion.
475	16-17	B... V...	*Belleval... Villancour.*
533	16	daigné de m'accorder	daigné m'accorder
536	21-24	de *Lamberta*	*Lambertad* (*l'anagramme de d'Alem-bert.*)

TOME LX. *Correspondance générale, tome 9.*

Pag.	Lign.	FAUTES.	CORRECTIONS.
5	13	avant que de	avant de
43	ant. p.	*Après :* majesté	*mettez en note :* Voyez les lettres des souverains, volume de la Correspondance de l'impératrice de Russie.
52	11	de rois en quatrième	de roi quatrième
68	14	je vous ai mandé &c.	ôtez cet alinea, *qui est une répétition.*
98	24	*Après :* écuyère	*mettez en note :* M. l'abbé *Mignot*, auteur d'une histoire des Turcs, M. de *Florian*, M. d'*Ornoy* et madame de *Florian*.
120	10	les oreilles que *Cicéron* appelle superbes font	les oreilles, que *Cicéron* appelle superbes, font
187	6	on s'en est moqué	ou s'en est moqué
256	25	feu	feue
260	14	où il y a moins	où il y a le moins
319	8	avec les messieurs	avec ces messieurs
329	6	sacrifié	sacrifiée
335	15	il mérite	elle mérite
411	N. 1	cette lettre &c.	*mettez ainsi la note :* On n'a point trouvé de lettres à M. *Damilaville* postérieures à celle-ci, quoiqu'il ne soit mort qu'au mois de décembre suivant, d'un abcès à la gorge.
528	14	*Après :* des papes	*mettez en note :* Voyez Politique et Législation, tome I.

TOME LXI. *Correſpondance générale , tome* 10.

Pag.	Lign.	FAUTES.	CORRECTIONS.
24	3	on	ou
112	28	ces	ſes
244	7	prochain	prochaine
294	2	LETTRE CLXII.	*elle eſt de la fin d'avril* 1770.
296	13	perdre	prendre
299	15	engagent encore à faire	engagent à faire
353	11	chicachas	chichacas
360	3	*Après :* regardait	*mettez en note :* Le préſident *Hénault.*
379	14	il tiendra	il rendra
442	pén.	ce qui vous	ce qu'il vous
443	2	LETTRE CCLIII.	*elle eſt du* 5 *février , après celle à* M. *de Châtellux.*
457	11	*Après :* eſt en ſix actes	*mettez en note :* L'établiſſement des ſix conſeils ſupérieurs.
551	pén.	de Paris	des pairs

TOME LXII. *Correſpondance générale , tome* 11.

11	ant. p.	menez y l'acteur	menez y l'auteur
19	16	ſes plus brillans	les plus brillans
24	20	celui là	cela lui
62	19	voilà donc &c.	*en caractère des vers.*
63	21	plus difficile	moins difficile
144	11	répondu , *mais* ſans aigreur	répondu *mais* , ſans aigreur
175	13	*Paparilla*	*Parapilla*
229	24	ſe trompe ; ou veut tromper	ſe trompe ou veut tromper
243	11	*vivo*	*rivo*

Pag. Lign.	FAUTES.	CORRECTIONS.
293 N. p.	les forts, c'était au point	les forts, au point
294 6	ne m'empêche pas de les voir, mais il m'empêche de vous écrire.	m'empêche de les voir, mais il ne m'empêche pas de vous écrire.
334 d.	*Papillon* philofophe	*Papillon-philofophe*

TOME LXIII. *Correfpondance générale, tome 12.*

27 N. 7	*Après :* par le même motif	*mettez :* Note de M. de *Lalande.*
40 11	méritez bien de l'être	méritez de l'être
94 N. 2	M. d'*Etallonde*, ingénieur	*ôtez ces mots et mettez :* M. *Racle* &c.
257 4	pas être	pas en être
321 21	tous les auteurs	la foule des méchans auteurs
323 N. 1	eft né le 20 de novembre (10)	eft né le 20 de février
338 N. 1	c'était	c'étaient
395 8	*Après :* de m'écrire	*mettez en note :* madame de *Vimeux.*
403 20	vous-mêmes	vous-même
418 12	feu	feue
440 17	*Après :* fcélérats	*mettez en note :* Après avoir fait banqueroute, ils s'étaient réfugiés à Ferney où, fur l'offre qu'ils avaient faite à M. de *Voltaire* d'y établir des plantations et des fabriques de lin et de tabac, ils avaient obtenu des conceffions avantageufes. Ils en abusèrent bientôt en vexant tous leurs voifins et M. de *Voltaire* lui-même. Mais fe voyant enfin connus, ils s'enfuirent du pays, au milieu des procédures qu'ils avaient intentées.

(10) Cette faute importante eft de quelque compagnon imprimeur qui croyant apercevoir de la contradiction entre le texte et la note, s'eft avifé de changer la note pour les mettre d'accord, quoique la fin de cette note eût dû lui faire fentir fa méprife.

TOME LXIV. *Correspondance du roi de Prusse*, tome 1.

Pag.	Lign.	FAUTES.	CORRECTIONS.
24	13	qu'ils servent	le servent
27	19	les mœurs	ses mœurs
33	2	n'ont aucun prix	sont sans prix
42	24	avec égale	avec une égale
48	19	ferait	ferait
51	29	*Après : Césarion*	*mettez en note :* le baron de *Keyserling.*
72	3	faire le présent	faire présent
Ib.	24	*étendard*	*étendards*
80	25	Car l'Europe &c.	*c'est un vers*
95	6	sont matière	sont matière
98	8	qu'au vrais héros de Rome,	qu'aux vrais héros de Rome :
126	17	ces merveilles	les merveilles
141	22	nés ? Nous autres habitans de ce continent, pour être barbus à un certain âge, nous	nés, nous autres habitans de ce continent, pour être barbus à un certain âge ? Nous
163	11	sur ces esprits	sur les esprits
188	6	sur les pensées et sur les	les pensées et les
190	d.	*et parvâ*	*an parvâ*
232	18	Vos ouvrages	Mes ouvrages
291	3	est c'est	et c'est
298	N. 1	ceci &c.	*mettez ainsi la note :* Ce passage et celui de la lettre, page 284, prouvent que M. de *Voltaire* avait donné au prince la première idée de l'établissement d'une académie à Berlin, et d'en faire président M. de *Maupertuis.* On sait combien celui-ci en a été reconnaissant.
300	2	LETTRE LX.	*elle doit précéder celle de la page* 296.
308	12	le plus persécutés	les plus persécutés
351	ant. p.	répand à chaque jours	répand chaque jour
356	8	LETTRE LXVI.	*elle doit précéder celle de la page* 355.

I i 4

Pag.	Lign.	FAUTES.	CORRECTIONS.
358	21	mandé	demandé
382	22	rien de femblable à fouf-frir que le font les chagrins	rien à fouffrir de femblable aux chagrins (11)
417	27	de force et d'efprit	de force que d'efprit
459	8	plat univers	*plat* univers
483	pén.	confolez-vous	confolez-nous

TOME LXV. *Correfpondance du roi de Pruffe, tome 2.*

13	9	LETTRE VI.	*elle doit précéder la* v.
40	7	LETTRE XIX.	*la date doit être poftérieure, et du temps où M. de Voltaire était en Pruffe.*
83	d.	ce que vous favez. Après ces	ce que vous favez, après ces
84	1	de la Neifs, certainement	de la Neifs. Certainement
Ib.	2	dédaigné d'aller	daigné aller
109	ant. p.	eftime	eftimerai
114	18	feigneur	*faigneur*
131	3	Que fefons-nous	Que fefions-nous
Ib.	6	*Après :* en mitre	D'homme et de citoyen abjurant le vain titre,
155	N. 1	voyez le Commen-taire &c.	voy. ce qui eft dit de *Boyer*, évêque de Mirepoix, Commentaire hift. &c.
159	d.	*Après :* mon prince ?	*mettez : le refte manque.* (12)

(11) On s'eft permis de corriger du moins dans cet errata, quelques fautes de français qu'on a laiffées dans les lettres du roi de Pruffe, de peur d'altérer le texte. Ce prince n'avait point encore la connaiffance parfaite de notre langue qu'il a acquife depuis; et il eft très-étonnant que dès-lors il pût écrire le français avec autant de clarté, de force, et même de correction.

(12) Plufieurs minutes des lettres de M. de *Voltaire* au roi de Pruffe n'étaient pas entières. On a dû trouver ces lettres complettes, et en plus grand nombre dans les

Pag.	Lign.	FAUTES.	CORRECTIONS.

170   7   il abandonna le roi fon beau-père   il abandonna le roi *Staniſlas*, beau-père de *Louis XV*

179   6   *Après* : fans nez   *mettez en note :* Voyez le Commentaire hiſtorique &c. Mélanges litt. tome II, page 125.

190   N. 1   ce géomètre &c.   *mettez ainſi la note :* Léonard Euler, l'un des plus grands-hommes de notre fiècle. Il avait perdu un œil, et il eſt très-vrai &c.

215   3   morigéné   moriginé

218   N. 1   érudit célèbre   *ajoutez à la note :* qui de bénédictin s'était fait luthérien et était devenu bibliothécaire du roi de Pruſſe. *Jordan*, mort en 1745, lui avait fuccédé.

231   pén.   je dis qu'oui   je dis que ſi

235   2   LETTRE CV. avril.   *il paraît par la fin de la lettre qu'elle doit être de décembre* 1749 *ou janvier* 1750.

243   8   font déjà   font déjà

272   pén.   le hafard   *le Haſard*

297   d.   tant que je vous ai cru   tant que je ne vous ai cru

3o1   12   ſi peu   et ſi peu

334   28   des parties *ſub utrâque*, et la forbonne.   des parties *ſub utrâque* et *ſub unâ*, et la forbonne.

378   15   d'emporter   de remporter

389   16   décembre   *cette lettre eſt de la fin de janvier* 1770, *et doit être la* CLXVI.

papiers de ce prince. Il eſt étonnant que les éditeurs de ſes œuvres poſthumes ne les y aient pas jointes. Peut-être feront-elles partie du ſupplément qu'ils annoncent. Le public leur devrait le complément de la plus ſingulière et de la plus importante de toutes les Correſpondances.

TOME LXVI. *Correspondance du roi de Pruffe, tome 3.*

Pag.	Lign.	FAUTES.	CORRECTIONS.
5	16	j'ai cru	j'aurais cru
24	8	Bellegrade	Belgrade
61	16	*Après :* larmes,	*un point*
64	19	*Après ces vers :* Il terraffa l'erreur et la religion.	*mettez en note :* Ce vers du roi de Pruffe paraît exiger quelque interprétation. Le dernier mot eft trop vague,

et pourrait laiffer croire que *Voltaire* a voulu détruire toute religion. Il eft très-avéré pourtant que nul homme n'a plus conftamment pratiqué et prêché la religion des premiers patriarches, celle que les hommes les plus éclairés de tous les temps et de tous les pays ont embraffée, l'adoration d'un Etre fuprême; en un mot, la religion, ou fi l'on veut, la loi naturelle. Il a toujours combattu les athées; et fon génie même, fa vafte intelligence feront pour tous les efprits raifonnables une des meilleures preuves de l'exiftence du génie univerfel, de l'intelligence infinie qui préfide à la nature, et qu'il ferait abfurde de vouloir comprendre ou définir. *Voltaire* lui feul a peut-être ramené à DIEU plus d'adorateurs que tous les moraliftes et tous les prédicateurs enfemble. Le roi de Pruffe avait les mêmes fentimens, et l'on entend bien ce qu'il a voulu dire, mais fa penfée eût été plus exactement rendue de cette manière :

Il terraffa l'erreur, la fuperftition.

74	2	aient plus de part	aient le plus de part
96	21	fils	petit-fils
111	9	*Willeminæ*	*Wilhelminæ*
125	4	mars	le 11 de mars

Pag.	Lign.	FAUTES.	CORRECTIONS.
144	8	s'expliquât	s'expliquât auffi bien
162	22	après la mort	après votre mort
166	21	*Après :* l'infcription	*mettez en note : immortali.*
170	19	LETTRE LXXIV.	*elle eft de l'année* 1776.
188	21	*anima*	*pneuma*
201	12	de renoncer	d'y renoncer
221	12	ait fait	ont fait
234	d.	les *Desfontaine*, les *Fré-ron*, les *Paulian*, les *la Beaumelles*	les *Desfontaines*, les *Fréron*, les *Paulian*, les *la Beaumelle* (13)
235	4	comte de Foix	duc de Foix
250	13	de refpect et de tendreffe	de refpect que de tendreffe
352	9	LETTRE XXVII.	*elle paraît être de* 1758, *et devoir fuivre celle du* 2 *de janvier.*
352	ant. p.	*Après :* mon amant	*mettez en note :* Allufion au cardinal de *Tençin* avec lequel elle voulait négocier la paix.
416	4	*Après :* FRÉDÉRIC GUIL-LAUME	*mettez en note :* Depuis roi de Pruffe, fous le nom de *Frédéric Guil-laume II.*
Ib.	14	Syftême de la nature	*Syftême de la nature*

(13) Dans ce cas et autres femblables doit-on mettre l's à la fin des noms propres? Rien n'eft moins décidé. On trouve dans cette édition un nombre à peu-près égal des deux manières ; et prefque tous les auteurs ont employé arbitrairement l'une ou l'autre, comme M. de *Voltaire.* Ne pourrait-on pas établir que les noms propres dans tous les cas font indéclinables, et ne faire à cette règle générale qu'une feule exception en faveur de la poëfie, où l'afferviffement de la rime fait tolérer la licence d'ajouter ou de fupprimer une lettre, même dans certains temps des verbes, tels que je dis, je bois, je ris &c. ou pren, ren, li &c. à l'impératif?

TOME LXVII. *Correspondance de l'impératrice de Russie.*

Pag.	Lign.	FAUTES.	CORRECTIONS.
3	N. 2	on n'a trouvé &c.	on n'a point trouvé la lettre dont M. de *Voltaire* l'avait chargé pour l'impératrice. Les vers font fans doute les mêmes que ceux de la lettre à M. le comte de *Schouvalof.* Voyez la *Correspondance générale* tome VI, page 9.
44	4	loi romaine	foi romaine
47	13	2 feptembre	*il paraît que la lettre est du 2 d'octobre.*
65	16	qui devait	qui devrait
85	12	armes victorieufes	armées victorieufes
109	18	l'a brûlée tout entière	(*ou*) l'a brûlée toute entière (14)
111	ant. p.	chofe ! Monfieur le comte	chofe , Monfieur ! le comte
181	7	Jaman	Taman
194	4	M. *Mouftapha*	Monfieur *Mouftapha*
238	8	15 mars	19 mars
253	24	*fanta cafa* , dit *Loretta*	*fanta cafa di Loretta*
368	18	chefs	ferfs
370	16	qui ne reçoivent	qui ne revoient

(14) Les uns emploient en cette occafion l'adverbe *tout* , d'autres le pronom collectif *tout* , *toute.* La diverfité des auteurs fur ce point de grammaire le rend très-douteux, et prouve qu'il mériterait auffi d'être fixé.

TOME LXVIII. *Correſpondance de d'Alembert, tome* **I.**

Pag.	Ligu.	FAUTES.	CORRECTIONS.
1	7	(*de l'Avertiſſement*) quelle ſuite et quel zèle ils ont réuni	quelle ſuite de travaux et quel zèle ils ont réunis
28	22	laiſſez agir nos amis	laiſſez agir vos amis
54	N. 1	d'*Argemon*	d'*Argenſon*
60	19	ce ſecret	le ſecret
73	9	de leur	de le leur
108	10	en fonctions	en fonction
111	13	demoiſelle	mademoiſelle
118	5	il faut . . . feſtoyer les	il faut . . . . les
137	23	*Après :* un ancien officier	*mettez en note :* **M.** le marquis d'*Argence de Dirac.*
138	19	*Après :* le *Phallum*	*mettez en note :* Figure de l'inſtrument qui caractériſait le dieu *Priape* chez les Romains, et qu'ils révéraient, ainſi que les Grecs et les Egyptiens, comme l'emblême de la génération. Le Phallus eſt encore honoré du même culte dans les Indes, auſſi-bien que le *Lingam* qui eſt la figure repréſentative de l'union des deux ſexes. On voit dans le cabinet des curieux de ces petites idoles indiennes imitant parfaitement la nature, même en action, au moyen des reſſorts qui y ſont adaptés. La plupart ſont très-richement ornées d'or et de pierres précieuſes.
139	8	de requêtes	des requêtes

Pag.	Lign.	FAUTES.	CORRECTIONS.

140 N. 1 c'était &c. — fupprimez cette note qui eft remplacée par celle ci-deffus.

151 2 *de la mufique, quatrième mefure :* Mi. — *lifez :* Re.

Ib. 4 *de la mufique, dernière mefure :* Fa. — *lifez :* Re.

162 d. *Après :* fourdaud — *mettez en note :* M. *de la Condamine.*

180 20 *Après :* fix jours — *mettez en note :* Olympie.

192 23 nous avons — nous avions

193 4 vous avez — vous aviez

Ib. 23 comme la chofe — comme cela

227 8 des chiens — de chiens

231 21 à leur réparation — à leur faire réparation

237 2 il m'a fait trop — il m'a trop fait

238 7 du temps — de temps

245 15 l'efprit du corps — l'efprit de corps

247 d. vous m'apprenez &c. — *cette phrafe en italique.*

259 30 *Après :* l'exclure — *mettez en note :* On lui attribuait une parodie de la grande fcène de Cinna, dans laquelle M. le duc d'*Aumont* jouait un rôle.

266 22 Dieu conduife &c. — *c'eft un vers.*

301 29 fe faire à tout — fe faire tout à tous

303 ant. p. *Après :* litière — *mettez en note :* Voyez la *Correfpondance générale*, 24 de mai 1764.

317 3 ce plaifir — le plaifir

332 3 les mains — les maifons

342 ant. p. s'affembler ; on donne — s'affembler. Ce chapitre eft compofé de quatre cents élus ; on donne

347 pén. ce monftre — le monftre

351 14 tous les autres — *ôtez :* tous

382 5 le jour commence — le jour de la raifon commence

Pag.	Lign.	FAUTES.	CORRECTIONS.
403	4	le vil	le bel
412	21	vous favez	vous faurez
413	24	vous rirez	vous ririez
423	2	*Après* : courbes	*mettez en note :* La *deftruction des Jéfuites.*
427	14	c'eft le défaut	c'eft là le défaut,
459	19	qu'on vous prêche	qu'on vous a prêché
Ib.	29	la maifon	les maifons
Ib.	d.	vous foient rendues !	vous en foient rendues !
471	20	la maifon	fa maifon
492	ant. p.	*Après* : de M. O.	*mettez en note :* L'*O* eft la lettre indicative des articles de M. d'*Alembert* dans l'Encyclopédie.
493	12	coquins. Je ne fais fi je m'explique , je vous	coquins ; je ne fais fi je m'explique. Je vous

TOME LXIX. *Correfpondance de d'Alembert , tome 2.*

13	13	ces gens	les gens
31	23	ces defpotes avec	ces defpotes (j'entends les libraires) avec
38	12	dans mon inaction	de mon inaction
40	23	vous favez	vous fentez
42	22	Dieu merci , et	et , Dieu merci ,
48	27	mon gofier	mon oreille
60	21	il faut qu'il donne. Par quelque	il faut qu'il donne peu. Par quelque
106	6	plufieurs	avec plufieurs
118	21	Père éternel , quelle vergogne &c.	*Père éternel , vous avez tort , Et devriez avoir vergogne , &c.*
124	3	DE M. D'ALEMBERT.	DE M. DE VOLTAIRE.

Pag.	Lign.	FAUTES.	CORRECTIONS.
124	22	que c'eſt au ſavant d'inſtruire et non pas au bourreau.	que c'eſt au bourreau d'inſtruire et non pas au ſavant.
126	14	*Après :* tranquilles	*mettez en note :* Voyez *les Syſtêmes*, volume de *Contes et Satires.*
136	25	procureur, qui feraient préfens, et qui par fa	procureur, qui par fa
154	6	être un peu plus	être plus
155	18	y immole	y a immolée
157	ant. p.	les clabauderies	fes clabauderies
164	6	officiers	offices
168	10	et plus modefte, quoique hardie	et plus hardie, quoique modefte
220	ant. p.	étonnant	étrange
233	23	avec quelque impatience	avec impatience
253	d.	*Après :* de l'Europe	*mettez en note :* M. de *Saint-Germain.*
261	4	12 d'avril	12 de mars
Ib.	21	*Après :* petit bien	*mettez en note :* Le roi de Pruffe.
262	10	*Après :* forces	*mettez en note :* L'ouvrage de M. *Dionis du Séjour*, fur l'anneau de Saturne.
297	18	qu'un bedeau	qu'un porte-Dieu
300	6	d'andouillers	d'andouillets
307	18	une femme de Saint-Gobin	la femme d'un actionnaire de Saint-Gobin
313	8	de réunir, outre la	de réunir contre la
324	26	*Après :* d'autres pièces	*mettez en note :* Mariamne avait été repréfentée en 1724, avant le voyage de l'auteur en Angleterre.
325	26	*Après :* paru	*mettez en note :* l'hiftoire de *Charles XII* eft de 1731. Le Siècle de *Louis XIV* ne parut qu'en 1752. Madame *du Châtelet* était morte en 1749.

TOME

TOME LXX *et dernier. Vie de Voltaire &c.*

Pag.	Lign.	FAUTES.	CORRECTIONS.

13 ant. p. de métaphyſiques — de métaphyſique

34 N. 1 voyez la Correſpondance générale — voyez la Correſpondance de d'*Alembert*, lettre du 20 de juin 1760.

54   4 *Richelieu*. Cet homme — *Richelieu*, cet homme

64 30 Eriphyle — Eryphile

65 18 aimer *Sémiramis* — chérir *Sémiramis*

130   5 fixés — fixes

148   8 funeſtes — funeſte

159 23 à qui peut-être il n'avait jamais pardonné — et qui peut-être ne lui avait jamais pardonné

162 N. 1 deux — d'eux

172 10 des tyrans — les tyrans

Ib. 19 ſang — ſang humain

182 d. *Après :* l'ame de *Voltaire.* — ajoutez :

C'eſt ainſi qu'avec plus de déſintéreſſement encore, il engagea en 1765, mademoiſelle *Clairon* à renoncer au théâtre ; quoique le talent de cette ſublime actrice fût alors dans toute ſa force, et devînt de jour en jour plus néceſſaire au poëte dont le génie dramatique commençait à s'affaiblir par l'âge et les travaux.

Ses conſeils à **MM.** d'*Alembert* et *Diderot* perſécutés pour l'*Encyclopédie*, et pluſieurs traits de ce genre prouveraient encore que l'amour de la juſtice l'emportait dans ſon eſprit ſur toute autre conſidération.

188 N. d. des dates — les dates

Vie de Voltaire.

K k

514 ECLAIRCISSEMENS,

Pag.	Lign.	FAUTES.	CORRECTIONS.
195	23	jufqu'au	jufqu'aux
218	10	fue	lue
Ib.	N. 1	*Dutartre*	*Dutertre*
222	12	citoyens	concitoyens
228	d.	qu'il eft un fot	qu'il eft fot
231	9	qu'il a des prifes	qu'il a déjà prifes
249	7	du Brutus	de Brutus
252	10	depuis trois heures	depuis cinq heures
255	20	. . . . donner la loi, Sacrifier &c.	. . . . donner la loi ; Elle facrifia fon Dieu, fa foi, fon ame Pour féduire l'efprit d'un trop crédule roi : J'ai vu dans ce temps redoutable Le barbare ennemi de tout le genre-humain Exercer dans Paris les armes à la main, Une police épouvantable. J'ai vu les traitans impunis :
256	5	aboli	démoli
Ib.	12	remuer et tourmenter	remuer, tourmenter
Ib.	17	les gens	des gens
Ib.	25	c'eft tout dire,	c'eft dire tout, (15)
259	5	les Commentaires fur la vie et les ouvrages	(*lifez*) le Commentaire hiftorique fur les œuvres
Ib.	19	paraiffent	paraiffant (16)
331	4	dit	dites

(15) Ces corrections font tirées d'une meilleure copie des *J'ai vu* qui nous a été remife depuis peu.

(16) Dans les éditions futures on pourra ôter du Commentaire hiftorique fur les œuvres de l'auteur de la Henriade (Mélanges littéraires tome II) les paffages de ces *Mémoires*, qui y avaient été intercalés, dans le temps où l'on ne croyait pas que ce dernier ouvrage dût être publié en entier. On peut voir au fujet de ces *Mémoires*, dans les œuvres du marquis de *Villette*, fa lettre à M. le comte de *Guibert*.

Pag.	Lign.	FAUTES.	CORRECTIONS.
271	2-4	d'*Argens*,	d'*Argence de Dirac*,
379	8	de *penſées*	des *penſées*
406	1	LETTRE	TABLE.
421	26	*Après :* 1760	imprimé en 1764, en un volume, et fort augmenté depuis ſous le titre de Queſtions ſur l'Encyclo-pédie.
424	6	ETITRE.	EPITRE.
431	N. d.	*Après :* cette faute	*ajoutez :* on croit cependant l'avoir relevée par-tout
485	27	Mantou	Mantoue
487	26	donné	donnée
505	d.	Calpe	Calpé (*bis*)
508	26	*capanée*	*Capanée* (*bis*)
512	21	ſimplifiez &c.	*mettez cette remarque des éditeurs en italique*

La même exactitude que nous avons miſe à relever les fautes qui ſe ſont gliſſées dans cette édition, nous avions tâché de l'apporter dans ſa rédaction. L'un des principaux écueils que nous devions éviter dans ce travail, c'était d'attribuer à M. de *Voltaire* des ouvrages qui ne fuſſent pas de lui. Les petites pièces ſi nombreuſes de proſe et de vers exigèrent à cet égard beaucoup d'attention. On fait que l'auteur les gardait rarement, et ne s'était jamais occupé du ſoin de les recueillir toutes. Nous en avions raſſemblé depuis long-temps un grand nombre, tirées en partie du dépouillement complet des journaux français, depuis le commencement du ſiècle, et en partie des porte-feuilles de quelques amis de M. de *Voltaire*. Depuis ſa mort on nous en remit beaucoup d'autres parmi leſquelles pluſieurs nous parurent évidemment ſuppoſées. Celles-ci furent écartées, et pour toutes les autres nous ne voulûmes pas nous fier à notre tact ſeul. Madame *Denis*, nièce de l'auteur, M. le comte d'*Argental*, ſon plus ancien ami, M. de *la Harpe* le plus diftingué de tous fes difciples, prirent la peine de lire les poëfies diverfes. M. de *Saint-Lambert* fut auffi confulté. Leurs avis furent très-utiles, ainfi que les notes écrites par feu M. *Thiriot*, en marge de notre premier recueil.

Malgré ces précautions, on n'a pu fe préferver de toute méprife, et nous avons reconnu que le roman intitulé *le Crocheteur borgne*, donné par un homme en place, comme une production de *Voltaire*, eft de M. de *Bordes*, de Lyon. On l'avait auffi fauffement attribué à M. le chevalier de *Boufflers*. Nous avons également de fortes raifons de croire que l'épître à *Samuel Bernard*, écrite au nom de madame de *Fontaine Martel*, n'eft pas plus de *Voltaire* que le roman dont on vient de parler. Il fuffit de la lire et de fe connaître un peu en vers pour être fûr qu'il n'a pas écrit une pièce fi infipide. On ne l'avait laiffé paffer d'abord que dans la fuppofition que l'auteur avait voulu fe déguifer tout-à-fait, fous un nom emprunté ; et il faut convenir qu'il n'aurait pu mieux donner le change qu'en fefant des vers communs et infignifians.

Nous fentons bien qu'en fefant l'aveu de ces erreurs, et en relevant fcrupuleufement nos fautes auffi-bien que celles des typographes, quoique les unes et les autres, pour la plupart, euffent pû n'être pas remarquées de beaucoup de lecteurs, c'eft mettre aux mains ennemies des armes contre foi-même. Mais cette crainte n'a pas dû nous retenir. La plus grande des erreurs ferait de laiffer fe perpétuer celles dont nous n'avons pu nous garantir. Nous répétons que le défir d'honorer la mémoire de M. de *Voltaire* eft le grand motif qui a toujours animé les éditeurs et les rédacteurs, et devant cette confidération tout amour propre doit fe taire.

Fin des Eclairciffemens, Additions et Corrections, et du Tome 70 *et dernier.*

www.ingramcontent.com/pod-product-compliance
Lightning Source LLC
Chambersburg PA
CBHW061022030726
47504CB00002B/216